孙晶————著

铁马冰河

最后的北洋财长
Zuihou de Beiyang Caizhang

英雄泪

团结出版社

图书在版编目（ＣＩＰ）数据

铁马冰河英雄泪 / 孙嵒著. — 北京 ：团结出版社，
2020.4
ISBN 978-7-5126-7616-9

Ⅰ．①铁… Ⅱ．①孙… Ⅲ．①纪实小说－中国－当代
Ⅳ．①I247.5

中国版本图书馆 CIP 数据核字(2019)第 268714 号

出　版：团结出版社
　　　　（北京市东城区东皇城根南街 84 号　邮编：100006）
电　话：(010) 65228880　65244790　（出版社）
　　　　(010) 65238766　85113874　65133603（发行部）
　　　　(010) 65133603（邮购）
网　址：http://www.tjpress.com
E-mail：zb65244790@vip.163.com
　　　　fx65133603@163.com（发行部邮购）
经　销：全国新华书店
印　装：三河市东方印刷有限公司

开　本：170mm×240mm　　　16 开
印　张：22.25
字　数：352 千字
版　次：2020 年 4 月　第 1 版
印　次：2020 年 4 月　第 1 次印刷

书　号：978-7-5126-7616-9
定　价：69.80 元

# 目　录

**第一章　嗟尔远道之人胡为乎来哉：闯关东肇始**

　　一、翻越界岭口　002

　　二、遗祸无穷：中俄密约和中东铁路　004

　　三、福岛安正的穿越之旅　009

　　四、关东的土地和杆子　011

　　五、诡风谲雨会牛庄　014

　　六、当世班定远——曹廷杰　021

　　七、霍勒津布拉格变成了满洲里　026

　　八、泪洒金场　031


**第二章　千岩烽火连沧海：关东绿林生涯**

　　一、沙俄侵占辽东湾　040

　　二、广宁南乡拉大团　043

　　三、庚子之乱八鬼逞凶，沙俄侵占东三省　046

　　四、除夕夜遭袭赵家庙　049

　　五、八角台招安　053

　　六、黄天霸第二：从"剪径分金"到"剪草邀功"　058


**第三章　饥不从猛虎食：两强交攻中图存**

　　一、曹廷杰再莅东北　064

# 目　录

二、札萨克图蒙荒行局　070

三、大泡子夜袭蒙匪　073

四、日俄战争爆发　076

五、不中立的中立　079

六、池鱼之灾　081


第四章　沧溟朝旭射燕甸：拓荒实边

一、重逢日本第一代间谍头子　088

二、日本第一个女间谍和日俄战争第一段　092

三、蒙荒行局升格洮南府　097

四、牛羊之战　101

五、"花膀子队"和"东亚义勇军"　103

六、日俄战争：沙俄惨败，日本惨胜　108

七、东北善后：《中日会议东三省事宜条约》　110


第五章　东风剪水天下坛：洮南剿匪

一、乌泰叛清投俄的图谋　116

二、俄债风波　121

三、蒙民抗垦暴动　126

# 目　录

四、血染的红顶子　128

五、洮南剿蒙匪　131

六、绝域两千里追剿蒙匪　136

**第六章　烛火炎天随风灭：挫败东蒙古独立**

一、张作霖智进奉天城　142

二、镇压同盟会，张作霖掌握奉天军权　145

三、公主岭伏击：日本的"满蒙王国"胎死腹中　150

四、沙俄策动外蒙独立和东蒙叛乱　154

五、击溃"征讨中国第一路军"　157

六、敉平东蒙叛乱的善后　162

**第七章　逆鳞射月干戈声：粉碎第二次"满蒙独立"**

一、日本侵占东三省、内外蒙古和华北的计划　168

二、抗击"外蒙古大清复辟军"　171

三、郑家屯事件——点燃了中日战争的引信　173

四、巴布扎布叛军的覆灭　174

五、第二次"满蒙独立"的破灭　176

# 目  录

**第八章  天河夜转漂回星：失足金融危机与复出办矿**

一、谋职奉天，操办张学良于凤至的婚礼  182

二、袁世凯复辟失败，张作霖"顺时应变"  186

三、张作霖夺得奉天政权  191

四、奉天金融危机和挤兑风潮  193

五、奉天矿务局和东北矿业开发  196


**第九章  东风便试新刀尺：统一东北金融**

一、张作霖成为东北王  202

二、直皖战争和第一次直奉战争  209

三、统一东北金融  213

四、整军经武  215

五、任职吉黑榷运局，推动东北经济发展  219


**第十章  长洪斗落生跳波：与溥仪的诡秘交往**

一、第二次直奉战争  224

二、孙中山北上共商国是  226

三、与溥仪的诡秘交往  230

四、战后之战  233

五、郭松龄反戈  237

# 目　录

　六、巨流河之战　241

**第十一章　洪波喷流射东海：华北赈灾**

　一、华北大灾：出任赈务督办　248

　二、闯关东大潮和移民实边的深远影响　252

　三、筹济总局和烟毒泛滥　256

**第十二章　夕阳影里碎残红：最后的北洋财长**

　一、国奉吴阎战争　262

　二、北洋无复北洋系　265

　三、蔡园会议和安国军　268

　四、北洋末代统治者袍笏登场　273

　五、最后的北洋政府和最后的北洋财长　275

**第十三章　天崩地裂谁死生：亲历皇姑屯事变**

　一、北伐后期的军阀混战　282

　二、奉系"抗日"和日本"东方会议"　284

　三、宁死不签《满蒙新五路协约》　287

　四、宁为草寇，不为汉奸　291

# 目　录

　　五、亲历皇姑屯事件　294

**第十四章　万里夕阳垂地大江流：易帜岁月**

　　一、渡过东北危局　300

　　二、东北易帜　304

　　三、杨常事件和中东路事件　308

　　四、"九一八"事变　313

　　五、江桥血战　316

**第十五章　恨血千年土中碧：殉难和所负使命之谜**

　　一、危难之际赴东北惨遭杀害　320

　　二、所负使命之谜　324

　　三、余音：40比1的国联决议——满洲主权属于中国　326

**阎泽溥（庭瑞）年谱　328**

**参考文献　330**

# 引　言

　　舅妈坐在厨房门口的小凳上，用小烟袋着力地吸着烟，笼在缕缕青烟和厨房蒸汽里的脸，隐约显现着汗水痕和岁月刻下的沟沟坎坎，眼睛眯着，似在享受劳作间的小憩，又似在凝思着什么。而那凝思的事体和岁月刻下的沟沟坎坎，便一同笼罩在氤氲的青白烟雾里。

　　舅父 20 世纪 30 年代初以第一名的成绩考取了庚款留法，是"大"工程师。每外出，舅妈总是为他将衣装打理妥帖，又轩昂又高贵，当然那也是种气派。而舅妈自己，却总是一身中式衫裤，疙瘩袢的偏襟上衣，原本的蓝色已洗得成灰褐色，完完全全一个家庭妇女模样，前面还要加上"劳动"二字。

　　自从记事，父母就时常将我寄放到舅父家。舅父舅妈对我疼爱不亚于己出，有好吃的，孝敬过外祖父母，便轮到我，然后才是四个表哥一个表姐。因此在我的概念里，舅父家和自己家没有区别。

　　那时舅父家在天津原意租界，是座红砖小楼，前院有个葡萄架，我有时在那用木板架了乒乓球案，和小伙伴打球；狭长的后院尽头是厨房，里面砌着个小床般大的灶台，舅妈每天便在那里为一大家人的生活忙碌，间歇便坐在厨房门口吸袋烟。

　　小时对大人们说的事不大懂，也不留心。外祖父讲"庭瑞跟着张作霖当胡子……"，心想：张作霖，那不是大土匪大军阀么？庭瑞是什么人？胡子又是什么？舅父带我见一位姓张（学铭）的伯伯，也曾提到这个人。

有位鲍（贵卿）太太来串门，讲"皇姑屯……捡了条命"。心想：皇姑屯，张作霖不是在那被日本人炸死的吗，捡了谁的命？和我家，和鲍太太家有什么关系呢？舅妈总是让别人穿好吃好，自己什么都不要，嘴里总是说我不要，我什么福没享过啊。心想：舅妈可是劳动人民，享过什么福啊？

在那个年代，这些事长辈们对我讳莫如深。偶尔只言片语，也只管中窥豹，知道了舅妈的大伯和父亲少年闯关东，曾跟着张作霖混迹绿林，大伯阎庭瑞当过北洋政府的财政总长，后来被日本人害死了。"文革"后几位长辈被安排做政协委员，开始议论些家族旧事了，我却外出上学，回来后又沉浸在科学研究中，对长辈们的谈论充耳不闻。直到舅妈、舅父等相继逝世，才痛悔没能多陪长辈们说说话，没能多了解些长辈们的事迹；才痛定思痛去多方查访、钩沉续坠，以为长辈纪念。于是厨房门口那氤氲烟气里隐约显现的陈迹旧痕闪烁着跳跃着，点点滴滴汇成细流，流向被凝思笼罩的历史荒原。

大舅公阎庭瑞，吾不得而见之矣。长辈们描述，他高高的个儿，即使不说魁梧，也算得剽悍；一张长方脸，满是刚强血性；头颅挺圆，刚直中不乏圆滑；下巴偏尖，隐隐地透出敏锐狡狯——有了一个影像，但却模糊如笼罩在氤氲烟雾里。

为数不少的文献资料，夹杂在蒙积了一个多世纪尘埃的陈迹旧痕间，给那模糊的影像添加上一个个跃动的符号。影像些许实化的同时却又萌生了一个个的疑问：几百万上千万闯关东的流民中，何以阎庭瑞十年间成为满蒙地区移民屯垦的主管？何以又十年由赈务督办而财政总长，成为闯关东大潮的重要推手？他少年失怙辍学，何以被认作清末监生又留学英国？一个扛活拉胶皮逃亡关东的苦力，何以合并东三省银行、统一东北币制，运用货币发行权和连锁式企业运营，助成东北经济起飞和奉军"整军经武"？何以任北洋政府财政总长兼管海关、税务署、盐务署、禁烟总局，独掌财经大权还办理外交事务？

台北"中研院"档案馆藏有十余份阎庭瑞拟写、批核的文件，映入眼帘的首先是遒劲有力的书法，之后是行文的思维缜密和逻辑严谨。文件所涉领域广泛：财政、金融、税务、外贸、教育、军工、中外条约、使领馆事务、租界章程……家人所讲的他自幼聪敏好学，虽辍学却勤学善学，打工间歇便看书或用树枝在地上练字，等等，他的形象便俄然生动起来。

20世纪20年代华北大灾，尤以山东为烈。阎庭瑞出任山东赈务督办兼奉天赈务局长，统管关内关外的赈灾、移民及其安置。当时日本在华最大情报机构——满铁调查课有一份报告："在移出地中，对移民最尽力的是山东赈务处。"综合其他有关移民、屯垦和赈务的资料，便体会到了他挥之不去的难民情结，体会到了他在掌管移民屯垦和赈务时于难民处境的感同身受，也就明白了他何以成为历史最大移民潮的重要推手。

在奉张集团统治东北的十多年里，共有一千余万关内人民移民关外，远远超过日本的百万移民和俄国的二十几万移民，不仅促进了东北的经济和文化发展，而且这些闯关东的移民具有明确的国族认同，从而使日本、苏俄和清朝余孽将东北从中国分离出去的企图难以得逞。

"九一八"事变东北沦陷。1932年春节过后，阎庭瑞受张作霖的寿夫人（当时寓居天津）之托，到奉天办理张家财物事。人称"满洲国产婆"的大汉奸赵欣伯向日军告密，说阎庭瑞来沈阳实际是为张学良侦探日军的秘密。1932年3月中，阎庭瑞被日军秘密逮捕。

他被日军秘密关押了一段时间，两眼被折磨瞎后，被日军用电椅处死。

阎庭瑞去奉天，正值国联调查团来华调查"九一八"事变真相、国民政府及张学良冀望通过国际调停收回东北和日本加紧炮制伪满洲国之际，而马占山到奉天后返回齐齐哈尔即出奔黑河，再举抗日义旗，并将阎庭瑞被杀害的事电告张学良和国联调查团。阎庭瑞到底身负何种使命被杀害，至今不明。

影像有血肉，还有灵魂。外祖父讲大舅公少年辍学，论文化也就听过些《说岳》之类的评书——流民苦力寻常事；舅妈讲小时家里供着关公像——江湖儿女寻常事；外祖父讲大舅公当胡子的事也不避讳，还说"宁为草寇不为汉奸"——绿林草莽寻常语；舅妈讲大舅公很鄙视日本和沙俄侵略者，总呼之为"小日本""老毛子"——中土人士寻常语……但将这些寻常事寻常语串联起来的，却是"忠义"二字，一以贯之的是民族气节。于是便明白了他何以坚决支持镇压沙俄和日本策动的"满蒙独立"；便明白了他何以辅助张作霖坚决不执行袁世凯政府签订的丧权辱国"二十一条"，坚决不签订日本图谋向东北扩张的《满蒙新五路协约》；便明白了他何以积极筹款自行建设铁路、港口、矿山，拉拢英美抗衡日本；便明白了他何以不顾安危，在"九一八"事变日本侵占东北、残酷镇压抵抗力量和炮制伪满洲国之际，为恢复东北去奉天活动而惨遭杀害。

于是那影像有了灵魂。

于是有了下面的文字。

# 第一章 嗟尔远道之人胡为乎来哉：闯关东肇始

# 一、翻越界岭口

光绪二十三年（1897），被认为是清朝东北封禁令松弛、真正开始向关东移民的"元年"。阎庭瑞就恰当是时站在了那个历史的节点上——那一年的季春，他从燕山界岭口附近的一条盘肠小道，攀援到长城一个坍塌的豁口前。但他丝毫没有意识到自己正站在近代东北的一个历史节点上，更不会想到自己以后会主动地站在东北发展的一系列节点上。

阎家祖籍浙江，于道光年间落户直隶天津卫北郊，到阎庭瑞时穷得无立锥之地，十六七岁就在天津丁字沽一带扛活打工。那时卖力气扛活也不是好卖好扛的，装卸运输都是混混儿的脚行把持，各有山寨地盘。他新入行，不免处处遭欺。一次接了个散活，刚到三岔口地界，就有个"花鞋大辫子"拖着一条腿，带着两个青色袄裤的汉子迎上来，二话没有就是一顿暴打。

阎庭瑞本以为扛个散活越界不打紧，不想对方认为他是来寻衅争签的，单人独行的混混儿想在某脚行争一根能分钱的签，便是这般前来寻衅"卖打"，而且挨打不能架挡。可阎庭瑞不懂这规矩，被打得急了，夺过对方的斧把子反手打去，直直地打在"花鞋大辫子"的脑顶上。大辫子连声都没出一声，就头迸血浆倒在地上。那两个青袄裤汉子先愣了一愣，然后发一声呼喝，拔出匕首扑上来。还有几条汉子闻声跑过来。阎庭瑞先见大辫子脑袋开花也愣住了，这时见势不好，将手里斧把朝当面汉子一掷，转身就跑，直跑出三几里地，才甩脱了那帮人的追赶，又急遑遑跑回家中，跟

清末百姓闯关东

老婆撂下句话，抄了两件衣裳就又匆匆往北边逃，直到跑出天津卫地界，才倒在荒野地喘息。

阎庭瑞晓得闯下了大祸，仇家决不会放过他，混混儿人多势又大，这会儿定准已对他发了死签。官府马上也会追捕，衙门里的捕快班头还多是混混儿中人，不管落在哪家手里，都是小命不保。天津卫是待不得了，可天下之大，哪里是容身之处呢？

他想起听人讲，关外地多人少，大片黑油油的沃土荒在那里没人种。直隶原就地少人多，肥沃土地又大都被清朝奴隶主跑马圈地侵占了，大量失去土地的农民沦为流民或贵族的农奴，加上这些年旱涝蝗疫灾害连连，有些人便不顾官府禁令，铤而走险去闯关东。

闯关东之为"闯"，不是因为关东沃野广袤，也不是因为自然条件严峻，而是因为清廷实行封禁政策，到关东需要"闯"过封锁线——直隶民多私越长城走辽西、山东民多泛海偷渡到辽东，所以称之为"闯关东"。

明清之际中国东北疆域的北界，是蒙古诸族游牧的北温带草原与寒带的分界线。清代明后，就在时空上与彼得大帝革新图强的俄罗斯遭遇了。康熙与之签订的中俄《尼布楚条约》，通常讲中国失去了35万平方公里的土地，但以前述的游牧北界计算，则丧失的土地要近一百万平方公里。

除了对边疆不重视，地旷人稀是失地丧权的重要因素。明末时，东北人口有二三百万，经过努尔哈赤的屠杀和汉人大量逃亡，以及清初满汉八旗进关，清初人口剧减。但清朝贵族为了在中原立足不住时给自己留一块"退身地"，反而对东北施行封禁政策。康熙朝颁布"辽东招民授官永著停止令"，修筑边墙"柳条边"，严禁关内人民去东北屯垦、狩猎、采参，等等。乾隆五十二年（1787），辽宁、吉林人口合计96万人，黑龙江少到难以估算。到道光三十年（1850），辽宁和吉林人口合计不过289万人。

这一时期，清政府又丧失了黑龙江以北、乌苏里江以东和库页岛等大片领土，计一百余万平方公里的东北领土。直到光绪二十三年，也就是阎庭瑞逃亡关东这一年，俄国又攫取了在中国东北修筑东清铁路的权益，并谋划向满洲移民60万人；后起的日本在甲午战争击败中国、侵吞朝鲜后，又武力和移民并举，向东北扩张。清廷始加戒惧，开始对移民东北解禁。

阎庭瑞盘算走投无路，不如去闯关东，当个二三年人丁攒点钱，等伤人案子的风头过了再回来，若是混得好能置下块儿地，迁家定居也不是不行。于是便一径向北偏东走去。

一程程跋涉到长城界岭口的阎庭瑞不会欣赏边塞古堞的风光，对他来说后面是重峦叠嶂，前面还是重峦叠嶂，只不过穿过豁口到了关外，就逃脱了直隶官府和仇家的追捕。暮霭正从峦壑间一抹抹往上浮，让前途和后路都有些茫茫然。他告别似地看了看身后的重峦叠嶂，便跨过坍塌的长城豁口，走进了前面的重峦叠嶂。

# 二、遗祸无穷：中俄密约和中东铁路

当阎庭瑞越过坍塌的长城豁口，一步步向北偏东方向行去时，在界岭口向北偏东约三千里处，有一队人马正向南偏西而行。他们有枪械，但不是军队，中间有一个梳辫子的，但其他人都是黄毛绿眼睛、裹着毛皮、熊似的老毛子，马车上还带着一些古怪的器械，沿着松花江行进。

一年前，沙俄历史上，或许也是人类历史上最宏大最艰巨的铁路工程——贯穿欧亚大陆的西伯利亚大铁路，从乌拉尔山修建到了外贝加尔湖

1896 年 5 月，尼古拉二世加冕典礼

地区。

一年前，俄国新沙皇尼古拉二世守丧期满，举行加冕大典。

一年前，1896 年 3 月 27 日，风烛残年的李鸿章，由两个儿子搀扶着，颤颤巍巍地走过舷梯，在天津登上一艘法国邮轮。跟随他一同登船的，还有一副楠木棺材。

夕阳残照。李鸿章的携棺远行，已没有了二十年前左宗棠抬榇西征、抗击沙俄侵略、誓死收复新疆的壮烈。有的，只是衰朽不堪的他和他背后那个衰朽不堪的大清帝国，遭受甲午战败的致命一击后行将就木的悲哀。

同为清末重臣和洋务运动领袖，终李鸿章一生也只拘于"师夷"而畏于"抗夷"，从未有过同侪左宗棠那般誓死出征，先西疆抗击沙俄，再南疆奋战法国的胆略。两年前面对不光国力和俄、法不在一个量级，甚至与中国都不在一个量级的日本，北洋统帅李鸿章和他手下的将领们畏缩避战，军队五倍于敌却一逃五千里，从朝鲜南端逃到北端，又从鸭绿江逃过了辽东湾。

失败不可怕，可怕的是丧失抗争的勇气。李鸿章和他背后那个衰朽的清朝政权在甲午战前就丧失了抗争的勇气，把抵御咄咄进逼的日本的希望，全然寄托在西方列强身上。甲午时已经一误再误，却还不接受教训，这时闻知新沙皇将要加冕的消息，又打起以夷制夷的主意。

光绪二十二年的春节刚过，大清的两位实权人物——已过花甲之年的慈禧和耄耋之年的李鸿章密议半日，商订了联俄抗日的"密谋"。因甲午战败和签订《马关条约》而国人皆曰可杀的李鸿章，被任命为钦差大臣，赴俄祝贺新沙皇加冕。

出席尼古拉二世加冕大典的，有超过七千名贵宾，其中有许多国家的元首和皇室成员，但一个"衰朽东方国家"的使臣，却被俄国列为头等贵宾，给予了超规格的接待：

派马赫托姆斯基公爵，还有豪华的俄罗斯号客轮远赴埃及的亚历山大港迎接；

到达黑海的敖德萨港时，沙俄的海军上将为他举行隆重的欢迎式；

在圣彼得堡，搭建了插满大清龙旗的中国式牌楼，还悬挂有李鸿章的画像；

沙俄财政大臣谢尔盖·尤利耶维奇·维特伯爵亲自操办接待李鸿章的事宜。

尼古拉二世加冕典礼，给予李鸿章的欢迎排场仅次于典礼主角沙皇夫妇的入场仪式。

加冕典礼后，5 月 4 日，沙皇尼古拉二世隆重接见李鸿章。一个不大不小的插曲是：尼古拉二世的皇后亚历山德拉微笑着向李鸿章伸出手。李鸿章不知道这是"吻手礼"，以为是要"见面礼"，急忙摘下慈禧太后赐给他的一枚宝石戒指送上。亚历山德拉皇后诧异地收下戒指，说了声"谢谢"，再次伸出手。李鸿章一时没有可以再作见面礼的物件，只得"木鸡养到"地木然呆立。

李鸿章要拉拢尼古拉二世共同"抗日"，也是大有缘由：一年前的 3 月 24 日，甲午战后赴日谈判的李鸿章，在马关被一个反对和谈、企图扩大侵华战争的日本浪人开枪击中左颊；五年前，1891 年的 5 月 11 日，当时还是皇太子的尼古拉·亚历山德罗维奇·罗曼诺夫访问日本，乘人力车到大津观光，被一个企图阻止沙俄东进、鼓吹日本扩张的日本警察用刀砍了两刀。二人说起来都是日本极端分子的受害者。

尼古拉固然仇恨日本，但更要在瓜分垂死的大清帝国时争得最大的一份。他的计划是从中俄边境西端的乔戈里峰到东端的海参崴画一条直线，把包括东北、内蒙古、华北大部、陕甘宁、青海、新疆等在内的北中国变成"黄俄罗斯"，像"白俄罗斯""小俄罗斯"一样并入沙俄，实现他"从太平洋之滨到喜马拉雅之巅主宰亚洲和欧洲事务"的野心。

沙俄远东政策的掌控者，便是促成和安排了李鸿章此次赴俄访问的财政大臣维特。

维特出身沙俄一个下层贵族家庭，大学毕业后进入铁路系统任职，因杰出的才干迅速升迁，先任交通大臣，又任财政大臣。他调和沙俄世袭贵族和新兴资产阶级的利益，实行一系列改革，主导修建西伯利亚大铁路，是俄罗斯工业化进程的政策制定者和推动者，又是"黄俄罗斯"计划或"俄华帝国"计划的主要炮制者和执行者。

"黄俄罗斯"计划的核心是先控制满洲，控制满洲的关键是修建一条与西伯利亚大铁路连接、贯穿中国东北的铁路。维特指出，"它使俄国能在任何时间内在最短的路上把自己的军事力量运到海参崴和集中于满洲、黄海海岸，以及离中国首都的近距离处……将大大加强俄国在中国及远东的威信和影响，并将促使附属于中国的部族向俄国靠拢。"

中国甲午战败，与日本签订《马关条约》，承认日本占领朝鲜，割让台湾岛及其附属各岛屿、澎湖列岛和辽东半岛给日本，还赔款二亿两白银，签定其他不平等条款。日本如此贪婪，侵犯了西方列强的在华利益，沙俄便联合德国和法国，以保护中国完整为名迫使日本归还辽东，由中国再付给日本三千万两白银的赎金。沙俄主导"三国还辽"，营造了大清恩主的形象后，便比日本更加贪婪地向中国索取好处，以独霸东北。

作为"俄罗斯脊柱"的西伯利亚大铁路修到了外贝加尔湖。但从赤塔到目的地海参崴，也就是符拉迪沃斯托克（意即"征服东方"），还要绕过辽阔的中国东北地区，还有很长也更艰难的铁路要修，如此才能实现用一座"欧亚大陆桥"将沙俄帝国的东西部紧紧联结，并称霸远东的美梦。

执掌沙俄远东事务的维特提出：借道中国东北北部的广阔平原及丘陵地带，从赤塔经满洲里直达符拉迪沃斯托克。这一方案不仅能使铁路工程缩短一千多公里，地质情况也大为改善，节省巨额开支，在中国境内还能解决劳动力的问题，更重要的是，可藉此把中国的东北用两条铁轨牢牢箍住，即便不能将之直接并入俄国，也能使之成为俄国的附属地。

这一方案得到尼古拉二世的支持。但俄国使臣几次交涉，清总理衙门

1986 年 5 月李鸿章（前排坐者）一行访俄，签订《中俄密约》

认为"拟不如奋力兴办，即使专借各国洋债，当不失为自强切要之图"，拒绝了沙俄"借地修路"的要求。

维特遂选中李鸿章作为实行这一图谋的工具，藉沙皇加冕之机，指名道姓要李鸿章前去，还派马赫托姆斯基公爵携客轮远赴埃及迎接。维特对马赫托姆斯基道破其中关窍说："不要让李鸿章到达我们这里之前到任何地方去，以免受到欧洲各国各种阴谋诡计的影响。"

沙俄要欢迎的，不是行将就木的李鸿章，而是要铺设好切割他背后那个行将就木的庞大帝国之路。在一系列欢迎仪式和宴会后，维特和李鸿章进行了秘密会谈。维特时年 47 岁，而李鸿章恰好倒过来为 74 岁。慈禧和李鸿章的目的是和俄国订立密约，建立共同对付日本的军事同盟；而俄方的态度是，不借地修路，其他一切免谈。

李鸿章和清廷顾忌丧失东北主权，以及列强群起效尤。维特窥见内情，便请沙皇又秘密接见了李鸿章，给了他一个虚假的无效保证："我国地广人稀，断不侵占人尺寸地，中俄交情更加亲密，东省接路实为将来调兵捷速。中国有事亦便帮助，非仅利俄。"

李鸿章向清廷报告了尼古拉二世的话。

维特同时请沙皇特批，向李鸿章奉上了名为"李鸿章基金"的三百万卢布的巨额贿赂（根据沙俄档案，的确存在这样一笔"交涉特殊用项基金"，存放在华俄道胜银行账户中，由俄国财政部总务厅管理，之后有一百七十万卢布被中国人领取）。

李鸿章的态度变得积极起来，俄方也把借地修铁路掩饰成名义上为中俄合办，还同意建立中俄军事同盟，对付日本或与日本同盟之国。经过紧锣密鼓的谈判，拟定了条约初稿，得到尼古拉二世和清廷的批准，双方决定签字。

但在签字仪式上，发生了戏剧性的一幕：维特发现，《中俄密约》初稿第一条"日本国或与日本同盟之国如侵占俄国亚洲东方土地，或中国土地，或朝鲜土地，即牵碍此约，应立即照约办理"，他想要删掉的"或与日本同盟之国"的字句，仍然被写进了正式文本。维特认为这几个字词会给俄国带来无穷后患，甚至把俄国拖进不情愿的战争。

这时是中午十二点一刻，维特就强邀李鸿章等人先吃饭，再签字，利用吃饭的时间偷偷修改了条约文本。李鸿章等人既没注意到这一重要问题，也没发现条约内容被修改了，吃完饭，就在修改后的条约文本上签了字。

于是大清拿到了一个空洞的文本，沙俄拿到了侵夺中国东北的各种权益，狂喜庆贺"在十年或二十年之后，满洲将如已熟之果，落在我们手中"。

于是在阎庭瑞翻越长城界岭口的 1897 年的 3 月，中方只有一个没有实权的董事长，而所有董事和高级管理人员都由俄方任命的"中国东方铁路公司"正式成立了。

于是沙俄的这支中东铁路公司的考察队，从海参崴进入中国东北，经三岔沟、宁古塔、榆树一路勘测前进，来到松花江南岸一个叫作"阿勒锦"的小村子。血红血红的夕阳向松花江西端坠去时分，这支考察队在阿勒锦安了营扎了寨。

由于译音差讹，这个名为"阿勒锦"的小村庄变成了"哈尔滨"。


## 三、福岛安正的穿越之旅


"西伯利亚大铁路大约要耗时十年，这十年是关系日本生死存亡的十

日本情报战之父福岛安正

年，日本对此绝不能袖手旁观。"这是日本情报战之父福岛安正的判断。

此刻，福岛安正在西伯利亚的冰天雪地里，沿着西伯利亚铁路的规划路线，单人独骑由西向东艰难地跋涉。这是西伯利亚最寒冷的季节，气温达到零下 50 度，但福岛安正却以惊人的意志，在荒无人烟的冰天雪地里顽强前行。

福岛安正 1852 年生在日本信州一个破落武士家庭，由祖母抚养长大，很早就显示出过人的情报及语言天赋。他二十多岁时，就提出"日本的防卫生命线在朝鲜半岛及中国大陆"，开始考虑与列强争胜和侵华的大战略。福岛安正精通中、英、德、法、俄五国语言，足迹遍于中国、欧洲、东南亚、南亚、西亚、中东和北非，建立起庞大而有效的情报网。

福岛安正曾对大清实地侦查，写成《邻国兵备略》呈报军部和明治天皇，指出"清国的一大致命弱点就是公然行贿受贿，这是万恶之源。但清国人对此毫不反省，上至皇帝大臣，下到一兵一卒，无不如此，此为清国之不治之症，如此国家根本不是日本之对手"。他的判断和情报对于日本发动甲午战争并获胜起了重要作用。

福岛安正认为国家是土地与其人民结合的有机体，地缘与政治密不可分，必须要实地考察，从地缘政治的角度对一个国家的综合国力做出判断。1892 年他担任日本驻德国武官时，为了掌握沙俄东进的实际情况，决定亲自沿着西伯利亚铁路的路线进行实地侦察。为避免暴露穿越计划的目的，福岛安正宣布要进行一次单骑穿越严寒时期西伯利亚的探险旅行。

这个计划一宣布，全世界无不对他的穿越计划嗤之以鼻，就是土生土长的西伯利亚人也不敢在严冬时期单人独骑穿越西伯利亚，何况是一个没有严寒地区生活经历的外国人。大家都等着看这个日本人的悲剧。但时任日本驻德国武官的福岛安正坚定地从柏林开始了单骑穿越之旅。

福岛安正踏上
穿越西伯利亚之旅

　　沙俄被福岛安正的障眼法蒙蔽了，而且狂傲地认为日本的实力对俄国构不成威胁，为福岛安正的穿越之旅提供了方便，当他途经莫斯科时，沙皇和皇后还给予他接见和赐宴的待遇。

　　经过400多天约13000公里的艰苦跋涉，累垮冻死了8匹马，凭着超凡的毅力，福岛安正终于穿越了环境恶劣的西伯利亚，沿着黑龙江南下进入了中国东北。他还要进一步考察沙俄及其铁路进入中国的路径和东北的军情舆况，找到制胜沙俄的"穴道"，进而宰割大清、独霸满蒙。

# 四、关东的土地和杆子

　　越过燕山山脉，阎庭瑞还不曾感受到从北方和东瀛扑向关东的血雨腥风，感到的只是风餐露宿的凄风苦雨。他对关东也无甚地理概念，只知道按着日头方位，向北偏东走，一路打着短工挣盘缠。

　　闯关东，大多是到边外，也就是柳条边外。

　　柳条边是清顺治到康熙年间，为了不让汉人进入清朝的"龙兴之地"——辽河流域和吉林，修筑的一条土基柳条篱笆墙，西南面的"老边"

长九百多里，东北面的"新边"长约七百里，设有二十几个门卡，驻兵把守。当时边务荒废，加上甲午战争清廷一败涂地，柳条边封禁已形同虚设，只要小心躲开那几个残存的边门，便能过去。

阎庭瑞顺利过了柳条边，但发现要想弄块自己的地种，也并非易事。

边外的地大多属"官地"，属最少数的人所有。"普天之下，莫非王土"，有供皇帝狩猎游玩的皇家围场，如盛京围场，东西五百里，南北五百里，有六万多平方公里，比一些小国家还大；有专为皇家提供人参、东珠、貂皮、鳇鱼等的禁山，像长白山、图们江、呼兰东北的山川等，仅封禁的参山就有110处；有皇家牧场，供皇室贵族养马和练习骑射，光奉天就有三大牧场；有官庄，清廷许多衙门都领有官庄，像盛京内务府仅粮庄就有377所，占地二百多万亩，此外还有果园、棉庄、盐庄等近二百所。

其次是旗地，分给八旗王公和官兵的庄园田地。这也就将东北膏腴之地圈占得差不多了，但旗人们只有使用权，土地国有，实际是皇家所有，不许私自出售。

皇家和八旗圈占剩下的，才是可以纳税耕种的民地，又分"红册地"和"私垦地"。

"红册地"是早于小朝廷千百年便生活在那里的原住民，在清朝封禁之前开垦的私有地，被恩准可以交纳赋税和种地，也准许买卖。

"私垦地"是流民或原住民在清朝封禁后自行垦荒的地。私自在朝廷头上动土，自然犯法，被官府发现，就要"入官征租"，并课以惩罚性的重税。

边外旗人圈占有不少田地。虽然朝廷一再下旨不许汉人在旗人的地界内耕种，但旗人自己不习农耕，坐吃皇粮维持不了生计，就偷偷招纳汉人来种地，收取地租。

阎庭瑞人生地不熟，一时没找到招人种地的，另外也是想先打短工攒点钱，再找放官荒的机会弄块自己的地种。他就在辽河流域扛活拉脚，干在天津卫时的老本行。那时闯关东的，十之七八是先打短工，干一个时期后，再找定居务农或其他营生的机会。

当时辽河流域的运输业非常发达。辽河出海口的牛庄开埠后，西方列强生产过剩的各种"洋货"由此大量输入东北，东北的各种资源也由此大

1895 年的牛庄护卫队

量输出。据牛庄（营口）海关的档案，1894 年牛庄输入货物约合 545 万两白银，输出约合 853 万两白银；1899 年输入增加到约 2185 万两白银，输出约 2062 万两白银。

牛庄及辽河流域成为东北近代商品经济的发源地。辽河的航运业随之兴盛，当时辽河沿岸有近二百处码头，较大的就有三四十处。辽河两岸随之出现了许多新的市镇，带动了辽沈地区早期城市经济的发展。

辽河流域经济的兴盛，还带动了另一行当的兴起——杆子；而甲午战争，让杆子愈发兴盛。清咸丰、同治年间，杆子便已不少。甲午清军战败，清廷在辽河流域的统治崩溃，日军到处烧杀奸淫抢掠。民众只能自发组织起来抗敌自卫。日本撤军后，民兵要么成了类似民团的"大团"，要么拉"杆子"成了土匪，还有抗敌无方却害民有道的清军，遍地的溃兵便成了遍地的土匪。

辽河两岸杆子林立：红罗山的五大哨、青麻坎的杜立三、大小海砂子帮……比辽河沿岸的大小码头还要多许多。他们打家劫舍，"压地面"敛钱，向来往客商收取过境费，每条货船经过杆子的地面，每趟就要三五块大洋，他们称之为"打水鸭子"。

在辽河流域当苦力走货，几乎天天要和杆子打交道。阎庭瑞跑过码头又年少胆大，一来二去熟稔了，常帮着货主和杆子们攀江湖道谈价码。这段经历对他后来掌管海关和税务，以及与列国大盗打交道，不能不说大有裨益。

# 五、诡风谲雨会牛庄

第一次鸦片战争后签订《南京条约》，五口（广州、厦门、福州、宁波、上海）通商都在南方。第二次鸦片战争，英法联军攻陷大沽口打进天津，与清政府签订《天津条约》，增开牛庄、登州、台南、淡水、潮州、琼州、汉口、九江、南京、镇江十个通商口岸，其中打开辽河流域的牛庄口岸，可以说帝国主义列强的触角伸进了东北。

牛庄位于辽河与太子河的汇合处。战国末燕太子丹派荆轲刺秦王不成，反招灭国之祸，逃匿到衍水，后被秦军追杀，人们为了表达对太子丹之怀念，称衍水为太子河。牛庄城相传是唐朝大将尉迟敬德征高丽时所筑，后金时皇太极又重新修筑。清初时，牛庄还是辽河的出海口，战略位置十分重要。后来随海岸线外移和河道淤塞，便逐渐衰落了。

英国人怀揣《天津条约》来了一看，牛庄河道淤浅，大船进不来，而

清末辽河的航运

辽河入海口处的没沟营，也称营口，水深港阔，适合大船进出，便指鹿为马，硬指没沟营为牛庄，在那里建港开了埠，对外还是叫牛庄。

虽然假牛庄吸洋气喝洋水发达起来，不过小商小贩们仍然习惯到真牛庄做生意。照药材商的话：假牛庄是洋鬼子的，真牛庄还是咱们大清国的。

一次阎庭瑞跟着个药材商，从新民府跑长途去牛庄。他们进城到货栈卸了货物。安放妥整后，药材商唤他们几个脚夫一同去吃饭，算是犒劳一路辛苦，到一个胡家馆子坐了。

馆子里人还真不少，都是来吃胡家馅饼的。药材商和胡家馆子老板很熟的样子，要了几角酒和馅饼，又侃起天长地短。阎庭瑞已累饿得狠了，先狼吞虎咽下去两三个馅饼，才觉出那馅饼外焦里嫩好吃得紧，也有了精神听药材商和店老板侃大山。阎庭瑞听他们叹说生意越来越难做，自从那假牛庄开了埠，有点实力的都跑那里捞世界去了。他想，天津也开埠，不少人去捞世界，就问开埠做生意，到是好还是不好？

店老板恨了一声说把咱这儿的好东西一船船全拉走啦，你说是好还是不好？要不是能一船船把咱这儿的好东西都拉走，洋毛子吃饱了撑的大老远跑这儿来花钱修港口？这港口在人家手里啊，就跟掐住我们的脖子一样。

阎庭瑞不知怎么就冒出句：那赶多咱，咱自个儿也修个港口不成嘛。

旁边有人说话了：年轻人，有志气啊。

说话的是邻桌一个四十五六岁的中年人，有点谢顶，圆凸的额顶又高又亮，一双比圆凸的额顶还炯炯亮的眸子正扫过来。和他同桌的还有三个人，一个是四十来岁圆墩墩十分结实的中年人，还有两个三十上下的青年人，也在瞄着看。

阎庭瑞慌道：俺刚才随嘴乱说的，几位爷莫要取笑。

那个圆墩墩的中年人脸上也圆墩墩地堆着笑说：年轻人就是要有志气，哪个取笑唻？这位老板的话也大有道理，要不是能掠取十倍百倍的好处，那些金发绿眼的西洋鬼，怎么肯万里迢迢地花大钱来这儿修港口？

药材商拱手打问：尊驾如何称呼？那人仍敦敦笑说，鄙姓木，十年树木的木，名轩春，轩窗的轩，春天的春。又转向圆凸额顶者略欠身道："这位——"圆凸额顶的中年人自行接道："在下福安正。"

阎庭瑞见福安正和木轩春都一口北京官话，在天津卫拉活时见识得，说：敢问几位爷，可是京里来的？

药材商也恭敬问说：您老可是天潢贵胄，跟乾隆爷时的福康安大人一脉？

福安正微笑摇头。木轩春道我们可不是八旗贵胄，我们是走南闯北的生意人，来这里做些不大不小的买卖。

伙计给那四人送上刚出锅的馅饼。店老板端了烫好的酒跟过来：这几位爷是头回来小店吧？

福安正用筷子夹起馅饼：慕名而来。

"谢谢各位新老主顾赏脸，照顾小店生意。"店老板转头招呼柜上伙计，"开两坛酒，今儿个在下请各位喝杯水酒。"说着给四位新客斟上酒，自己斟了一杯敬过四人，又罗圈揖敬过店里众来客。

店里客人们轰然叫了声好，敬怀开喝。酒桌便是生意场，有几人便招呼福安正一行，说来敝处做生意，若有用得着的地方尽管说话。福安正说正要向列位请教，方才码头上人讲，汛期时也只小号的两桅船进得来，不知有没有办法让再大些的船进来？

店里有老人讲原先三桅船是能进来的，近年河道淤塞就进不来了，若将几个狭浅处略加疏浚，再整些拉纤的，也将就行得。又有人讲还是平底驳船好行，运货也不算少。

福安正言语间似对辽河潮汐、汛期等颇为了解，但还是详细问了河道及租用驳船等情形，然后又问来做生意太平不，除了官府，还要拜哪些山头？

店里人支吾说辽河两岸山头林立，朝令夕改，说不得，说不得。还是店老板指店内一人道，若问江湖上事，几位客官可向这位冯爷请教。

店老板说的"冯爷"，是个二十七八岁的国字脸大汉，身着衙门"捕"字服，独踞一桌，两大盘馅饼已吃得只剩半只，正大碗喝酒，意态酣畅。

木轩春起身端了酒走到大汉桌前，敬酒道我等想来贵宝地做点生意，还要请冯英雄多多照顾。

那大汉是个有里儿有面儿的，吃了木轩春的敬酒，拍胸脯道：好说，几位来时，到海城县找冯某便是，我冯德麟说句话，这辽河两岸、三山五寨的朋友，多少还给个面子。

1895 年，离开牛庄的行李车

福安正说：冯兄真是义气干云的好汉，我等来时，定当专程拜访。唤店里伙计又开了坛酒，说：我这里先敬冯兄三杯。

冯德麟愈发兴致酣畅，一边与福安正、木轩春喝酒，一边给他们指点辽河两岸大小山寨的情形，什么红罗山的五大哨、青麻坎的杜立三、姜家屯的洪辅臣，大小海砂子帮……听得众人咋舌不下。

冯德麟讲罢江湖道。福安正又向药材商问道：方才老哥讲刚从北边进货回来，可知道俄国人的大清东省铁路修到哪里了？药材商说我也是听黑龙江来的老客讲，老毛子前些日子在小绥芬河的三岔口，举行那东啥铁路的开工仪式，还满处招人去干活，至于要从哪儿过就弄不清了，不过这两年净见老毛子的勘探队四下里转啦，开原、辽阳、奉天周遭都见过。您老的生意也和铁路相干么？

"和我们大家的生意都相干哦。若是俄夷的铁路修好了，那比英夷修了港口还要掐我们脖子，恐怕生意就越发难做了。"

店老板说甭管东洋鬼西洋鬼，来这儿都没安好心。

"要说最坏的，就属俄国老毛子。"木轩春说，"已经抢去了我大清国比满洲还要大的地方，要是再把大清东省铁路修到这里来，恐怕满洲就不复大清所有，就再无我们的安身立命之处了。"

哐啷啷一声大响，冯德麟将腰刀使劲在桌上一拍：我日他奶奶的老毛子！敢来这儿作恶，来一个老子杀一个，来两个老子杀一双！

店里众人喝了声"好"。

却有个阴侧侧的声音接道：甲午年打进来的，可是东洋鬼，杀人放火的事少干啦！

药材商道：我这腿就是甲午年挨了东洋鬼一枪，唉，国运不济啊，想不到咱堂堂的大清国，现今竟成了任人宰割的鱼肉，什么鬼都想来拉一刀吃一口。

"与日本虽有甲午之战，但对我大清威胁最大的，还是白人帝国主义，最凶恶的，又非罗刹鬼莫属，眼看就要把满洲加蒙古连骨头带肉都吞了。"福安正说话间带着一股威严，"我大清要想避免任人宰割的命运，唯有与同为黄种人的日本相互提携，东亚共荣共强，方能抵抗沙俄的侵略。"

"甲午时，可是东洋鬼把辽东，还有朝鲜连骨头带肉都吞了，还勒索去两亿两银子。要不是老毛子出面强着东洋鬼交还了辽东，现在连这疙瘩都不是咱们的了。"说话的又是那个声音阴冷的瘦高汉子。

冯德麟驳道："罗刹鬼那是黄鼠狼给鸡拜年，没安好心。先让我们花大把的银子把辽东赎回来。东洋鬼前脚走，老毛子后脚来，借着修铁路，不光占奉天，还要占黑龙江和吉林。最坏的还就是俄国老毛子。"

瘦高汉子道："老毛子无非掠些财物，杀些边民，侵占了些北边的荒芜寒冷之地，不过是癣疥之疾，东洋鬼却是要亡我中华，乃是心腹大患。"

冯德麟道："你莫要给老毛子的先遣队做事拿了钱，就一味替老毛子说话。"

瘦高汉子的佩刀摆在桌边。那刀狭长略弯，柄带护手，是一把沙俄哥萨克骑兵用的马刀。

瘦高汉子怒道："我赚点老毛子的钱怎么啦，也不比衙门里的钱脏。别人怕你冯德麟，我金寿山可不在乎你。"

冯德麟腾地立起："那好，由你划道，我们出去见个高下。"

金寿山也不含糊，抄起刀起身就往外趟，"你说咋比就咋比。"

店老板和店里的人慌忙劝架。但凡这等江湖人物，越是有人劝越不能退缩，越是有人拉越要向前冲。而众人对冯德麟和金寿山甚为忌惮，还有些人是巴望这二人两败俱伤，因此并不认真劝解，二人也愈发气势汹汹。

在那个诡异夜，那个是非地，阎庭瑞干了一件犯愣的事——去给两个威震一方的绿林老杆子劝架。

不过阎庭瑞也知道，若直条条去劝，非但劝不了架还会引火烧身，弄不好这俩老杆子就先掉头把他给料理了——他们不是要划个道嘛，这些江湖人物最要争的，就是面子，得给他俩划条不失面子还挣面子的道才行。

在天津卫，阎庭瑞没少见混混儿们争地盘抢码头。那些混混儿千差万差，却有一样不差：凡有争端，必先划下道来，一见高低便了，绝不会死打烂缠。不过那些捞油锅滚钉板的道，对冯德麟金寿山这样的江湖老杆子肯定是行不通的。那给他们划个什么道呢？

天气湿热，店外空地有成群的蜻蜓在飞。阎庭瑞猛地有了计较——他在天津卫也跟人练过几年拳脚，听过刀劈飞鸟的传说，这蜻蜓可比飞鸟好劈得多！他往前跨了一步，拱手道：久闻二位好汉刀法精妙，不知可肯赏脸让我等长长见识。

冯德麟应了声：你想见识什么？

"听说武功高手可以刀劈飞鸟，却从未一见。此间有蜻蜓飞来飞去。斗胆请二位好汉让我等开开眼界，展示个刀劈蜻蜓。一式之间，击落蜻蜓多者为胜，如何？"

在场众人中若有一个真心不要那二人厮杀的，那一定是馅饼店的胡老板。他是跑得了和尚跑不了庙的那个"庙"，正捏了汗怕出事受牵连，一听阎庭瑞给二人划了不劈人劈蜻蜓的道，赶紧顺坡赶驴，说：好好好，这一来可让我等大开眼界，二来也可传为美谈，彰显二位，二位那个英雄了得。

冯德麟瞄着金寿山：你怎么说？

金寿山被晚风一吹，酒劲下去一些，也不想没来由的和冯德麟拼个非死即伤，顺势说：既如此，我就献丑了。说罢掠向一旁蜻蜓团飞处，刀光一个盘旋，再一回转，收了刀。冯德麟道了声好，一个侧趔步滚手刀夜战八方，随即收势立定。

店老板引人上前查看，宣布说各劈落三只，二位爷一般的刀法通神。

金寿山朝冯德麟一拱手："今日不分胜负，往后大路朝天，各走一边。"掉头去了。冯德麟挂好刀，也不屑向阎庭瑞这种没名没万的小辈交代什么场面话，于是只一拱手，又向众人一拱手，也径自去了。

回到店里，店老板向阎庭瑞说亏你给他们划了条阳关道，化去了场恶斗，也免了我受连累吃官司。阎庭瑞说：在天津卫，混混儿们争码头抢地盘，都是划好道，一见高低便了；动手时，若无过节宿仇，下手也有分寸，尽量不致人伤残，大家都是在外边混口饭吃，都有妻儿老小，谁也不愿结深仇伤阴骘。药材商道：就是嘛，那些东洋鬼西洋鬼本来就没一个好东西，为了哪个鬼更坏，自己拼个你死我活，犯得着嘛！

店老板又劝几人喝酒，见药材商端着酒杯出神，正要问，药材商猛地一拍桌子：我想起来了！刚才那人不叫福安正，他叫福岛安正。

"福岛安正？"

"对，福岛安正。日本的大英雄。"药材商说，"还是甲午战前，我去抚顺办货，见那里的日本浪人兴高采烈，举着一个人的像在庆贺，就是福岛安正的像。后来在日本人发的海报上，又见到他的照片，说是他孤身一人跨越了西伯利亚。"

店老板说他也听人讲过，说是日本驻德国的武官，就是福岛安正，用了一年半的时间，单人匹马穿越了西伯利亚，最后还经过黑龙江和吉林到了海参崴，日本天皇特地设宴款待，授予大勋章。不过店老板又追了一句：你认得真确，方才来吃馅饼的，就是福岛安正？

"错不了。他那圆凸的额顶，还有狠巴巴撇着的嘴，很是惹眼。"

阎庭瑞那时对东北以北的那片地方一无所知，问：为嘛穿越西伯利亚就这般了不起？

"长白山的冬天够冷了吧，兴安岭那边还冷，可西伯利亚还要冷不知多少，据说最冷时铁块都能冻得像冰块一样脆生。就是那里土生土长的老毛子，都不敢在大冬天随便外出。可福岛安正就一个人在冰天雪地里走了将近三万里，冻死累死了有十来匹马，他竟闯过来了。你说是不是很了不起？"

阎庭瑞也觉得穿越西伯利亚很了不起了，不过还是不明白：可他为嘛要穿越西伯利亚？今儿又为嘛跑牛庄来？

店老板和药材商相互看看。为嘛穿越西伯利亚且不说，这么一个日本的大人物，跑来牛庄，当然不会真的是慕名来吃馅饼的。

阎庭瑞对这些事十分懵懂，只觉得甭管是小日本还是老毛子，都是夜猫子进宅——没安好心，而福岛安正一行——跟他一起的那三人多半也是日本的重要人物，他们除了打探辽河情况，旁的话语都直指老毛子，显然是来者不善。

几人猜测议论了几句。阎庭瑞寻思，甭管为嘛穿越为嘛来牛庄了，还是自家找活干要紧。店老板说他有个登州老乡，要贩茶叶到霍勒津布拉格去，路远山头多，要找个把细可靠的人帮助沿路打点，看阎庭瑞倒来得，问他愿不愿意跑一趟，险是险，可报酬从优，等回来差不多也就有钱置块地啦。

阎庭瑞问霍勒津布拉格在哪里，有多远？

店老板和药材商费了一番口舌，也只让阎庭瑞明白了霍勒津布拉格很远，比松花江和大兴安岭还远，在蒙古的尽北边，霍勒津布拉格是蒙古语，意思是"旺盛的泉水"，再过去就是西伯利亚，就是老毛子的地盘了。

喝了几轮酒，阎庭瑞的脑袋已经有些转圈了。他惝惝罔罔地想：这么远的道，还有不知多少冯德麟金寿山辈候在路上呐，去是不去呢？那个圆凸额顶的福岛安正一个人，西伯利亚不都闯过来了嘛。去玩儿一回命，回来兴许就能置块地了！福岛安正他们跑来打听河道汛期港口啥的要干吗？吃馅饼，喝烧锅，贩茶叶，霍勒津布拉格，到是去还是不去呢？……

# 六、当世班定远——曹廷杰

阎庭瑞应了去霍勒津布拉格运茶的差使。

中俄茶叶贸易由来已久。明朝万历年间俄国使臣来华，见热牛奶里放着些"小树叶"，不明所以，怯生生地一尝，还挺有味道，便带回俄国，逐渐流传开来。到了清乾隆年间，茶叶已成为俄国人的生活必需品和财富的象征，当时沙俄来华的使臣米勒写道，"茶在对华贸易中是必不可少的商品，因为我们已经习惯于喝中国茶，很难戒掉。"

清朝一些权贵认为俄国人离了茶叶就活不了，只要控制住茶叶就能让俄国乖乖臣服，殊不知国家间是凭综合实力说话的，包括民族精神，几百

曹廷杰肖像

年老毛子没这没那在冰天雪地里也活过来了，而且知道了一个腐朽无能的梳小辫子的家伙家里有许多好东西，能不打坏主意吗！

老毛子不仅乘鸦片战争、甲午战争之机趁火打劫，强占了小辫子家的大片土地，抢了许多财物不算，更在小辫子家里胡作非为起来，连茶叶买卖也不要受限制了，也不在恰克图（俄语恰克图就是"有茶的地方"）对等贸易了，干脆在小辫子家的炕头上——汉口啊九江啊设了工厂掠了茶叶做了茶砖自个儿运回去喝。中国茶商衰败的就剩下从北路驮运点福建茶浙江茶之类的生意了。

店老板的山东登州老乡邓五，就是在牛庄接了南边来的武夷茶，再驮运到霍勒津布拉格去。之所以运去霍勒津布拉格而不是中俄《恰克图协约》规定的恰克图买卖城，是因为沙俄修的西伯利亚大铁路，已快要铺设到霍勒津布拉格了，在那里交割方便。

阎庭瑞他们的茶商队走了二十多天，到了吉林和黑龙江交界处。这天翻过老爷岭，在兰陵河与摩琳莫勒河间的谷地，傍晚时分碰上土匪打劫。

被劫的是一队官商，有十几个吏役仆役和三十来个兵丁，为首的是一个年近半百、穿五品服色的官员，姓曹名廷杰。一行是去都鲁河开金矿，行到此处，遭到兰陵河畔老鹰沟的杆子抢劫，劫走三千多两银子，还绑走了账房先生和两名吏员。

大凡走江湖道，真正动手的并不多，要真那样黑白两道也就剩不下几个囫囵的了，大都是两下里对着一把簧攀江湖道，看江湖道行大小议定买路钱，大家都有口饭吃。阎庭瑞寻思定是曹大人的属下不晓江湖道，和老鹰沟的杆子说翻动了手。可这一扯破脸，就很难转圜了。

曹大人等一时也无法可想，只得先去前面的五常堡安顿。清朝咸丰年间在兰陵河与摩琳莫勒河周边，设了"举仁、由义、崇礼、尚智、诚信"

曹廷杰从黑龙江口峭壁所拓的明朝永乐十一年
（1413）和宣德八年（1433）永宁寺碑拓片

五个甲社屯垦，故此名为五常。光绪六年又在欢喜岭上建了五常堡，作为
治所。

阎庭瑞他们茶商队也一道去了五常堡。

路上茶商邓五和阎庭瑞他们讲起曹廷杰，原来竟是位可称得当世张骞、
班超的了不起的人物。

曹廷杰是湖北枝江人，本在国史馆任职，他痛感列强瓜分中国，沙俄
更有鲸吞中国北方之心，一再上书请缨，被派到吉林靖边军办理边务文案。

曹廷杰考察东北地理险要、用兵典故，查勘中俄边界，行程两万余里，
写成《东三省舆地图说》和《东北边防辑要》，成为保卫东北的要籍。

曹廷杰又于光绪十一年（1885）改装易服，深入俄境侦查，历时四月
有奇，行程一万六千余里，将东西伯利亚的情形勘查清楚，著成《西伯利
亚东偏纪要》，作为防御俄夷的参考，阐明黑龙江北岸、乌苏里江东岸历
代均为中国领土，最重要的是：曹廷杰找到了永宁寺碑。

永宁寺碑之所以关系重大，是因为中华大明永乐时，曾设立奴儿干都
司管辖东西伯利亚，治所设在黑龙江入海口处的特林，还在都司衙门旁边
建了永宁寺，先后两次立碑纪念。

沙俄侵占东西伯利亚后，把寺跟衙门拆毁了，一直不承认中国管辖过东西伯利亚。

永宁寺的碑相传是立在黑龙江岸的峭壁上，未被俄人找到毁去，若能找到，便是中国管辖东西伯利亚及库页岛的证据。故此沙俄严密把守，中国人靠近便格杀勿论。曹廷杰硬是甘冒奇险，潜过沙俄的岗哨，攀上黑龙江岸的峭壁，找到了两块永宁寺碑，并把碑文拓了回来，又将碑文释出，成为中国曾实际管辖东西伯利亚的铁证。

这一来世界都轰动了，连沙俄都不得不承认：永乐九年（1411），中国明朝政府就在东西伯利亚建立了管辖机构。

阎庭瑞想不到当今中华还有张骞、班超一流的人物，佩服得恨不能冲上去为曹大人效力，就和曹廷杰手下的人讲他那点江湖道道，帮他们想主意，也听他们讲了曹廷杰此次去开金矿的缘由。

这年春天，几乎和阎庭瑞翻越界岭口长城同时，曹廷杰结束丁忧，从湖北返回东北。一过山海关，曹廷杰就听说沙俄擅自派人到东北勘探铁路情况，便一路跟踪考察，写成《查看俄员勘探铁路禀》上奏清廷，指出沙俄勘办铁路的目的是要侵占中国东三省，若任其筑路"则三省大局尽入囊中，旗汉生灵数千百万遭其荼毒，无所逃避者"，建议自行筹款修筑铁路，还要采取放垦办矿、练兵备战等致富自强的措施。

但曹廷杰上书，又屡次上策，朝廷都不能采纳。他对官场腐败感到失望，遂决定走实业救国之路。不久前曹廷杰得知都鲁河发现了金矿，沙俄企图霸占，急忙奏知黑龙江将军恩铭，费尽周折筹了两万两银子，要抢在沙俄前面去开矿，不料中途遭到老鹰沟的杆子打劫。

到了五常堡的客栈，邓武早早就钻到自个儿房里，再没出来，连饭都是让店伙计送到房里吃的，还叮嘱众人休要乱走，免得惹事。

阎庭瑞却挂心曹大人被劫的事，和一名曹廷杰的随员搭讪着坐在大堂角落里，听曹廷杰和随行吏员、五常堡的哨总等议事。

曹廷杰年近五旬，中等身材，面目清癯，文文弱弱的样子，真想不出他是怎样闯熊窝入虎穴勘明东西伯利亚的俄情，又攀上江岸峭壁拓回永宁寺碑文的。这时他正愁容满面坐在堂中，与一众商议救人的事。

五常堡的哨总讲：这里算上我共总是一十七个人头儿，老鹰沟虎头双鹰的杆子少说也有二百号人，要想攻山救人，那是打摆子发昏章十八跌。

五常堡的哨总摆明了不敢伸手。曹廷杰的帮办吏员们商议：回去请将军大人发兵肯定行不通，就算将军肯发兵，没等到五常，鲁先生他们早被山大王做成肉干了；再说开矿的事也耽搁不得；可拿银子赎人吧，矿也就开不成了。

曹廷杰说无论如何先把人赎回来，开矿的银子，到时再想办法。

商定了拿银子赎人，可一众推三阻四，谁都不敢上山去和杆子谈判。最后曹廷杰只得分派他的管家曹德前去。

曹德没干过这等差使，一眼瞥见阎庭瑞坐在堂口，路上听他侃了些江湖道，就来央求他同去，和杆子说合赎人。

阎庭瑞一个没名没万的脚夫，哪里有资格去跟杆子说合？可他年少好事架不住三句好话哄，另外想这是个机会，巴结上曹大人或许能混个正道出身，再说开金矿又是个发财的营生，于是答应下来。

邓五听说阎庭瑞要去老鹰沟帮着说合，把他好一顿数落，埋怨他少不更事，已经惹鬼上门了还嫌不够，还非得惹鬼上身才算完。

阎庭瑞不明白咋就惹鬼上门上身了。邓五讲，老鹰沟的虎头双鹰何等凶狠的人物，方才打劫，到手的肥肉吃了两口就扯呼，定是把我们当作了官府援军，回去探知底细，弄不好就伏在前道上找我们的晦气。

阎庭瑞恍然，辩说，您老不是说曹大人舍生忘死救国保家嘛，我们碰上了，总不能眼瞅着不伸把手吧。

邓五没好气地说：反正命是你自己的，你愿意去玩命，谁也不能拦着你，不过你可别说是我商队的。

阎庭瑞说：等我完了事再来赶您老。邓五哼了一声，那意思是说你以为你还回得来！又叹口气说你若能回来，就到阿勒锦的田家烧锅找我们。

转天天还没大亮，邓五就领着茶商队上路了。阎庭瑞和曹德去了老鹰沟。

上了老鹰沟，阎庭瑞听虎头双鹰的口音是直隶天津卫的，一攀老乡，气氛见缓，底下的话就好讲了。阎庭瑞讲了曹廷杰大人舍身为国、勘查西伯利亚的事迹，又说曹大人此去开矿是要实业救国，不让老毛子霸占我们的金矿。

虎头双鹰跟着父辈闯关东来的五常，经商失败就拉起了杆子。东北杆子固然剽掠为患，但大多数于民族大义一节总是不亏。虎头双鹰就挺明大义，也切齿地恨老毛子，听了曹廷杰的事迹和开矿的缘由，没要赎金就把账房鲁先生和两名吏员放了。

## 七、霍勒津布拉格变成了满洲里

黑龙江地区，自古即是我国边防重镇。曹廷杰在《东北边防辑要》中指出：

> 黑龙江为东三省之一，在京师东北三千三百余里，古肃慎氏遗墟……屡为俄罗斯属部罗刹所侵掠。圣祖遣使宣谕，仍负固，乃发大军，由吉林水陆并进，逼所据尼布楚城，寻纳款乞盟，以兴安岭为界（廷杰谨案：当云以外兴安岭为界）。于是东南至吉林，西至蒙古喀尔喀车臣汗部，北至俄罗斯，广轮数千里，镇以重臣，屯以劲旅，以齐齐哈尔为省会，而墨尔根、黑龙江（瑷珲）、呼伦贝尔、布特哈、呼兰五城隶之。二百余年来，与吉林、奉天为唇齿，屹然称重镇。

阎庭瑞辞别曹廷杰一行，自己沿着兰陵河向西北走，过了伯都纳，从小山丘上远远望见了松花江和一个小村镇。他询问得知，那个小村子就是阿勒锦，也就是后来的哈尔滨，满文是"荣誉"的意思。

田家烧锅算得上阿勒锦最齐整最气派的宅院了，一大片足有三十来间房。阎庭瑞老远就望见那里停放的一排大车，还有不少马匹，兴奋地奔了过去。但院里院外的人让他倒吸一口凉气愣在当地：那些人都是老毛子，黄头发绿眼睛粗壮得像熊一般的老毛子，而且不少老毛子是全副武装，有几个还朝他端起枪，喝问着他听不懂的鬼话。

幸好院里出来一个穿长袍拖辫子的国人，盘问了他几句，命令他离开。

阎庭瑞心里暗忖他们的茶商队多半被这群老毛子给"包了饺子"了，忙不迭地离了田家烧锅，暗自庆幸这么轻易就从老毛子的熊窝脱了身。到了村里还没打听，就望见一个木栅院场里停着一些车辆，一看正是邓五爷的茶车，车旁的人正是他们茶商队的伙计，顿时喜出望外，喊着跑过去，和几个伙计把臂问候。

邓五闻声也出来了，说了句"活着回来了"，然后问老鹰沟的事咋了结的。听阎庭瑞说虎头双鹰没要赎金把人放了，两眼珠儿瞪得差点进出来，又摇摇头咕哝了句"管闲事早晚把命丢了"，就转身进屋了。

一个伙计朝阎庭瑞做了个鬼脸，说邓五爷其实挺挂念你的，道上念叨了好几回呐。

阎庭瑞问田家烧锅怎么都是老毛子，我还以为你们被老毛子给"包了饺子"了呢。一个伙计说那地方被老毛子买下来了，呼啦啦一下子来了上百的老毛子，还有大队的骑兵，凶神恶煞似的，没让我们靠前。另一伙计说老毛子还真有钱，一下子花八千两银子买下了田家烧锅，然后就里里外外拆顶掘地地折腾，莫不是那里藏有宝藏，在那里挖宝呢吧。

一旁的店伙计说：那烧锅子地脚里狗宝也没得挖，挖锅灰吧。老毛子是准备把那里作为他们修大清东省铁路的大本营，这一带也找不到更好的房子了，说是从这里往东奔绥芬河，往西奔霍勒津布拉格，还往南奔吉林奉天那疙瘩的，要修好几条铁路呢。

商队伙计和店伙计都没见过火车，有说是喷火吃人的钢铁巨兽，有说是用长铁条拉着来回跑的怪物，有些说像诸葛亮发明的木牛流马。一群人里还就阎庭瑞见过真火车。光绪七年天津就修成了中国第一条铁路，从开平到芦台，后来又延伸成天津到唐山的铁路，当时国内还自制成一台名为"中国火箭号"的火车头。阎庭瑞扛活时没少和铁路打交道，便告诉众人，火车是个力大无穷的钢铁怪物，不吃人，也不吃草，只吃煤，大鼻孔朝天喷火冒烟，所以叫火车，能拉好多好多得好几百辆大车才拉得了的货，在两条铁轨上跑得贼快，一个时辰能跑百多里。

众人啧啧称奇，又奇怪老毛子干什么跑中国东北来修铁路，莫不是在西伯利亚冻得发高烧打了摆子？阎庭瑞说往这儿修铁路，当然是想侵占这块地方。可为什么修铁路就能侵占一块地方，谁也说不明白。

说不了，就开晚饭了。邓五递给阎庭瑞一壶烫好的酒，意似慰问，嘴上却道：喝了酒，可别去招惹老毛子，那可是生吃人肉的罗刹，比杆子凶

沙俄铁路勘探队

恶多了。罗刹是传说食人血肉的恶鬼。顺治年间沙俄哈巴罗夫匪军入侵黑龙江流域，冬季饥寒，便捕人为食，连同伙都吃，所以有了罗刹之称。

从阿勒锦往霍勒津布拉格走，一路十分荒凉，人烟稀少，杆子便也少。茶商队只交了两次买路钱。

在快到霍勒津布拉格时，他们碰上一支沙俄的勘探队：五六个老毛子在荒野架了邪行机器在忙活；还有一小队全副武装的哥萨克骑兵，乌黑锃亮的枪管朝他们瞄过来。幸好勘探队有个中国人通译，盘问明白了，没出意外。

他们和沙俄的勘探队一同往霍勒津布拉格走。这支沙俄中东铁路的勘探队不时停下来勘测、照相，但他们车轻马快，不多时就又追上来。

阎庭瑞见沙俄勘探队里除了摆弄邪行器械的老毛子，还有个瘦削脸络腮胡子的老毛子在摆弄一个跟沿街变戏法的匣子差不多的方盒子。他知道那玩意儿叫照相机，盒子边上锅盔似的家伙一闪，就能把人或物体的影子抓到盒子里去。

勘探队的通译在老毛子那里终是"非其族类"，路上又没通译的事要做，便蹭到茶商队来唠嗑。但茶商队的人一来惧怕老毛子，二来鄙夷二毛子，都有的没的躲着他。阎庭瑞却想曹廷杰大人为查明老毛子修铁路的事，费尽周折跟踪俄夷的勘探队，福岛安正一伙也曾打听中东铁路的路线，想必这铁路的事大是要紧，现在有现成的机会，为嘛不多问明白点，再说这群

中东铁路施
工的中国工人

老毛子好像也没要把他们杀了吃肉，便和那个通译聊起来。

　　通译是小绥芬河三岔口的人，常年在双城子、海参崴一带做小买卖，一来二去和那里的俄夷混得挺熟，这次俄国中东铁路工程局的先遣队便找他来做了通译。

　　阎庭瑞问他说，老毛子这么凶恶，听说有的还拿人当猎物打来吃肉，你跟他们做事做买卖，不害怕么？

　　通译讲，老毛子是大事奸诈无信，可对做买卖这类小事还算规矩，不像有些国人净在小事上偷奸耍滑，大事上犯蠢。反正我一来二去和老毛子混熟了，小心翼翼地倒也没出啥事，又是生计所迫，也就将就做下来了。

　　通译对老毛子也是又畏惧又鄙夷，说俄罗斯本是蒙古金帐汗国属下的一个小公国，要趴在帐外啃蒙古汗王扔的骨头讨好献媚的。我前明推翻大元统治，蒙古各汗国衰落，俄罗斯趁机崛起，不光把原先那些蒙古汗国的地方占了，还把大清黑龙江以北、乌苏里江以东的地方都占了，一直扩张到太平洋的边上，三百年里足足往东扩张了一万八千里。

　　阎庭瑞问起中东铁路的事，通译说大致就是一横一竖，横的从霍勒津布拉格到绥芬河，为了加快工程进度，俄国人把这一横分作了十三段施工（后来铁路专用词"段"便是由此而来）；一竖是从这一横当中的阿勒锦往南到旅顺口，具体路线还在勘测中。

　　说话间那个络腮胡子摄影师经过他们身边，打量了阎庭瑞几眼。通译赶紧示意住口，络腮胡子摄影师过去后，跟阎庭瑞说这人是个中国通，什

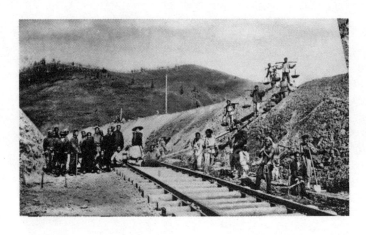

中东铁路施工现场

么都听得懂，说话可得小心点。

阎庭瑞直咋舌。通译说这个费舍尔可不简单，据说是沙俄财政大臣维特的亲信，还是亲戚，祖上都是随叶卡捷琳娜女王到俄国的德意志贵族。为了修西伯利亚大铁路，他来东北活动好几年了，翻雪山穿老林陷沼泽，好几次险些送了命，可他把这东北地界摸得比东北人还熟。听说西伯利亚大铁路原本要从赤塔沿着黑龙江北面到海参崴的，是他向维特建议，借道中国东北修路，铁路的长度能缩短两千多里，施起工来也比冰天雪地的西伯利亚容易多了，还可以在中国解决劳动力，省钱省老鼻子了。

阎庭瑞也不知该骂谁能骂谁了，恨恨地海骂了两句。通译说你骂也没用，地方被人占了，怨得谁来？你知道老毛子为占这些地方，下了多大功夫，光是来勘探的工程师，还有沙俄皇家学者就不知死了多少。我们呢，连那些地方是啥模样都不知道，朝廷上谁关心了？还不准自家人去，不许过柳条边，不许屯垦，不许开矿，不许狩猎，不许这，不许那，可洋鬼子不听你这禁令，你不去人家去，把地方都占了，想干啥就干啥。所以呀，这怨不得天，怨不得地，只能怨自己。

茶商队和老毛子的铁路勘探队一同到了霍勒津布拉格。

老毛子的西伯利亚大铁路已铺设到霍勒津布拉格了。当那两根铁轨伸过中俄边界伸进了满洲，霍勒津布拉格就从"旺盛的泉水"变成了"满洲里"。

"满洲里"成了一个巨大的工地，让阎庭瑞他们着实地吃了一惊：许许多多的马拉车、手推车在运碎石或物资；许许多多手持工具沿着碎石路基干活的人，俄国人、中亚人、中国人、蒙古人、鞑靼人都有。

通译来找阎庭瑞，问他愿意不愿意到中东铁路来做事，说老毛子正在大量招工，费舍尔一路上见他精明能干，想让他去当领班，薪酬是普通工人的五六倍。阎庭瑞想梳着小辫子还没咽气的家伙已经被老毛子看作死人打劫了，自己也梳小辫子，好歹还有三寸丹田气在，就摇了头。

邓五的茶叶换成了皮货、棉布，还有一些银锭子，准备返回牛庄。他夸阎庭瑞路上跟杆子们应付得当，要阎庭瑞再跟着跑一趟，工钱比照来时再加一成。

阎庭瑞看着紧张施工的工地，想起费舍尔，还有穿越西伯利亚的福岛安正。沙俄、日本，都有出生入死开疆拓土的杰出之士，而且是整个国家凝结成一个巨大的钢铁怪兽，就像架在两条冰冷冷铁轨上的火车，正向东北大地凶狠地碾压过来。

他猛地拿定了主意：我要去都鲁河，投曹廷杰大人。

邓五说，听通译和绥芬河那边来的老客讲，俄国军队已经从海参崴、伯力分几路开进东北了，名义是护路队，其实是不折不扣的军队，都是我们路上见的那般凶的哥萨克骑兵，你去靠着中俄边界的都鲁河，可是凶多吉少。

阎庭瑞想了想：对一个亡命徒，你还是祝他凶少吉多吧。


# 八、泪洒金场

黑龙江、松花江汇合的三角地区分布着上百条支流河汊，河河汊汊间蕴藏着诱人的黄金，因为是清朝的"龙脉祖根"所在，所以一直严禁人去狩猎、采参、挖矿。嘉庆年间鄂伦春族猎人发现了金苗，消息传开，吸引了许多亡命徒不顾禁令来舍命淘金。官府多次派兵弹压，也难以禁止。

鸦片战争时，沙俄乘机侵占了黑龙江—松花江三角地带的金沟。清廷后来费尽周折才得以收回，无法再禁止开采，加上一再割地赔款，财政难以为继，急需金钱，于是"州官放火"来官办金矿。

那时都鲁河没有道路可通。阎庭瑞从阿勒锦走水路，循松花江过三姓城，到了一个小渔村莲江口（四十年后这个小渔村成了佳木斯），然后就没有路了，都是河谷纵横的原始森林，连羊肠小路都没有，只有鄂伦春人打猎走出来的"小毛毛道"。

阎庭瑞鬼打墙般转得快绝望时，幸运地寻到一间马架子房，是为进山的淘金人打尖的小店。店主姓邵，后来这个地方就成了邵家店村。店主给他讲授了如何寻找去都鲁河的"毛毛干道"，还有进山的一些规矩。他路上又幸运地遇见一个索伦猎人，带着他越过梧桐河，翻山穿林把他送到都鲁河畔。

阎庭瑞沿都鲁河走了一程，遇见几个也是去都鲁河金场的汉子，是听说金场招工来当矿丁的，遂结伴顺着都鲁河走，终于在离河不远的一片坡地找见了曹廷杰的队伍。那里聚集了二三百号人，已平整出一片场地，正在搭建窝棚。

领着人搭建窝棚的，是曹廷杰的亲随曹德，见了阎庭瑞，说大人前几日还念起你来着，又找了个人领着他去山坡那面的老君庙工地见曹大人。

山坡那面也有二三百号人，在盖石头加木头的房舍和老君庙，都鲁河金矿局就设在这里。曹廷杰带着一行人正要出发踏沟找矿，见了阎庭瑞说你来了就好，这里正是用人之际，你先学学开矿的规矩，等我回来再说话。

帮办黄士奇让阎庭瑞跟着一班新来的矿丁，先去听一位老矿丁给讲开矿淘金的规矩，开矿淘金有许多犯忌的话跟事，还有许多行话。然后他又和大家一同去搭建窝棚。在平整出的向阳坡地上，依地势挖出长长的直角堑沟，前面用木料做成门窗支架，上面的顶子铺苦草盖草帘，里面一拉溜铺上干草睡人，两端挖出两个地笼，晚上燃起柴火，照明、取暖带熏蚊虫。大山沟里还就是这种俗称地窨子的窝棚简易适用。

账房先生鲁少僖来看他，问他想做什么事务，愿不愿意帮着管账。阎庭瑞喜出望外，说那敢情好，就是我没念过啥书，算术更不成，怕干不了。鲁少僖说不难，不难，我教你，你脑子好，一准能行。阎庭瑞说我最好是一边干活，一边跟您学管账，要是行，再说，再说还得听大人的吩咐不是。鲁少僖说你熟悉熟悉矿上的活计也好，管起账来心里就有谱了，等大人踏沟找矿回来，我跟他说。

阎庭瑞修了几天窝棚，一个矿员唤他去见曹大人。

金矿督办处也是一栋用石头和木头搭建的简易房子。阎庭瑞进门叩拜。曹廷杰十分兴奋的样子道，免了，免了，此番前去寻矿，苗头甚好，甚好啊，金矿大是有望，你来了，可好好做番事业。

曹廷杰说鲁先生和我讲，想让你帮着管账，你的意思呢？

"小的没念过什么书，怕干不好。想一边干些力气活，一边跟鲁先生学。"

"这样也好，多懂点采矿的事，对管账有好处。鲁先生账目上是把好手，愿意带携你，你好好干就是。"

于是，阎庭瑞白天跟着搭建窝棚房舍，傍晚就跟鲁少僖学算账。鲁少僖算账真是脆生生地清楚利落，又念着老鹰沟阎庭瑞的救命之恩，悉心教授，让他一辈子受益匪浅。就是鲁少僖总杯弓蛇影的，外面有点响动，就惊疑是杆子来了，大概是在老鹰沟受了惊吓。

开山淘金前，曹德来问阎庭瑞想做哪样差事，说矿上主要设两个机构，一是盘查局，负责在矿区和各金沟设卡盘查，人丁均须验明身份、发给执照方准进沟；二是总理稽查处，负责核准进沟作业的金班人丁，各人用执照换取腰牌后进沟采金，出沟经稽查后再换回执照；另外还有"司金"和"看溜"的。

阎庭瑞想原本都是扛活打工的，现在去盘查稽查他们，面子上总拉不下来，就问啥叫"看溜"，啥叫"司金"？

看溜就是监工的，每天早晨到稽查处，抽签确定要去的金班，监视淘金过程。司金就是收金子的，一组四个人，每天收工时到各个金班，分司吹砂、过秤、封包、填折记账的执事。阎庭瑞想这看溜更不好干，倒是这司金和管账类同，只需认认真真去做就是，于是选了司金的差事。

这年 9 月 13 日辰时，在建好的老君庙前，举行了都鲁河金矿开山祭典。老君庙也称山神庙，进山采矿的人最是崇信，破土采矿前一定要祭拜。

放过震天响的礼炮，曹廷杰身穿五品官服，向两千多矿员矿丁、各路来宾宣读开矿祭文。祭奠山神之后，一众来到大东沟金矿的一号矿段破土挖砂。曹德相度了地形，曹廷杰带领几名官员只挖了十几"飞台"——淘金人甩锹要叫"飞台"，便挖出一块拳头大小的物体。曹德拂去浮土，黄澄澄闪闪发光，竟是一块狗头金！众人顿时欢声雷动，当即用红布捧了，供奉到老君庙里。

金矿从上到下，哪一个不盼着能淘得黄金万两？祭山破土便得到这般大吉大利的"出爆头"，所以欢呼声、锣鼓声、鞭炮声在林海丛山中长久不息。请来观礼的各行商人目睹商机，纷纷表示要来都鲁河开设商号、店铺。阎庭瑞也很兴奋，心里又琢磨怎么就这么寸，刚破土几"飞台"就挖出一块狗头金？他目询曹德，曹德只作不见，不过终归是好兆头，于是也就跟众人大碗喝酒、大块吃肉庆祝去了。

转天正式开工。都鲁河金矿分大东沟和隆泉沟两个采区，各个金班按编号分到各个矿段。阎庭瑞跟一些矿员矿丁给各金班运送给养，千多口子人的吃喝可是天大的事。到了傍晚，他又和收金司事们去各金班收砂金，填折、开票、记账。开工头一日，就有金班淘到了金砂，虽数量不多，但现了金苗，也足令全矿上下欢欣鼓舞了。第二日，收上来的砂金有七两多；第三日，就有十二三两了；第四日，大东沟三号矿段真的出了爆头——一块鸭蛋大的狗头金！众人兴高采烈地将狗头金放在红布袋里，由金班头儿用长木杆挑着，敲锣打鼓放鞭炮，绕着金矿游行庆贺。

过了些天，曹廷杰把阎庭瑞唤去说话，一见他就打趣说，你不唯有侠义心，竟还有算珠肠。鲁先生直稀奇：你是和算盘珠一起生下的，天生就会算账。

阎庭瑞叩谢说都是大人和鲁先生提携教导。

曹廷杰心情非常好："金矿形势喜人啊，一个月就采金四百多两。贱入贵出，富民强国之道也。有矿之处不唯利足以实力储，抑边足以御外侮。"

阎庭瑞隐隐觉得有了矿有了金子也不一定能御外侮，每想起阿勒锦、霍勒津布拉格那些老毛子的凶悍，还有福岛安正等日本人去牛庄的事就觉不安，就讲给了曹廷杰。

"甲午战后，日本并无力再进攻我国，反是担心我国倒向西方列强而对其不利，转来联络示好。本应乘此列强对峙之隙，休养生息，变法图强。今却让沙俄来修铁路，还把沿中东铁路的土地作为附属地给了沙俄。沙俄势将独吞东三省，日本必不能坐视，其余列强，又哪一个不效仿来上门打劫！"

曹廷杰越说越愤慨，竟至老泪盈眶："恐日后无数灾祸，皆由此引致。引狼入室，未有如此失计之甚者也。"

阎庭瑞见曹廷杰心情一下子变得大坏，后悔不该讲这些，对国家大事也是懵懵懂懂，不知该说什么，默然坐了片刻，便告辞了出来。

几天后，阎庭瑞又被曹廷杰唤去。被一同找去的，还有帮办黄士奇、盘查处哨总富逵等七八人。

曹廷杰对几人说，新开的太平沟采区离得较远，我和黄帮办商议，在太平沟那边设个督办分处，由黄帮办在那面主持，你们几位要尽心尽力辅佐黄帮办，把太平沟的事务打理好。

曹廷杰又说，沙俄早就对都鲁河金矿垂涎三尺，他们虽然尚不敢公然动武，但这里靠着中俄边界，据报近来周边又有土匪活动，你们在太平沟，务必小心警戒防范。

黄帮办说若是小股罗刹或是土匪，都鲁河矿场有一百多兵丁，近两千矿员矿丁，依兰城还有驻军，谅其不敢造次，大人放心就是。

太平沟采区距总矿近二十里，金脉较大东沟和隆泉沟更为丰厚，采金量很是可观，诸项事务也很快上了正轨。

黄士奇是举人出身，精明干练；富逵是正蓝旗的老军，很是勇悍，但两人都对阎庭瑞看不上眼，大抵是嫌他扛活出身，还有江湖习气。黄士奇几次寻他账目的毛病，富逵则不要他参与警戒的事。阎庭瑞自知出身低微，到金矿后得到曹大人看顾，让一些人眼气，也只有小心翼翼不出差错，夹着尾巴做人为是。曹廷杰派阎庭瑞来太平沟，除了记账，原本还要他留心察查周边土匪的情形，帮着参谋警戒诸事，可他看黄士奇和富逵的态度，不敢多说多问，况且人地生疏，要侦查防范，也无从着手。

开春的一天拂晓，骤然枪声呼喝声四起。阎庭瑞和几个吏员兵丁开门看时，就见成群的马匪，还有一些哥萨克骑兵已冲进矿区，边开枪边吆喝，哥萨克骑兵还挥舞马刀疯狂砍杀，四处接连传来惨叫声，矿上的人惨遭匪徒杀害。

阎庭瑞几人急忙往房后的山上跑，发现黄士奇和一些兵丁矿丁也正往山上跑。后面马匪追来，枪弹呼啸飞过，一个矿丁中了弹，嚎叫着滚下山去。他们逃到山冈上，共有十五六个人，有三个兵丁有枪，便趴在岗上开枪还击。放了几枪，冲在前面的一个马匪被击中落马，把后面几骑也冲得退后闪避。

不过先前马匪和俄匪似还不曾穷追死打，这下伤了他们一个同伙，一阵呼啸过后，又来了一些马匪增援，一起冲上山冈来。阎庭瑞旁边的兵丁头部中弹，声都没出就伏地不动了。他拿过那支毛瑟枪来放了一枪，再看身后，才发现黄士奇等八人已顺着山梁跑远了，只撇下他们六个活人一个死人在岗上。

一个略有年纪的兵丁招呼他们几个说：我们一起放排枪，然后顺着山梁跑，从那面的山沟往山下溜，能不能逃得性命，就看个人造化吧。

五人应了，三个有枪的一起开了一枪，然后一起开跑。阎庭瑞不意崴了脚，一瘸一拐落在后面，眼看马匪已冲上山冈，顺山梁纵马追来，惶急间见背面山坡不甚陡，还有些矮树灌木，把心一横，便顺山坡滚了下去。

阎庭瑞滚到半山卡在一个石缝里，半天展挣不得。山背面尽是冰雪，他冻得全身僵透，觉得命已没了大半条，可不知怎么一蜷，竟从石缝中缩挣出来，又连爬带滑往山下挪，直到望不见日头时，终于到了谷底，意外发现那支毛瑟枪已先他落到了谷底。

他浑身伤痛又饥又渴，拄着枪一拐一拐往山谷外走。第二天午后，在谷口碰到两个采参人，救了他性命，把他安顿在入山采参的窝棚里，给了些干粮热水。两天后采参人回来，他又将养了一宿，觉得身上有了些力气，挂念金矿情形，便告别两位采参人，瘸瘸拐拐奔都鲁河总矿而去。

离金矿还有一大段路，就碰上总矿一群逃难的矿丁，告诉他说沙俄军队勾连土匪，在拂晓杀进金场，他们不及抵抗还死伤了不少人，金矿被俄军和叛匪占了，曹廷杰大人下落不明。

阎庭瑞心急如焚，边走边打听，后来听说曹大人也逃出来了，奔了椴树泉的老驿站。他又转头往那个方向赶，腿却不给力走不快。到了椴树泉驿站，已是金矿遭袭的第八天了。

有几十名金矿的吏员矿丁聚在椴树泉驿站，但曹廷杰已离开驿站去了齐齐哈尔，去请黑龙江将军派人和沙俄交涉。听那些吏员矿丁讲：俄军和土匪来袭，曹大人拼死不走，差点被他们杀了，还是众人架着逃了出来，但账房鲁先生和十几名矿丁兵丁被杀害，金场被打劫一空，抢走近两千两砂金，设施房舍全被烧毁。

阎庭瑞念及鲁少僖教授之恩，很是难过，望金场方向跪拜遥祭鲁先生和遇难同胞。

随后，阎庭瑞辗转到了齐齐哈尔，打听到黑龙江将军派人前去交涉，沙俄方面一口咬定是土匪所为，跟他们没有关系。清廷无能追究，只是敷衍了事。曹廷杰气愤交加，下决心要去研究国际法，用法理来捍卫国权，已退出官场回了家乡。

望着嫩江中的船只，阎庭瑞心里异常沉痛：转眼一切都成了灰，金场没了，刚积攒的一点银两没了，刚铺了个道的前程也没了……

# 第二章　千岩烽火连沧海：关东绿林生涯

# 一、沙俄侵占辽东湾

阎庭瑞从黑龙江打着短工回到辽东，辽东湾和关东州已经被沙俄侵占了。

关东州在辽东半岛的南部，包括号称东亚第一军港的旅顺口和大连港。

俄国的野心是要把北部中国——包括东北、内外蒙古、华北大部、陕甘宁、青海、新疆等地统统并入俄国，但甲午战争日本侵入中国东北，夺取了辽东半岛，妨碍了其向远东的扩张，于是俄国联络法国和德国进行干涉。

法国需要俄国制衡德国，表示"将使自己的行动与俄国相符合"；德国希望俄国东进与英国发生冲突，转移法俄同盟的军事压力，表示"已做好准备参加俄国认为对东京所必需的任何行动"。于是，俄国、法国和德国联合，以最后通牒方式迫使日本退出了辽东半岛。

沙俄主导"三国干涉还辽"后，便以清朝拯救者的身份在中国攫取权益，通过《中俄密约》修路占地，隐隐已把满蒙收入囊中。

列强于是纷纷效仿上门打劫：

德国 1897 年 10 月，出兵占领胶州湾，还强迫清廷给予胶州湾至济南的铺设铁路权及矿山开采权等；英国 1898 年 1 月，迫使清廷宣布长江流域为他国不得染指的英国势力范围，后又强租威海卫和九龙半岛；法国 1898 年 3 月强租广州湾，迫使清廷宣布云南和两广为他国不得染指的法国

1897 年 12 月 19 日，俄国舰队侵占旅顺口

势力范围；日本 1898 年 3 月迫使清廷宣布福建为他国不得染指的日本势力范围……衰朽的大清帝国被列强瓜分殆尽。

沙俄一直图谋在中国北方沿海或朝鲜攫取一个不冻港。1897 年 10 月德国出兵强占胶州湾后，沙俄新任外交大臣穆拉维约夫立即向沙皇呈交报告，提出可以乘机从中国夺取一个不冻港。他认为朝鲜东海岸的港口都容易被封锁于日本海，与远东主要作战区域相隔离，如果占有大连湾，则可以使俄国舰队自由地开赴黄海，并且能够和西伯利亚大铁路的支线中东铁路相连接。因此，俄国应该迅速果断地追随德国的先例，占领大连湾。

沙皇尼古拉二世当天就对报告进行了批示，并写信给穆拉维约夫："我完全同意报告里提出的结论，而且认为我们决不能丧失时机。我准备于本星期五两点召集一次会议，请你以我的名义通知和邀请下列人员：陆军大臣、海军部长官和财政大臣。我一直认为，我们未来的不冻港应当在辽东半岛或者在朝鲜湾的东北角上。"

但在 1897 年 11 月 26 日举行的沙俄高层会议上，发生了激烈的争论。

财政大臣维特坚持经济侵略中国，"和平"改变两国国界的路线，反对穆拉维约夫占领大连湾的方案，认为这不仅会破坏同中国的全部传统关系，还会遭到日本和英国的敌对措施，如果日本也步俄国后尘占取中国某一港口，按照《中俄密约》的规定，将会导致对日战争。

旅顺口内的
俄国军舰

　　穆拉维约夫却声称他可以保证，无论日本还是英国都不会对此采取惩戒措施。

　　历来与维特协作的陆军大臣万诺夫斯基支持占领大连湾，而一向与维特敌对的海军部长官特尔托夫却建议先不采取行动，因为他不肯定旅顺口能够满足俄国太平洋舰队的需要，认为朝鲜的港口更适合，因此可以先使用海参崴两三年再定。

　　由于维特在政府中的主导地位，尼古拉二世虽然感到不快，还是依从了维特的意见，决定不占领大连港或任何其他中国港口，会议记录中写了"陛下并不希望赞同外交大臣的建议"。

　　但尼古拉二世随后就改变了会议决定。他第二天告诉维特说："您知道吧，谢尔盖·尤里耶维奇，我已决定拿下旅顺口和大连湾，我已往那里派去一支运载登陆部队的舰队。我之所以采取这个措施，是因为外交大臣会后向我禀奏说，根据他收到的情报，英国船只正在靠近旅顺口和大连湾的海面游弋，如果我们不拿下这些港口，那就会被英国人夺走。"

　　连沙皇的侍从长库罗巴特金大将都认为尼古拉二世多线进取的战略超出了国力范围，觐见出来后他对维特说："在我们沙皇的脑中有着规模宏大的计划。他要为俄国夺得满洲，使朝鲜依附于俄国，还梦想将西藏纳入俄国掌控，同时他还想取得波斯，不仅要夺取博斯普鲁斯海峡，还要夺取达达尼尔海峡。我们大臣基于各地的情势不同而耽搁了沙皇实现他的梦想，并令他越来越失望，他越来越觉得，他是正确的，他比我们更加理解俄国的荣誉和利益。因此，在沙皇看来，齐唱颂歌的别佐布拉佐夫集团的那些人比我们这些大臣更加正确地理解他的计划。"

维特无可奈何地说："占领迫使日本离开的、它打了胜仗曾夺得的这块领土，是一件后果严重的事情，必将以惨祸结局。"

1897 年 12 月 19 日，俄国舰队开进了旅顺口。


# 二、广宁南乡拉大团


阎庭瑞又开始了在辽河流域打短工的生涯，期间他结交了后来的东北王张作霖。

光绪二十五年（1899），一天，他在广宁医巫闾山东镇打尖，见一个瘦小的货郎与人发生纠纷，就上去帮着排解。纠纷排解后，货郎一定要交阎庭瑞这个朋友。阎庭瑞见货郎眉清目秀，言语间甚是豪爽，也愿意与他结交。

这个货郎就是张作霖。

张作霖祖父辈于道光年间，从直隶河间府大城县逃荒到关东，落脚在海城县西小洼屯，务农为生。光绪十四年，张作霖的父亲因揭穿几个赌徒出老千，被他们报复打死，母亲带他和妹妹逃亡到镇安赵家庙。张作霖这些年学木匠、学兽医、卖包子、当货郎……干了不少样营生，可干哪样也没少受欺负，一赌气光绪二十年去投了军，在毅军宋庆部，升了哨长，转年甲午战败，军队溃散，他又回了赵家庙，在广宁一带干杂七杂八的营生。

张作霖看起来个子小年纪也小，实际却比阎庭瑞还年长四岁，是光绪元年生，属猪；阎庭瑞是光绪五年生，属兔。二人说得投契，便结拜了金兰兄弟。

阎庭瑞在辽河两岸拉脚扛活，到了庚子年（1900），闹起了义和团。

义和团原是秘密结社组织"义和拳"。日本、德国侵略山东后，人民奋起自卫，义和拳提出"灭洋"口号，得到迅猛发展。清廷的两任山东巡抚都无力镇压，被迫承认"义和拳"为地方团体"义和团"。

帝国主义列强向清廷施压，要求镇压义和团。清廷于1899年12月改派袁世凯为山东巡抚，带着北洋新军进行镇压。袁世凯到任后严厉捕杀团民。义和团并不真能刀枪不入、土遁水遁，被杀得纷纷逃离山东，大部分转到了直隶活动，也有一部分到了东三省。

庚子年端午节后，辽宁的义和团盛行起来，到处烧教堂、杀教民、毁铁路、砍电线。

阎庭瑞也要杀洋毛子，特别是恨老毛子入骨，不过辽东地方义和团的头儿是个姓张的老道，吃符念咒，招童男童女，他觉得有些邪行，就没去跟着闹。

阎庭瑞这些日子打短工多少攒了点钱，见辽东又是沙俄入侵又是闹义和团的不太平，听说三姓城、宁古塔一带的贫民团结起来斗争，要地种、要饭吃、抗苛捐杂税，发展到上万人，吉林将军长顺只得招抚，把吉林东部的荒地给他们种，便想去那里，弄块自己的地种。

他经过广宁南乡时，遇到当地大团盘查。正与团丁分说，忽然有人过来招呼，不承想是拜过把子的张作霖。

张作霖在广宁营生，还曾被董大虎匪帮掳去个把月。后来他见兵匪遍地，沙俄入侵，又闹义和团，到处不太平，就在岳父赵恒昌和乡绅李龙石等人的帮助下，纠合了三十多号人，成立了大团，管着广宁南乡十几个村子的治安。

张作霖热情款待阎庭瑞，跟他说现在老毛子侵占了辽东湾，四处烧杀抢掠，各地民众都拉大团保卫乡里，哥哥我这不也拉起大团，保着这十几个村子嘛！

张作霖邀阎庭瑞入伙。阎庭瑞寻思去吉林东边也不定怎么样，在这里多少还有个依靠，就留下来入了伙，也就是投身了"绿林"。

长期以来，张作霖出身土匪几成定论，张作霖甚至被列为"中国土匪第一号"。胡子就是土匪。传说东北土匪打劫时把胡须涂成红色以示威武，也有一种说法是土匪的枪口平时堵一个系红缨的木塞，射

东北马匪

击时取出衔在口中，看上去就像一绺红色的胡子，故又名"胡子"或"红胡子"。

大团和"胡子"虽都属绿林，却有质的不同。胡子以劫掠为生；大团则负责保护地方不受胡子的侵犯，收取一定的保险费，是等同民团的地方武装自保组织，也称保险队，区别在于民团大多有官府的红头印，而大团没有。

所以张作霖对人家说他当过土匪大是委屈："都说我张作霖当过胡子，我他妈的要是拿过谁一个笤帚疙瘩，死后也要入十八层地狱，变驴变马去还人家。"张学良也多次声辩，乃父没有当过土匪。

究其根本，是不是土匪，应该看其所作所为。只是由于清廷的歪理演变成了传统观念，于是凡没有红头印的收了费（不一定是劫掠），就是土匪；纵不劫掠但妨碍了官家劫掠，那也是土匪。

若想透这一节，再分剖是官是匪就无多大实际意义，惜张学良其时怕也是身在局中，没能跳出这一愚民窠臼。像清朝八旗军打从分娩落地便以劫掠为生，到晚清时军纪愈坏，实实的比土匪还土匪；而张作霖的大团，据地方口传文载，保境安民从不劫掠，也严禁奸淫，名声不坏。但不管怎么说，那时跟着张作霖的一班人，都被认为是绿林出身。只不过阎庭瑞的绿林生涯，就没有啸聚山林、剪径分金那般传奇了。

## 三、庚子之乱八鬼逞凶，沙俄侵占东三省

庚子年（1900），是中国灾难深重的一年。

戊戌变法失败后，慈禧计划废黜光绪，册立端郡王载漪的儿子溥儁为大阿哥，准备立为皇帝，在庚子元旦举行仪式，但遭到外国公使团的抵制，被迫中止。载漪心有不甘，想利用义和团的盲目排外来打洋人，把儿子扶上皇位，就联合庄亲王载勋、大学士刚毅等王公大臣，一再向慈禧进言，说义和团有天神相助、能御枪炮。慈禧一开始不信，后来让载漪等人说得将信将疑，就召来面试。义和团"刀枪不入"是演练好的骗术，如香灰做弹丸钝刀假砍肚皮之类，加上载漪等人配合表演，便把慈禧骗信了，允准载漪、刚毅等招义和团进京"灭洋"。

真是应了那句老话，"国之将亡，必有妖孽"，这批浸了水的榆木脑袋也不想想，袁世凯带了两镇北洋军刚一捕杀便四散奔逃的乌合之众，如何能刀枪不入灭得了洋！

广大团民反帝爱国，忠勇可嘉，但被别有用心的野心家和统治者利用，无知胡来，实在误国误民。义和团烧教堂、杀洋人，恰恰给图谋进一步侵略瓜分中国的列强提供了借口。庚子年5月底，列强派卫兵449人进北京保卫使馆；又调集数千军队组成八国联军，于6月17日进攻大沽炮台。

慈禧这时对义和团"能刀枪不入灭了洋"尚不深信，要王公大臣们再"细加察验"。载漪急了眼，让党羽伪造了一份列强给清廷的照会，要求"归政给光绪帝，清廷的财政和军队由列强掌管"，激怒了慈禧，6月20日下旨招抚义和团，与列强"一决雌雄"（常称《宣战诏书》，实际是战争动员令而不是正式宣战，列强也没有对清宣战）。

北京的数十万义和团加部分清军攻不下列强的使馆，大沽口登陆的八国联军增加到一万多人，清军聂士成、罗荣光、马玉昆等部浴血抗击不敌，7月14日天津失陷，8月14日北京沦陷。

义和团的头领们当然知道画符念咒御不了枪炮，望风先逃，几十万团民轰然作鸟兽散。慈禧挟了光绪帝仓皇西逃，一路逃到西安。

沙俄抓住义和团动乱的机会，不仅在八国联军中扮演了重要角色，更撕去与清朝“同盟御敌”的外衣，决定通过军事征服侵占中国东北，使之成为俄国的“黄俄罗斯”省。不仅叫嚣军事征服的别佐布拉佐夫集团和陆军集团的首脑库罗巴特金主张“必须使满洲变成布哈拉（古汗国，今乌兹别克一带，后被沙俄并吞）”，连历来坚持“和平并吞”路线的维特对此也表示支持。

1900 年 7 月 6 日，沙皇尼古拉二世亲自担任总司令，以库罗巴特金为参谋长，调集军队十三万五千余人，火炮 380 门，分 6 路入侵中国东北。

沙俄军队灭绝人性地屠杀中国人民。阿穆尔军区司令官格里布斯基公然命令军队“坚决地、迅速地以哥萨克人的方式解决所面临的问题”，直接指挥和制造了惨绝人寰的“海兰泡惨案”和“江东六十四屯惨案”。

海兰泡位于黑龙江和精奇里江交汇处，原是一个中国村镇，1858 年沙俄通过《瑷珲条约》强占，成为沙俄阿穆尔省省会，改名报喜城。江东六十四屯是黑龙江左岸的中国居留地，南北长约 150 里，东西宽 80 里。7 月 16 日，格里布斯基命令俄军一个不留地抓捕海兰泡的所有中国居民，然后用刺刀刺、马刀砍，驱赶进黑龙江中。当人们试图逃脱时，俄军便一齐开枪射击。妇女们把她们的孩子抛往岸上，乞求至少能放过她们的孩子，哥萨克却逮住这些婴儿，挑在他们的刺刀上，并将婴儿们割成碎片。

一位参与屠杀的俄军士兵记述了大屠杀的过程：

到达布拉戈维申斯克（即海兰泡）时，东方天空一片赤红，照得黑龙江水宛若血流。手持刺刀的俄军将人群团团围住，把河岸那边空开，不断地压缩包围圈。军官们手挥战刀，疯狂喊叫：“不听命令者，立即枪毙！”人群开始像雪崩一样被压落入黑龙江的浊流中去。人群发狂一样喊叫，声震蓝天，有的想拼命拨开人流，钻出罗网；有的践踏着被挤倒的妇女和婴儿，企图逃走。这些人或者被骑兵的马蹄蹶到半空，或者被骑兵的刺刀捅翻在地。随即，俄国兵一齐开枪射击。喊声、哭声、枪声、怒骂声混成一片，

俄军从海兰泡炮轰对岸的黑河屯

凄惨之情无法形容，简直是一幅地狱的景象。

　　清扫现场的工作，紧跟在一场血腥的屠杀之后立即开始进行。那堆积如山的"尸体"，大部分是气息未绝的活人，肝脑逆溅，血肉狼藉，不管是死是活，都被一股脑儿地投入江流。清扫过后。黑龙江水浮着的半死的人们像筏子似的滚滚流去，残留在江岸大片血泊中的只是些散乱丢弃的鞋、帽和包袱之类。就是连这些遗物，也都被踩蹭得一无完形。

　　海兰泡大屠杀一直进行到 7 月 21 日，五千余名中国人惨遭杀害。沙俄阿穆尔当局宣布：海兰泡市内的中国人已被全部肃清了。

　　沙俄军队同时扑向江东六十四屯，对中国居民举行了"多次扫荡"。俄军把各屯居民驱赶到一大屋中，四面放火把人活活烧死；又沿村放火，毁尽房屋，枪杀居民，仅博尔多屯一地就杀害了上千人；最后将残存者不分男妇老幼，一同逼入江中，通共浮水得生者不过六七十人，其余均被枪杀或溺死江中，浮尸蔽江者数日不绝。到 7 月 21 日，俄军将六十四屯全部捣毁干净，有七千多中国人遇害。

　　俄军又杀向黑河、杀向瑗珲：黑河未及逃走的居民全部被杀戮和投入火堆，这个拥有五六千人口的城镇被夷平；俄军在瑗珲城中四向焚烧，数千房屋，毁尽为墟……俄军还杀向齐齐哈尔、杀向哈尔滨、杀向吉林、杀向奉天……凶残地在中国东北烧杀抢掠。

俄国武装轮船"色楞格"号出发炮轰中国瑷珲城之前船员合影

沙俄暴行激起东北人民的愤怒，民众纷纷组织起来抵抗。部分清军将领，如黑龙江将军寿山、盛京副都统晋昌等率部进行抗击，但盛京将军增祺却奉行不抵抗政策，吉林将军长顺更无耻地迎接俄军。中方力量薄弱又分散，抵抗相继失败。到这年的 12 月 15 日，俄军基本占领了东北全境。

阿穆尔总督格罗提柯夫致信库罗巴特金："五十年前，涅维尔斯科伊在阿穆尔河（黑龙江）北岸插上了俄国的国旗，奠定了这条大河俄国领地的基础。现在，经过苦战之后，我们占领了南岸，完成了将阿穆尔河流域合并为俄国领土的伟大事业。"

## 四、除夕夜遭袭赵家庙

日本、沙俄接连入侵东北，清军在日军、俄军面前一溃几千里，民众只能自发组织起来抗敌自卫。

甲午战争时，日本第二路军在辽东花园口登陆，貔子口、碧流河（现属大连市）一带的八百多农户，手持农具夜袭日军军营，杀死了许多日寇；

日军进犯盖平县，被当地大团奋勇击退；九连城、凤凰城地区的猎户、农户聚集二千余人抗击日军，斩杀日寇近千人……

辽北、吉林的人民也组织起来南下支援辽东、辽西人民抗击日军。吉林夹皮沟的"金匪"韩登举率领部下三千人，赶赴海城，和当地大团联合，与日军步骑三千余人激战数日，击毙日寇五百余名（《清光绪朝中日交涉史料》29卷）。日军企图攻取奉天，但在辽阳就遭到当地大团和韩登举部众的奋勇抗击，四次进犯均被击退（《辽阳县志》）。

日军退出辽东后，庚子年俄军又侵占了东三省。各地民众武装又纷起抗击沙俄军队，冯德麟在海城、杜立三在辽中、金寿山在北镇……以及张作霖在南乡，都打着保境安民的旗号，拉起了大团。

冯德麟同治七年（1868）生于海城温香乡，先在县衙当衙役，因与绿林交往被解职。庚子年他在辽阳界的高家坨子拉起大团，抗击俄军，很得民心，队伍发展到数百人。辽河流域士绅联名请准官府，成立了"辽河两岸招抚局"，招揽民团、大团、马匪……联合起来抗御沙俄、保卫乡里，公推冯德麟为总练长，辽河两岸大小山头共计一百零八帮统归旗下，号称一百单八将，声势浩大，不断袭击俄军。

杜立三祖籍天津，全家闯关东落脚辽中县青麻坎村。他十二岁就开始绿林生涯，曾用红布缠了把木头饭勺弄成枪的模样，孤身一人在辽河岸一天抢劫十七条粮船。庚子年杜立三拉杆子占据辽中朱家房镇到台安黄沙坨镇一带，多次与俄军冲突，歼灭小队俄军，绰号"包打洋人"。沙俄为控制辽河航路，派兵到台安张荒地大桥驻扎。杜立三带领人马几次袭击俄军，先后打死三十多沙俄兵，打伤上百人，迫使沙俄军队退回辽阳。

各路草莽豪杰频频袭击骚扰俄军，给俄军造成不小的伤亡和困扰。八国联军的统帅瓦德西向德皇报告说："俄国占领满洲一事，曾遇不少困难……（中国东北地区）常有武装完备之骑兵数百成群，袭击俄军，使其坐卧不宁。"

沙俄对辽河流域的民众抵抗力量十分忌惮，1902年2月派骑兵突袭辽阳小北河，抓住了冯德麟，但顾忌影响，没有敢公然杀害，把他流放到库页岛。

沙俄侵占中国东北作为殖民地，一方面镇压屠杀抵抗其侵略的东北人民，一方面培植为其殖民统治服务的工具，网罗汉奸走狗。

在北镇拉杆子的金寿山就投靠了沙俄，得到不少资助，吞并了周边一些小股土匪，成为北镇一带的巨匪和俄军的别动队。

张作霖的山头小，又一向见风使舵，对于抗击俄军，只是跟在冯德麟后面摇旗呐喊几声，力气全用在经营好自己的一亩三分地上。他带着大团保境安民，很守规矩，名声外传，附近一些村庄主动要求他保护，管理的范围扩大到二十几个村庄。

金寿山势力范围内的村庄不堪其劫掠盘剥，其中的中安堡村就来找张作霖，要求归张作霖的大团保护。金寿山本就觊觎张作霖的地盘，现在又被撬了地盘，更加嫉恨张，就和俄军合谋消灭张作霖的大团。

张作霖的地盘扩大，新招了一些团丁。金寿山就派他的一个干儿子混在里面，到张作霖的大团里卧底。辛丑年岁末（1902年2月18日），张作霖和大团的人忙着杀猪宰羊，祭祖拜神，热热闹闹准备过大年。在赵家庙卧底的金寿山干儿子，暗地送出了情报。接到密报后，金寿山匪帮和沙俄骑兵队在除夕夜突然袭击了赵家庙。张作霖的大团毫无防备，没能组织抵抗就被打得四散奔逃。

后来《林海雪原》里"智取威虎山"一节，不知是不是以这段故事为蓝本。不过这不折不扣是一出真实的"智取威虎山"，仅仅是角色的不同而已：打入"敌巢""智送情报"的是金寿山的干儿子；除夕夜进行奇袭的是沙俄骑兵队及其别动队金寿山匪帮；座山雕换作了张作霖，扮演八大金刚的则成了汤玉麟、阎庭瑞等南乡大团弟兄。

除夕夜阎庭瑞喝得迷迷瞪瞪，先回屋躺下了。半夜时分，突然枪声四起，他先还以为是放鞭炮，再听外面人喊马嘶乱成一团，才意识到情形不妙冲出屋，影影绰绰见老毛子的骑兵已冲进村中砍杀，还有流萤似划过的枪弹，酒也吓醒了，仗着年轻灵活，猫伏豹蹿地冲出了村。

阎庭瑞一人流浪了些日子，后来得知张作霖在新民府八角台，便找了去。

除夕那天夜里遭到金寿山的人马和沙俄骑兵袭击，张作霖只好带着身边几名亲信和家眷突围逃走。张作霖的把兄弟汤玉麟背着他即将分娩的赵夫人，孙大虎背着张作霖三岁的女儿张首芳，张作霖手持双枪断后，还有

张作霖夫人赵春桂与其三个子女的合影，左一张学良，左二张首芳，右一张学铭

五个弟兄，八个人一道冲出了包围圈。赵夫人在逃难的路上分娩，在张家窝棚的一辆大车上生下了张学良。

张作霖等人逃到台安桑林子村后，又陆续收拢了十几名残部。损失惨重又没了地盘，张作霖一伙商量出路。汤玉麟等几人建议上山当胡子，但张作霖不想当土匪，决定还是干大团，去投奔关东的绿林老大冯德麟。

张作霖早年在大车店学兽医时便结识了冯德麟。冯德麟长张作霖9岁，那时已是绿林响当当的人物，到店里时常给张作霖讲绿林典故，张作霖对冯德麟一直敬重有加。

冯德麟被俄军逮捕流放库页岛，在转押途中，沙俄轮船上的司炉是个中国人，名叫刁玉亭，敬重冯德麟是条好汉，趁天黑将他藏在煤堆中，轮船靠岸时觑空放他逃走了。冯德麟潜回家乡，在辽阳东山再树抗俄保境大旗，还真个是东山再起，声势比以前更盛。

张作霖带着残部去辽阳东山投冯德麟，要经过新民府八角台。张作霖怕引起误会，派人拿了名帖去联系借路。八角台的商会会长张紫云和团练长张景惠都听说过张作霖大团的好名声，遂同意借路。

这晚张紫云和张作霖秉烛夜谈，很欣赏张作霖的才干。转天张景惠和张作霖也是越谈越投机，还非常佩服张作霖的见识，思忖跟着他干能有一番作为，便效仿"陶谦让徐州"的故事，非要张作霖留在八角台做团练长，自己甘当副手。张作霖再三推辞，但张景惠执意推让，张紫云也诚意劝说，于是张作霖留在八角台当了团练长。

八角台是个富裕的大集镇，商号有五十多家，实力远远超过赵家庙，而且是辽河南路招抚局河西总局所在。团练有一百多条枪，三十几名炮手，经过清廷注册备案，有半官方身份。张作霖除了是八角台的团练长，还挂了招抚局巡捕公所巡长的职衔。

阎庭瑞到那里后，给张作霖管军需总务。

# 五、八角台招安

东北人民的顽强抵抗和其他列强的牵制，使沙俄不能遽然吞并东北，沙俄便想通过清廷将其对东北的占领合法化，于是假惺惺地敦请西逃的清朝小朝廷回銮北京，还单方面宣布从北京撤军。

只是沙俄一时无法和逃到西安的小朝廷单独"谈判"，就胁迫当时东北的地方官员和他们签约。1900 年 11 月 8 日，被俄军软禁在新民厅的清盛京将军增祺，派一名已被革职的道员周冕，与沙俄占领军司令、"关东州总督"（沙俄侵占大连湾后擅自设为俄国关东州）阿历克谢耶夫签订了《奉天交地暂且章程》，共九条如下（要点）：

1. 盛京将军回任，负责奉天省治安，务使兴修中东铁路毫无阻拦损坏；

2. 盛京等处，由俄军驻防，中国地方官员应尽力帮助；

3. 由盛京将军负责收缴中国军队的军械，一律拆毁，俄军没有夺得的军械库和枪炮军火，要统行交给俄军；

4. 奉天省非俄军驻扎地的军事工事，应由中国当局和俄国当局会同拆毁；

5. 营口等处设俄国的民政管理机关，在俄国政府查得地方确实太平后，

再准予调换中国官署;

6. 盛京将军设马、步巡捕来维持治安,但不得有炮;

7. 盛京将军下设俄国委员一名,以办理与俄关东省长官往来事件,凡将军所办要件,须该委员明晰;

8. 如治安不足,通过该俄国委员,转请俄军长官;

9. 前八条遇有不同解释,以俄文为准。

这个所谓把奉天土地还给中国的章程,实际上以法律形式剥夺了中国的所有主权,确认了沙俄在东北的殖民统治。"中国官府"完全成了沙俄统治的走狗,负责缴械中国军队和解除中国的军备,镇压抵抗沙俄的活动,而且所有事情都要俄国委员大人核准(这一安排比三十二年后日本炮制傀儡政权伪满洲国有过之而无不及,日本军阀给溥仪设的"御用挂"也是仿照该"俄国委员",但地位和权力还有所不及)。

沙皇和沙俄军政首脑们对这个章程极为满意,11 月 13 日便召开高层会议,决定照此模式处置黑龙江和吉林,并制定了《俄国政府监理满洲之原则》:

1. 俄国军队临时占领满洲;

2. 让中国政府自愿放弃在满洲的军备权;

3. 由阿穆尔军区司令官在吉林与黑龙江两省,关东司令官在奉天省……监理中国将军与副都统之行动;

4. 俄国派军事代表监督中国"不扩充军队""不扩充警察",派外交代表监督东北外交;

5. 设立军事法庭,治理中国居民攻击俄军或侮辱俄方长官之罪行。

辛丑年正月十五日,逃到西安的小朝廷才得知增祺与俄军签《奉天交地暂且章程》的消息。国人皆知《马关条约》《辛丑条约》丧权辱国,殊不知这个"奉天章程"已不是丧权辱国,而是无权无国了,连正屈膝求和的清廷都大为震怒,当即下诏否定《奉天交地暂且章程》,以"擅立约章"罪名下令将增祺撤职,"交部严加议处"。

但慈禧太后可以垂帘听小皇帝的政,洋大人却要听她的政。沙俄照会反对,清朝小朝廷只得"俯顺洋情",让增祺留任。

增祺在俄军监管下回到盛京,按照《奉天交地暂且章程》,清廷在奉天已不许有军队,只能设马、步巡捕来为老毛子占领军维持治安,还不许

侵略中国东北的沙俄骑兵

有重兵器。但是清廷原来那点不敷用的军队已大部溃散，难以完成给洋大人站岗放哨的艰巨任务。

奉天虽是清朝"龙兴之地"和"陪都"，但甲午战后清政府统治力量已非常薄弱。还在庚子之乱前，《奉锦山海兵备道札转盛京将军等为通筹奉天目前局势的奏折》便讲："时局日迫，筹划愈难；兼之地面辽阔，盗贼出没，民教不融，奸宄煽惑，非有兵力防摄，在在堪虞。查奉天现在止有盛、奉两军三十营，奏定八成成军，统计不过九千人，以之镇一郡一邑已为不少，若分之全省，节节不敷。"

经过义和团与俄军的打击，奉天省不足万人的军队大部溃散，仅余的残军还被俄军缴了械。清廷在东三省的统治崩溃，从关东直到吉林、黑龙江，数千里尽成盗薮，悍匪巨贼比比皆是。当时有民谣"冯麟阁占东山，青麻坎杜立三，洪辅臣半边天，抢官夺印金寿山，三只眼（齐海龙）闹得欢，海砂子（闫海山）到处翻"。真个是乱世英雄起四方，有枪便是草头王。

一些地方士绅号召武装自保，"东屯聚党至西堡逼捐，北里揭竿向南村劫掠……干戈满目，几无完善之区；烽火惊心，难觅安全之策"（刘春烺，《为设大团四乡公启》，庚子年十一月），许多地方设立了大团等武装自保组织。

署新民厅同知廖彭等官员向增祺建议"收编保险队来补充官军"，各地乡绅也上书请"化绿林豪悍之风，为赤县干城之用"。增祺为了维持治安，只能采纳这一建议，招抚收编各地民团、大团。

要招抚收编这些各霸一方的草头王，这些草头王要被招抚收编，对两方来说都不是简单事。官府要防杆子抚后坐大了复叛，最著名的例子就是李自成、张献忠，一个诈降一个假就抚，摆脱困境后便举旗再起，最终推翻了大明政权；而杆子要防官府背约杀降，郑芝龙、孙可望等不计其数绿林出身的降王降将被清廷招抚利用后便一个个死于非命。前些年（1863）李鸿章更是震惊中外，在苏州背毁由洋大人作保的协约，杀了太平军的八位降王又屠杀了数万降军。这些让张作霖等一众草莽好汉想想都不寒而栗。

不过张作霖判断：接受招抚是他们的最好出路，关键是要能完整地保留他们这支武装，并且能够继续由他们自己掌控这支武装。否则，不管对他个人还是手下兄弟，都是死路一条。

"1902 年春季的一天，盛京将军增祺的三姨太从黑山经过。张作霖通过眼线打探到这一消息，就布置人马在偏僻山路上，将增祺三姨太一行劫掳。张作霖对增祺三姨太极为优礼，对她说：如今国家闹成这个样子，到处兵荒马乱，老百姓怎么活呀！我们这些做土匪的，也是被逼上梁山哪！然后把她毫发无损地平安送到盛京，请她从中关说。三姨太甚得增祺宠爱，一吹枕边风，增祺就答应收编张作霖了。"这个传说流传于辽东，又由辛亥革命元老宁武记载下来。宁武是孙中山派来联络张作霖的特使，又是辽东海城人，所以这一说法被很多人采信。

但这个故事的前提是：张作霖一伙是打家劫道的土匪。实际张作霖既没做过土匪，在八角台办团练时期，为了建立声誉求得招安，又完全按照官兵的规章纪律管理大团，有民事刑事案件都送官府裁决，极力表现忠谨尚恐不及，怎么可能去拦路劫掠还自称是土匪！

而且在传说张作霖劫掳增祺三姨太之前一年，新民府的士商就一再向官府进言，请收编张作霖的大团。清新民厅鉴于张作霖大团的良好声誉，也表示了收抚之意。1902 年春，清新民厅长官廖彭就呈请收抚张作霖大团说，"张作霖诚心向化，将及一载，未扰乡民"。在这种情况下，张作霖决不会失心疯地去劫增祺的三姨太。

因此只是一个杜撰出来的传说，不过是张作霖飞黄腾达后，为绿林人士称羡，按宋江通过李师师的关节求得宋徽宗招安故事，依样画出来的葫芦。张作霖求得招安的过程，远比劫三姨太的故事曲折艰难。

　　张作霖担任八角台团练长后，既严格管理大团建立声誉，又谦恭有礼地结交当地名士、绅商、文人，如张紫云、刘春烺、陶允恭、方克酉等。这些士绅文人不断向官府进言，要求收编八角台大团。

　　但随着沙俄向清廷移交东北的部分权力，清朝奉天官府觉得身上又长了筋，加上先前招抚的一些绿林武装抚而复叛，因此对收编绿林武装提出越来越苛刻的要求，甚至要地方士绅以身家性命担保。

　　例如金寿山匪帮，有老毛子在背后撑腰，是最先一批被招抚的（正式收编在 1902 年 1 月）。但招来一群打家劫舍之徒毕竟关乎官府的统治安全，因此金寿山被调离老窝广宁，派到养息牧（今辽宁彰武），归当地官员节制。金寿山大不满意，很快就再拉杆子反叛，接着"杀官夺印"去了。

　　清廷在 1902 年春就表示要收编张作霖大团，但双方的条件迟迟未能谈拢，主要是官府要对招抚队伍派员管带，加以节制，不同意由张作霖等人继续统领。

　　张作霖在这期间极力表现，保境安民。1902 年 9 月官府到黑山招抚练勇，八角台乡绅又一齐出面，说张作霖等"保护地方二年之久，毫无扰害，各处未受焚掠，实赖该勇之力"，恳请官府"将该台镇快枪齐整马步练勇二百名一律收抚，以其不负该勇等保卫地方出力"。

　　但增祺还是在禀呈上批示"稍缓批"（1902 年 9 月 20 日），要继续考察。

　　又经过将近一年的考察，新民厅同知廖彭认为张作霖"素为众所推服，其投效情殷，无心疑贰"，甘愿受抚，便再向奉天交涉总局禀呈，密请收抚张作霖等（《新民厅抚民同知廖彭密请收抚张作霖等以化莠为良绥靖地方的禀呈》，1902 年 9 月 29 日）。同时提出，"所部即众，人心如面，难易生手，不识性情，万一办理失宜，转于地方有碍。"建议招抚八角台团练后，暂时仍由张作霖统领。

　　这一次奉天交涉总局表示同意收抚，也同意由张作霖暂行分带，但所需粮饷，也仍由当地绅商就地按月筹给。阎庭瑞还是管军需总务，只是称呼从绿林的"粮台"变成了军需官。

　　张作霖及其团练弟兄通过近一年的努力，才基本达到目的，而不是像劫持三姨太的故事或坊间流传的张记马匪势已滔天、割据一方，才被清东三省总督赵尔巽招安，还和张作霖有一段"为什么要受招安？""为了升官发财"的对话。

# 六、黄天霸第二：从"剪径分金"到"剪草邀功"

在利用和收拾绿林人物上，清廷可说是集历代统治者手段之大成，到了登峰造极的地步，即使其在东北的统治已近于名存实亡，但对付绿林草莽却愈发阴险狠毒。张作霖等被招抚，绝非走上了升官发财的坦途，而是过上了比绿林生涯更加刀刃舔血的生活。

招抚八角台团练，增祺与清奉天当局虽然同意队伍暂由张作霖管带，但明确地开出了条件："张作霖降队"要为官府去剿杀杜立三、海砂子等绿林大杆子。

清奉天交涉总局同意招抚张作霖大团的批示是："禀悉。张作霖等既系真心投诚，自应准予收抚。昨因杜力子、海砂子等仍复纠党窜扰，业经札饬该厅讯传该降队严密会剿矣。倘能奋勇打仗，擒斩著名巨匪，尤当破格擢用。即仰该厅一并传饬可也。"

清奉天当局立刻命令张作霖去剿杀昔日绿林同道，将"立功自效"作为投名状：如果两下里凶狠相当，互相残杀同归于尽，是官府最想看到的结果；如果不够凶狠，便是该烹的乏走狗；足够凶狠还要足够忠实，才能予以收纳，不过也仍是要寻机剪除的异己。即便是对八角台团练这样经官府批准备案、为保境安民而成立的民间武装都充满了歧视，从这些禀呈批文便可以看到，用的语言都是"投诚自新""降队""改邪归正""化莠为良"云云。

《施公案》里的黄天霸"改邪归正"投靠清廷，充当忠实走狗，甚至改了名换了姓叫"施忠"，而且足够残忍凶狠，"恶虎村"杀义兄濮天雕、武天虬和两位义嫂，"八大拿"擒拿各路绿林人物，定计斩"十二寇"，"连环套"施诡计挫败窦尔敦，终于得到了统治者的封赏，被树立为草莽好汉悔罪自新的榜样。

张作霖等被满清官府招抚后，也只能走黄天霸的路，为统治者去擒杀旧日绿林弟兄。他报效清廷的第一功，就是剿杀了"著名巨匪"海砂子。

张学良晚年口述，说当时海砂子匪伙势力很大，向八角台要保护费，张作霖和他单挑，一枪把海砂子打死了。

传说海砂子匪伙人多势大，而且能征惯战，个个好枪法。张作霖知道硬拼不得，就和海砂子叫阵说：咱们两伙人这么一打，就把这个村子都打烂了，不如咱俩单挑，你把我打死了，我的地方和人就归你；我把你打死呢，你的部下就归我。海砂子自持枪法好武艺高，欣然同意。张作霖又做出笨拙的样子使海砂子轻敌，结果一开枪，张作霖只受了轻伤而海砂子被打死。

其实这是江湖讹传，经张学良误听再一误讲，遂让世人信以为真。实际是张作霖等人接受招抚后，正值海砂子、三只眼帮伙四百多人劫掠作乱，张作霖遵命带了一百名团勇，会同新民厅官兵四百五十人，去围剿海砂子匪伙。战斗中张作霖表现英勇，亲手击毙了匪首海砂子，自己右腿也受了枪伤，但并非被海砂子所打。

这次剿匪打死匪首海砂子等四十多人，大获全胜。张作霖足够凶狠，效忠立功，赢得了官府嘉赏。增祺随即指示新民府说："该头目既然情殷投诚，不便阻其自新。饬即认真查点，择其精壮者，准留二百五十名。其饷仍由当地妥筹。"并且批准"此降队仍交该练长等暂行分带"。

1902 年 11 月 19 日，新任新民府知府增韫亲自来到八角台，正式将张作霖所部收编为"新民府巡警前营马队"，分中、前、左、右、后五哨，各哨哨官为张景惠、张作相、汤玉麟、王利有、孙釜山，张作霖被任命为马队帮带，实际管领这支队伍。

"新民府巡警前营马队"还不是朝廷正式军队，只是有了朝廷名号的地方武装，粮饷也是由地方自筹而非国家供给。为了转正和升官发财，张作霖积极效力，多次出兵"剿匪"，先后攻剿弓万里、张海乐、李二皇上、唐占山等匪帮，还多方表忠心，如几次剿匪费用、子弹火药等都主动贡献，而不要官府报销，对现任"施大人"增韫毕恭毕敬地执弟子礼。如此这般，张作霖很快得到了增韫的青睐。增韫向增祺夸奖张作霖，说他"自带队以来奋勉从公，颇知自爱，其安心向上，出于至诚"，"收抚降目，打仗奋勇、纪律严明则以张作霖为最……"

张作霖和巡防马队在巡防营门前

　　1903年春，张作霖率部清剿新民府东北部的土匪获胜，增韫又为张作霖请功，说"合境籍获安全，（张作霖）厥功甚伟"。

　　而在张作霖之前被新民府招抚的马队管带陈树森，因为被收编后没有"良好表现"，则被增韫密报增祺"遇便拿办"，所遗管带的职权由有"良好表现"的张作霖接任。

　　张作霖由副营级升为正营级，还吞并了陈树森的人马。

　　1903年8月23日，增韫又将新民街巡捕队和张作霖的前营马队合并，筛选精壮编组为新民府巡防马步游击队，有步队200名，马队285名，统归张作霖管带，调防至新民府。就这样，张作霖像黄天霸一样，成了现世"施大人"的心腹爱将，掌握了新民府的军权。

　　冯德麟和杜立三，一个带领辽河两岸"一百单八将"频繁袭击俄军，一个号称"包打洋人"打死打伤上百俄军，让俄军十分惧怕，甚至赌咒发誓都是"出门碰上冯德麟"或"出门碰上杜立三"，被俄军视为眼中钉肉中刺，必欲除之而后快。

　　仰沙俄鼻息的清朝奉天官府也把冯德麟和杜立三列为第一、第二号通缉犯。1903年年底，增祺应沙俄主子召唤，帮同沙俄侵略军征剿冯德麟和杜立三。张作霖所部也被征召参加征剿。

　　上了贼船便没有退路。张作霖又一次显现出黄天霸的本色，率部参战，向两位绿林结义兄弟开枪来邀功请赏，在征剿中抓获冯占山（冯德麟堂弟）、黄凤山、吕得胜等"匪帮干将"。

张作霖几次为官府立下犬马功劳，1904年终于得以转正，成为清廷正式编制的军队，薪饷从自筹改为由官府发给（《增韫给督辕营务处移》1904年7月31日；《增祺给督辕营务处札》1904年8月10日）。

大团的弟兄们吃上了官饷，为首的张作霖每月有130两银子的薪饷和办公费，张景惠、张作相、汤玉麟等也都有了一官半职，连大团的枪械都一并"转正"，由官府作价收买，由"民有"变成了"官有"。

被招抚时的张作霖

为了进一步赢得官府的信任和提拔，张作霖在转正时把当年自购的一部分枪支，大约有85杆，无偿交为"官有"。他呈文谢恩并表示："惟职受恩深重感戴生成，愿将自买快枪45杆，抬枪40杆报效归公，用酬宪恩于万一。"

转正后的张作霖头戴五品蓝翎顶子，穿上天青宁绸军服，腰佩洋式军刀，足穿薄底快靴，踏上了升官发财之路。

大多当代学者，包括张学良在内的许多局中人，都把张作霖这段被"招抚后剿匪立功"的历史，作为英雄事迹来讲述，其实这可能是张作霖生涯中最阴暗血腥的一页。就像黄天霸，虽然统治者为其弑兄戮嫂、捕杀昔日绿林同道的行为百般开脱美化，但他真能夙夜无愧无疚地睡着觉吗？

# 第三章　饥不从猛虎食：两强交攻中图存

# 一、曹廷杰再莅东北

八角台大团，也就是新民府巡防马步游击队"转正"之前的一天，阎庭瑞听说有位曹大人去吉林总理放荒实边事务，途经新民府，知府增韫正在款待。

官场迎来送往本是常事，但他听说来人姓曹，又是去办理垦荒实边事务，心里不禁突突直跳，急忙跑去探问，结果在厅外一眼看见了曹德。二人都是惊喜交加。曹德告诉阎庭瑞，曹大人回京后研究并注释了《万国公法》，庚子乱后与列强交涉，很发挥了作用，朝廷给加了知府衔，又痛感东北屯垦实边的紧要，所以派曹大人来办理。

曹德不等散席，觑空进去禀告了。没承想曹大人竟亲自出厅来见，慌得阎庭瑞急忙叩拜请安。增韫也跟着出来，将他叫了进去说话。

曹廷杰问了金场遭劫后阎庭瑞的经历，讲山河沦陷，能组织保卫乡里，又受抚剿匪，殊堪嘉尚。增韫也说该大团归诚立功，一众军官奋勉向上，可谓深明大义。

阎庭瑞逊谢了告退出来。曹德说你和我们一同去吉林那边办垦务如何，那边正是用人之时，大人也很看重你。

阎庭瑞从本心不愿整天打打杀杀的，而且觉得去剿杀过去的绿林同道，总有些于心不安，更愿意去干农垦干实业。但他和张作霖及大团众兄弟处得挺融洽，也算有了个职位步上了正途，一时委决不下。

　　没承想张作霖已听说了他遇见旧主，来找他唠这事。阎庭瑞把曹德邀他去吉林办垦务的事告诉了张作霖。张作霖心胸很是恢宏，说这是好事啊，关云长不还千里走单骑寻旧主么，你跟着曹大人肯定能干个前程出来，咱弟兄不管在东北哪疙瘩干得有出息，都相互有光，还相互有个帮衬不是。

　　要说张作霖的心是忒大，这时刚有四五百人枪，就已把目光瞄上了东三省，跟几个把兄弟不止一次讲当今天下，东北无主，我等不应安居一方。他又十分注意交结文人名士，对曹廷杰这般朝野敬仰的大名士，更要设法交结了。

　　于是向增韫请准后，阎庭瑞和张作霖及一众大团兄弟依依道别，随曹廷杰去了吉林。

　　今天的黑龙江省东部当时归吉林将军管辖，其中宁古塔、珲春、三姓称为"三边"，是东北边防重镇。三边的辖区曾非常广阔。乌苏里江以东的滨海地区（现俄罗斯滨海边疆区）、库页岛，以及太平洋的天然良港海参崴，都曾是清代三边的辖区。沙俄在第二次鸦片战争中趁火打劫，侵占了中国乌苏里江以东四十多万平方公里的土地。

　　虽然被沙俄侵占大半，三边辖区仍十分辽阔，也仍然人烟稀少。朝野许多有识之士呼吁在三边屯垦，防止再被沙俄侵夺。光绪七年清廷派吴大澂以三品衔督办三边防务。吴大澂在三边设卡修路，又试办屯垦，到山东、辽宁招募了移民数百人。但这相较于数十万平方公里的三边，只能说是沧海一粟。

　　甲午战争、庚子之乱，沙俄又频频入侵东北及三边。庚子乱后吉林将军长顺上奏说：吉林不但边远之荒久任闲旷，即腹地各片，尚有夹荒，附于各屯，托名牧场，弃置地利，殊为可惜（《吉林将军勘放腹地夹荒片》）。吉林将军建议招民开垦，于是清廷派曹廷杰来督办三边屯垦事务。

　　去吉林的路上，曹廷杰就几次痛心疾首地对阎庭瑞等人讲："道光二十五年至今，我大清军民与列强周旋，山河虽已残碎，总算还是自己的山河。只有俄国人趁火打劫，占去我数以百万计的领土。当今，我朝龙兴之地又在垂危。东北边防的加强，是迫在眉睫的大事！"

　　到了三边，首要之事就是加强防务。那里毗邻俄境，俄军不时骚扰，还有马匪胡子频繁出没，曹廷杰对都鲁河金场遭劫的事也是心有余悸，一

韩边外二世韩寿文（左）、三世韩登举（右）

到任就先设立了一支屯垦区巡防队，派阎庭瑞署了巡防马队的副巡长。

三边与沙俄交界近三千里，还与朝鲜交界约三百里。二三百名巡兵，实在是杯水车薪。清廷驻防吉林的军队原本也只有三千余人，庚子年俄军入侵，大部溃散，也难以指望。曹廷杰再三思虑后，去桦甸拜访了“韩边外”三世韩登举。

第一代“韩边外”韩宪宗是道光年间的山东移民，到宁古塔夹皮沟做采金工，因智挫胡匪，成为当地流民领袖，逐渐发展起家族势力，成为统管夹皮沟采金和周边农林牧猎的独立王国，最盛时势力范围东西八百里，南北六百里，人称“小韩国”。清廷几次进剿都奈何不了，只得名义上予以招抚。

韩宪宗之子韩寿文不务正业，韩寿文的儿子韩登举却是文韬武略。一次韩宪宗斥责韩寿文，就有了韩寿文那段流传极广的“你父不如我父，你子不如我子”的辩解妙语。韩宪宗对韩寿文无可奈何，就将家业直接传给了长孙韩登举。

甲午战争，韩登举招募壮丁七千人，编成一十四营，挂帅奔赴盛京，在海城、辽阳给予日军重大杀伤，挫败了日军攻取盛京的企图。

庚子年俄军入侵，韩登举率韩家军在蚂蚁岭大败俄军，缴获的快枪就有二百余支。之后又采用游击战术四出袭击俄军，迫使俄军撤到牡丹江以西。

后韩登举奉清廷命令与俄军议和，达成协议：韩登举归还缴获的俄军枪支，俄军赔偿烧毁韩家老宅的损失一万块大洋。清廷则以韩登举的"保全土地之功"授予"都司"官职并加参将衔，但实际仍将"韩边外"视为"金匪"。

曹廷杰主动去拜望，让韩登举很感动，两人都是抗俄英雄，相互敬重又于抗俄保土大有共识，当即达成了协作巡边、防御沙俄的协议。

曹廷杰与韩边外协议回来，便在吉林城、依兰道、滨江县等地设立招垦局或事务所，还有垦户招待所，招募移民前来三边垦荒。

那时三边荒无人烟，尤其宁古塔是流放罪人的苦寒之地，让人闻名生畏。清初流放到宁古塔的著名文人吴兆骞在给母亲的信中说："宁古寒苦天下所无，自春初到四月中旬，大风如雷鸣电激咫尺皆迷，五月至七月阴雨接连，八月中旬即下大雪，九月初河水尽冻。雪才到地即成坚冰，一望千里皆茫茫白雪。"另一流人王家祯在《研堂见闻杂录》中，更将宁古塔写得极其恐怖，说流放者往往半道上被虎狼恶兽吃掉，甚至被饿昏了的当地人分而食之，即使侥幸到了那里也是九死一生。

因此清朝获罪官员一听被流放宁古塔，往往吓昏过去，有的宁可自杀也不愿前来。这也可见要招募移民前来垦荒，可不是件容易事。

曹廷杰基于三边情形，拟定了一些优惠政策，如认领荒地的民户，当年不收取押荒钱；领垦官有荒地免税五年；移民垦荒所需的农具、种子、口粮等，都由官府拨给或贷给；帮助垦荒户购买耕牛，人力垦荒一个壮丁可垦 9 亩，而用牛耕则可以垦 25 亩，因此三边垦务局统一为垦荒户购买耕牛，只收半价，3 年付清。三边垦务局还帮助移民建造住房，每户可建住房两间，给津贴银 16 两。

三边固然苦寒，但土地极为肥沃，种植小麦、大豆等作物产量比关内还高。加上诸多优惠措施，招募垦荒局面逐渐打开：不到半年，已招募移民千余户，放荒十几万垧（东北 1 垧＝10 亩）。

甲午战后东北边疆危机，为了实边御寇，清廷还规定：独力招募流民辟荒升科地六百垧以上的，给予七品顶戴；一千垧以上的，给予五品顶戴，等等。那时得到顶子的途径不止一端。阎庭瑞任副巡长，也混上了一个六品的镂花镶小蓝宝石顶子。

巡防马队的巡长是个满洲镶红旗的原千总，很看不起出身绿林的阎庭瑞。阎庭瑞小心应付,做事干练谦让,上面又有曹大人主持,大体上还算相处无事。不久,曹廷杰又把阎庭瑞调去做稽查委员。

招垦事务所招募来垦荒的移民后,便由接待人员领到垦荒点安置;再由监绳人员和督绳人员清丈,给垦荒移民划定所申请的开垦垧数的毛荒地。阎庭瑞稽查委员的职责,就是核查清丈划地工作。

曹廷杰总理放荒屯垦,颇得各方赞誉,不久被提升为吉林知府。

曹廷杰行前找阎庭瑞来,说哲里木盟科尔沁右翼前旗那边放垦情况十分混乱,盛京将军要我推荐几个得力的人去,你可愿意去?

阎庭瑞想:在这疙瘩也算混上个蓝翎顶子了,再转个地方或许能把这个绿林出身洗没了,要不总被人揪小辫子影响升迁,就应了愿去。

阎庭瑞随曹廷杰到了吉林府,正值当地发生鼠疫,而且来势凶猛。曹廷杰急忙组织救治。阎庭瑞也暂留在吉林府,跟随曹大人组织防疫。

曹廷杰少时曾学医,他见有些患者局部红肿酸痛,有些患者出现较大面积的红斑,还有像疱疹样的脓疱,心想针灸和沾痧、刮痧应该对这般症状有疗效,便亲自带人施治,还真治愈了不少患者。但这只对轻型患者有效,对更多的重症患者便没有什么疗效。鼠疫又是烈性传染病,因此吉林府各地天天急如星火地报告疫情传播情况和新增的死亡人数。

曹廷杰十分焦急,一天把阎庭瑞叫来,交给他一封书信,吩咐他赶到盛京城见御医秦光北先生,请他前来帮助防疫治病。曹廷杰说秦御医是他在京中结交的好友,已退休在家。

阎庭瑞一人双骑,歇马不歇人驰往盛京。在盛京城的小南门,找到了秦御医的家。秦御医身材不高,精神矍铄,看了曹廷杰的信,又详细询问鼠疫蔓延的情形。这时,一个十八九的姑娘给阎庭瑞斟茶,高挑丰满的身材,清炯炯的两只眸子,一下子就把阎庭瑞三个魂摄走了两个半。秦御医再问他话,竟痴痴呆呆地不知所云了。

秦御医留他宿了一晚,有个老仆照料,那个姑娘再未露面,害得他虽奔波了数日疲倦得不行,还是辗转反侧了大半宿没睡着。

第二天早晨,秦御医大概也是经过一夜长考,答应了前往吉林,而且是带着女儿前去——就是那个两眸清炯炯的姑娘,一来随侍照料,二来她粗通医道是个助手。

阎庭瑞喜出望外，去雇了一辆尽可能舒适些的马车，护从秦御医和女儿去吉林。路上阎庭瑞得知姑娘名叫雪心，又很喜欢她说话嘎嘣脆极有决断的样子，于是更加车前马后极力表现，一路到了吉林府。

秦御医下车伊始就和曹廷杰商议防治鼠疫的方法，议定了十几条措施，如设立检疫所、隔离患者、设立掩埋场、清洁道路和公共场所、用石灰水对发病场所消毒、奖励捕鼠每只奖五文钱等。

当时中医对于鼠疫的认识尚不科学，仍囿于寒热瘟疫见解。民间则更缺乏正确认识，有拜神求仙方医治者，有吃斋祈祷坐待痊愈者，还流传一个用猫尿防治鼠疫的医方，说是老鼠怕猫，所以猫尿对鼠疫有神效，等等。

中国及东北人民的一些生活习惯，如合家睡一个大火炕、冬季为避寒冷房屋密闭、喜食各种动物肉（如獭肉）等，特别是丧葬之礼：由病到死再由死到葬，病时亲属日夜调护，死时围守哭泣，葬时仪文烦琐前后至少数日，都不利于防止疫病传染，往往有合家染病死亡的。

曹廷杰与秦光北所拟措施虽不尽完善，但已有不少合理成分。二人虽想到日本人火葬的方法，但中国习俗是"入土为安"，终是没意识到将鼠疫患者尸体焚化对防疫的重大意义，掩埋的疫毙尸体本身或经动物咬噬都会成为重要的传染源。直到数年后东北爆发大鼠疫，天津北洋陆军医学院副监督（副校长）伍连德博士受命为防疫总医官，才断然采用焚化病尸方法。

曹廷杰用自己积蓄，将防疫措施编印了一万份《救疫速效良法》散发，指导民众防治鼠疫。1910年东北大鼠疫时，曹廷杰于组织防疫亦有重要贡献，并在1911年盛京万国鼠疫研究会议上做了学术报告。

防疫中阎庭瑞与秦雪心也感情日深。他央请曹廷杰说媒，得秦御医应允，与秦雪心订了婚（阎庭瑞瞒了他在天津有妻儿的事，曹廷杰只知他在关东颠沛流离数年未曾成家）。

经过逾月努力，东北鼠疫终于被抑制住。阎庭瑞于是拜别曹廷杰、岳丈秦御医和秦雪心前往科尔沁右翼前旗赴任。临行，曹廷杰与他长谈指教说："垦殖问题，为世界各民族盛衰之一大关键。试观欧美之强盛，莫不由于向外寻求殖民地而致。如吉林与俄接壤三千余里，俄方营屯林立，极意经营；我方却是千里榛莽，荒芜无人。此次吉林招垦，幸小有所成。科尔沁千里草原，亟待开发，但那里蒙汉杂处，冲突频繁，据闻札萨克图郡王乌泰与俄人勾结，王府还有俄军驻扎，情势颇为棘手。但我国欲求得民族之发展，便再不能任祖宗遗留之国土荒芜。你到那里，务虚竭忠尽智，办好放荒招垦。"

# 二、札萨克图蒙荒行局

　　科尔沁右翼前旗也称札萨克图旗，札萨克图蒙荒行局起初设在辽源州的郑家屯，同时在垦区开建了一座城镇，作为蒙荒行局的长久驻地。因为该镇处于洮儿河与蛟儿河的汇流处，被命名为双流镇。

　　阎庭瑞去时，札萨克图蒙荒行局刚从郑家屯迁往双流镇。蒙民称那里为"沙吉盖毛都"——蒙语"沙吉"是喜鹊，"毛都"是榆树。原来，道光丁酉年洮儿河与蛟儿河发大水，史称丁酉大水，两岸一片汪洋，只有一株古榆露出水面，喜鹊在树上筑了巢，许多喜鹊绕树盘旋飞舞。蒙民认为是"仙鹊神树"，顶礼膜拜，当地也因此而得名。

　　阎庭瑞一到双流镇，就看见了那株孤兀参天的"仙鹊神树"，还跟局里一帮蒙汉同人一起去拜祷了一番。

十一世札萨克图郡王乌泰

　　到了科尔沁右翼前旗，阎庭瑞才知道那里情形比听说的还要混乱。

　　科尔沁右翼前旗属于札萨克图郡王的辖区。同治年间，十世札萨克图郡王死后无子，亲族争夺继承权打了十多年官司，诉讼到光绪七年（1881），清廷裁定让已经出家多年的乌泰（1860－1920）还俗，承袭了郡王位。

　　乌泰是个吃喝嫖赌之徒，又多年争讼，欠下许多债务无法偿还，就私自出卖旗内土地，招募流民垦荒。科尔沁右翼前旗方圆数百里的草原，向来是牧

蒙荒行局今貌

民游牧的地方。乌泰私自出卖土地，激起旗内牧民不满。哲里木盟盟长诺尔布亲王报告理藩院及清廷后，暂行撤销了乌泰的札萨克图郡王印信。

两年后（1902），掌管科尔沁右翼前旗旗务的台吉们（蒙古贵族封爵，意为王弟）控告乌泰勾结匪徒劫掠，欺虐牧民；随后又报告说乌泰窃走札萨克图印信，不知去向。

清廷察知是乌泰私自揣带印信，潜逃去哈尔滨，找到俄国专办"蒙务机关"的官员格罗莫夫，要求俄国予以"庇护"。清廷为息事宁人，命科尔沁右翼前旗的佐领拿三千两银子，把乌泰接了回来。

可乌泰欠下大笔债务，还有私自招垦的乱局如何处理？清廷派来查处此事的钦差和盛京将军商议不如改私垦为官垦，随即请准朝廷，拟定了《领荒招垦章程十条》，决定在科尔沁右翼前旗的十七道岭以南放垦一百万垧土地，移民实边；十七道岭以北为牧区，设封堆若干，隔绝牧民与垦荒农民冲突。

1902年9月，清奉天当局在科尔沁右翼前旗的垦区设立札萨克图蒙荒行局，同时由科尔沁右翼前旗设立札萨克图蒙荒蒙古行局，会同办理放荒招垦。

阎庭瑞到札萨克图蒙荒行局接了收支委员的差使。蒙荒行局总办田芗谷也刚刚到任，带着阎庭瑞等行局主要人员一同去拜见乌泰。

虽然乌泰犯有勾结外夷的大罪，但因其背后有沙俄撑腰，清廷及盛京将军增祺格外宽宥，最后议定处分时仅革去他一个哲里木盟副盟长虚职。

　　乌泰遂借兴建双流镇之机，仿照北京王府的式样，耗资四万大洋，在这里建了一座"王府行衙"，兼作与蒙荒行局共同负责放荒征税事宜的蒙古行局。

　　阎庭瑞他们也都知道乌泰是科尔沁一系列祸乱的祸头，但他是这片草原的王爷（虽然暂停了其郡王职衔），还不能不尊礼供奉。一行人便到"王府行衙"，按觐见郡王礼拜见乌泰。

　　乌泰头戴三眼花翎，身穿蟒龙袍外罩黄马褂接见他们。阎庭瑞见乌泰身材瘦削，还长了个小尖下巴，虽大咧咧坐在上首，却有些六神无主的样子。

　　田艿谷前来，除了礼节，主要是因为蒙荒行局第一阶段的放荒招垦不大顺利，只丈放了上等地四千七百余垧，中等地八百余垧，下等地还没有人认领，因此想对放荒办法做些调整，与乌泰商议适度放宽招垦条件。

　　谈起招民垦荒事务，乌泰并不上心，也略无主见，喋喋不休的，就是放荒银两的分配，以及不能将银两交与该旗的台吉们（贵族和官员）。

　　田艿谷来，还因为该旗的台吉、旗民纷纷控告乌泰吞没放荒银两，他们既失去牧场又拿不到补偿银而衣食无着，这也引发了牧民对蒙荒行局的不满，因此也想与乌泰协商放荒银在科尔沁右翼前旗内部的分配办法。不想乌泰反倒先提出了不能将银两交给旗内台吉的要求。

　　田艿谷明知乌泰无理，但乌泰是王爷，他只得婉转地申明利害，最后得以与乌泰商定：归科尔沁右翼前旗的放荒银，四成归乌泰，三成五归台吉和旗民，二成五归庙仓。

　　关于放荒招垦，田艿谷提出乌泰不能擅自加收放荒银、妨害招垦时，乌泰不能辩驳，就又转过来纠缠朝廷和旗之间的放荒银分割比例。

　　先前拟定放荒招垦章程时，乌泰表示赞同，随后在俄人挑唆下，又不断反悔搅闹。前任蒙荒行局总办张心田给增祺的一份报告中，就列举了乌泰刁难搅闹的二十条事项。田艿谷对此也早有思想准备。因为放荒银分配的问题在决定放荒时就已商定，并写入了《札萨克图王旗蒙务招垦章程》，规定荒地六年后升科收税，每垧收 660 文钱，其中 240 文归朝廷，420 文归旗。于是田艿谷就用此事已报朝廷核准、行局无权变更为词回绝了。

　　回行局路上，田艿谷对阎庭瑞等人说，乌泰言语支离，举止不端，后面还有俄人挑唆，接下来还不知闹出什么乱子来呢！说着不住地摇头叹气。

# 三、大泡子夜袭蒙匪

札萨克图蒙荒行局难以打开招垦局面，还因为科尔沁右翼前旗地面不靖，匪患严重。乌泰私自招来数千户流民垦荒，这些流民有土默特等旗的蒙民，也有闯关东来的汉民，人数比札萨克图本旗的蒙民还多（1903 年札萨克图王旗所属男女老幼共 10795 口）。他们只要给乌泰足够的银子，就可以随意垦荒，严重损害了本旗蒙民利益，两方因此冲突不断。另一方面，乌泰挥霍无度，不断加重盘剥这些流民，收的垦荒银从三十两增加到一百两，也让这些流民很是愤懑。

闹义和团时，土默特左旗的流民刚保、桑保、王洛虎等就率众反乱（以前称为起义），虽然有反抗蒙古王公贵族统治的一面，但也大肆劫掠。他们盘踞在札萨克图王旗，强掳财物、妇女、牛马，荼毒到札萨克图的蒙民弃家远逃，致使全境几无人迹（《办理札萨克图蒙荒案卷》，内蒙古档案馆藏）。

后来被革职的札萨克图协理台吉朋苏克巴勒珠尔联络旗内蒙民，成立了类似大团的自卫武装，抗击匪帮，拼斗了差不多一年，才将刚保、王洛虎等匪帮驱逐出王旗腹地。

闹义和团和蒙匪时，乌泰私自携带郡王印信，偷跑到齐齐哈尔和哈尔滨，拜见俄国蒙务机关官员格罗莫夫和伯力总督哥罗德阔夫，寻求沙俄的庇护。

沙俄正百计挑拨拉拢蒙古上层叛清投俄，找上门来的乌泰可是天上掉下来的大元宝，便待以上宾之礼。俄国人赠给他快枪 12 杆，许诺将为他提供保护；还对他负债累累的困境大表同情，提出可以由俄国银行予以资助。这让乌泰既受宠若惊又感激涕零，投入了沙俄的怀抱。

乌泰一回到札萨克图，南满俄军总司令及关东州（沙俄侵占的辽东半岛南部地区包括旅顺和大连）总督阿列克赛耶夫就派武官格罗莫夫带着160 名沙俄骑兵来到札萨克图，驻扎在郡王府和郡王府附近的王爷庙，名义是帮乌泰防御土匪和镇压蒙民自卫武装，实际是挟持乌泰叛离中国，成为沙俄的藩属。

札萨克图外有刚保、桑保、王洛虎匪帮袭扰，内有乌泰搅扰牵制，加上沙俄军队的威胁，蒙荒行局的放荒招垦困难重重。

蒙荒行局一方面奏请清廷出面与沙俄交涉，要求俄军撤出札萨克图；一方面需要有一支自己的武装力量来保护垦区、防御匪帮和俄军。因此，行局匆匆组建了一支一百多人的巡防队，因行局人手不足，阎庭瑞在三边担任过巡防队的副巡长，就让他先署理了一段蒙荒行局巡防队的副巡长。

巡防队的人事和薪俸属行局，军事上归驻扎在辽源州的奉军北路统巡吴俊升节制。吴俊升祖上是山东济南历城人，咸丰时闯关东到了奉天昌图。他生于同治二年（1863），七八岁便给人家放马牧羊，十三岁去四平当铺做小伙计，因性情顽劣没几天就被辞退，十七岁加入了辽源捕盗营，因作战勇敢，在蒙境查干花、昭苏太子等地剿匪有功，累升为奉军北路统巡（相当于团长）。

巡防队经吴俊升训练后，编为马、步两哨，马队四十人，步队八十人，担负起垦区巡防任务。

过了年，巡长带着三十名马队，押送放荒银去了盛京。双流镇距盛京上千里，运送大笔银两必须要有人马护送。

巡长去了盛京，由阎庭瑞代管垦区巡防事宜。几天后的一个傍晚，蒙荒蒙古行局的帮办兼护卫队长朋苏克巴勒珠尔撞进了巡长室，吓了阎庭瑞一跳。

蒙荒行局与蒙荒蒙古行局间由于权益纠葛，关系十分紧张，放荒招垦引发的农牧纠纷，也让双方冲突不断。因此蒙荒行局巡防队与蒙古行局护卫队间关系也非常紧张。

阎庭瑞见朋苏克巴勒珠尔一张冒着酒气的黑红大圆脸，后面还跟着一个喘粗气的牧民，以为是发生了什么农牧纠纷，前来问罪寻事的。不意朋苏克巴勒珠尔喷着酒气说：土匪，来了，王洛虎。

阎庭瑞方知朋苏克巴勒珠尔是来报信儿的，但看他酒气醺醺的样子，不大深信地回问了一句。

朋苏克巴勒珠尔指指身后的牧民。那牧民喘着大气说：王洛虎匪帮二百来人又窜来了，一路劫掠，已过了突泉。

突泉在札萨克图西边的牧区，离双流镇有百多里。

王洛虎匪帮是劫掠牧区，还是要进犯双流镇呢，阎庭瑞拿不准；是带巡防队防守双流镇，还是去牧区剿匪救助牧民呢，阎庭瑞犹豫不决。

札萨克图的局势太过敏感——俄国人正挑唆乌泰叛离，大队俄军就驻在王爷庙，而乌泰与王洛虎匪帮有过勾结也有过冲突。这个牧民的情报是真是假，阎庭瑞不能不多想。

阎庭瑞考虑：以剩下的兵力守御双流镇都困难，更别说去牧区剿匪了；即便能去剿匪，万一这事其中有诈，巡防队一离开，双流镇及蒙荒行局就在乌泰和俄军的手里了；可若听任王洛虎匪帮劫掠牧民，势必让札萨克图的蒙民与蒙荒行局、朝廷愈加离心离德。阎庭瑞一面盘算，一面打量朋苏克巴勒珠尔的神情。

朋苏克巴勒珠尔原是札萨克图的协理台吉，几次控告乌泰非法放垦无果，反被乌泰革了职。刚保、王洛虎率众造反时，他挺身而出率旗内蒙民抵抗，深得蒙民拥戴，推举他出任蒙荒蒙古行局的帮办。

阎庭瑞知道朋苏克巴勒珠尔是个耿直汉子，又曾为蒙民出头不惜开罪乌泰，但毕竟他是乌泰任命为蒙荒行局帮办的，而且局势复杂，不得不分外慎重。他观察朋苏克巴勒珠尔的神态，又仔细问了报讯牧民发现王洛虎匪帮的情形，觉得是真非诈，就请朋苏克巴勒珠尔判断一下王洛虎匪帮接下来的行动。

朋苏克巴勒珠尔与王洛虎作战一年多，知根知底。他想了想说：他们过了突泉，可能在大泡子过夜，等拂晓时劫掠那周边的牧区。

蒙民管湖沼叫泡子，大泡子是突泉东面的一个水沼。王洛虎匪帮都是一人双马，流窜来札萨克图，必定要找个有水源的地方补给休息。

在新民府干大团时，阎庭瑞听过不少民兵袭击日军、俄军的故事，顿时有了主意：我们乘夜去袭击王洛虎，虚张声势把他们打跑。朋苏克巴勒珠尔甚是赞成：这主意好。硬拼、等他们来打，都不行。

阎庭瑞匆匆去向总办田芗谷报告请示了，留下三十名步队守卫镇子和行局，然后带着其余的人马与朋苏克巴勒珠尔集合的二十余人护卫队，一路急行奔向大泡子。

札萨克图巡防队和护卫队半夜时分赶到了大泡子。果然如朋苏克巴勒珠尔和阎庭瑞所料：王洛虎匪帮在大泡子旁边宿营，根本没想到蒙荒行局的那点人马会来袭击。巡防队和护卫队两面放枪放鞭炮，留下一面让匪帮跑。王洛虎匪帮听枪炮声密如雷雨，还以为是辽源州官军赶到或是俄军助阵，惊惶失措地奔逃。巡防队护卫队检点战果：打死六名匪徒，缴获了十几支枪和十多匹马。

大泡子袭击战虽未让王洛虎匪帮伤筋动骨，但也重挫了其锐气，札萨克图的局势总算安定了一些。蒙荒行局的巡防队为蒙民打土匪，也相当程度上改善了双方的关系。

蒙荒行局根据洮儿河与蛟儿河放垦区的地质情况，调整了放荒地价，上等地每垧银二两二钱，中等地每垧一两八钱，下等地每垧一两四钱（东蒙每垧地合 7 亩）。

蒙荒行局又吸取之前蒙汉农牧纠纷的教训，规定本旗蒙民认领荒地优先；以前乌泰私自出卖给蒙民的地，在放垦区内的，或留或卖自愿，如果卖就由蒙荒行局以高价收回，每垧地作价银三两八钱；水泡池沼等处，蒙民认为有神，不得放垦。

这些措施一定程度上化解了蒙汉农牧矛盾，加上治安情况好转，前来认购垦荒的移民和蒙民越来越多。

札萨克图放荒招垦逐渐上了轨道，第二阶段丈放了荒地约十多万垧（第一阶段只丈放了五千五百垧），成为东蒙大规模移民垦荒之始。

阎庭瑞大泡子打蒙匪，在札萨克图农牧民中有了威信，干得也是顺风顺水，在行局总办、帮办之下，也算数得上号的人物了。

正当清奉天当局筹划将东蒙的图什业图旗和镇国公旗也开禁放垦，并在图什业图、镇国公和札萨克图三旗的垦区设立地方政府时，日俄战争爆发了。


# 四、日俄战争爆发


甲午战争后，清廷企图联俄抗日，沙俄则在中日间翻云覆雨，从中取利。

沙皇尼古拉二世加冕典礼时，日本前首相山县有朋元帅也作为特使前

1904 年 2 月 8 日驻旅顺口的俄国舰队遭日军联合舰队偷袭

往，向俄方提出两国按"三八线"瓜分朝鲜。但沙俄的野心不仅是半个朝鲜，而是要将远东完全纳入其势力范围，遂以"承认朝鲜独立"为由拒绝。最终俄日双方暂时妥协，达成了共管朝鲜的协定。沙俄在与李鸿章签订"结盟抗日"的《中俄密约》仅仅六天后，就又与日本签订了划分远东势力范围的《山县—洛巴诺夫协定》。

　　沙俄先攫取了在中国修筑中东铁路的权益，将势力伸入东北地区；1898 年又派太平洋舰队强占了中国的旅顺和大连；1901 年更趁义和团之乱大举入侵中国东北，将东三省变成了近似沙俄的保护地。

　　庚子之乱后清廷与列强签订《辛丑条约》。但沙俄不仅不按照条约从中国东三省撤军，反而加强在东北的军事存在和经济掠夺，再次军事占领奉天等重要城镇，悍然成立以旅顺为中心的远东总督区，实施将满蒙地区变成"黄俄罗斯"的计划；同时积极在朝鲜扶植亲俄势力，企图攫取整个朝鲜。而沙俄在远东的巨大扩张，是在没有明显加强在这一地区军事力量的情况下实现的。

　　日本在远东扩张受到沙俄扩张的阻遏后，因国力不及，只能暂且忍耐、加紧备战，以实现反击沙俄、侵占中国满蒙的侵略计划。日本制定了扩

俄国太平洋
舰队主力倾覆

充军备的规划，军费从甲午战争时的 8400 万日元（当时日元与美元近似等值），增加到 2.4 亿日元，计划到 1901 年基本完成扩军规划，做好对俄战争的准备。甲午战争日本从中国掠取的 2.3 亿两白银，大部分用于了扩充军事力量。

沙俄内部，以财政大臣维特为代表的一派看到远东的军事力量对比不利于俄国的情况，主张暂且对日妥协，待西伯利亚大铁路通车，加强在远东的军事力量后，再伺机与日本决战；以御前大臣别佐勃拉佐夫、远东总督阿列克塞耶夫等人为代表的一派过低估计日本的力量，认为蕞尔小邦不堪一击，俄国需要一场对外战争的胜利来制止国内的革命。沙皇尼古拉二世支持了别佐勃拉佐夫一派，对日本采取强硬政策。

沙皇尼古拉二世为首的俄国统治集团是一群狂热的沙文主义分子，在北方与德国争夺波罗的海，在西南与奥匈帝国争夺巴尔干，在南方与英国争夺阿富汗和中国西藏，在东方与日本争夺远东——扩张野心远远超过了其实力，给自己树立了太多的敌人。

日本统治集团决定抢在俄国的西伯利亚大铁路建成、加强远东军事力量之前发动对俄战争。虽然沙俄这时企图通过谈判来争取时间，但日本意识到"每拖延一天，甚至一小时，都会增强俄国取胜的机会"，于是在得到英国和美国的支持后，于 1904 年 2 月 8 日对俄不宣而战，袭击了旅顺港的沙俄太平洋舰队。

# 五、不中立的中立

日本和沙俄打仗，是在中国的土地上打，争夺的是侵占中国的权益。

腐朽的满清政府无力阻止这场战争在中国进行，却也清楚如果被日俄甩在一边，不管谁胜谁负，都会丧失更多的权益，因此从本心并不想置于局外。但无论"附俄攻日"还是"附日攻俄"，实际又都行不通。

1896年大清特使李鸿章与俄国财政大臣维特、外交大臣洛巴诺夫签订的《中俄密约》，具有对抗日本的军事同盟性质。但日俄战争时，中国的东三省和蒙古的东北部，除俄国撤军的辽西部分地区，仅名义属于中国而实际处于俄国的军事占领下。日本打的是侵占中国领土的俄国，也没有侵犯俄国的亚洲领土，因此《中俄密约》的规定"日本国如侵占俄国亚洲东方土地，或中国土地，或朝鲜土地，即牵碍此约，应立即照约办理"并不适用。况且俄国早已背弃了《中俄密约》，是甲午之后侵略中国的元凶首恶，朝野上下也都意识到俄国是最大的威胁，因此舆论一片"附日攻俄"声，想借此机会收回东三省，大臣和各地督抚大多持这一主张。

问题是清政府根本没有施行这一主张的能力。日、俄都动员了上百万的现代化的陆军和海军，投入几十亿元的军费（当时清银元和日元基本等值，俄国卢布略高）。而中国甲午战争北洋水师覆灭，庚子之乱后列强进行军事制裁，清政府除了袁世凯的几万北洋陆军，再拿不出像样的军队；而且一个甲午赔款加一个辛丑赔款，哪里还有钱再打一场大战？

袁世凯审时度势，力主局外中立。他分析局势说："附俄则日以海军扰我东南，附日则俄分陆军扰我西北，不但中国立危，且恐牵动全球。日俄果决裂，我当守局外。"

日本内阁1903年12月30日会议，认为单独作战，战胜的结果将由日本任意处置；如与中国联合，则善后处理将有种种不便。因此照会清政府，要求中国中立（《日本外交文书》36卷）。

日俄战争中
日军机枪手

列强唯恐战争蔓延损害其在华利益，一致反对中国介入日俄战争。美、英、法、德、意均在日俄战争爆发后（1904 年 2 月 10 日）发表声明或照会，要求交战国尊重中国的中立地位。

在现实情况下，袁世凯等力主中立、暗中押注于日本、日俄战后尽可能收回些许东北权益，似乎是唯一的明智选择。清政府只得在 1904 年 2 月 12 日屈辱地宣布"中立"，还颁布了《中立条规》和《两国战地及中立地条章》，规定辽河以东为战区，辽河以西为中立区。

阎庭瑞他们收到了盛京将军增祺转发的，由直隶总督北洋大臣袁世凯代朝廷发给各省督抚将军的"上谕"。"上谕"，光绪二十九年十二月二十七日清廷颁发，声称"日俄两国失和，非与中国开衅，京外各处地方均应照常安堵"。

清廷要求各地"照常安堵"并照会日俄"不得损伤东三省之城池、官衙、民命、财产"，不过是自说自话。日俄，特别是沙俄根本不把清廷的"中立"和"中立区规定"当回事。日本外务省照会清政府说："日本国政府并无扰乱妨害贵国平和之意，除俄国占据地方外，所有贵国疆域，本国必与俄国同一尊敬贵国之中立。"其实质就是说，有俄军的地方都不是中立地区。俄国则拒绝承认东北中立区，照会说："据称中国恪守局外，俄绝不侵越。唯东三省及蒙古东北隅，铁路所经，为运兵用兵要地，势难认为局外。"

沙俄远东陆海军总司令阿列克塞耶夫更公然提出：一、中国东北地方政府应遵守俄国训令；二、俄国有黜陟中国地方官之权；三、东北捐税等须交给俄国政府；四、东北中国军队，应受俄国调度。

札萨克图蒙荒行局也收到了俄军士兵送来的阿列克塞耶夫的"训令"和布告，威吓中国官民在战时要协助沙俄作战，要接受俄方长官指令，承担保护中东铁路之责。

日俄各自出动几十万军队，在中国东北大打出手。

## 六、池鱼之灾

日俄战火所及，村舍为墟，东北人民转徙流离哭号于路者，以数十万计。

札萨克图垦区也有难民络绎前来。据说盖州、辽阳、海城一带逃入奉天的难民，就有五万以上。蒙荒行局的官员们商议前去招垦并赈灾，一来解灾民之急难，二来可扩大东蒙垦荒。恰好盛京将军增祺也急于给大批灾民安排出路，希望几个垦荒区能尽力接收。于是札萨克图蒙荒行局决定到新民、黑山、锦州等地设办事处，帮助愿意垦荒的灾民前来札萨克图垦区，

1905 年，开原，日俄战争中日本兵斩杀被当作间谍的中国百姓

日俄战争中毁于
战火的村庄

由阎庭瑞负责办理。

阎庭瑞分派几名吏员前去黑山、锦州，自己带着三名吏员前往新民府。他们过了彰武县城还没到新民府，就遇到一队沙俄骑兵朝他们"砰砰砰"就是几枪。幸好没打中，四人吓得跳下马伏在地上。阎庭瑞用棵树枝挑着他的蓝翎顶子，大声喊话，也不知老毛子听不听得懂，倒是没再开枪。

几名沙俄骑兵驰近来，用枪对着阎庭瑞他们。俄军后面跟来一个梳辫子的国人，一看打扮就知道是被俄军招募来的土匪，盘问了阎庭瑞几人的身份和来由，比比画画地跟沙俄兵讲，似乎也半通不通的。沙俄兵用罗刹话狠巴巴嚷了几句，就抢了阎庭瑞四人的马匹扬长而去。

阎庭瑞等无力反抗，幸好公文、银两等是带在身上，只得忍气步行前去新民府。路上遇到一些逃难的人，有从辽东逃出来的，也有几人是新民府出来的，说新民府被俄军占了。阎庭瑞他们大吃一惊，问说辽西不是划为中立区么，怎么让俄军占了？后来问明白新民府是进驻了沙俄军队，他们害怕变成战场就逃了出来。阎庭瑞向难民介绍了去札萨克图垦区的事项，又指点了路径。

四个人商量行止。三名吏员都有些胆怯，说不如先返回彰武，等打听清楚新民府的情况再来。阎庭瑞想进驻俄军与被俄军占领还不一样，又惦念张作霖等兄弟们的情况，就劝三位吏员说咱们往前走着打听，若情形不对再回不迟。

终归阎庭瑞是主事的，三名吏员没奈何，只好硬着头皮跟着往新民府走。到了新民城，城上站着几个俄国兵，但守城门的是清兵，都是当年大团的兄弟，见了阎庭瑞很是亲热，一个弟兄忙不迭跑着向张作霖报告去了。阎庭瑞瞄瞄踱过来的俄国兵，也没敢多问，就进城去见张作霖了。

张作霖迎了出来，阎庭瑞急着问新民府的情况。张作霖恨恨骂了句：妈拉巴子的老毛子最是残暴无信！根本不承认辽西是中立区，不光恃强进了新民府，辽西这疙瘩的锦州、黑山、阜新、梁家屯什么的，也全派驻了军队。朝廷要派兵守卫中立区，老毛子竟威胁说大清要敢往东北派兵，他们就先派三万大军打北京去。弱国无外交，两强盗闯到家里来打砸抢，我们还只能装聋作哑充"局外中立"！二人愤愤骂了两句，阎庭瑞又讲了在彰武附近遭俄军抢劫的事。

张作霖道：你这还算好的哩，老毛子之无法无天你想都想不到，他们竟派了个俄国的满洲巡抚，驱使中国各地官府给他们备办军粮军需。海城的王县令因为不肯给俄军备办军粮，被俄军抓走，至今不知下落。听说盖平的殷县令、怀德的荣县令、岫岩的李县令，也都是因为不肯给俄军供应军需，被抓到辽阳还是哈尔滨去了。老毛子对平民百姓更是恣意杀害，这不，大前天，高力屯的船夫李小二，因为不愿被老毛子抓去当劳役，被乱枪打死了，村民的状纸还在府里呢！增大人说要惩办凶手，其实也就是搪塞老百姓罢了，他应付老毛子还赶不及呢。

张作霖唤人安排三名吏员吃宿，自己拉了阎庭瑞去巡防营后厅，拍胸脯说你这差使包在我身上，我们正愁上千的难民怎生安顿呢。咱们兄弟难得相聚，好好喝两口去。

阎庭瑞与张作霖分别这段时间，大团的兄弟们转了正，张景惠、张作相、汤玉麟等都成了清军正式军官，张作霖更是头戴五品蓝翎顶子，阎庭瑞转了一圈也混上了六品顶戴。几人相互道贺，边叙阔边喝酒吃肉。但说着说着，话题还是落到日本和沙俄这场战争上。

张作霖说老毛子也是欠小日本揍，到时我也劫老毛子十匹八匹马，替庭瑞老弟出气。阎庭瑞说老毛子和小日本要是打个两败俱伤，倒是好得不能再好了。

几人正为东洋鬼罗刹鬼一块玩完干杯时，卫兵来报说：有个花和尚要见张作霖。这时天已大黑，黑灯瞎火的从哪儿蹦出来个花和尚？几人不由一怔。张作霖一转念间笑了：刚念了咒还没烧香，鬼就上门了。也罢，你们先吃着喝着，我去见见这个花和尚就来。

张作霖起身去了前厅。张作相说我知道了，是那个装扮成托钵云游僧的日本军官，叫花什么来着，专和各路绿林人物混交情，拉他们跟老毛子做对，我听德麟大哥说起过，说他是日本参谋本部的一个少佐，在东北有七八年了。

几人都有些好奇，摸到前厅外偷看，见那个花和尚身材矮胖，穿件灰褐色的棉僧袍，戴着串油黄的念珠，说一口东北话，压根听不出是外乡人。

几人回到后厅接着喝酒唠嗑。张作霖说是去去就来，却足有一个多时辰才回来，一进屋先给自己倒了杯酒，笑骂道：小鬼子想让老子替他们火中取栗，去和老毛子干仗，老子哪那么傻，老子这回就听朝廷的，"官民一律禁止有碍局外中立事体"。小鬼子要送军火来，咱们就照单全收。嘿嘿，为了两鬼同归于尽，喝！

阎庭瑞安排好在新民府的招垦事务正要前往黑山，不想他派往黑山的一位吏员却跑来新民府，报告说：俄军占领了黑山，公然宣告说"所有在满洲的中国人，均应帮助俄军，防备日本兵，若违反此命令，将严惩不贷"；俄军还招揽了巨匪田玉本，委任为辽西中立区的总巡长；田玉本为俄军备办军需，在黑山地区大肆劫掠搜刮。他们几人就没敢去黑山，停在了阜新，派他前来请示。

田玉本是辽西巨匪，杆子有上千人，马队就有七八百，黑山、海城、新民、辽阳、辽中、彰武、广宁等地都遭其劫掠，官府也无可奈何。现在田玉本投靠了老毛子，更是气焰熏天了。

阎庭瑞也无法可想，只好指示几位吏员改在阜新办理招垦和赈济事务，等黑山局势好转后再说。

不过第二天张作霖带来了不错的消息：清廷经过交涉，加上英美施压，沙俄同意从辽西撤军。但张作霖又恨道：老毛子虽然同意撤军，却只允许一个营的清军从古北口进入辽西，分驻锦州和朝阳，还要保证不让日军从辽西威胁俄军侧翼安全。他妈拉个巴子的，老毛子还管我们在自个的地方调几个兵驻在哪，实在是霸道已极！

不管怎样，沙俄从辽西撤军，能够去赈灾和招垦，总算是能少解灾民倒悬之一二。于是阎庭瑞找张作霖要了匹马，赶往锦州。

阎庭瑞到了锦州，见守城的已换做直隶提督马玉昆标下的两哨人马，沙俄二百多骑兵正交防撤离。阎庭瑞到府衙报备，从府衙了解到：近日日俄战况愈烈，辽东逃难来的灾民一天比一天多。仅盖州、海城，遭灾的就有三百多个村子，逃难的男女老幼五万多名。逃来锦州的灾民，已有一千多家，八千四百余口。

其实这些情况阎庭瑞也听说了。他来锦州路上，便有络绎不绝从辽东战区逃出来的难民，扶老携幼，缺衣少食哀号于路。阎庭瑞愈发感到为灾民安排出路的紧迫。锦州府对札萨克图蒙荒行局前来招垦，表示愿意给予一些人员和资金支持。在离府衙不远的一座关帝庙，阎庭瑞找到了他们行局的四位吏员，招垦办事处就设在这里，已聚集了一些难民，询问札萨克图放荒招垦的情况。

从锦州到札萨克图上千里路，扶老携幼、嗷嗷待哺的难民是无法自行前去的，但蒙荒行局的力量又非常有限。阎庭瑞与几位吏员商议拟定了招垦条款：凡难民欲前往札萨克图垦荒者，每户必须有能从事工作瞻养的壮丁一名；报名前往札萨克图垦荒的难民，登记造册后，分批安排出发；前往札萨克图的沿途食宿由蒙荒行局负责，并安排专人护送。

阎庭瑞与锦州府协商，请府里派了六名士兵，由一名吏员带队，护送第一批三十户垦荒难民出发了。

# 第四章 沧溟朝旭射燕甸：拓荒实边

# 一、重逢日本第一代间谍头子

这天阎庭瑞在锦州关帝庙内接待难民，有个小矮个男人走进来，拱手招呼道：阁下是蒙荒行局的阎委员吧，在下江仓波，江湖人称江大辫子。

阎庭瑞听到过江大辫子的名头，但他的来历却其说不一，有说是台湾人，有说湖北人，有说广东或香港人，也有说是日本人。

阎庭瑞应了一声。江大辫子道久仰，在下的上峰也久仰大名，渴欲一见，还请阁下屈尊移驾一行为盼。阎庭瑞见他来得蹊跷、说得客气，不便拒绝又颇好奇，于是将事务交代给吏员，自己随江大辫子出了关帝庙，三绕两转来到一所宅院。

江大辫子领阎庭瑞到厅里坐了片刻，进来一个身穿和服、四十多岁、圆墩墩十分结实的中年人。阎庭瑞见了不由一怔，那人见了阎庭瑞也是一怔，随即笑道：年轻人就是有志气啊，几年不见，已干出好大名堂来了。

这人竟是阎庭瑞初到关东在辽河边扛活拉脚时，在牛庄遇见的那位自称"木轩春"的中年人。这句"年轻人就是有志气"，正是在胡家馅饼店里说起洋毛子修牛庄港，阎庭瑞冒出句"那赶多咱，咱自个儿也修个港口"时，"木轩春"夸他的话。

江大辫子对"木轩春"恭敬行礼，给阎庭瑞介绍说，"这是我日本国驻清国武官青木宣纯大佐。"

那次牛庄巧遇后阎庭瑞已经得知，当时和"木轩春"一起的那位圆凸额顶中年人是日本的大人物福岛安正，所以猜想"木轩春"必定也是日本的大人物，故此时听知他的真实身份，也没太惊讶，只是暗自戒惧，知道今日他们把自己找来非同小可。

青木宣纯仿佛立马看透了他的心思，还是圆墩墩地笑说阎委员真是位机警的人啊，咱们是老朋友了，请坐，请坐。青木宣纯似随意地问了问阎庭瑞这几年的经历，然后老话新提道：正如福岛大人那天在牛庄所说，对中国威胁最大、最凶恶的，就是沙俄。大清国要想避免被人宰割，唯有与同是黄种人的日本相互提携，东亚共荣共强。此次我国毅然对沙俄开战，就是为了不让罗刹鬼把中国的满洲连骨头带肉都吞了。

阎庭瑞回忆往事，也颇感慨地说：福岛大人和青木大人几年前就在为与沙俄作战未雨绸缪，真是深谋远虑啊。

青木说，既然唯有日中提携方能打败白人帝国主义，那么眼下就是要日中精诚合作打败沙俄；札萨克图地当奉天、吉林、黑龙江三省要冲，希望贵局以及阎委员的巡防队能对俄军的行动给予干扰，并对我方的活动予以协助。

阎庭瑞不想搅和进二鬼打架的事，推诿说我大清朝廷有谕旨，官民一律禁止有碍局外中立的事体，而且我也只是个吏员，行局的事，做不了主。

江大辫子插道：阎委员休要太谦，阎先生在蒙荒行局说话还是大有分量，况且洮南即将设府，阎委员马上就是阎帮办了，与青木大人又是老朋友，还请推诚合作才是。

阎庭瑞想蒙荒行局升格为洮南府的事还未宣布，也刚刚传出自己有可能升行局帮办的风声，怎么这江大辫子就知道了？看来日本人在札萨克图早有耳目。

日本人步步紧逼，阎庭瑞还没想好如何应对，青木宣纯就又提出一件让他尴尬的事：贵局口称中立，郡王乌泰却为俄军筹集了大批牛羊，这可与中立的宗旨大大相违啊。

阎庭瑞心道莫要让乌泰这厮坏了朝廷的局外中立大事，小心解释说："乌泰郡王与俄人来往，朝廷与盛京将军已几次干涉，并予乌泰郡王以处分。这情况想必青木大人和江先生都清楚。成立蒙荒行局，就是为了纠正乌泰郡王的违法放垦行为。因此行局成立以来，与乌泰郡王多有冲突。然而对乌泰郡王的事，行局不是地方官府，即使将来设府，也无权插手王旗事务，因此对乌泰郡王给俄军备办牲畜，行局只能报告盛京将军，由将军酌情处办。还有札萨克图王旗驻扎俄军的事，我行局已几次呈请盛京将军及朝廷与俄国交涉，要求俄军撤走。只是至今没有结果。这中间种种为难，还请阁下见谅。"

阎庭瑞干脆先把札萨克图王旗驻扎俄军的事一并讲了，免得青木宣纯和江大辫子提出来被动。

青木宣纯哼哼一笑，说所谓中立，不过是表面上的说法，札萨克图王旗给俄军备办牲畜，就不是中立行为；不少中国志士，为了将东北从沙俄魔爪下拯救出来，与我方联络，提供帮助，乃至投入我军对俄作战，也不是中立行为；相信阎委员自会择利而行。

阎庭瑞明白青木话中的威胁利诱，应付道，等我回到札萨克图，向行局总办和帮办进言，去劝阻乌泰，不要做给俄军备办牛羊牲畜等违反中立的事。

青木宣纯说："我可以给阎委员透个底。此次我大日本国对俄国开战，实与贵国朝廷有默契。这毕竟是贵国收回东北的良机。因此与我方合作，只要不对外宣扬，非但不损害你们朝廷的局外中立，而且是大大有益于你们朝廷的行为。"

阎庭瑞很感震惊，一时无言可对。青木宣纯随即指着江大辫子说：江君实为我国谍报员，本名道见勇彦。今后江君或江君属下到贵处办事，务请阎委员多多关照。

阎庭瑞含糊应了，然后说招垦和安置灾民事务繁杂，要赶紧回去办理。青木宣纯和江大辫子也未多挽留。想来对他一个无足轻重的小人物，也不值得多下功夫。

告辞出来，阎庭瑞才觉出了一身的冷汗。

青木宣纯出身藩士家庭，自幼爱读《三国志》，是日本大陆政策（即明治时确立的先吞并朝鲜，再吞并满蒙，进而吞并中国称霸亚洲的国策）的狂热支持者，矢志研究中国问题，从陆军士官学校毕业不久，就由参谋本部派到中国做情报工作，是日本军部的第一个"中国通"。

甲午战争时青木宣纯回到陆军，担任日军主力第一军山县有朋的参谋。

甲午战争后他出任驻中国使馆武官，在北京设立特务机关"青木公馆"，成为日本在中国的第一代间谍头子。

从1884年被派到中国到日俄战争爆发的二十年中，青木宣纯的大部分时光是在中国度过的。这期间他与袁世凯成为莫逆之交，曾帮助袁世凯编练北洋新军。一年前青木宣纯奉调回国，时间不长，负责规划对俄战争的儿玉源太郎大将突然来访，命令他再次出任驻清国使馆武官，赴中国组织间谍网，策动和编组满洲胡匪，破坏俄军交通线，准备对俄开战。

1903年11月，日本对俄开战的三个月前，青木宣纯又匆匆赶赴中国，先秘密到天津见直隶总督袁世凯，向袁世凯交底说"日俄开战，已无可避免"。袁世凯并不感到意外，说"我很清楚此事"。青木宣纯就要求袁世凯提供帮助："对俄战争，日本独立作战，但暗地里还要借助阁下的协助。"

袁世凯早就决计表面中立，暗地把赌注押在日本击败俄国上，很爽快地答应利用直隶总督府在东北和蒙古的谍报网，为日方搜集情报，交给青木宣纯的助手坂西利八郎少佐；并选派精干士官几十人交给青木宣纯，帮他联络满洲胡匪，从侧后袭扰俄军。

这让青木宣纯大喜过望。他布置好在北京、天津的情报工作后，就带着一些助手和袁世凯提供的部分人员，到锦州建立了指挥部。

阎庭瑞走后，青木宣纯拍了拍手，里面又出来两个人：身着便装的松井清助大尉和扮作云游僧的桥口勇马中佐。

桥口勇马身材肥胖，穿一件黄色袈裟，粗大的念珠垂到圆鼓鼓的肚皮上，说这个姓阎的似乎不大愿意与我们合作。

青木宣纯说：但是他更恨俄国人，应该能给我们提供一些方便，至少不会坏我们的事；福岛将军高瞻远瞩，早早就在东蒙布局，在喀喇沁和赤峰设立了情报点。洮南地当三省要冲，设府后又将辖札萨克图、图什业图和镇国公三旗，如果能在那里再设一个点，我们在东蒙就有一个较完整的间谍网了。这对实施我帝国的大陆政策，至关重要。青木宣纯随即指示道见勇彦即江大辫子说：袁世凯派给我们的第二批人员马上就到，你从中选一个精干的，利用蒙荒行局招垦或扩大巡防队的机会，安插到札萨克图去。然后四个人围在一张关东地图前，商议策动关东胡匪马贼配合日军对俄作战的事。

桥口勇马化装成托钵僧在中国东北活动有五六年了，报告说：在利用满洲土匪这点上，俄国人的动作比我们还快，不光在南满和北满招募了大批土匪，还从滨江招来不少半俄半华的匪帮，总数估计达二三万人，其中大股的有滨江的张宗昌、黑山的田玉本、辽西的金寿山等。这些人由俄军高级参谋马德里道夫大校总管，统一在手臂上系块毛巾，人称"花膀子队"。

青木宣纯说俄国人的能为不可小觑，然而这一战关系我国生死存亡，只能胜，不能败，诸君务必排除万难，去争取胜利。

江大辫子、松井清助、桥口勇马一同以军人姿势立正道：报效天皇，万死不辞。

坐下后江大辫子说：沙俄虽控制满洲数年，却不思怀柔，一味恃强横行，无恶不作，满洲百姓十个倒有九个仇视沙俄。像刚才的阎庭瑞，就与沙俄有深仇大恨。关东绿林如海城的冯德麟、辽中的杜立三等，和沙俄打了几年仗了，神出鬼没地袭击俄军，让俄军大为头痛。

青木宣纯道：人心仇俄，就是我们的机会。我已委任花田少佐为"日本特别谋略队"队长，去辽东凤凰城一带，招募胡匪，组建"满洲义军"，骚扰俄军左翼。桥口君，你带领袁世凯提供的那两个特别班，去朝阳一带招募胡匪，组建"东亚义勇军"，袭扰俄军右翼。道见君，你去联络冯德麟、杜立三，互通情报，指导作战，如果条件成熟，就将他们也编组为"东亚义勇军"。

松井清助说：福岛将军让我转告青木阁下，组织"满洲义军"或"东亚义勇军"，军部将提供必要的武器装备。

青木宣纯说：太好了。又指地图对三人说，这样，我们就利用满洲胡匪，从东、西北、西南三面袭击俄军，爆破铁路桥梁，袭击俄军列车，焚烧俄军粮库，配合我军作战。安排完任务，青木宣纯就带着松井清助走了。

## 二、日本第一个女间谍和日俄战争第一段

青木宣纯和松井清助来到锦州城外的一座喇嘛庙。川岛浪速正在院中

迎候，领他们来到一间红漆明柱的经堂。堂中坐着一个面容娟秀，年约三旬的女子。

这女子就是福岛安正和青木宣纯派到蒙古草原的第一个间谍——河原操子。

福岛安正筹谋对俄战争已有十几年，几次亲自赴俄侦查，还单人匹马穿越西伯利亚进行实地考察。他在满蒙地区考察时，注意到蒙古地区的王公们表面上归附大清，大部分却暗地里靠拢俄国，积蓄独立的力量。如果

川岛浪速（左）和肃亲王善耆（右）

听任发展，一旦日俄开战，蒙古就会成为俄国的战争基地，同时会成为日本满蒙战略的障碍。因此福岛安正开始部署对蒙古的工作。

川岛浪速是福岛安正的门徒，以"策动满蒙独立、分裂中国"作为个人政治目标，16 岁开始学习汉语、研究中国问题，随后潜入中国活动。八国联军攻占北京时福岛安正担任日军司令官和联军会议主持人，川岛浪速为日军翻译官，被八国联军派去劝降清廷，又被任命为紫禁城监督。他保护了皇宫和一批满蒙王公府邸，庚子之乱后被清廷授予"二品客卿"，结纳了许多满蒙王公，特别是与肃亲王善耆结拜为了兄弟。

善耆的妹妹善坤嫁给蒙古喀喇沁多罗郡王贡桑诺尔布为福晋。福岛安正决定将此作为打入蒙古的突破口，于是通过善耆，1902 年邀请贡桑诺尔布秘密访问日本。福岛安正周详地安排接待，又请善耆通过善坤，说服贡桑诺尔布在喀喇沁王府开设一间女子学堂，并聘请一名日本女教师任教。

福岛安正随即找到世交长野藩士河原。河原的女儿河原操子毕业于当时日本最高学府之一——东京女子高等师范学院，从事教育工作。福岛安正经过细致考察，将河原操子吸收为日本军部的间谍。1903 年底，由青木宣纯和川岛浪速具体安排，河原操子来到了蒙古喀喇沁王府，开办女子学堂。

河原操子给三人款款行了一礼。四人坐下后，青木宣纯问河原操子在

河原操子

喀喇沁的情况可好。

河原操子说，"喀喇沁王对开办新式教育十分支持，亲自操办了毓正女学堂的开办事务，由福晋善坤主持，起初学员都是王府里的女孩。后来除教授规定课程外，还举办一些课外活动，如演示药物知识，提供治疗服务等，打开了工作局面。"

青木宣纯说：你能短时间打开工作局面，令人欣喜；你送出的几份情报，也非常有价值。

河原操子说那些情报很有价值吗？我只是把听到的看到的记下来罢了，能为皇国效一点微薄之力，是我的荣幸。

青木宣纯道：你侦查到的俄军在漠南蒙古的调动情况很有价值；但更有价值的是那些蒙古王公的动向，这是我们用其他手段侦查不到的，接下来你要在这方面多下功夫，要通过你的工作，使喀喇沁王从亲俄转为亲日，再通过喀喇沁王影响其他蒙古王公。

河原操子说贡桑诺尔布是位具有新思想的蒙古王爷，一心要变革图强，以前听说俄国彼得大帝变法图强，很是羡慕，因此倾向学习俄国；一年前去日本访问，见我天皇明治维新，脱亚入欧，一跃为东亚强国，便思以日本维新为榜样，加上王妃和我的影响，已逐渐转为亲日；喀喇沁王在蒙古王公中很有威望，不久前被推举为卓索图盟的盟长，此次便是以盟长身份来巡视喀喇沁左旗等几个旗。

青木宣纯说，河原小姐将情报送到赤峰的联络站，总有许多不便，因此要在喀喇沁设立秘密电台，松井大尉已将电台带来。

松井清助说，此次日俄开战，你们不但按照参谋本部的命令切断了俄国从恰克图到北京的欧陆联络电线，还切断了营口和旅顺对外联络的电线，使得俄军在受到我军袭击时指挥失灵，使得我帝国在开战之初一举取得战场优势。参谋本部特对青木机关的工作，包括川岛先生和河原小姐的工作予以嘉奖。

三人起立誓言尽忠报效日本帝国后，青木宣纯说此次切断俄军联络之功，实有赖于袁世凯君之大力协助。

川岛浪速说青木大人可否容我进一言，此次对俄作战，袁世凯的确予以协助，但袁之目的，无非是借我帝国之力，收回被俄国霸占之满蒙。而以在下观察，袁世凯实为一强悍的民族主义者，年方二十出头，就敢带兵到朝鲜抓捕大院君（朝鲜摄政），镇压我帝国策动的甲申政变，可见其果敢狠辣。那些腐朽的清廷皇族，绝非袁世凯的对手。一旦袁世凯执掌政权，恐为我帝国大患，不如及早假手清朝皇族剪除之。

青木宣纯不快道：正因为腐朽的清朝皇族无能对抗沙俄，才需要借重袁世凯。也只有扶植袁世凯这样的实力人物，成立亲日政权，才可能实施我帝国之大陆政策。

川岛浪速不好再与青木宣纯争辩。松井清助说福岛将军指示，目前以争取一切外援、打赢对俄战争为第一要务。下一阶段，要求诸位尽最大力量，切断西伯利亚大铁路、中东铁路等俄军的交通线。

青木宣纯道：我准备将川岛君物色的二十七位爱国志士，和袁世凯君提供的二十位士官，编组为七个"特别任务班"，前去齐齐哈尔、满洲里、海拉尔等地破坏西伯利亚大铁路和中东铁路，由河原操子和赤峰的情报站提供掩护。此次任务关系重大，因此福岛将军特派松井大尉，以他的使者名义，携带信件和礼物前去拜望贡桑诺尔布郡王，在喀喇沁停留一段时间，协助河原小姐工作。

临走时，青木宣纯又对河原操子郑重说：你是到中国任教的第一位日本女教师，又是第一位女间谍，还是到沙俄势力范围内从事危险的蒙古工作，作为间谍和国家形象，必须随时准备为国牺牲。

河原操子斩钉截铁地说：在我来之前，父亲曾把我叫到佛堂前，给我一把匕首和一支手枪，对我说，这不是杀人用的，这是结束自己生命用的，千万不能玷污河原家的名声，千万不能损害日本女性的荣誉。你是为国出征，如果听到你为天皇献身的消息，我们将无比高兴。我牢记父亲的教导，随时把匕首和手枪带在身边，即使俄国兵把我碎尸万段，我也一定保守秘密。

1904 年 2 月 5 日,明治天皇指示开始对俄军事行动。日本联合舰队司令东乡平八郎随即率领全舰队开赴黄海,准备攻击旅顺口的俄国太平洋舰队,夺取制海权。

在日俄断交、实际已进入战争状态四天后,俄远东军和太平洋舰队仍处于麻痹状态,舰只停泊在旅顺外港,也没有打开防雷网。2 月 8 日午夜,日本联合舰队在近距离向俄国舰队发射了 16 枚鱼雷,一举击毁了 3 艘俄主力舰。

在袭击俄国太平洋舰队同时,日本以大山岩元帅为满洲军总司令,由黑木为桢率满洲军第一军在朝鲜南浦登陆,一路北进,于 5 月初突破俄军鸭绿江防线。奥保巩率第二军于 5 月初在辽东半岛的貔子窝登陆,经过惨烈战斗,切断了辽东半岛南北俄军的联络,对俄军的旅顺基地形成包围态势。

旅顺口的争夺是日俄战争的焦点,实质是争夺对战争全局具有决定意义的制海权。日本专门编组了有 6 万人及强大炮兵的第三军,6 月初由乃木希典率领在辽东半岛南端登陆,负责围攻旅顺口;另外以第一军和第二军向辽阳包抄,战略企图是消灭库罗珀特金率领的俄远东陆军。

沙俄远东军的首脑们是一群皇亲国戚、狂热的沙文主义分子,如俄国远东陆海军总司令阿列克塞耶夫,是沙皇尼古拉二世的叔叔(沙皇亚历山大二世的私生子),一个颟顸无能的衰朽贵族。日俄谈判时,他过低估计日本的力量,认为蕞尔小邦,"扔帽子就可以把它压倒";谈判破裂、战争已箭在弦上时,他又不做应有的战备,战争爆发那天还在举行宴会,以致被日本打了个措手不及。

战争爆发后,沙皇尼古拉二世任命陆军大臣库罗珀特金为远东陆军总司令,率军增援远东。库罗珀特金临行去请教维特,如何才能打赢这场战争。维特在远东的和平演进政策不符合尼古拉二世、阿列克塞耶夫等的武力侵略政策,这时已被免职赋闲。他告诉库罗珀特金:赢得这场战争的办法只有一个,就是你一到远东,立刻把阿列克塞耶夫抓起来,送到西伯利亚关押。

库罗珀特金以为维特在开玩笑。没想到到远东后,与阿列克塞耶夫互相掣肘,指挥不灵,才体会出维特的话是不二良策,却已追悔莫及。而阿

旅顺口 203 高地的俄军炮兵阵地

列克塞耶夫及其亲信制订的战争计划既保守又拙劣，在兵力并不处明显劣势的情况下，放弃了鸭绿江和辽东半岛的防御线，龟缩到旅顺口一隅之地等待救援，与库罗珀特金率领的俄远东陆军主力被日军分割，陷于各自为战的不利局面。

# 三、蒙荒行局升格洮南府

日军和俄军在辽阳决战在即时，阎庭瑞接到蒙荒行局的通知，要他立即回札萨克图。阎庭瑞匆匆赶回札萨克图。原来清廷于是年 6 月 2 日批准札萨克图蒙荒行局升格为洮南府，治所就设在双流镇。科尔沁右翼前旗的垦区设为开辽县、靖安县，科尔沁右翼中旗的垦区设为醴泉县，镇国公旗的垦区设为安广县，由洮南府管辖。

田芎谷的官衔，原本就是"顶戴花翎试办洮南府设治事宜兼札萨克图郡王旗蒙荒行局总办补府正堂"，此时顺理成章成了洮南知府，但真正有油水的还是放垦，所以田芎谷还要兼着行局总办。但原来许给阎庭瑞的帮办却飞了，飞到田芎谷一个远亲的头上。那人新来不久，顶了个差遣委员的空衔，提升的功劳竟是"不顾危险，赴准战区招垦并赈灾"，简直就是

日俄战争辽
阳会战中的俄军

把阎庭瑞升帮办的呈文换了个名字。

阎庭瑞甘冒艰险去招垦赈灾，也不是没有赚取升任帮办资本的考虑，因此很是忿忿不平，行局同事也纷纷为其抱不平。田芗谷为了安抚阎庭瑞，让他接了正巡长，仍兼着收支委员的差使。

沙俄和日本军队连番大战，成百上千的村镇被炮火夷为废墟。日俄军队经过之处，粮食都被抢光，田里菽黍高粱也被芟割作为马料，纵横千里几同赤地。上百万辽东百姓流离逃难。

洮南府也逃来了大批的难民，其中一部分是没有垦荒能力的不折不扣的难民，还有一部分只是跑反，并没有留在札萨克图垦荒的意愿。

每天赈济难民的挑费十分可观，垫支的都是放荒银两。时间一长，不仅财政上承受不了，而且洮南的垦户和三旗的牧民都有怨言。赈济老弱病残的难民，大家还没有意见，但不少逃难来的丁壮也一同坐吃赈济，就让那些自食其力的垦户和那些失去土地却拿不到银钱的牧民产生了不满。

阎庭瑞觉出单纯地、不加区分地赈济不是办法，而且坐吃山空，就来找田芗谷。田芗谷也正要找他，说原本要拿出一部分放荒银修城墙的，盛京将军也同意了，可这大批的难民涌来，不赈灾也得赈灾，天天往里填银子，还不知什么时候是个头，眼看准备修城墙的银子就要用光了。如不赶紧修起城墙来，别说俄国兵日本兵来，就是土匪来都没个遮挡，还怎么招商引资，那些商户还不都跑了。

阎庭瑞一听倒有了主意，说何不以工代赈，既修了城，也赈了灾，还

洮南老城门楼

化解了垦户和牧民的不满。田芰谷一听道，好主意，三全其美的好主意呀，你去拟个具体的办法，再仔细统计了难民的年龄身体情况，赶紧以工代赈干起来。修城池保护大家的身家性命，银子不够，我可以去动员那些商户或捐或贷一些。

建城和赈济的事都上了正轨。修建洮南城的工程于 1905 年 7 月动工，东西长 940 丈，南北长 955 丈，城墙底宽 1.5 丈，上宽 3 尺，高 8 尺，四角各修有一座砖炮台。城每面修有一座城楼，青砖砌过檐式卷顶城门洞，安有 8 米宽双扇对开木门。当年 11 月即告竣工，共用银二万余两。

阎庭瑞巡视修城墙时，老远见朋苏克巴勒珠尔风风火火地跑来，赶忙招呼说巴勒珠尔大哥，我正想找你呢，有朋友送了我坛好酒，等一会收了工，咱们好好喝一回。

巴勒珠尔说酒要喝，事也得着落在你身上。他来找阎庭瑞，是因为两件事，一是有难民到水沼捕鱼，二是在牧区有一片垦荒地，一直没有清退。

阎庭瑞知道蒙民认为水泡池沼等处有神，不能亵渎，也不能捕鱼。先前曾认真晓谕垦户，以免破坏农牧蒙汉关系。这一阵子难民大批涌入，秩序不好救济又跟不上，也就没认真对待这事。阎庭瑞当场就安排人去贴出告示，并要人专门去告知难民，尊重蒙民的信仰，不要亵渎水泡池沼，不要捕鱼。

洮南老城

　　阎庭瑞又去查问了那块在牧区垦荒地的情况，然后征求巴勒珠尔的意见说：那块地的确应该清退，但收割在即，废弃了也可惜。你看这样行不行，这块地的收成，垦户和旗里各分一半；收割之后，立即由行局赎回，交给旗里。

　　阎庭瑞对两件事的处理让巴勒珠尔挺满意，这时太阳已经西落，遂一同到阎庭瑞的住处来喝酒。路上巴勒珠尔猛然想起一事，说我来时，看见一个蒙民来找你们巡防队的一个巡兵，那个蒙民肯定不是札萨克图旗里的，我这会琢磨，有可能是王洛虎的人，那个巡兵我看着也面生，你看这事是不是有些蹊跷？

　　阎庭瑞也觉出事有蹊跷，就拉了巴勒珠尔在巡防队转了一圈，让他暗暗指出那个巡兵。那个巡兵叫张远平，是新应募招进来的，热河人，曾参加过北洋新军，据说是庚子之乱时脱离部队流落在辽西一带。因为他当过兵而且据称是北洋新军的伍长，想提拔他当什长来着，所以阎庭瑞印象颇深。

　　在锦州被江大辫子找去见青木后，阎庭瑞已了解到青木宣纯与不少当朝显贵来往密切，尤其与袁世凯关系非常深，曾帮助袁编练北洋新军。青木宣纯向他透露"日本对俄作战与清廷有默契"，恐怕并非虚言，而首先与青木宣纯有默契并向他提供帮助的，自然是掌握北洋大权的袁世凯。

　　阎庭瑞推测张远平十之七八是青木宣纯和江大辫子派来的间谍。那么，巴勒珠尔怀疑是王洛虎手下的那个蒙匪，来找张远平做什么？

阎庭瑞从张作霖和其他绿林朋友那里得知：日本人正在大力招募关东马匪，组成"东亚义勇军"，配合日军对俄军作战，旧识冯德麟、杜立三等人都被招募了。王洛虎匪帮人强马壮，曾与俄军冲突，应该也是日本人招募的对象。

不过那个蒙匪来找张远平，应该不是双方初次联系，而是王洛虎与日本人联系上之后，有事情派他来联络。那么，日本人和王洛虎匪帮要在札萨克图做什么呢？

阎庭瑞一面和巴勒珠尔喝着酒，一面琢磨日本人和王洛虎匪帮要做什么。他问巴勒珠尔说你在王洛虎那里有内线吗？巴勒珠尔摇摇头，接着又说：不过我可以找一个，你知道有些人平时是牧民，王洛虎他们有事时就招呼了去活动，有一个是我亲戚，被乌泰欺负狠了，就跟王洛虎干了些时候。

阎庭瑞说那你去设法问清楚，王洛虎要干什么。

两人把一坛子酒喝得一滴不剩。朋苏克巴勒珠尔走后，阎庭瑞晕晕乎乎躺在炕上，脑子却忽地一灵光。他想起青木宣纯把他找去时，特别指责蒙荒行局放任乌泰为俄军筹集牲畜。他回到札萨克图后，和田芗谷说了乌泰违反中立规定的事，也奉田芗谷命去见了乌泰，劝告他不要做为俄军筹集牲畜等违反朝廷中立规定的事。但乌泰置若罔闻，仍是把那批牛羊送去了俄军，而且近日又筹集了一批。

日本人招募东北马匪，要他们做什么呢——袭扰俄军，破坏俄军交通线，劫夺或烧毁俄军粮库，而且赏格优厚：生擒俄军士兵一名赏 40 银元，生擒军官加倍；战斗负伤奖 50 银元，战死者加倍；缴获俄军马匹赏 30 银元，缴获俄军军帽、肩章、刀剑赏 15 银元……那么札萨克图有什么呢——一队俄军骑兵，和乌泰为俄军筹集的第二批牛羊。

阎庭瑞知道王洛虎要干什么了。

# 四、牛羊之战

朋苏克巴勒珠尔前来告诉阎庭瑞：王洛虎投靠了日本人，这几天集合

屯垦巡防队

了他的二百多人马，但没有行动，似乎在等什么消息。

阎庭瑞猜到了王洛虎在等什么。俄军及乌泰筹集的第二批牛羊，都在札萨克图郡王府和郡王府附近的王爷庙。驻扎在王爷庙的俄军，有一半护送乌泰筹集的第一批牛羊去了吉林，可能是前方吃紧，没有再回来。因此札萨克图只剩下60名俄军，蒙荒行局160人的巡防队再加蒙古行局40人的护卫队，就成了洮南及札萨克图的主要防御力量。

阎庭瑞去向田芗谷报告后，回来对巴勒珠尔说：朝廷拨发了赈灾银两，各界也捐献了不少，要我们到热河去领取。路途遥远又盗匪众多，我们巡防队只有60名马兵，你的护卫队都是马兵，田大人和我想请你带30名马兵和我同去。

朋苏克巴勒珠尔去禀告了乌泰，带着30名马兵，和阎庭瑞的队伍一同出发了。

阎庭瑞没有告诉巴勒珠尔真话，他怕蒙古护卫队里有王洛虎的眼线，而且也不能让乌泰知道他的计划。阎庭瑞太想揍老毛子了，需要给王洛虎提供揍老毛子的机会，王洛虎和老毛子打个两败俱伤就更好，还不能便宜了背后的日本人。

阎庭瑞带着队伍向热河方向走了一程，才悄悄把计划告诉了巴勒珠尔，然后带领人马折向了东方，在洮南东南方的长青岭隘口布下了埋伏。这是从札萨克图去南面日本势力区的必经之路。出了这个隘口，路的西面就是

侵入东北
的沙俄骑兵

一个不小的湖沼，是大队人马的良好宿营地。

　　他们在那里等到第二天太阳西斜，游哨回来报告说王洛虎匪帮来了。不大工夫，王洛虎的人马驱赶着大群牛羊，进入了隘口。阎庭瑞和巴勒珠尔指挥队伍开了火。

　　王洛虎的队伍只一百来人，有些还是伤兵，看来他们和老毛子交火的伤亡不小。蒙荒行局巡防队和护卫队占据有利地形，王洛虎匪帮猝不及防，在隘口内乱蹿乱打了一阵，抛下三十来具尸体，冲出隘口往来路逃走了。巡防队和护卫队只几人受伤，缴获了二十几头牛，三百来只羊，还有二十几匹马。

　　妙就妙在这批牲畜既不是乌泰的，也不是俄军或日军的，而是打蒙匪的战利品。阎庭瑞和巴勒珠尔立马将战利品分作了三份，一份赈灾，一份给旗里及护卫队，一份归蒙荒行局。

# 五、"花膀子队"和"东亚义勇军"

　　回到洮南，阎庭瑞把张远平找来，对他说：你只要不在洮南生事，暗地里做什么我不管；你自称在北洋新军是个伍长，我看你的能力可不只当个伍长；现在提拔你做巡防队的教官，认真传授些新军事知识给巡防队员，

日军"特别任务班"成员被俄军抓获

将来愿走愿留都随你。

张远平很是精明，只不即不离地说了句：谢阎先生成全。

阎庭瑞后来得知，张远平其实是保定陆军学堂测绘科出来的少尉军官，袁世凯给青木宣纯提供的几十名士官之一。

袁世凯给青木宣纯的这批人员大多选自北洋武备学堂、保定陆军学堂出身的士官，都具备现代军事知识，具有侦查、破坏等技能，在侦查俄军军情和破坏俄军通信、交通等方面都对日军帮助不小，还帮助日军联络东北马贼。这批人员中还有一个在袁世凯之后，差点用武力统一了中国的显赫人物吴佩孚。吴当时是北洋督练公所参谋处的中尉，几次进出东北侦查俄军军情，曾被俄军俘获，拒不招供，被判死刑后跳车逃生，日军授勋以资表彰。日俄战后吴佩孚晋升上尉军衔，后来成了直系军阀的首领，十四省联军总司令。

袁世凯所辖的部分北洋军进驻辽西中立区，目睹东北遭俄军侵略蹂躏、人民遭俄军屠戮的惨状，抗俄情绪十分高涨，有些部队甚至自发参与了针对俄军的军事行动。如俄方 1904 年 5 月 7 日指控"兴京厅以南所扎之华队随同日人攻打俄人"（兴京厅在今新宾，当时辖通化、怀仁、辑安、临江四县）。又如日本的《日露战役"特别任务班"行动纪要》记载：日本"特别任务班"在执行破坏铁岭、昌图等地铁路任务时，得到驻守辽西的直隶提督马玉昆的帮助，提供了大量的炸药和几千两白银的活动经费，而且与

日军组织的
"东亚义勇军"

"特别任务班"约定了联络暗号，以便"特别任务班"遇到危急情况时可以躲入清军军营。

"特别任务班"中就有袁世凯属下的几十名北洋军士官，可以想见日军会得到进驻东北的北洋军各方面的帮助。马玉昆甚至派出军官，帮助日军招募马贼。

中国朝野当时几乎一面倒地支持日本。日俄战争爆发后张之洞上奏说："东联日，西联英，虽两国必欲索要利益，然总胜于俄国之信义全无，公然吞噬者。"民众也普遍支持日本。吴玉章回忆："人们由于对沙俄的痛恨，把同情寄予日本方面。听见日本打了胜仗，大家都很高兴。"

出于对沙俄侵略暴行的痛恨，不只东北马贼响应日军的招募，不少普通百姓也自发组织起来打击俄军，并与日军取得联络。像冯德麟、杜立三都是从庚子之乱俄军入侵东北时，就不断袭击俄军。日俄战争爆发后，福岛安正、青木宣纯派人去联系他们，邀请他们参加"大日本帝国讨露军满洲义勇兵"，即"东亚义勇军"（日本称"俄"为"露"，称"日俄战争"为"日露战争"，取露水遇日出就消失的口彩）。

日本满洲军总司令大山岩得知冯德麟同意参加"东亚义勇军"后十分高兴，供给他二十几大车军火。冯德麟所部扩充到骑兵两千余人，成为"东亚义勇军"的主力。杜立三也从日军那里得到不少军火，扩充了实力。

日军在辽西组织的"东亚义勇军"，由道见勇彦即江大辫子指挥，主要有冯德麟、杜立三、张海鹏等部队，众达一万多人。仅冯德麟所部在半年多时间里，就在新民、辽阳、彰武、公主岭等地与俄军作战 32 次，阵毙沙俄军官三十余人，士兵千余人，得到日本军部赏金一万多日元。在 1904 年 8 月的首山战役中，冯德麟率部奇袭俄军侧翼，使日军转败为胜。为此日本天皇特颁予冯德麟一枚"宝星勋章"。

首山位于辽阳的南面，扼中东铁路，是日军北进的必经之路。俄军在这里构筑了坚固的防御体系，由精锐西伯利亚第一军驻守。8 月 27 日，日军第二军向首山的俄军阵地发起猛攻。由于俄军占据有利地形，经过几昼夜的战斗，日军死伤惨重，两个联队的指挥官及大部分士兵战死。日军已经投入了全部预备队，眼看难以支撑，遂紧急调冯德麟的部队赶赴首山支援。

冯德麟部用河泥、草把等伪装，绕过俄军阵线穿插到中东铁路西侧，袭击俄军侧翼。俄军受到出其不意的打击，乱了阵脚，败退到中东铁路以东，安庄的重要炮兵阵地被日军和冯德麟部夺取，俄军陷入被动。9 月 4 日，日军攻占了首山。

那个曾游说张作霖的"花和尚"——花田仲之助少佐，被福岛安正和青木宣纯派往辽东。他率领四十多名日军军官和日本浪人，到延吉一带招募胡匪两千多人，1904 年 6 月在凤凰城组建"满洲义军"，后来又接收吉林地区招募来的胡匪，扩充到三千多人，刺探情报、破坏交通、四出袭击俄军达一百多次，还打垮了辽东俄军指挥的"花膀子队"。

俄军拉拢和利用东北马贼远不如日军成功。

俄军远东司令部也认识到在中国土地上作战，情报搜集是个大问题，需要组织由当地人组成的别动队配合俄军作战，因此指派马德里道夫大校招募东北以及俄占滨江地区的土匪。沙俄军事占领东北，一开始也收敛了许多匪徒，声势不小。其队伍统一在肩膀或手臂系上白毛巾，老百姓私底下将他们称为"花膀子队"。但俄军首脑秉承沙文主义加种族主义，歧视中国人，并不认真组织、训练和武装"花膀子队"，因此他们对协助俄军作战起的作用总的来说十分有限。

日俄初战，日军在旅顺、大连、九连城、首山屡挫俄军，俄军以及"花膀子队"为之气夺。不少投入"花膀子队"的胡匪如林七、扫北、胡显廷等部或星离云散，或脱离俄军回归本行接着打家劫舍去了。跟随俄军战斗

俄国军官和招募的"花膀子队"

到战争结束的，主要就是张宗昌统领的一支"花膀子队"。

张宗昌就是大名鼎鼎的"狗肉将军""三不知将军"。张宗昌是山东莱州人，和阎庭瑞同一年（1897）闯关东。他身材高大，孔武有力，在中东铁路做过工，到西伯利亚金场淘过金，在海参崴赌场当过领班，学会了说一口流利的俄语。日俄战争开始时，张给俄军做翻译，帮助招募"花膀子队"，又当了一支"花膀子队"的统领，战争结束时才被俄军遣散，后来投靠张作霖，做到山东督军、直鲁联军总司令。

还有一批"花膀子队"转投了日军。如金寿山，一看日军在辽东初战获胜，就见风使舵转投了日军，跟着江大辫子的"东亚义勇军"参加了首山战役。辽西巨匪田玉本在首山战役后，也跑去锦州见青木宣纯，表示"愿率500马队，隶属于贵军指挥之下，倒转枪口向北，为日本效劳"。青木宣纯遂把田玉本的部队派到辽阳前线，归入江大辫子的"东亚义勇军"。

投附日本阵营、对俄作战的"东亚义勇军"和"满洲义军"最多时达数万人，仅冯德麟统领的就有四千多骑兵，在沙河会战、辽阳会战、奉天会战中与"日军遥为掎角，独当一面"（中国第一历史档案馆，130号卷）。"花和尚"指挥的"满洲义军"也歼灭了俄军黑龙江哥萨克第五、第六两个中队。他们还破坏交通线，阻止了沙俄米斯钦科骑兵军快速机动增援辽阳。

事实上，战胜沙俄军队的，还有占日本投入东北战场军队总数约五分之一的东北绿林武装，而且有些绿林武装对俄军的战绩并不比日本正规军逊色，似乎更值得赞誉。而在此之前，甲午战争时辽阳民团四败日军，庚子之乱时韩家军在蚂蚁岭大败俄军，打破"白人种族优越论"，以及"东亚病夫"的污蔑，提升了民族自信心。

# 六、日俄战争：沙俄惨败，日本惨胜

旅顺口的争夺对于战争全局具有决定性的意义，在这一贯穿整个日俄战争的战役中，恰恰暴露了帝国主义的外强中干。

俄军统帅阿列克塞耶夫腐朽低能，但因为是沙皇尼古拉二世的叔叔，便担任了俄国"关东总督"、驻军司令、远东督办、太平洋海军司令、远东陆海军总司令等诸多要职。俄军辽东半岛司令斯捷塞尔是俄军有名的"常败将军"，太平洋舰队司令施塔克只具有帆船时代的海战经验，因为是皇亲国戚和阿列克塞耶夫的亲信，便都担任了要职。

他们在战前狂妄自大，认为"一个俄国兵可以对付三个日本兵"，"需要几十年甚至上百年的时间，日本军队才可能适应欧洲军队赖以存在的精神基础"。在鸭绿江畔的九连城与日军初战失利后，阿列克塞耶夫和斯捷塞尔又惊惶失措，在双方兵力大致相当的态势下，放弃辽东的设防阵地，放弃金州、大连，退缩到旅顺一隅，等待俄国的援军。

俄国太平洋舰队司令施塔克2月8日接到战争警报后，没有采取必要的防护措施，而是召集全舰队军官给他的夫人举办"命名日"宴会。港口不打开防雷网反而灯光大开，给日军舰艇指示了目标，夜里遭到日本海军袭击，三艘战舰被击毁倾覆，直到天亮时发现港口外被击毁的战舰残骸，才明白是真开战了。

即便如此，日本海军也没能达成封锁旅顺港的战略目标，而俄太平洋舰队仍有五十余艘舰艇（日本全军只有八十余艘舰艇），仍足以与日本海军一战。但阿列克塞耶夫和施塔克放弃战斗，甚至没有让舰队对旅顺港陆上的战斗给予必要的支援，只是龟缩港内，坐等一年后才能绕过大半个地球赶到黄海的俄国波罗的海舰队来救援。

俄国远东陆海军连遭败绩，国内舆论大哗，沙皇尼古拉二世不得不在1904 年 10 月把他的叔叔免职召回。斯捷塞尔在阿列克塞耶夫被召回后也被撤职，但他竟隐瞒了这一电令，拒不去职，直到三个月后率领旅顺口俄军向日军投降。

率领日本第三军围攻旅顺口的司令官乃木希典，也是一个愚蠢低能的典型。他生于长洲藩武士家庭，跟随日本陆军之父山县有朋参加日本倒藩战争，成为明治天皇的亲信。但在日本西南战争中，乃木希典的联队在熊本溃败，明治天皇亲赐的军旗也被叛军夺走，他近乎只身逃命。丢失了象征部队、日本军人生命和荣誉标识的军旗，乃木希典不得不扬言要按武士道精神自杀，但山县有朋为他向天皇申请了"赦免"。

这个扬言自杀的败军之将，却是屠杀中国和平居民的凶神。甲午战争时乃木希典任侵华日军第二军第一旅团长，旅顺清军不战而逃，他指挥部下对全城手无寸铁的居民进行了残酷程度不亚于南京大屠杀的四天三夜的大屠杀。

英国法学家胡兰德《关于中日战争的国际公法》考证："当时日本官员的行动，确已越出常轨。他们从战后第二天起，一连四天，野蛮地屠杀非战斗人员和妇女儿童。在这次屠杀中，能够幸免于难的中国人，全城中只剩 36 人。而这 36 人，是为驱使他们掩埋其同胞的尸体而留下的。"

日俄战争，日本编组攻打旅顺口的第三军。大本营虽然知道乃木希典能力不足，但因为乃木希典曾占领过旅顺，又是参谋总长山县有朋的亲信和"满洲军"总司令大山岩的女婿，因此仍让他担任司令官，指挥 6 万日军进攻 3 万多俄军防守的旅顺口。

据一些军史学者考据，熊本失军旗给乃木造成终生的心理阴影。在围攻旅顺口长达半年多的时间里，乃木希典没敢到前线，一直待在战线后方远离炮火的司令部里，也就不了解战场地形，而他又对 20 世纪初战争技战术的进步一窍不通。因此，看旅顺港地形图时茫然不知所措，看不懂地形轮廓和标高，想当然地断定两点间的最短距离就是一条直线，于是命令部队进攻旅顺口地形最陡峭、敌方防御最坚固的地方，实际是驱赶士兵去送死（爱德华·德瑞，《日本陆军兴亡史》）。

乃木希典又不善使用炮兵，只一味使用密集步兵冲锋，在俄军的马克沁重机枪面前，日军士兵如麦子一般被一排排"割"倒。仅 8 月 19 日按他所选"最短路线"发动的一次正面进攻，两个多小时就造成了 16000 日军伤亡，几乎断送了他所有可用部队后，才不得不停止了进攻。

乃木希典还固执地拒绝停止这种徒劳无益的强攻。旅顺口战役日军的总伤亡达到 59000 人（与乃木希典的部队等额），被悲愤的战殁者家属痛骂为"杀人鬼"。

日军司令部对乃木希典的无能感到震惊。山县有朋和大山岩也不得不请天皇命人代替乃木希典。但天皇担心乃木希典不甘受辱自杀，于是派"满洲军"参谋长儿玉源太郎去旅顺指挥作战，解除了乃木希典的指挥权。儿玉源太郎迅速调整部署，集中炮兵猛攻旅顺口的制高点 203 高地。一周后拿下了 203 高地，从而居高临下地攻击旅顺口。俄军再也难以防守，一个月后便投降了。

俄军投降后，儿玉源太郎拒绝了众多日军将领把乃木希典免职的要求，认为正可利用乃木希典攻克旅顺的威名，来威慑俄军。于是乃木希典被打扮成了攻克旅顺口的英雄，进而被伪造成日本的军神和武士道精神的代表。

日本攻克旅顺口，三大会战击败俄军，对马海峡全歼俄波罗的海舰队，虽然夺取了战争的胜利，但却是伤亡约 30 万人、耗尽举国人力物力的惨胜。俄国伤亡、被俘约 25 万人，太平洋舰队和波罗的海舰队覆灭。虽然俄国综合国力较强，有可再战的人力物力，但其一向视远东为次要战场，加之又面临更紧迫的国内革命问题，因此双方在奉天会战后转入僵持，都无力继续打下去，也不愿再继续打下去了。

# 七、东北善后：《中日会议东三省事宜条约》

日本大本营在奉天会战后召儿玉源太郎回国，商讨是接着打一场持久战还是议和。儿玉源太郎骂参谋本部是蠢货，只知开战，却不知如何收场。参谋总长山县有朋、首相桂太郎等人也明白没有能力再打一场持久战，只得同意议和。

于是由美国斡旋，日本和俄国在美国的朴茨茅斯进行和谈。

日本提出要 30 亿元的战争赔款。沙皇尼古拉二世却坚持不给一分钱的战争赔款，威胁不同意就再打一仗。日本明白要想让沙俄服输，除非打到其欧洲部分，可这时别说远征万里之遥的莫斯科，就是相距不远的长春哈尔滨也无力攻打了，只得借南满战胜之威，几经讨价还价，俄国最终将库页岛南部割给日本，并将旅顺口及辽东湾的租借权和中东铁路自宽城子（长春）到旅顺口的一段铁路及附属权利转让给日本。双方于 1905 年 9 月 5 日签订了《朴茨茅斯条约》，正式结束了在中国土地上进行的日俄战争。

打了败仗的强盗，用从主人家掠夺的部分钱财，当作赔罪银给了打胜仗的强盗。

日俄和谈，清政府也清楚 "如不能参加和议，中国的权益可能会被日俄两国肆意宰割"，因此打算派员参加朴茨茅斯和谈，但遭到日本反对未能成行。清政府发表声明说 "日俄会谈中凡涉及中国的问题，不经中国同意将概不承认"。

《朴茨茅斯条约》的主要条款，都涉及中国的主权，规定 "须商请中国政府承诺"。于是，日本派外相小村寿太郎、驻华公使内田康哉为全权代表，清政府派总理大臣奕劻、外务大臣瞿鸿禨和北洋大臣袁世凯为全权代表，在北京举行谈判，交涉 "东三省善后事宜"。

中日双方第一次会商，日方就提出以 "会商大纲十一条"作为会谈基础。这十一条中除第六条是要求清政府承认日本根据《朴茨茅斯条约》继承俄国在南满的权利外，其余均是日本索要的 "额外权益"。奕劻和瞿鸿禨很少发言，因此中方谈判基本成了袁世凯的独角戏。

袁世凯认为 "租借旅顺、大连，恐难禁阻；此外疆土国权，必须坚持"，以日方所提第一、二、四、十条有干涉中国内政之意，要求将之删除；并对第五、七、八、九条提出异议和修正；同时另提出 "日军撤军日期、交还强占的公私财产、赔偿华民损失、修订铁路附属矿产章程"等七条（《清季外交史料》卷 193）。

袁世凯与日方唇枪舌剑，激烈争辩。双方从 1905 年 11 月 17 日到 12 月 22 日，共召开会议 22 次，最后达成《中日会议东三省事宜条约》共 12 款。日本所提 "中国政府非经日本国应予不得将东三省土地让与别国或允其占

日俄朴茨茅斯会谈，
签订《朴茨茅斯条约》

领"等有干涉中国主权的条款被删除，加入了"日本国政府……在满洲地方占领或占用中国公私财产，在撤兵时悉还中国官民接受"等条款。日本得到的"额外权益"，是在安东、奉天、营口开设租界，和安奉铁路的15年经营权。

另外，开辽阳、长春、哈尔滨、满洲里等16处通商商埠。不过"遍地开花"是清保全东北主权的一个策略。当时张之洞东北"善后之法"的第一项，即借各国对东北利益均沾，以防止强邻俄日吞并。

弱国无外交。在当时状况下，清政府想阻止日本根据《朴茨茅斯条约》继承俄国在南满的权利并不现实。但除此之外，日本除了获得续办安东奉天铁路15年的权利外，其原先计划大幅度扩张在南满权益的目标并未达成。

日本对此次谈判的结果极为不满。谈判结束后日本全权代表小村寿太郎对袁世凯的随员曹汝霖说："此次我抱有绝大希望而来，故会议时竭力让步。我以为袁宫保必有远大见识眼光，对于中日会议后，本想与他作进一步讨论两国对抗俄国之事。不意袁宫保过于保守，会议时咬文嚼字，斤斤计较，徒费光阴，不从大处着想。故联盟之意，此时不宜表示。"

"东北善后谈判"使日本对袁世凯非常忌恨，之后十余年极力想搞垮袁世凯。

《日俄朴茨茅斯条约》和《中日会议东三省事宜条约》，确定了自此到1931年"九一八"事变的27年中，北满为沙俄－苏联势力范围、南满为日本势力范围的局面。

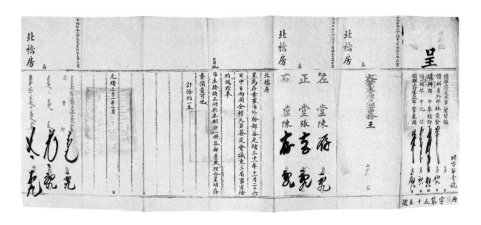

中日《中日会议东三省事宜条约》

东北一班草莽豪强便在两强交侵的险恶环境下崛起，奉系军阀的张作霖、吴俊升、冯德麟三大集团都在日俄战争前后形成了基本班底。

吴俊升几次击败沙俄策动的蒙匪叛乱，日俄战争后由奉军北路统巡升为奉天后路巡防营帮统（副旅级），镇守辽源、洮南一带。

张作霖在日俄战争中骑墙观望，战后善后时为清廷出力剿除土匪武装，扩充了实力，升为巡防营统带（团级）。

冯德麟等绿林武装在日俄战争中为日军出了大力。日军担心战后将他们遣散会"遽失该党之心"，同时也是为了在东北培植亲日势力，1905年4月，福岛安正代表日本军部发出秘密指令：日俄停战订约后，对"东亚义勇军"做必要的安置，由日本军方或官方出面与中国地方官署交涉，凡参加"东亚义勇军"者，中国政府应予以收编，或成为地方巡警。

"东亚义勇军"或"满洲义军"的安置，也成为"中日会议东三省事宜"的一个问题。清政府当然不愿收编这些为日军效力的土匪武装，先以"会予俄国以中国违反中立的口实"为辞拒绝，但在日方坚持下，只得表示原则同意，由地方具体办理。

福岛安正亲自去拜会盛京将军赵尔巽，要求清廷收编"东亚义勇军"的冯德麟、杜立三、金寿山等部队。赵尔巽提出只招抚头目、部众全部遣散等收编的十项条件，遭到福岛安正强硬拒绝。为了协商此事，赵尔巽与清军机处、外务部，及袁世凯等人函电不绝。

日本要扶植的主要是冯德麟。因为对俄作战时杜立三桀骜不驯，金寿山先附俄后投日，日方对他们并不信任。交涉中福岛安正对赵尔巽密言："杜不足信，愿君图之；冯某忠实，久不渝也。"

最后赵尔巽与福岛安正达成妥协，冯德麟所部1538人全部招抚，编为奉天新安军，仍由冯德麟担任统领。只是要冯将名字由"麟阁"改为"德麟"，以防俄人抗议清政府"收编日军别动队首领冯麟阁"。杜立三、金寿山等部只收编头目和骨干。

在东三省清廷正规武装力量匮乏的状况下，冯德麟所部很快由新安军升格为奉天左路巡防营；吴俊升所部升格为奉天后路巡防营；张作霖所部升格为奉天前路巡防营，辛亥革命时又吞并了奉天中路巡防营。他们的部队成为后来奉军的三大基本武装力量。张作霖、冯德麟、吴俊升及其将领张景惠、张作相、汤玉麟、汲金纯、张海鹏、万福麟、马占山等，也形成了奉系军阀的基本班底。

# 第五章　东风剪水天下坛：洮南剿匪

# 一、乌泰叛清投俄的图谋

日俄战争后，1905 年夏，洮南来了朝廷钦差，送来光绪帝赐给蒙荒行局的手书金匾一块，上镌镀金阴文"天恩地局"，并镌有"光绪帝赐"字样，说是奖励札萨克图开边垦荒成绩卓著。

实际札萨克图蒙荒行局已于 1904 年末裁撤，改为洮南垦务局，蒙荒蒙古行局依旧。阎庭瑞这时已升了帮办，随着知府田芗谷等人迎接钦差。听钦差透露，朝廷意欲开复乌泰郡王爵，故赐此金匾。

一众又随护钦差来到乌泰的"王府行衙"兼蒙古行局。乌泰已得了讯，从王府赶来洮南，在行衙兼行局门外设了香案迎接，山呼万岁，跪拜谢恩，一番郑重典礼后，将那块长九尺、宽三尺的"天恩地局"金匾悬挂在行局的正门门楣之上。

乌泰大摆宴席，款待钦差和来宾，庆贺朝廷赐匾。

宴席十分丰盛。席间朋苏克巴勒珠尔告诉阎庭瑞说，乌泰王爷近来花钱似流水，据说从俄国人那儿拿了大笔的银子。

阎庭瑞心里一动：乌泰与俄国人密切往来已有数年，但老毛子于银钱上的算盘打得可是贼精贼精的，绝对是不见兔子不撒鹰。前年乌泰跑去哈尔滨寻求俄国庇护，老毛子虽视为插手内蒙古的好机会，但馈赠也很有限，结果乌泰在哈尔滨寻欢作乐欠了不少债，还是朝廷命科尔沁右翼前旗的佐领拿三千两银子，把乌泰接了回来。现在老毛子和日本打仗打输了，花了

天恩地局今貌

几十亿两白银的战费不说，还失去了南满的财源，财政正穷枯之时，若无重大所图，怎么会给乌泰大笔的银子？

宴会后他跟田芗谷讲了。田芗谷喝得醺醺然，不以为意地说：俄人、日人一直着意拉拢这些蒙古王公，给他们些银钱也没什么奇怪。现在边疆危机，朝廷需要笼络这些蒙古王公，还是小心安抚吧。

过了些时日，朝廷颁发了开复乌泰郡王爵的谕旨。田芗谷派阎庭瑞去札萨克图郡王府道贺，并商议下一阶段的放荒事宜。

阎庭瑞临走，田芗谷又把他找去，说乌泰找俄人借款事，还是大前年乌泰私携印信去哈尔滨时，就有传闻，增祺大人和行局前任福总办都询问过乌泰王爷。乌泰说不是他想借钱，是旗里一些民户想借钱，他问过俄人，但俄人没有答应。当时认为既然未成事实，事情也就过去了。现在看来，说乌泰从俄国人那拿了大笔银钱，恐怕不是空穴来风。如果属实，私借外债可是干系非小。你到郡王府后，访查一下这件事。

从洮南城到札萨克图郡王府，有约三百里路。途中阎庭瑞去葛根庙叩拜了葛根活佛。

葛根庙是嘉庆元年，哲里木盟十个旗筹集资金，仿照西藏斯热捷布桑寺的式样，在札萨克图旗的陶赖图山麓兴建，先后建成梵通寺、广寿寺、广觉寺、宏济寺、慧通寺五大主殿和若干小型殿堂，成为哲里木盟规模最大的喇嘛庙。葛根活佛则是哲里木盟地位最高的喇嘛。

阎庭瑞已是第三次见葛根活佛，前两次只是礼节式拜谒。这次葛根活

札萨克图葛
根庙(近年重建)

佛与阎庭瑞谈了几句因明，阎庭瑞似懂非懂，只大致明白葛根活佛是说事
情要推论因果关系。但接着葛根活佛就推论到放荒招垦的事情上了："蒙
古地方已耕种处，不可牧马，非数十年，草不复茂，尔等酌量耕种，其草
佳者，应多留之，蒙古牲口唯赖牧地而已。"

阎庭瑞解释蒙荒行局兼顾牧民与农户利益的措施，札萨克图十七道岭
以北的大平原，水草丰茂，适宜放牧，划为了不许开垦的牧区；十七道岭
以南，才是蒙荒行局与札萨克图旗共同商定划为垦区的地。放垦的地还不
足当初乌泰郡王私自放垦地的一半，而且放荒的银钱大半分给旗里，牧民
也是得到切实好处的。

葛根活佛连连摇头，似听不进去也不愿听，只说了句"蒙民所愿，官
府当体察俯从"，然后就做出送客的表示。葛根庙几个有头面的喇嘛也对
放荒招垦成见很深，送阎庭瑞出庙的时候，纷纷表示放垦损害牧民利益，
希望官府予以考虑，停止大规模放垦。

阎庭瑞本想葛根庙与乌泰郡王府来往密切，可从侧面探听一下乌泰是
否借俄债的事，不想根本没机会探问，反被喇嘛们纠缠放荒的事不休。

他也知道牧民反对放垦，甚至不完全是利益分配的问题，而是一种
传统的观念——蒙民认为就应该放牧而不应当农垦！从蒙民的立场看，
放垦让他们放牧的地方变小了，农垦汉民的迁入也影响了他们传统的生活
方式。可是前些年乌泰私自招垦，放垦的地界比现在官放的还大，招来的
农户比本旗的牧民还多，而且独吞了放荒银，这些喇嘛也没这么纠缠不休。

札萨克图郡王府坐落在洮儿河东岸，青砖院墙，朱红大门，一进去迎面是三座巨大的蒙古包。阎庭瑞已来过几次了。乌泰郡王还是在左侧那座八个哈那（支架）的大蒙古包里接待他。

阎庭瑞向乌泰道贺开复郡王爵之后，与他协商下一阶段的放垦事务。乌泰提出放荒地界内的树木一概不许砍伐；又提出放荒地界内凡有石灰石厂、碱厂、煤所、苇塘等地方，要交还王旗，由他出售给专营的人。

阎庭瑞解释说既要开荒耕种，就不可能不砍伐树木；放荒地界是盛京将军署、王旗与蒙荒行局共同划定，于管理及利益分配皆有协议规定，地界内各类厂所的经管，只能按照所定的协议执行。他又半开玩笑说王爷近来财运亨通，怎么会看上毛荒地的几处煤所苇塘来了？若真是银钱上拮据，可否跟在下商议一二？

乌泰哼了一声道本王自有财源，当然不稀罕那几处煤所苇塘，但事关旗里民户的利益，本王总是要过问的。本王还有一事要与贵府贵局交涉，洮南城内外须不准烧酒、烧窑、行船等。

阎庭瑞体味乌泰所提第一件事是存心阻挠垦荒；第二件事是贪图碱厂、煤所等的盈利，想变公有为一己所有；第三件事则是对朝廷在洮南设治不满，无理取闹。但他不好直说，就推诿说在下回到洮南，当向田知府转达王爷的要求，不过洮南地处两河之间，不行船如何往来？再说不管是王爷，是民户，还是在下，总要盖房子、喝喝酒什么的，这烧酒烧窑恐怕禁不得吧。

乌泰这时自己也觉所提没甚道理，转圜道本王的意思是不能任意烧酒烧窑，这酒当然是要喝的，吩咐下去，备宴。

宴席挺丰盛，烤全羊、马奶酒……陪客有七八位。这些王府的陪客阎庭瑞之前都见过，只一位名叫云德尔的是第一次见。乌泰见阎庭瑞的时候，云德尔就跟在乌泰身边，乌泰说话时，还几次跟云德尔交换眼色。阎庭瑞一直在猜测云德尔的身份，杯盏交错间，借机打问道这位云德尔先生是新到王府的吧，是哪里人啊？

云德尔说他是前郭尔罗斯旗人。阎庭瑞跟随曹廷杰在吉林放荒招垦时，几次到前郭尔罗斯旗，算得熟悉，就和云德尔盘道起那里的情况。可云德尔说的都是多年前的往事，于近年的情形却不大知晓，而他的言谈举止与通常蒙古人又不大一样，有些细微处倒和老毛子有些像。阎庭瑞推测他已离开前郭尔罗斯多年了，很可能是在俄罗斯远东一带混。如果云德尔是给老毛子做事——看他和乌泰之间的情形像是这样，那么他来到札萨克图是因为贷款的事，还是有其他任务？

乌泰几碗酒下肚，话多了起来，大抵是说他在朝里有了靠山，在俄国也有不少朋友，有了事都能为他出力，洮南府和蒙荒行局也要多分一点利给王府，大家相安合作，都有好处。说得高兴还从旁边架子上拿下来一个俄国制的八音盒跟阎庭瑞显摆，吱吱啦啦唱起来还挺好听。

阎庭瑞回到洮南府，正逢田芗谷奉调回省，与新任知府孙葆瑨办交接。新老二位知府都顾不上听他讲乌泰王府的详情，不过都倾向于认为乌泰借了或正在借俄债，也都认为云德尔可能是俄国人派来的，要阎庭瑞留心详查。

阎庭瑞来找朋苏克巴勒珠尔。巴勒珠尔听后好像挺为难的样子，犹豫了好一阵，才和阎庭瑞说：我和你是过命的兄弟，不愿瞒你，但我也不能在族人里吃里扒外，而且开会时大家都保证不对外人讲的。

阎庭瑞只得保证听了不再对任何人讲。

巴勒珠尔这才和他说：大前年乌泰私自去哈尔滨，见了俄国"蒙务机关"的头头格罗莫夫。乌泰向格罗莫夫控诉清廷"严重欺压"蒙部，请求俄国保护。日俄战争爆发后，格罗莫夫来到札萨克图，告诉乌泰"俄廷已经允准对他予以保护"，并可以提供军饷军火，要乌泰联合东蒙各旗，归附俄国。不久前，乌泰召集旗里的台吉、喇嘛们到王府开会，说清廷多年欺压蒙古，现在可以依靠俄国实现蒙古独立，倡议各盟各旗与外蒙古方面联合，举行暴动，但大多数人反对，乌泰这事没搞成。既然没搞成，你也就不要追究，这毕竟是我们蒙人内部的事。至于乌泰向俄人借贷的事，我听说俄国人同意借钱了，还送给乌泰一些枪支、八音盒、金表什么的，要不乌泰怎么倡议依靠俄国闹独立呢，但具体怎么个情况，我就不清楚了。

阎庭瑞向朋苏克巴勒珠尔做了保证，就没有向孙葆瑨报告。

## 二、俄债风波

过了大约半年，孙葆瑨把阎庭瑞找去，说得到确实消息，乌泰于 1904 年 4 月和 6 月，分两笔从华俄道胜银行一共借得 20 万卢布，是以札萨克图旗的土地、矿产、牲畜做抵押，4 年的期限。我已写好呈文，你看看。

孙葆瑨是福建侯官人，乡试第一，翰林出身，任洮南知府以来，劝农、办学、兴商、兴修水利，为地方做了不少实事。他还设立了城乡议事会，因此政通人和，信息畅通。

阎庭瑞看了孙葆瑨的《上奉天省公署札萨克郡王乌泰私借俄债以全旗地产抵押呈文》，由衷赞叹说大人好生了得，这么快就把乌泰借俄债的事查清楚了，我在这里也有些时候了，却始终没查明白这件事。据说最近乌泰派他的弟弟默特色楞去了哈尔滨，回来时领来几名俄国人，来看旗里的牲畜，似乎和借债的事有关。还有云德尔的事，只打听到他年轻时就离开前郭尔罗斯去了俄国，随后入了俄国籍，此次是来教唆乌泰搞蒙古独立、归附俄国。不过我拿不到实证，实在惭愧。

孙葆瑨沉吟道：外交事件，没有证据的确不好采取行动，不过让云德尔留在札萨克图煽动叛乱祸患匪浅，我这就与奉天交涉署会商，看用什么办法把他驱逐。

呈文发出后不久，盛京将军赵尔巽紧急召孙葆瑨到盛京，会商乌泰私借俄债及札萨克图事务。孙葆瑨便同阎庭瑞赶往盛京。到了那里，参加会商的还有东三省蒙务督办朱启钤、吉林滨江道施肇基、吉林知府曹廷杰等人。

曹廷杰熟悉俄情又精通《万国公法》，赵尔巽特召他前来会商。曹廷杰与阎庭瑞重逢，把臂问勉十分欣慰。

朱启钤是贵州开州人，毕业于京师大学堂，辛亥后曾担任民国政府的交通总长、代总理，又担任袁世凯称帝的登极大典筹备处长，袁死后被列为帝制祸首遭到通缉，退出了政界。施肇基是苏州吴江人，康奈尔大学的

施肇基

第一位中国留学生，也是第一位获得美国硕士学位的中国留学生，曾随五大臣出洋考察宪政，辛亥后担任民国政府的财政总长、巴黎和会中国代表、外交总长、驻美公使等。

赵尔巽亲自主持会议，说接到洮南府呈文后正在核查乌泰私借俄债事，不想中东铁路公司的俄国人却找到奉天交涉总署，控告札萨克图的乌泰郡王借款不还。

施肇基接着介绍了调查的乌泰私借俄债情况：乌泰向华俄道胜银行借贷 20 万卢布，以札萨克图旗的土地、矿产、牲畜做抵押之后，1906 年又向中东铁路公司借贷 9 万卢布，期限一年，以旗界内山林做抵押。洮南府呈报年前乌泰派其弟默特色楞去哈尔滨，就是因为乌泰无力偿还借款，派他弟弟去见中东铁路公司的总办霍尔瓦特、代办达涅尔，请求宽限一年，分三次还款，并请求以旗内的牲畜抵债。中东铁路公司来人到札萨克图查看，认为牲畜多系疲瘠瘦弱，拒绝接受，遂找到我交涉署交涉，还扬言"将派员带兵到札萨克图，查封乌泰王府产业"。

朱启钤诧异说沙俄一直大力拉拢乌泰，这次不知为什么突然翻脸？

阎庭瑞见乌泰勾结沙俄的事已全然暴露，而且是俄方揭露的，再无须保密，就讲了沙俄是要操纵乌泰联络蒙古各旗搞独立，叛清投俄，但乌泰声名狼藉，不光哲里木盟其他旗不理会他的挑唆，就是去年他秘密召集札萨克图旗内的台吉喇嘛开会，台吉、喇嘛们也都反对他叛清投俄发动叛乱。想必是俄国人看乌泰不中用，把他甩了出来。

施肇基说此次我与俄人初步接触，感觉俄人态度也略有不同，主要贷款人华俄道胜银行没有发难，而是次要贷款人中东铁路公司发难，牵出了华俄道胜银行的事。还有，我观察中东铁路公司的霍尔瓦特、达涅尔都是目光短浅的贪鄙之徒，此次要债过于苛刻，与拉拢蒙古王公叛清投俄的大方针相违，与华俄道胜银行又不相协调，至少说明沙俄政府对此没有统一的态度。

曹廷杰分析：乌泰借俄债虽然用的是札萨克图王旗的印信，但旗并无权利举借外债，因此乌泰所借属于私债。而乌泰借债所抵押的札萨克图旗的土地山林，是国有和旗民公有，不可以作为私债的抵押品。因此乌泰与俄方的借贷为非法，印据无效，政府对此可以不予承认。

不过曹廷杰、施肇基和孙葆瑨都认为，俄国在庚子之乱中从东北抢走和盗采的黄金就有十几万两，每年在黑龙江、吉林掠夺的木材价值达一亿银元，掠走的其他矿产财物也不计其数，乌泰所借与此相比可说是九牛一毛，如此大动干戈的讨债，俄人恐怕是醉翁之意不在酒。

朱启钤认为沙俄是欲利用此事让朝廷难堪，并挑拨蒙古各部与朝廷的关系。

赵尔巽说乌泰借俄债固属非法，但此事已成为中俄外交事件，又牵涉蒙古各部的安定，一旦处置失当，恐怕酿成祸患。还是要从大处着眼，以政府出面妥善处置为宜。

会议最后决定呈请朝廷：为揭穿俄人利用借贷分裂蒙古各部的阴谋，教训乌泰等蒙古王公警醒，巩固我主权，宜由政府出面交涉，并先由国家代偿这笔借款。

清廷很快复电："为破蒙王傀偏之愚，揭俄人阴谋之计，决定由国家代偿乌泰所借俄债，以固边疆主权。"

施肇基随即赶往哈尔滨，与俄方交涉。孙葆瑨和阎庭瑞赶回洮南，核查乌泰的债务。

乌泰这次在札萨克图郡王府正中那座十个哈那的大蒙古包里会见孙葆瑨和阎庭瑞，场面大了，神情却极其沮丧，耷拉着脑袋，交代了他所欠的债务。原来乌泰除了借华俄道胜银行和中东铁路公司共29万卢布、连本带息已合38.44万两白银外，还向京商借了10.2万两，挪借杜尔伯特旗的售地款2.1万两，另拖欠黑龙江省署免息款6万两，合计53.74万两白银。

孙葆瑨和阎庭瑞看了乌泰的巨额欠债单，只是摇头叹气。乌泰蔫蔫地表示认错悔改，感谢朝廷帮他渡过难关。孙葆瑨只能婉言劝告几句，指出

华俄道胜银行（1902年建）哈尔滨分行今貌

俄人的阴谋和俄人的不可依靠。

阎庭瑞随又带着核定的乌泰债务单据赶往哈尔滨。施肇基见了乌泰的债单，说这数目与俄人给出的数目不差，只是俄人气焰嚣张，几次交涉，我提出乌泰所借为私债，现在国家代偿，按照惯例，子息应免，只偿本金。俄人却拒不答应，坚持要连本带息偿付，已僵持了一段时间了。

阎庭瑞随施肇基等人与俄方代表会谈了两次。俄方代表是中东铁路公司的总办霍尔瓦特和代办达涅尔，态度十分傲慢嚣张，坚持连本带息一厘也不能少，还口出"要找到北京朝廷上讲去"等狂言。

双方又僵持了半个月，朱启钤也前来哈尔滨会商。阎庭瑞忿忿道老毛子这般嚣张，怎生打打他们的气焰才好。曹大人不是说，国有土地山林不可以作为私债的抵押品，俄人与乌泰的借贷不合法么，我们就告诉老毛子，他们的印据无效，反正乌泰也没钱还，看老毛子怎么办。

朱启钤轻轻摇头：庭瑞老弟还是血气方刚啊，对外交涉——不过，乌泰还不了债倒是真的，这话可以让乌泰去讲。

施肇基道：着啊，解铃还须系铃人，乌泰闯下大祸，就应该让他也与俄人交涉，与俄人讲明利害，再者也让他接受点教训。

朱启钤拱手道：庭瑞老弟，那就拜托你辛苦一趟，回札萨克图开导好

中东铁路管理局大楼（1902年建）今貌

乌泰，把他带到哈尔滨来。

　　回到洮南，阎庭瑞请了孙葆瑨，一同到王府行衙，敦请乌泰去与俄人谈判。乌泰却再三推诿，似乎放不下郡王的面子，又很畏惧俄人，或者说很敬畏俄人，不愿与俄人反目。气得阎庭瑞差点把缩头乌龟的话骂出来，最后还是搂不住火，说王爷若实在不愿去，那我们也拦不住俄人带着兵，前来查抄王爷府了。

　　乌泰听了惶恐得差点从椅子上溜到地下，扶着桌子站稳了，魂不守舍地在屋里兜了三几圈，有气无力地说我去，我去还不成嘛。

　　乌泰随阎庭瑞到哈尔滨见了朱启钤和施肇基，但还是畏畏缩缩地不愿去见俄人。三人一再劝导，才极不情愿地随施肇基和阎庭瑞去了南岗哈尔滨大街的华俄道胜银行，见华俄道胜银行哈尔滨分行行长卡普列和中东铁路公司代办达涅尔。

　　会谈时倒没出乱子，乌泰按三人所教，结结巴巴地讲了自己借款抵押的是国有的和旗民公有的土地山林，不能作为私债的抵押品，政府不承认，而自己债台高筑，这辈子恐怕也还不上这笔贷款了。

　　卡普列里和达涅尔面面相觑后，卡普列里问施肇基：贵政府是否还愿意代乌泰偿还这笔借款？

　　施肇基再次申明，为了与贵国的友好邦交，并从爱护蒙民出发，我政府愿意按照国家代还私债的规则，偿还本金，免去子息。

卡普列里和达涅尔又交头接耳小声议了几句，然后说商议后再予以答复。

过了两天，俄方知会中方：同意按中方所提还本免息的条件，解决乌泰借款一事。

于是在双方僵持约三个月后，于1909年2月，中方朱启钤、施肇基与俄方的霍尔瓦特、卡普列里签订了《议结还债条款文》，由清政府的大清银行在三个月内代乌泰偿还所借本金29万卢布，了结了酿成两国外交事件的俄债纠纷，化解了沙俄利用这一事件在蒙旗制造动乱的图谋。

大清银行贷给乌泰40万两白银，10年为期，由札萨克图旗的采矿、放荒、放租收入提取抵债，每年除了乌泰的1500两俸银外，再给他2000两银的花用。乌泰当时对这一解决债务方案千恩万谢，事后觉得财权被剥夺了又怨恨不已，这也是他后来发动东蒙叛乱的缘由之一。

这一年阎庭瑞28岁，第一次参与国家层面的对外交涉。施肇基年长阎庭瑞两岁，已是中国外交界的翘楚，从这时起两人多有合作：1924年施肇基担任日内瓦国际禁烟会议的中国全权代表时，阎庭瑞是中国禁烟总局局长；1927年~1928年施肇基任驻英、美公使时，阎庭瑞任财政总长兼税务督办，二人多次会同办理对外交涉。

# 三、蒙民抗垦暴动

阎庭瑞仕途顺达又很会理财，在洮南、郑家屯和天津都置了房地产，风风光光地迎娶了秦雪心。曹廷杰这时已升任吉林劝业道兼蒙务处协理，为他们主持了婚礼。

这一时期的东蒙并不太平，哲里木盟的几个旗，包括札萨克图旗，先后爆发了大规模的蒙民抗垦起义。

有规划、适度地在蒙区放垦，是中国"招垦实边、保守边疆"的战略需要，也符合蒙古地区发展农业的需要；另一方面，蒙古牧民的生存完全

依赖于牧地，按照《大清会典》的规章，
在蒙古地区如果农耕和牧业发生冲突，
应该先维护牧民的利益。但一些地区的
蒙古王公和官府贪图放荒招垦之利，勾
结起来大规模无限制地放垦，引发了牧
民接连不断的反清抗垦暴动。

　　哲里木盟盟长、郭尔罗斯前旗的辅
国公齐默特色木丕勒自 1905 年起，无限
度地放垦郭尔罗斯前旗的土地，又不给
予牧民适量补偿，激起蒙古牧民的不满，
推举陶克陶胡为代表，向齐默特色木丕
勒请愿，停止放垦旗地。

陶克陶胡

　　陶克陶胡（1864—1922）是郭尔罗
斯前旗塔虎城努图克的一个"毫克台吉"，
俗称穷台吉（蒙古末等贵族）。他十八岁时做了家乡的兵会（类似大团的
村民联防武装）首领，保卫乡里，乡民尊称为"陶老爷"。庚子之乱时，
曾配合俄国军队入侵东三省。后世对陶克陶胡的评价两极化：一种认为他
是维护蒙民利益反抗清朝压迫的英雄；一种认为他是勾结沙俄、分裂国家、
危害边疆的叛匪、蒙匪。

　　陶克陶胡来到了齐公府，没见到齐默特色木丕勒，并遭到齐公府官员
的强横拒绝，喝令府丁将他打了五十棍，逐出府去 。

　　陶克陶胡回去后便召集至亲好友，策划起义。1906 年 9 月 23 日凌晨，
陶克陶胡带领他的三个儿子和亲友等 32 人，袭击了二龙索口垦务局，缴
获枪支 20 余支；又于当晚袭击茂林站，俘获并处死 12 名日本测绘人员及
负责保卫的清兵，收缴了大批枪支弹药。他们与郭尔罗斯前旗的白音吐斯、
绰克达赉等领导的蒙民抗垦起义军会合，组成一支强大的反垦武装，活动
于洮南、靖安一带。

　　科尔沁右翼前旗在桑保、王洛虎等"图莫胡起义"之后，余部在牙什
率领下继续武装抗垦。这时东蒙还有苏鲁克旗的白音大赉、扎赉特旗的绰
克大赉、鄂尔多斯左翼前旗的丹丕尔等反清抗垦武装。他们或遥相呼应，

或会师一股，对抗清军。

沙俄早就在不择手段地挑动蒙古部落叛清投俄，因此对这些蒙民抗垦武装予以资助，提供武器装备，派来联络官员和教官，唆使他们搞蒙古独立并投入俄国的怀抱。维护蒙古族牧民利益反抗清廷压迫的起义，被沙俄利用而转变为分裂国家的叛乱，极大地威胁着中国满蒙地区的安全。

日俄战争后，清政府为了挽救东北沦为日俄殖民地的危机，决定将东北的八旗驻防制改为行省制，强化中央政府的统治。1907年4月，时任军机大臣、兵部尚书的徐世昌被任命为首任东三省总督。

徐世昌上任伊始，就面临日俄战争后奉天省胡匪遍地和东蒙地区由抗垦演生成大规模武装叛乱的乱局。他把清剿胡匪和蒙匪——也就是由抗垦转为勾结沙俄叛乱的蒙古族武装的任务，都交给了奉天巡防营前路统带张作霖。

# 四、血染的红顶子

日俄签订《朴茨茅斯条约》、中日签订《中日会议东三省事宜条约》后，日本和沙俄陆续从东三省撤军。清廷急于恢复对东三省的统治，清除日俄战争时蜂拥而起的胡匪和战时依附日俄而战后不被招抚的土匪武装，便成为一大要务。

清廷与日军谈判招抚"东亚义勇军"的结果，只将冯德麟所部全部招抚，其余只收编头目和骨干。"东亚义勇军"的另几大股匪，金寿山接受了招抚；杜立三对收编条件不满而拒绝受抚，仍盘踞辽中一带"压地面"；田玉本在1905年5月奉天会战后，对日本几个月不发军饷不满，抢劫大户银钱又与道见勇彦发生冲突，率部出走，仍在辽西打家劫舍，在辽中小北河劫掠时，还曾与杜立三匪帮火并。

在此之前，金寿山、杜立三、田玉本都曾经被清廷招抚过。1901年秋，以沙俄为靠山的金寿山被招抚，但被调离老巢广宁，拨归养息牧（彰武县）地方节制；1902年11月杜立三被招抚，但仅允许"择其年轻力壮带有枪支，并有该处绅商保结者酌留四十名"。
因此二人大为不满，很快就又占山
为王去了。田玉本则是日俄战争爆
发后，清东北当局在俄军胁迫下，
委任田玉本为辽河中立区的巡长。
这些惯匪都是屡抚屡叛，因此清廷
深为猜忌，再招抚时便加有苛刻条
件，杜立三、田玉本们也不愿接受。

杜立三

杜立三在辽中一带势力越来越
大，威胁到奉天官府的安全，而日
俄战争后福岛安正给赵尔巽的秘密
建议"杜不足信，愿君图之"，也
给他埋下了杀身之祸。

东三省总督徐世昌到任后，决计剿除杜立三。他斟酌再三，将这一
棘手任务交给了受抚以来已剿除了多股胡匪并与杜立三是结义兄弟的张
作霖。

张作霖在日俄战争中骑墙观望，战后又为清廷剿除了辽西的徐翰武、
侯占山等匪帮，这时已升为巡防营统带（正团级）。他接到命令后，把张
景惠、张作相、汤玉麟几人找来一起谋划。他们考虑杜立三枪法好，又人
多势众，在辽中青麻坎的根据地十分险固，直接去征剿难以取胜，因此决
定设计诱杀。

张作霖先以结义兄弟的关系，派人去见杜立三，佯称东三省总督府派
员来招抚他，准备授以奉天巡防营右路帮统之职，统辖马步五营，比张作
霖自己的职位还高，请杜立三速来新民府，拜见招抚专员，议定受抚收编
事宜。

杜立三同他母亲和弟弟商量，都认为前往新民府风险太大，有可能是
张作霖设的圈套，没有答应前去新民府。

张作霖一计不成，又生一计。小黑山的秀才杜恩波是杜立三的叔父。
杜立三凶横狡诈，对这位叔父却颇敬重。杜恩波也是张作霖的义父。于是
张作霖派人将杜恩波接来新民府，引他见了省城来的"招抚专员"殷鸿寿、

新民知府增韫，表明招抚确有其事。

张作霖对杜恩波说："我和立山是绿林的朋友。我现在归附官府，有了一个好出路，想劝立山也洗手别干了。凭立山的才干和力量，何愁不青云直上，可是立山却认准一条路走到黑，我劝了几次都不听。现在徐总督有谕招抚，我派人送信给他，不想他却误会了。这次请您老人家来，就是替立山想想办法。"

杜恩波信以为真，又希望侄儿弃匪为官，于是给杜立三写了封言辞恳切的信："游侠非终身之事，梁山岂久居之区！一经招安，不但出人头地，亦且耀祖荣家……"告诉杜立三朝廷招抚是真，劝他勿失良机。

杜立三见到叔父的亲笔信，信了招抚封官是真，决定接受。但他前往新民府时，仍做了周密的布置以防不测：由青麻坎到新民二百里途中设了四个哨所，每所有十名骑匪，如有风吹草动，立即快马传报；整备好二百多名精干匪徒，一旦有讯立即驰援。

杜立三枪法如神，总是一身紫红衣、两支短枪加一杆毛瑟大枪，这次又精选了 13 名身手出众的匪伙随身护卫，1907 年 6 月 6 日前往新民府来会张作霖。

张作霖派人出城迎接，将杜立三一行迎到新民府街的兴和店安顿。张作霖只带两名随从，来兴和店拜会杜立三，热情话旧，摆上酒席招待，频频举杯，庆贺杜立三此次受抚一帆风顺，升官耀祖。对杜立三的 13 名护卫也是大酒大肉款待。

宴后，张作霖请杜立三前往新民府衙，商议招抚收编事宜。杜立三见张作霖毫不戒备，一切合情合理，便放松了警惕，只带两名护卫去了新民府衙。

张作霖领杜立三来到府衙后院的客厅，说是觐见新民知府增韫和"招抚专员"殷洪寿，把杜立三的两名护卫挡在了客厅外面。杜立三一进客厅，埋伏在内的汤玉麟等六七名大汉就一拥而上，将杜立三按倒在地，用刀结果了性命。跟随杜立三来新民府衙的两名护卫，还有留在兴和店的 11 名护卫，也分别被张作霖埋伏在府衙和兴和店的人马解决。

诱杀杜立三，张作霖布置得十分周密，事先就派张景惠带了五百名骑兵，绕道进抵辽中县与新民府中途的新开河镇，阻击杜立三匪帮前来救援，并准备进剿杜立三的老巢；另外还派张作相带了一支部队，去解决杜立三的哨所和游骑。

张景惠接到杜立三已被解决的消息后，立即率军攻进了青麻坎的杜立三老营。杜立三匪股群龙无首，跑的跑降的降。张景惠率人把杜立三多年劫掠的财物劫掠一空：枪支弹药和物资装了满满几十辆马车，还有数百缸白银运回了新民府。张作霖一伙发了笔不小的财，只把一小部分财物上缴奉天省防军营务处。

张作霖给新任总督献上大礼，徐世昌为他叙功请赏。清廷发朱批"予都司张作霖等五员奖叙，赏银五千两"。

诱杀杜立三一个月后，1907 年 7 月，张作霖又率军围剿在辽阳附近劫掠的田玉本匪帮，阵毙了为害辽西多年的田玉本。这进一步赢得了徐世昌的赏识，提升张作霖为奉天巡防营右路统领，管辖的部队从三营增加到五营。

就在张作霖官运亨通时，部下几个士兵出去玩，碰到日本关东军守备队的一群士兵寻衅，双方冲突起来，巡防营的两名士兵被打死，经交涉日军赔了一千两银子。是哪一位奉系前辈先觉着还气不忿的，又有哪些人去报复杀的日本兵，现在已说不清了，反正最后是张作霖对部下说，你们也去找几个日本兵杀杀，到时我照赔他们银子。巡防营一帮弟兄便去杀了三个关东军。张作霖随即派人给日本关东军守备队送去一千五百两银子。

这一下可生出了轩然大波，日本人自然不肯罢休。东三省总督徐世昌使出浑身解数，才将此事平息，之后把张作霖所部调离新民府，遣往满蒙边界去剿蒙匪。

# 五、洮南剿蒙匪

阎庭瑞听说张作霖率部来洮南剿蒙匪，便赶去郑家屯会面。郑家屯地处吉林、辽宁、蒙古交界，东、西辽河汇流的要冲，既是东蒙诸旗蒙匪活动的中心，也是剿匪用兵的中枢。故此张作霖率军来剿蒙匪，也要以郑家

郑家屯古城
（今双辽市）

屯为依托。

阎庭瑞来到郑家屯时正值秋雨绵绵，却见张作霖的人马停驻在郑家屯城外。

张作霖告诉阎庭瑞：他派人进城见吴俊升，联系部队进城和驻扎的营房。吴俊升却阴阳怪气地说你回去告诉张作霖，他来这里剿蒙匪，大显神威，我吴某人非常欢迎，一定全力支持。只是郑家屯地方太小，实在没地方安顿张统领这尊大佛。等将来张统领高升了，奉天城有的是好房子让他享用。目前只能让张统领在城外委屈一下了。

阎庭瑞知道吴俊升自恃是行伍正途出身，一刀一枪杀出来的功名，看不起绿林出身的张作霖，尤其看不起张作霖剿杀原绿林同道升官，在张作霖诱杀杜立三升为巡防营统领与他平起平坐后更是不忿，曾对阎庭瑞讲："张作霖只杀了个朋友，就当上了统领。以后咱也不杀敌人了，专杀朋友，这样升官才快。"

可现在蒙匪势如燎原，东部蒙古皆遭蹂躏，洮南和郑家屯也大受威胁，正需要吴俊升和张作霖精诚合作、联手剿匪，吴俊升这样做总有些不顾大局。阎庭瑞微微摇头，别了张作霖和大团弟兄，进城来见吴俊升。

自从到札萨克图放垦，几年来阎庭瑞与吴俊升算得交情不浅，许多话便可直来直去，见了面就说眼下大敌当前，张作霖前来剿匪，你怎么不讲袍泽之情，不让他进城呢？

吴俊升是个大舌头，结巴着说："张统领可比我强多了，人家可真是忠心报国呀，连结义的弟兄都给杀了。兄弟我自愧不如，这样的事我可干不出来。"

吴俊升

阎庭瑞听出吴俊升是猜忌张作霖来郑家屯，会不会像对付杜立三一样，进了门就翻脸不认人，便和吴俊升解释张作霖是一心在辽西新民府那疙瘩发展的，这次是因为与日本人冲突，为避风头，才被派来东蒙剿匪，这也是帮我们大忙，正应该携手合作剿了蒙匪，绥靖地方。地方绥靖了，张作霖所部当然要回新民府。

吴俊升"啊"了几声，算是答应了让张作霖进城，但讲城内要一下安排这么多部队有困难。阎庭瑞知道这也确是实情，便帮吴俊升筹划了一下让张作霖所部四个马队营、一个步队营分驻城内外的安排，总算是解决了这一棘手的事情。

阎庭瑞为张作霖找了"丰聚长"粮栈做指挥部，一来房院敞亮，二来方便解决粮饷。丰聚长的老板于文斗，祖籍山东省登州府，咸丰年间祖上闯关东来到吉林梨树县，拓荒耕种，到于文斗时经商致富，做了梨树县商会的会长，又在郑家屯开办了"丰聚长"商号，经营粮油、茶酒、木材等多种生意。阎庭瑞把张作霖安置在于文斗处，竟意外成就了一桩世纪姻缘：于文斗有个女儿叫于凤至，后来嫁给了张作霖的长子张学良。婚礼就是阎庭瑞和秦雪心一手操办。

晚上，吴俊升摆了宴席，为张作霖接风，还邀请了郑家屯一干士绅名流作陪。张作霖来到人家地盘，处处赔着小心，净拣吴俊升爱听的话说。吴俊升一上来也还讲待客之道，一番客气。本来是皆大欢喜，但吴俊升喝了几杯酒，又甩出不中听的话来了："张统领，徐总督派你来剿匪，那可真是派对人了！你以前干绿林，对土匪的事熟悉，这真是知己知彼，此次剿匪定能大获全胜。"

张作霖被招安后，最忌讳的就是说他土匪出身。阎庭瑞瞅张作霖脸上虽还挂着笑，眼睛里却闪过一丝怒光，急忙打圆场道："张统领甲午年就投入宋巴图鲁的毅军，杀日寇保家卫国，得升哨长，之后又带领乡勇保卫地方；吴统领十七岁就加入辽源捕盗营，勇冠三军升为哨长，又剿灭查干花蒙匪，挣下今日的功名。说起来二位统领都是行伍出来的英杰，今日联手剿匪，定然马到成功。来，大家干一杯！"

吴俊升原先不知张作霖拉大团之前也投过军，还是正牌的淮军宋庆部，这一来多少去了些轻视之心，另外也觉自己做得有点过，于是也向张作霖敬酒示歉。张作霖自是极力与吴俊升修好。接风宴总算是好开好散。

满蒙交界的洮南、科尔沁、库伦一带广阔干燥的草原是蒙匪活动的根据地，千人以上的蒙匪就有好几股，如陶克陶胡、白音大赉、牙什等。这些蒙匪得到沙俄的武器资助，有的还驻有俄国军官协助指挥，极大地威胁着中国满蒙地区的安全。

徐世昌上任后，就派奉天巡防营后路统领吴俊升部、黑龙江奉军统领瑞禄部、奉天巡防营中路管带马龙潭部等围剿蒙匪。但这些蒙匪都是一人双骑，精于骑射又熟悉民情地形，飘忽如风出没无常，不等官军赶到，就逃遁得无影无踪。科尔沁大草原的自然条件又十分恶劣，冬季冰天雪地，夏季瘴雾弥漫，还有多得打团又大如蜂的蚊虫，夏天都须用棉布包头，零散的人员往往被狼群吃掉，不熟悉地形地况的到了那里可说是寸步难行。

瑞禄率军从黑龙江白庙子追击陶克陶胡、白音大赉匪帮，追奔了上千里地一个来月，连个匪影都没追上，更别说与蒙匪交战了。吴俊升几次率军出击，阎庭瑞也曾率领屯垦巡防队跟随吴俊升军出击，也都是徒劳无功，反弄得空折损人马。

徐世昌于是又派张作霖来援剿，"命张作霖督饬营官蔡永镇、张作相、张景惠、马朝斌所部马步四营，中路管带马龙潭所部马队一营，后路帮统冯德麟所部马步三营，并派行营发审委员殷鸿寿驰往彰武、洮南、靖安等处，分路进剿。"（徐世昌《奏报剿办奉境西北蒙边悍匪折》）

张作霖来剿蒙匪，一开始也是连战不利，一次在洮南周边还被蒙匪诱入一个山谷绝地围困，濒临覆没。洮南屯垦巡防队人单势薄无力援救，阎庭瑞急忙派飞骑到郑家屯求救。要五百里驰援而情况又不明，吴俊升颇觉为难。还亏得"丰聚长"老板于文斗与吴俊升是山东登州同乡，又同在郑家屯多年交情不浅，进言恳请，吴俊升才下决心率马队两营赴援。

幸亏张作霖率军据险拼死抵抗，又幸亏吴俊升驰援及时，里应外合打跑蒙匪，张作霖所部才死里逃生。张作霖和吴俊升就此捐弃前嫌成了兄弟之交，之后二十余年生死不渝。张作霖也感激于文斗义施援手，很想与他进一步结交，听说他的女儿于凤至是"凤命"，于是给张学良和于凤至订了婚。当时张学良7岁，于凤至11岁。

张作霖剿蒙匪不利，在洮南还与知府孙葆瑨发生了冲突。孙葆瑨受命配合剿匪行动，要在地方筹集大量的军需供应，负担很重，而张作霖一开始剿匪不利，部下在洮南又有强征强抢等行径。孙葆瑨大为不满，就行文给奉天营务处总办张锡銮，奏了张作霖一本。

张锡銮（1843—1922）是钱塘人，自少习武，尤精骑射，人称"快马张"，在奉天平匪有功，曾负责训练奉天新军。甲午战争率部在宽甸击败日军，是清军仅有的几次局部胜利之一，战后升任北洋营务处总办，与袁世凯结义为兄。当时徐世昌以翰林学士衔（职务相当于秘书长加参谋长），辅佐袁世凯编练北洋军，了解张锡銮的才干。出任东三省总督后，徐世昌便把时任奉天东边道的张锡銮调来，担任奉天度支司使（相当财政厅长）兼巡防营务处总办。

张锡銮调任奉天时路经新民府，张作霖瞅准张锡銮可作为有力奥援，知道他喜爱马，就挑了一匹顶好的马赠送。张锡銮接奉天度支司使时财政困难，张作霖又送上一万两白银。这一来大得张锡銮欢心，还认了张作霖为义子。

孙葆瑨、张作霖官将不合，可谓剿匪大忌。张锡銮接到孙葆瑨参奏张作霖的本子后，连回几封书信进行调解，面子上说孙葆瑨有远见卓识，实里说张作霖剿匪非常艰苦，上峰即徐世昌十分嘉许，要孙葆瑨"望贤太守调停其间，和衷共济，苊筹擘画，早奏凯歌"。

阎庭瑞事先不知孙葆瑨参奏张作霖的事，得知后也极力为张作霖说项，说陶克陶胡、牙什等巨寇为害边疆已有数年，州县盟旗束手无策，官军多次进剿都徒劳无功，张作霖所部前来，人地生疏，也不可能一举成功，现在已和蒙匪几次交战，不为不尽力，又讲了张作霖身先士卒追剿蒙匪的情形。孙葆瑢多少改变了对绿林出身的张作霖的成见，加上张锡銮的说合，也就尽力为张作霖筹措军需粮饷，帮助协调张作霖部队在洮南的行动。

张作霖总结初战的经验教训，阎庭瑞也利用几年来在洮南及周边几个蒙旗打下的基础，为张作霖提供情报，帮助其派人打入蒙匪内部。张作霖摸清敌情而后出击，在龙王庙、九头山、哈拉哈贝子旗等一连串战斗中堵截住蒙匪予以重挫，特别是1907年冬的醴泉镇"德隆"酒坊之战，给蒙匪以沉重打击。

当时陶克陶胡匪帮袭击长春、洮南后流窜到醴泉镇，白音大赉匪帮在彰武一带遭到冯德麟部阻击后也转移到醴泉镇，与陶克陶胡军会合。张作霖得到情报后，立即率军奔袭醴泉镇，将陶克陶胡和白音大赉匪帮包围在醴泉镇的德隆酒坊内。德隆酒坊大院周围建有坚固的土墙和防御工事，蒙匪据险抵抗。双方从晨激战到夜晚，张作霖身先士卒率部猛攻，蒙匪伤亡惨重抵挡不住，陶克陶胡和白音大赉乘夜突围逃走。

张作霖所部也有相当减员，伤亡了几十人。张作霖率军对蒙匪紧追不舍，又经乌兰他拉、张窝堡数战，陶克陶胡和白音大赉蒙匪十折七八，率残部逃入索伦山中（徐世昌《纪陆防各军防剿成绩》1908）。

# 六、绝域两千里追剿蒙匪

1908年春，张作霖率部越大漠八百里，进剿索伦山蒙匪老巢。张作霖挥军连续突破蒙匪的数道关卡，夺取了索伦山巅，架炮猛轰陶克陶胡匪帮老营。蒙匪死伤累累，陶克陶胡等翻山越岭而逃。

张作霖率军紧追不舍。全军"竟日不食、捧雪为饮"地追击，在巴林旗、西乌珠穆沁旗两次追及陶克陶胡匪帮，歼灭多人，一直追击到距洮南两千里远的地方。陶克陶胡身边只剩下几十名蒙匪远逃漠北。奉天将军府"特派委员朱佩兰赏银犒师，遇张作霖于卓尔河岸，见面几不相识"，可见张作霖此次追剿蒙匪之艰苦。

张作霖率军进剿索伦山时，科尔沁的另一蒙匪首领牙什在沙俄资助下扩充了实力；白音大赉率残部绕道回到洮南与牙什联合，并会合了绰号"黑虎"的一股蒙匪。蒙匪一时声势浩大，接连袭击洮南、靖安等地。

这时吴俊升军大部已移防张作霖军原驻守的新民、康平等地。孙葆瑨、阎庭瑞带领屯垦巡防队守卫洮南城，虽没让牙什匪帮得手，但府境内多地遭到劫掠蹂躏，遂连连向奉天总督府告急。于是徐世昌又急命张作霖回军，围剿牙什等几股蒙匪。

1908年7月，张作霖分兵四路，围攻牙什在辽北"七十户"地方的老巢。牙什、白音大赉、黑虎等凭借辽河及修筑的炮台固守。张作霖部队首先攻破了白音大赉匪股在外围的关卡，直逼匪巢。其步队第二营"管带蔡永镇肉搏先登，各营继进，遂破其巢。擒获匪首牙什，击毙贼目黑虎、窜地龙并余匪三十余名，夺获大旗两面，枪械马匹无算"（徐世昌《纪陆防各军防剿成绩》）。白音大赉突围逃走，张作霖率部追到乌兰套力盖，将白音大赉等包围在一片密林中。激战中白音大赉中枪落马，被擒后因伤重而死，蒙匪头目白音包勒格等被击毙。

徐世昌为张作霖请功说："该统领张作霖等，驱驰绝漠，艰苦备尝。年余之间，将积年巨患，歼除殆尽，实非寻常剿匪之功可比。"清廷随即下诏，奖赏张作霖"以游击尽先补用并赏加副将衔"。

张作霖一跃成为从二品的大员，更重要的是，徐世昌给他增加了兵力。这年5月徐世昌对东三省军政进行改革，将原来奉军的八路巡防营，改为五路，每路各九营（徐世昌《东三省政略：纪奉天五路巡防队》）。将张作霖从右路统领，拔擢为前路统领。这样，张作霖统辖的部队，就从新民府时的四个营，增加到九个营。

就在徐世昌为张作霖请功时，陶克陶胡得到沙俄的援助，沙俄还派俄国军官丹必占灿和马格萨尔扎夫协助他指挥。于是，陶克陶胡招兵买马、收集残部，又杀回索伦山，游击骚扰于西札鲁特、科尔沁、图什图、前郭尔罗斯等地，来去飘忽，官军难以追击。

孙葆瑨、阎庭瑞布置洮南巡防队，配合张作霖的巡防营步队，在各要道设卡阻截；而以精强马队待机出击。终于在1909年春抓住战机，张作霖率部从札萨克图旗到达尔汉旗一路穷追猛打，接连追击八百余里。陶克

徐世昌阅兵

陶胡匪帮被消灭殆尽，只剩 48 骑跟着陶克陶胡，经外蒙车臣汗部逃入了沙俄境内。

清剿蒙匪取得了重大胜利，暂时消除了沙俄豢养蒙匪的威胁，东蒙地区转危为安。张作霖被擢升为洮南镇守使，宣统帝溥仪还赐给一件金丝九龙袍。

洮南府会同镇守使张作霖，发布告示安民，放荒招垦也得以顺利进行。

阎庭瑞升任了洮南垦务局总办，主持札萨克图、图什业图、达尔罕、镇国公等旗的放垦。在徐世昌主政东北时期，共放垦蒙地：科尔沁右中旗5.7万垧，科尔沁右后旗3.4万垧，科尔沁左中旗约8.6万垧，科尔沁右前旗23万余垧，郭尔罗斯后旗42万余垧，郭尔罗斯前旗21万余垧，共计一百多万垧（徐世昌《东三省政略》）。

这些旗地多是未曾开辟的沃土，富含养料，雨量不充足但也不算缺少，非常利于发展农业。为生计所迫闯关东的流民，比常人更多一分吃苦犯难的强悍坚韧。经过几年奋斗，洮南和东蒙放荒招垦区成为了中国的新兴产粮区。

满蒙地区的放荒放垦、移民实边，对于抗御列强侵略和东北的发展起了极其重要的作用。但清政府和蒙古上层上下其手地大规模放垦，不可避免地侵害了牧民利益，酿成了陶克陶胡以及后来嘎达梅林等武装反抗。

面对俄日两强交侵，清廷不得不开放移民垦荒。此前虽曾开放哈尔滨以北的呼兰河平原和吉林西北平原，但因条件限制都效果有限，真正形成规模，便是在洮南和东蒙屯垦。也正是从这时起，闯关东的关内民开始从候鸟般春去冬回打工型，向携家带口、永久迁居型转变。

# 第六章 烛火炎天随风灭：挫败东蒙古独立

## 一、张作霖智进奉天城

十年前筚路蓝缕出关，向往能有一小块自己耕地的阎庭瑞，现在掌管着洮南五县三旗可以容纳不计其数流民梦想的广袤处女地，已觉很能大展身手了。但围剿蒙匪取得重大战果后，野心勃勃的张作霖却不甘心长驻洮南，一直想调回原防新民府或调到离奉天省城较近的地区。可是陶克陶胡叛国投俄后，在沙俄操纵下纠集散亡蒙匪武装，勾结一些蒙古王公，不断袭扰满蒙边疆，企图将蒙古从中国分裂出去。由于边疆始终不宁，张作霖也就始终没能如愿，一直驻防在洮南。

当年刚被招安不过一二百人枪时，张作霖就已有"奉天之想"，何况现在有了马步九个营的武装力量！为进一步发展势力，张作霖做了多方面的准备工作：设立驻奉办事处，派张惠临等数名精干机灵的人员长驻奉天城，又派亲信张景惠、张作相、汤玉麟等轮流到奉天讲武堂受训，广结"善缘"，在省城组成情报网络，随时掌握时局动向。

张作霖还极力结交省府的关键官员。1909年徐世昌受满族亲贵排挤去职，张作霖刚认的"义父"张锡銮也随之调离东北，这些对张作霖可说是很大损失。但他又设法交结了一个对他以后发展十分重要的人——袁金铠。

袁金铠是辽阳人，秀才出身，计谋多端，日俄战争时为盛京将军赵尔巽赏识，收为门生，进入幕府。清末各地革命党暴动此起彼伏，东北形势也动荡不安，1911年4月清廷把赵尔巽又派回东三省任总督，袁金铠成为了赵尔巽督府的头号幕僚、奉天省谘议局副议长，也成为张作霖掌握奉天高层动向的"线人"。

1911年10月10日爆发武昌起义，此时，赵尔巽正在齐齐哈尔视察。他10月12日接到清廷"武汉失守，要他严密侦防，免生事端，以顾大局，而弥隐患"的电谕，立即星夜赶回奉天。

赵尔巽10月15日连夜召集各部门会议，下令封锁消息，电报一律停发，将刊载武昌起义消息的《大公报》查封。16日，赵尔巽又召集驻奉天的新军与巡防营将领开会，说："我们拿皇上的俸禄，吃皇上的饭，我们连

袁金铠

骨头都是皇上的。朝廷的深恩厚泽，为臣子的不应一刻忘记。我们要鞠躬尽瘁，以死相报。"赵尔巽声泪俱下，以求自保和为清廷保住东北。

但是驻防奉天的军队主力是新军第二混成旅，协统即旅长蓝天蔚是革命党人。另一革命党首脑人物张榕在奉天也有不小势力。张榕是奉天抚顺人，日俄战争时组织"关东独立自卫军"，提倡满洲独立以御外侮，之后逃亡日本，1910年奉孙中山、黄兴的命令返回东北，联络同志准备起义。武昌起义后，各省纷纷响应。奉天革命党人也计划发动起义，驱逐赵尔巽，响应革命。

赵尔巽得知掌握军队的蓝天蔚等革命党人酝酿起义，革命党人吴景濂又是省谘议局议长掌握动议权，而他手中没有可依恃的武装力量，顿时惊惶失措，表示他将离开奉天，准备向革命党人交权了。袁金铠闻言立时跪在赵尔巽面前，苦苦劝阻，建议重用巡防营旧军来对抗革命党人。

用旧军对抗新军，老谋深算的赵尔巽不是没有想过，但是奉天附近的巡防营旧军不多，无法与精锐的第二混成旅抗衡。

分驻各边塞的几路巡防营将领中，要说最忠于清廷，自然非右路巡防

蓝天蔚

营统领马龙潭莫属。马龙潭是大清将门之后，世受国恩，庚子之乱时挺身率亲族乡民保护大清皇陵，光绪帝钦赐四品花翎。但马龙潭部远在安东、凤城，防御鸭绿江一线，难以调离。前路统领张作霖驻防洮南，离奉天城最远，而且赵尔巽也拿不准这个绿林出身、善于投机的家伙，在这次动乱中会倒向哪一方来投机。驻防辽西的左路统领冯德麟，距省城最近，但他不光是绿林出身，还是日本人一手扶植的，日本人和革命党有千丝万缕的联系，冯德麟若来了奉天城，难保不又生出事端。赵尔巽思来想去，只有驻防辽源、昌图等地的巡防营后路统领吴俊升，从军多年以忠勇著称，可以依靠，防区距奉天城在几路巡防营中也算不远不近。

虽说吴俊升的防区距奉天城算较近，但也有四五百里之遥，总有远水不救近火之虞。于是袁金铠又帮赵尔巽谋划了一番，一面稳住革命党，一面秘密调吴俊升率军来省城。赵尔巽遂变换态度，佯作中立，宣称"须知英雄识时势，咱们总要见机而行。这时，我们东三省最好不动声色。咱们的要务是'保境安民'四个字。抱定这宗旨，无论是谁来，咱们也正正堂堂拿得出去"，作为缓兵之计，稳住革命党，秘密派人持调令去见吴俊升。

但袁金铠随后就把这个机密透露给了张作霖驻奉办事处的处长张惠临。张惠临和正在奉天讲武堂受训的张景惠，立即把这一机密电告张作霖。

观知武昌起义、天下大乱的张作霖，早就紧盯奉天的风吹草动，窥伺机会。接到张景惠和张惠临的电报后，当即判断这是夺取奉天军政权力的大好机会。他当机立断，马上率领精锐骑兵三个营全力驰骋，昼夜兼程直奔奉天城，并命令张作相、依钦保带领其余马步队四个营，随后全速赶往奉天城（当时张作霖在洮南只有马队五个营、步队两个营。奉天前路巡防营有两个营的步队由帮统李蓬瀛带领驻扎营口和海城）。

途经郑家屯时，张作霖率军绕城而过，只派了一个护兵拿了他的片子

进城去见吴俊升，说张作霖家中出了点事，
急着回去处理，就不进城打扰吴统领了。

张作霖赶到奉天省城后，立刻去见赵
尔巽，做出一副诚惶诚恐的样子说："因
局势紧张，唯恐总督陷于危境，迫不及待，
率兵勤王。如总督认为未奉命令，擅自行
动，甘愿接受惩处。"

调的是吴俊升，来的却是张作霖，赵
尔巽大为惊骇。但此时赵尔巽等兵如等命，
没有对张作霖擅自领兵前来有任何诘问。
张作霖又表态说："只要我张作霖还喘着
一口气，我愿以生命保护恩师，至死不渝。"

生米已成熟饭，身陷革命党包围中的

吴景濂

赵尔巽，不想用张作霖也只能靠张作霖了。于是他转而夸奖张作霖忠心，
补发了调防命令，还命令张作霖兼任奉天巡防营中路统领，接管省城附近、
态度摇摆的中路巡防营的几营兵力。

## 二、镇压同盟会，张作霖掌握奉天军权

有了张作霖的军队，赵尔巽有了三分底气；马龙潭、吴俊升给他发电
报效忠，赵尔巽又增加了二分底气；驻守辽西的冯德麟也表效忠，率左路
巡防营卡住山海关，并于10月13日亲自带兵驰赴邻近省城的辽中、镇安，
赵尔巽更有了八分底气，赞扬冯德麟能"忠义奋发，力斡危机于万一"，
还馈赠貂裘一件。

10月22日，赵尔巽遂在省政府召集军事会议，商议局势对策。

会前新军将领和革命党人已计划好，在会上宣布东三省独立，驱逐赵
尔巽。赵尔巽和袁金铠得到密报，找来张作霖商量对策。张作霖大包大揽
说："一切有我。"

奉天省政府

开会时人已到齐，张作霖才一个人，双手小心翼翼地捧着一个毛巾包来到会议厅，又小心翼翼地把毛巾包放到会议桌上，顿时让会场人员提心吊胆不敢大声。

会上，赵尔巽提出东三省要"保境安民"。随着关内各省纷纷响应革命或脱离清廷独立，赵尔巽的"保境安民"已从"中立观望"，转化为他效忠清廷、反对革命的纲领。

张作霖和旧军将领们举手赞成，新军将领和革命党人虽没人站出来反对，但也都不表赞成。张作霖见状，手托毛巾包站了起来，厉声道："总督大人的意见大家都听见了，如果大家不接受，不举手赞成，今天咱们就同归于尽。"这一来众人无不战战兢兢，新军将领和革命党人也只得一个接一个地举手赞成"保境安民"。

新军将领和革命党人走后，赵尔巽仍胆战心惊地指着那个毛巾包对张作霖说："你还不赶紧拿走，万一炸了怎么办！"

张作霖却不动声色地拿起毛巾包往桌上一抛，"哐当"一声，吓得赵尔巽、袁金铠几人跳起来要跑，待不见动静，定睛一看，毛巾包里滚出来的竟是两个烟膏筒子！

张作霖带到奉天城的巡防营前路七营人马，因剿蒙匪减员，实际只有

奉天谘议局大楼

1100 余人（满额为 1500 余人。一些资料讲 3500 人或 5000 人，不确），
远不敌装备精良、有 5000 人之众的精锐新军第二混成旅。但革命党人却
没有利用军事优势和奉天高涨的革命形势采取果断措施，而是想以和平方
式达到东北易帜的目的，又迟疑不决，拖到 11 月 6 日，才在蓝天蔚新军
的驻地北大营召集会议。会议决定：推举蓝天蔚为"关外革命讨虏军大都
督"，张榕为奉天省都督兼总司令，吴景濂为奉天省民政厅长；计划在吴
景濂 11 月 12 日主持的谘议局会议上，成立"奉天国民保安会"，接管奉
天大权，迫使赵尔巽下台，实现东三省独立。

从 10 月 22 日被张作霖的假炸弹吓退到 11 月 12 日，革命党人的迟疑
不决和不切实际的"和平夺权"幻想，给足了赵尔巽、张作霖一伙调兵遣将、
分化新军的时间和机会。第二混成旅的一个营长李和祥在革命党开会的 11
月 6 日当晚，就向赵尔巽告密，倒向了保守势力。

11 月 12 日，奉天谘议局开会。蓝天蔚派新军去控制奉天省府要害部
门，却发现都有张作霖的巡防营部队严密守卫，奉天谘议局更是被持枪荷
弹的张作霖部队包围，而他依赖的新军炮兵，竟然倒戈将炮口对准了谘议

局大楼！

革命党的夺权谋划，失败已成定局。

谘议局会议，赵尔巽上台再次提议"保境安民"。赵尔巽的话未说完，就被谘议局议员中以吴景濂为首的革命党们打断，要求"立即宣布独立"。革命党议员们的呼声未落，张作霖就跳上台去，拔出手枪往讲台上一拍，气势汹汹地说：我们必须要服从总督大人的主张，如果谁反对，即使总督容许，我这支枪也是不容许！

张作霖事先布置好的汤玉麟等打手也冲进会场，拔枪对准谘议局议员们。吴景濂等革命党议员们手无寸铁，连气带吓，纷纷退出会场。袁金铠便以副议长身份宣布继续开会，在张作霖军队的枪口下，通过了"保境安民"主张。"奉天国民保安会"也被保守势力把持，赵尔巽成了会长，吴景濂、张榕为副会长，袁金铠为总参议长。

赵尔巽同时奏请清廷，将蓝天蔚撤职。蓝天蔚想武装抵抗，但第二混成旅的标统（团长）聂汝清倒戈投向保守阵营。在内外逼迫下，蓝天蔚只得弃军出走逃往大连。赵尔巽命聂汝清代理第二混成旅的旅长。这样，保守势力就完全把持了奉天的军事力量。

当全国十七个省的革命党人代表会议选举孙中山为临时大总统，于1912年1月1日宣告成立中华民国时，赵尔巽却带领袁金铠、张作霖、聂汝清等，通电仍然归属清廷的吉林、黑龙江、直隶、山东、河南等省督抚，宣称奉天效忠大清，并且已"编就勤王之师，决以铁血解决政体，痛剿独立省份"。

逃到大连后，蓝天蔚和一些革命党人成立指挥部，谋划在奉天全省发动起义。但他们在奉天的凤城、海城、复州等地组织的武装起义，都被马龙潭、张作霖、冯德麟等的旧军镇压。吴景濂也黯然逃离奉天。革命党人的首领张榕成了赵尔巽一伙要除掉的首要目标。

武昌起义前，袁金铠就向赵尔巽进言说："张某，人杰也。今兹归来，恐于大局不利，须遇机除之，以免后患。"但他们迫于大势，一直不敢下手。掌控奉天局势后，赵尔巽、袁金铠和张作霖就密谋杀害张榕。袁金铠先去和张榕套近乎，假装倾向革命，骗得张榕信任，被张榕聘请为革命党组织"联合急进会"的参谋部长，掌握了革命党内的许多机密。

张作霖部队在奉天屠杀革命党人

　　1912 年 1 月 23 日，袁金铠和张作霖商量，订下利用张榕好抽大烟和嫖妓将之杀害的计划。然后，袁金铠去找张榕，谎称张作霖有意革命。张榕竟然相信这个已数次挫败革命行动的刽子手能转变来革命，兴奋地下帖子请张作霖到平康里得义楼吃饭。

　　饭桌上袁金铠、张作霖对张榕一通奉承，使张榕坦然不疑。酒足饭饱后袁金铠提议说：听说荫华（张榕字荫华）在蜚红馆有了个新相好，叫小桃，人很漂亮，要不咱们一起看看去？张榕兴冲冲领着二人来到蜚红馆。袁金铠和张作霖见了小桃，一个夸小桃漂亮，一个夸张榕有眼力，弄得张榕心花怒放，然后三个人又躺到床上吸大烟。

　　吸了一泡大烟，袁金铠推说有事先走了。张作霖随后也找个借口离开，到门口给他布置好的两个杀手递个暗号。两个杀手随即冲入馆内，对正吞云吐雾的张榕连开数枪，将他杀害。

　　张榕一死，奉天城的革命党群龙无首。当晚张作霖就秉承赵尔巽旨意，指挥部下对革命党人进行大搜捕、大屠杀。不仅是他们侦缉名单上的革命党人，凡剪发易服之人，都被抓捕甚至就地砍杀。奉天城的南门城墙根、草仓北大坑、风雨坛等处，都成了屠杀场。整个奉天城陈尸累累，各处悬挂着人头。奉天传说"张作霖杀秃子"，就是讲张作霖对剪发易服之人的大屠杀。

日本奉天总领事馆向日本政府报告说："张系胡匪出身，为人残忍刻薄，草菅人命，嗜杀成性，革命党人遭其毒手者已不下四百余人。"

赵尔巽向清廷专折为张作霖请功。大厦将倾的清廷也破格擢升张作霖为"关外练兵大臣"，将张作霖所部扩编为新编陆军第二十四镇。

张作霖通过镇压关外革命党人，一跃成为执掌奉天军事大权的军事强人。

# 三、公主岭伏击：日本的"满蒙王国"胎死腹中

阎庭瑞远在洮南，也感觉到了辛亥革命带来的巨大影响。关内不断传来一个个惊天动地的消息：武昌起义后，南方湖南、广东等十几个省纷纷脱离清政府宣布独立；1911 年 11 月 1 日，清政府解散"皇族内阁"，请被罢黜的袁世凯出山，任内阁总理大臣，率北洋军南下镇压革命；袁世凯指挥北洋军攻克武汉，陈兵长江，压迫南方独立各省议和；1911 年 12 月 18 日唐绍仪、伍廷芳分别代表北方和南方进行"南北议和"；1911 年 12 月 29 日南方一十七省选举孙中山为"中华民国"临时大总统，1912 年 1 月 1 日在南京就职；1912 年 1 月 2 日，清将领姜桂题、冯国璋、张勋、曹锟、王怀庆、张作霖等 15 人通电誓死反对共和；1 月 20 日，南京临时政府正式向袁世凯提交了清帝退位优待条件；1 月 26 日，在袁世凯授意下，段祺瑞领衔的北洋将领 47 人通电，支持共和；2 月 12 日，清帝颁布退位诏书；2 月 13 日，孙中山宣布辞职，临时参议院随后选举袁世凯为临时大总统；1912 年 3 月 10 日，袁世凯在北京就任大总统……

随着关内天翻地覆的变化，洮南周边的草原上也波澜涌动。陶克陶胡一伙宣称要领着俄军进攻东蒙和洮南，让孤零零立在科尔沁大草原中的洮南城惴惴不安。洮南周边的几个旗也暗流涌动，再迟钝的人都能感觉到一场风暴即将来临。

这期间洮南的知府换了三任，新知府欧阳朝华还没到任。张作霖部队不告而别去了奉天，更让失去武装力量保卫的洮南感受到威胁。洮南府随

*宗社党首脑，左起：荫昌、载振、载洵、铁良、载涛、载润，右1、右2不详*

后得知新的东北当局将奉天后路巡防营驻黑龙江的两个营调回吉林，接防洮南一带。阎庭瑞便匆匆赶去郑家屯见吴俊升，商洽奉天后路巡防营进驻洮南的事宜。

一向豪爽的吴俊升，这次却只同意先派两哨军队进驻洮南，说日本人和宗社党要暴动的风声很紧，康平、怀德一带的防务亟须加强。阎庭瑞有些不解：日本人刚支持革命党推翻了清朝，怎么又支持清朝宗社党搞复辟了？

阎庭瑞知道：武昌起义后，清朝的皇亲国戚恭亲王溥伟、肃亲王善耆、军咨使良弼、江宁将军铁良等人组织了"君主立宪维持会"，也就是"宗社党"，反对南北议和清帝逊位，要求罢黜袁世凯，组建"战时皇族内阁"，组织忠于清室的军队与革命军决战。但没过几天良弼就被革命党人炸死，宗社党一帮纨绔子弟们被吓破了胆，四散奔逃藏匿，再不敢言效忠清室决一死战之类。想不到近日又嚣张起来。

宗社党归宗社党，洮南受沙俄蒙匪威胁可是迫在眉睫！阎庭瑞便一再恳请吴俊升多派些人马进驻洮南，吴俊升却含糊应对又有紧急军务，去忙了。阎庭瑞便向吴俊升的几位幕僚询问日本人和宗社党准备举事的情况。

几位幕僚与阎庭瑞也很熟稔，告诉他说这次搞"满蒙独立运动"的急先锋，据查是日本浪人的首领川岛浪速，其背后的指挥者是日本关东都督福岛安正。他们策划首先把满蒙从中国分离出去，利用宗社党和逊帝宣统，成立一个"满蒙王国"或"北清王国"。今年年初，川岛浪速将善耆乔装打扮成商人，由日军护送从北京逃到旅顺，在那里重组了宗社党，成立复辟清室的"勤王军"。据国民政府的秘密情报员报告，宗社党的"勤王军"现有两千多人，由日本军部供给武器，在日本租借地关东州进行训练，准备近期在奉天多地同时举事，配合日军占领满蒙。因此形势极为紧张，吴俊升奉命增强郑家屯到彰武等地的防卫，实在不敢将太多军队调去洮南。

第二天，阎庭瑞想再去和吴俊升商请加派一些军队去洮南，不想吴俊升派人把他喊了去。吴俊升全副戎装，对阎庭瑞说赶快跟我走，请你看出好剧。阎庭瑞莫名所以，匆匆就道，跟着吴俊升和他的部队——马、步各一个营出发了。

部队急行军到郑家屯与洮南之间的公主岭。布置好部队的伏击圈，吴俊升才顾上与阎庭瑞说话，说接到秘密情报，日本联络了喀喇沁王、巴林王等蒙古王公参加满蒙独立暴动，日本军部和财阀提供了大批军火，伪装成农具要运去喀喇沁，要东蒙几个王公与宗社党、关东军同时起事。

1912年6月8日，一列长长的车队——约50辆大车、200多人，进入了公主岭吴俊升部队的埋伏圈。

吴俊升命令部队发起攻击。车队人马不及抵抗，四散奔逃，不多时就被打得尸横遍野，剩下的都做了俘虏。清点战场，伪装成"东蒙古开垦用新式农具"的47辆大车的枪械弹药全被缴获；蒙匪和日本浪人被打死50多人，俘虏近30人。

俘虏中有十几名穿着中国服装的日本军人，为避免与日本的外交纠纷，全被吴俊升下令就地处决了。日本当然不能承认参与叛乱，只得吃哑巴亏，16年后在皇姑屯才报了这"一箭之仇"。

审讯俘虏得知，这支车队的头领是日军军官松井清助大尉和喀喇沁王贡桑诺尔布的亲信阿拉坦敖其尔，二人都漏网逃走了。审讯还查知：宗社党成员胸前都刺有两条龙和满文姓名。

俘虏供认，宗社党、日本浪人集团和蒙古喀喇沁、巴林、宾图三王，计划于9月20日在奉天和东蒙多地同时起事。其中辽东司令为安生顺一，辽西司令为角田岫田，奉天司令为松本守田，安东司令为辻本中田……大都是日军退役军官或日本浪人。

吴俊升率部返回郑家屯，同时将歼灭日蒙叛匪军火车队情况和得到的宗社党图谋起事的情报，派飞骑驰报奉天都督赵尔巽。

赵尔巽随即布置张作霖、吴俊升、马龙潭等部队，在全省进行大搜捕，接连破获了宗社党在奉天、开原、怀德、宽甸、海城等地的秘密机关，逮捕了大批宗社党成员和参与叛乱阴谋的日本浪人，仅处决的就有数百人。

袁世凯接到赵尔巽的报告后，当即命令赵尔巽严厉镇压宗社党和日本浪人组织的叛乱，同时知会英国公使等，要求列强干预日本在中国制造叛乱一事。

英国认为日本策动"满蒙独立"不利于其对中国的经济侵略，遂对日本政府提出劝诫。日本政府见"满蒙独立运动"已经惨败，在中国制造叛乱的阴谋还被揭露，受到国际压力，不得已下令关东都督府及军部中止"满蒙独立运动"。

事后从日本文件得知，早在辛亥革命前，日本政府就阴谋利用革命党作为分裂中国、侵吞满蒙的工具。

几乎与武昌起义同时，日本内阁会议就决定："确立帝国在满洲的地位，以求满洲问题的根本解决。为此，帝国政府必须经常策划，不遗余力。一旦遇到可乘之机，自应加以利用，采取果断手段，实现上述目的。"（《日本外交文书选译——关于辛亥革命》）但由于袁世凯掌握了政权，日本企图通过援助革命以实现割取满洲的努力完全失败。

于是日本政府炮制"满蒙独立运动"，来达到侵吞满洲的目的。日本在满洲的最高长官、关东州总督福岛安正和浪人首领川岛浪速操纵善耆等清朝亲贵，建立宗社党武装；又找到喀喇沁王贡桑诺尔布，来策动蒙古王公进行"满蒙独立"。

贡桑诺尔布与日本方面一拍即合，而贡桑诺尔布在蒙古王公中很有影响，很快就拉入巴林王、宾图王等参加"满蒙独立计划"。

日本军部和福岛安正派高山公通大佐、多贺宗之少佐、松井清助大尉、木村植人大尉等军官，分别到喀喇沁、巴林、科尔沁左翼后旗等操纵蒙古王公起事，并负责运送军火和组建蒙古武装，成立"满蒙王国"。

如果宗社党、蒙古三王、日本关东军和浪人按照计划顺利起事，在辛亥革命后中国动乱、第一次世界大战西方列强无暇东顾的情况下，东蒙和南满会不会在"九一八"事变前十九年就被日本侵吞，实在是不敢想象。因此，吴俊升率部在公主岭歼灭日蒙军火车队，使日本策动的"满蒙独立运动"胎死腹中，某种程度上来说，也可谓功在社稷。

## 四、沙俄策动外蒙独立和东蒙叛乱

阎庭瑞见局势如此紧张，只得先返回洮南。他回到洮南没几天，奉天宗社党和日本浪人的动乱还没完，吴俊升的两哨人马也还没到，沙俄策动的蒙古叛军却杀来了。

日俄战争后，日本与俄国签订密约，划分在中国的势力范围，外蒙古、西部蒙古及东蒙北部划为俄国的势力范围。俄国利用蒙古各部与清廷的矛盾，策划首先将外蒙古从中国分离出去。俄国外交大臣沙查诺夫后来透露说：俄国政府早就想对中国使用武力，割据中国若干地区，来巩固俄国在远东的地位。

辛亥革命时，在沙俄的鼓动下，哲布尊丹巴八世和喀尔喀蒙古的王公们决定乘国内动乱，依靠俄国的援助实现独立。在沙俄军队的直接参与下，哲布尊丹巴集团驱逐了清朝驻库伦大臣和驻军，于 1911 年 12 月 16 日，宣布成立"大蒙古国"，奉哲布尊丹巴活佛为皇帝。

面临内外蒙古的独立危机，袁世凯民国政府一成立，立刻对蒙古王公采取安抚政策，颁布了《蒙古待遇条例》等一系列优待蒙旗王公的条例；同时命令东三省、热河、山西、绥远等地的驻军反击沙俄和外蒙叛军对内蒙的侵犯，对库伦政权进行军事威慑。袁世凯并致电哲布尊丹巴："承前清之旧地域内有外蒙古一部分，本大总统受全国托付之重理应接管。至库伦独立，前清并未允行，中华民国亦断无允准之理。"

民国政府还请四大活佛之一、内蒙古的章嘉呼图克图七世出面，对内蒙古各旗进行劝导。章嘉呼图克图发表声明"赞成共和"，又不辞劳苦去劝导内蒙古王公们放弃独立主张。

这些举措对化解内蒙古地区的分离危机起了非常大的作用。1912年初，贡桑诺尔布在乌兰哈达（今赤峰市）召开内蒙古王公会议，提出脱离中国加入"大蒙古国"的主张时，内蒙古49个旗中，只有克什克腾一个旗响应。

乌泰接到哲布尊丹巴的文告后，考虑了一个时期，决定归附"大蒙古国"和沙俄。乌泰计划向俄国借款5万两白银，募集兵丁5000人，发动叛乱。1912年5月，他联络葛根活佛，在札萨克图旗和周边几个旗煽动叛乱；同

哲布尊丹巴八世

时派特使潜赴库伦，报告他将联合哲里木盟十个旗起事，加入"大蒙古国"，请求哲布尊丹巴集团和沙俄给予援助。

1912年6月，乌泰在王府召集札萨克图旗的台吉、喇嘛等23人开会，商议起事计划。王爷庙锡勒图喇嘛等乌泰党羽赞同"起兵举事"。协理台吉朋苏克巴勒珠尔站出来反对，斥责乌泰叛国、忘恩负义，愤而离开王府。

哲布尊丹巴赐给乌泰亲王爵位，任命他为"进攻中华民国第一路军总司令"。哲布尊丹巴和沙俄都答应给予乌泰资助和军事援助。乌泰的使者带回俄国援助的"别列达"步枪1200杆，子弹50万发。乌泰发动叛乱前俄国又多次援助军械弹药。1912年4～7月间，俄国从满洲里运进中国境内的枪支弹药价值70万卢布，仅子弹就有900万发（乌泰"俄债事件"俄资助29万卢布，可见俄国对分裂中国不惜血本）。

阎庭瑞刚回到洮南，就从几位蒙民那里听说乌泰在征丁募兵。接着，朋苏克巴勒珠尔来找他，欲言又止的样子，坐了一刻才说，乌泰准备叛乱，还得到俄国和外蒙古不少援助，你们要做个准备。然后就走了。

札萨克图郡王府

　　阎庭瑞吃惊不小，赶忙去告知新任知府欧阳朝华，立即向奉天告急。

　　民国政府接到有关乌泰叛乱活动的报告十分震惊，担心稍一处置不当，会因此酿成整个内蒙古的大乱，所以最初采取谨慎方针，指示奉天当局派官员去对乌泰"宣慰调和"，答应免除札萨克图郡王府30万两白银的欠债，劝诫乌泰放弃作乱。但乌泰断然拒绝，坚持"非打到底不可"，将赵尔巽和欧阳朝华派去的两名官员赶了回来。

　　乌泰见事已败露，决定立即发动叛乱。他下令在本旗各村屯按《丁册》强行征集壮丁，各蒙户三丁抽二，二丁抽一，一丁两户抽一，各带枪马食粮，八月初七齐集王府，违者以军法论处。旗内大多数民众不赞成分裂作乱，但畏惧乌泰势力，只得被胁迫参加叛乱。

　　乌泰拼凑起了约3500人的叛乱队伍，还诱劝科右后旗（即镇国公旗）的札萨克拉什敏珠尔、扎赉特旗的札萨克贝勒巴特拉布坦和他在8月20日一同举事。

　　8月20日，乌泰在葛根庙正式宣布札萨克图旗脱离中华民国，归附大蒙古国，下令"驱逐本旗府县民官"，挂出"大蒙古国"的亲王旗，发布《东蒙古独立宣言》："共和实有害于蒙古，今库伦皇帝派员前来宣布德意，劝导加盟，俄国复以兵器弹药相援，是以宣告独立，与中国永绝。"

　　乌泰将欺骗胁迫而来的3500人分为三路：中路命王爷庙（札萨克图郡王的家庙）大喇嘛锡勒图为元帅，由王府出发，直取洮南城；左路命葛根庙的活佛葛根为元帅，从葛根庙出发进攻靖安（白城子）；右路以嘎钦庙大喇嘛嘎钦为元帅，攻取突泉并夹攻洮南。

在乌泰宣布"独立"之前，俄国政府就组成步兵骑兵混编的精干军队，以"大探险队"名义进入札萨克图、扎赉特、镇国公等旗，协助叛乱。乌泰宣布"独立"之后，俄国又派出一千多名骑兵，侵入东蒙和洮南，声援叛军并摆开随时参战的姿态，威吓中国政府不要用武力打击叛军。俄国还调动多达 8.5 万人的军队开进满洲里、哈尔滨、齐齐哈尔、长春等中东铁路要地，形成一个大三角形布兵态势，支援协助叛乱的"大探险队"，准备在叛军得手后"保护"其独立。

洮南府将乌泰坚持叛乱情况及侦查到的乌泰将于 8 月 20 日发动叛乱的情报上报后，民国政府意识到稍有退缩，外蒙和东蒙就将不复为中国所有，遂决心不顾沙俄威胁，坚决平叛。

民国政府给奉天都督赵尔巽发去《乌泰附合库伦决定以兵力剿办》的密电："乌泰附合库伦，逆迹昭著，如再隐忍，势必牵动全蒙盟，即三省亦无宁日，现经国务会议决定，以兵力剿办。"随后又发布命令，命奉天、吉林、黑龙江三省会同用武力平叛。

奉天都督赵尔巽在奉天设立了军事统帅部，命令奉天后路巡防营统领吴俊升率领所属马步 7 营共约 2000 人，再拨给一个炮兵营归其指挥，日夜兼程驰援洮南府；奉天右路巡防队帮统王良臣率马步 3 个营为后援。由黑龙江都督宋小廉率军警戒嫩江沿岸和海拉尔方向，防范和阻截俄国支援叛军，并派军进击扎赉特旗；吉林都督陈昭常率军到伯都纳等地布防，防范阻截松花江方面的俄国援叛军，并派军开赴新城一带，进剿蒙匪。

民国政府完成了对乌泰叛乱队伍的军事清剿部署。

# 五、击溃"征讨中国第一路军"

乌泰发动叛乱时，奉天正忙于平定宗社党及日本浪人作乱，东蒙地区和洮南的防务十分空虚。8 月 20 日，镇东县城就被科右后旗拉什敏珠尔率领的千余叛军攻陷。8 月 22 日，洮南城被乌泰的中路叛军包围。靖安县和醴泉县（即突泉）也遭到另两路乌泰叛军的围攻。

洮南城内这时只有屯垦巡防队和巡警二百多人，兵力单薄还没有重兵器，城墙又是用土垒就，不甚坚固，很难防守。幸而蒙荒行局—屯垦局平时注意训练民兵，颇有军事基础，此时紧急组织和武装民团；洮南商会也招募商团，协助守城。欧阳朝华、阎庭瑞和巡长石得山模仿"空城计"，让巡防队夜间悄悄出城，白天"亮相"进城，给叛军以援军源源赶来的假象。但这种小把戏也只让叛军延缓了两天攻城。

顿兵洮南城下两天后，乌泰叛军的中路元帅锡勒图喇嘛甩掉黄帽，以黑布裹头，声称刀枪不入；叛军们也头缠黑布，叫嚣要大开杀戒，开始猛攻洮南城。

欧阳朝华见形势不好，弃城逃走了。阎庭瑞发了狠，说谁要把家、把自己的妻女丢给蒙匪，谁就是孬种。他和石得山率领巡防队和民团拼死守城。移民们筚路蓝缕、九死一生的经历，与艰苦自然环境的斗争磨炼，熔铸了他们豪迈悍勇的性格，此时奋起抗击来犯强敌，击退了乌泰叛军的连番进攻。但毕竟众寡悬殊，巡防队和民团渐渐不支。

在这千钧一发之际，吴俊升率军赶到了。

吴俊升接到平叛命令后，原计划率军直取乌泰叛军的根据地葛根庙。但行至中途，8 月 22 日得到叛军已攻占镇东县的报告，随即又接到洮南城的告急。吴俊升判断：洮南屯垦巡防队久经战阵，几日之内能够守住洮南城，而不先夺回镇东，难免有后顾之忧，且不足以挫叛军锐气。于是吴俊升亲率三营骑兵急驰至镇东，立即发起猛攻，击毙叛兵 23 名，其余叛军弃城逃走。

收复了镇东，吴俊升火速率军回援洮南，在叛军大举攻城的危急时刻赶到，打破包围圈进了洮南城。吴俊升率军进城后，随即架起大炮，轰击围城的叛军。炮弹接二连三地在叛军队伍中爆炸，叛军惊慌逃避，乱了阵脚。吴俊升见状，亲率骑兵发起冲锋。阎庭瑞、石得山也带领巡防队乘势冲出城，攻击城西北的叛军。双方在洮儿河南北两岸展开激战，乌泰叛军渐渐不支，溃败逃走。

吴俊升所部管带诺门巴图带领的一支部队进抵醴泉，击溃了嘎钦为元

民国时期洮南府丰隆街

帅的乌泰右路叛军，并乘胜追击攻取了嘎钦庙，俘虏蒙兵、喇嘛四十多人。王良臣率领的马步三个营则赶赴靖安，击溃了葛根为元帅的乌泰左路叛军。

平叛初战告捷，吴俊升整军追击，经十余次激战，连破叛军设置的 13 道防卡，克复被叛军占领的白虎店、窑基屯、瓦房镇等城镇。到 9 月 12 日，几路溃退的叛军全部退守到葛根庙。

葛根庙是乌泰叛乱的根据地。乌泰、葛根宣告"独立"、率领"征讨中国第一路军"出发后，喇嘛们天天烧香唪经，祈祷苍天保佑"独立"成功，但祈祷来的却是损兵折将的一支支败兵。为挽救失败，葛根活佛发下"法旨"说，"外有蒙古活佛和大俄国的援军，军援武器马上就到，一众拼死抵抗，当能转败为胜"。

葛根庙依陶赖图山势修建，墙垣高厚坚固，两千多蒙兵又在周边连营数里，据险守御。

9 月 13 日傍晚，吴俊升率领五个营的人马追至葛根庙，虽已连续战斗数日，但锐气愈增，遂连夜向葛根庙发起进攻。先扫荡了周边叛匪关卡，然后在周围山上架起大炮，向庙内轰击。第一发炮弹在寺庙中爆炸，第二发炮弹炸塌了葛根庙大殿的西南角，殿脊上的铜顶子被震落在地。活佛、喇嘛们以为"不祥之兆"，叛军顿时一片慌乱。吴俊升军奋勇越墙破垣，攻入葛根庙。

乌泰、葛根等见势不妙，率残兵趁夜幕逃出葛根庙，逃往北面丛山中的乌泰王府。吴俊升率军追到王府，炮轰枪击之下王府起火延烧，叛军四散逃跑。乌泰率部分残兵仓皇翻越王府后墙,逃往王爷庙。吴俊升又率军追到王爷庙。"征讨中国第一路军"的残兵败将们无力抵挡,乌泰带仅剩的百余人逃入了索伦山。

东三省调动军队平叛时,原本要参加乌泰"独立"起事的扎赉特旗贝勒巴特拉布坦,在坚决反对"独立"的庶母巴旺玛的陪同下,到齐齐哈尔晋见黑龙江都督宋小廉,接受劝告,于9月12日宣布扎赉特旗取消"独立",使扎赉特旗"独立"问题得以和平解决,全旗避免了一场兵燹,也使乌泰叛乱失去了一个盟友,愈形孤立。

参加叛乱的科尔沁右翼后旗的拉什敏珠尔叛军,在镇东县被吴俊升军击败后,退守到老巢镇国公府。9月18日,宋小廉指挥黑龙江军队攻克了镇国公府,拉什敏珠尔率少数亲信逃入了索伦山。

经过大小近30场战斗,民国政府迅速平定了乌泰、拉什敏珠尔的"东蒙独立"叛乱。据《时报》1912年10月8日报道,此次平叛共击毙叛匪628人,俘虏762人,解散协从2万余人;民国政府军伤39人,阵亡23人。

俄国虽出动大军,支援乌泰叛军,但民国政府果敢地用兵平叛,又迅雷不及掩耳地扫平了"征讨中国第一路军",沙俄还未及做出反应,其策动的叛军就已经灰飞烟灭。

俄国未敢直接参战的另一原因,也是受到日本及其他列强的制约。日俄战争后俄国元气大伤;日本虽胜,也付出了沉重代价。两国为了确保在华既得利益和进一步瓜分中国,遂从敌对转为合作,于1907年7月30日、1910年7月4日两次签订"密约",划分在华势力范围,实际瓜分了中国东北、外蒙古和朝鲜。

乘辛亥革命前后,日本和沙皇俄国借我国新旧政权交替之机,进一步把侵略魔爪伸进中国的内蒙古。在日本策动满蒙独立、俄国策动外蒙古独立和东蒙叛乱之际,两国于1912年7月8日在彼得堡签订了"第三次日俄密约",主要内容为三条:

……俄日两国政府决定展长一九零七年七月三十日密约之分界线,并划定内蒙古之特殊利益范围。兹协定下列之条款:

吴俊升骑马像

第一条　从洮儿河与东经一百二十二度相交之点起，界线应沿交流河及归流河至归流河与哈尔达台河之分水界，从此沿黑龙江省与内蒙古之边界直至内外蒙古之边疆。

第二条　内蒙古分为两部：经度一百一十六度二十七分以东之部及以西之部。俄罗斯帝国政府担任承认并尊重日本在上述经度以东内蒙古之特殊利益；日本帝国政府担任同样义务，尊重在上述经度以西之俄国利益。

第三条　两缔约国对本约须严守秘密。

按照日俄签订的这一密约，内蒙古的哲里木、昭乌达、卓索图、锡林郭勒四盟为日本势力范围；内蒙古的乌兰察布盟、伊克昭盟和外蒙古为俄国势力范围。乌泰发动叛乱的区域大部属于划定的日本势力范围。日本遂对俄国策动乌泰叛乱表示严重关切。

民国政府在军事平叛同时，也充分利用列强间的矛盾，对俄国施加外交压力。这时正处第一次世界大战爆发前夜，俄国在欧洲面临德国和奥匈帝国的威胁，不得不避免在东方再卷入大的冲突，因此没有敢公然参战，只是在乌泰叛军失败后，向海拉尔派驻领事和一队俄军，到索伦山将乌泰、拉什敏珠尔、葛根等救出，接到外蒙古安置。

在鸦片战争后，中国沦于被列强宰割的悲惨境地七十余年。处于辛亥革命后动荡中的新生民国政府，不畏日俄两强威胁，果敢用兵，先粉碎了日本策动的"满蒙独立运动"，又救平了沙俄策动的东蒙叛乱，保住满蒙地区没有过早被日俄侵吞，是中华民族之千秋功业。而吴俊升是这次平叛的主力，他先率军在公主岭歼灭日蒙"满蒙王国"军火队，又率军浴血奋战荡平东蒙叛匪，这次平叛更被誉为"中华民国开国以来的第一件体面之事"。

## 六、敉平东蒙叛乱的善后

民国政府从"五族共和、维系边疆"大局出发，平定乌泰叛乱以"剿抚兼施、先战后和"为宗旨，严命军队"其蒙人非骑马持枪与我敌对者，妄杀一人，以军法论"，对被裹挟参加叛乱的蒙兵蒙民都予以宽大处理。

敉平叛乱后，俘虏的叛军都在晓谕后释放。参加叛乱的数千蒙民、俘获的叛首家属——如在嘎钦庙的密室中搜出的嘎钦喇嘛妻子、女儿、女仆等十几人，以及在乌泰王府俘获的乌泰亲属，都在安抚后释放。

对逃进索伦山和逃到呼伦贝尔的难民和参与叛乱者，民国政府派官员前去招抚，宣布"参加动乱者给自新之路，回本旗安业，不咎既往；难民有田产者，可回籍务农，暂免赋税；无田产者，可留在索伦山垦地伐木，以解决生计"。民国政府还紧急筹集粮食牛羊，对索伦山中的难民予以救济。到1912年底，索伦山中的两万余人、呼伦贝尔的近千户蒙民，基本安抚遣散回乡。

对于蒙民的宗教场所和器物，民国政府也命令平叛中要妥为保护。如吴俊升部占领嘎钦喇嘛庙后，遵照指示对庙中的佛像、经物等派了专人保护。葛根庙在战乱中被炮火破坏，战后，奉天省署择人主持庙务，并筹集资金修缮被破坏的部分，基本恢复了原貌。

民国政府对反对叛乱的蒙古族官民给予了大范围的褒奖，宣抚慰问不参加动乱的蒙旗官兵，以示"奖顺讨逆"。

袁世凯加封尽力维护国家统一的章嘉呼图克图活佛为"灌顶普善广慈弘济光明大国师"。章嘉呼图克图从大清帝国的国师转变为中华民国的国师。10月7日，民国政府发布《革科尔沁右翼前旗札萨克郡王乌泰爵》决定的当天，就将反对乌泰"独立"、有功于大局的朋苏克巴勒珠尔晋封为镇国公、署理科尔沁右翼前旗的札萨克，掌管该旗事务。

之后民国政府又发布了《晓谕蒙旗》文件，宣布：凡效忠祖国、实赞共和，或力支边局，以及劝谕各旗拒逆助顺的蒙古王公、喇嘛、官民，一律"优进爵秩"。

科尔沁右翼后旗的台吉乌思虎布彦反对拉什敏珠尔"独立"，并率领属下壮丁"剪发易冠"效忠共和，被晋封为镇国公，署札萨克掌管该旗事务。科尔沁右翼中旗的札萨克业喜海顺亲王拒绝乌泰煽动，并协助官军平乱，被奖以双俸，授翊卫使，加封一子为镇国公。科尔沁右翼中旗大喇嘛绰尔济，劝导本旗喇嘛不参加动乱，被加封呼图克图名号，赏坐黄围车，管理全旗所有寺庙。扎赉特旗的札萨克巴特玛拉布坦，及早取消"独立"，有功平乱，被晋封郡王加亲王衔；他的庶母巴旺玛反对独立，被给予福晋封典……

各蒙旗王公贵族喇嘛中，凡未参加"独立"动乱、拥赞五族共和者，绝大多数得到了封赏褒奖，其中科尔沁右翼前旗（札萨克图旗）加爵进秩的有136人，科尔沁右翼中旗（图什业图旗）99人，科尔沁右翼后旗（镇国公旗）16人，扎赉特旗133人。民国政府封赏阶层之广、人数之多都是历史上前所未有的，对蒙古官民维护民族尊严、国家统一的爱国行为给予了充分肯定。

民国政府这些安抚措施，对维系和稳定边疆发挥了非常大的作用，不仅逃难和裹挟进动乱的蒙民纷纷回归家乡，跟随乌泰和拉什敏珠尔逃往外蒙的动乱首领、骨干，也有不少悔过归来，就连拉什敏珠尔听说民国政府的安抚褒奖措施后，都受到很大震动，自责"违背同胞之义，悔之何及"。

后来这些动乱首领、骨干见到去库伦的民国政府官员，表示追悔和希望还乡，说"身虽在北，而心何尝北乎""所有财产、亲友、坟墓均在故乡，如能回故土，岂不胜于借栖他所、受他人轻视万倍"。当民国政府官员宣示"只要悔过回归，便既往不咎，归还原产业，没有产业者也当设法安置"时，他们当即公推代表，呈书陈情说：如能赦罪，愿解散兵队，回归故土务农，恳祈即行招抚。

平息东蒙叛乱后，民国政府便与俄国及外蒙古库伦政权进行交涉。经

1915年6月7日中俄及外蒙古政权代表签订《恰克图协约》

过8个多月48次艰巨谈判，于1915年6月7日签订了《中俄蒙协约》，又称《恰克图协约》。

《中俄蒙协约》规定："外蒙古承认中国宗主国。中国、俄国承认外蒙古自治，为中国领土的一部分。"在外蒙古被俄国军事占领、没有力量收回的现实状况下，民国政府在形式上保住了外蒙古的领土主权。

6月9日，外蒙古宣布撤销"独立"，解散"大蒙古国"。

中国政府总统袁世凯册封哲布尊丹巴八世为呼图克图汗，管理外蒙古事务。民国政府签订《中俄蒙协约》时发表声明："将所有附从外蒙古自治官府的各蒙人，加恩完全赦罪，并准内外蒙人员，照旧在该地方自由往来居住。"

《中俄蒙协约》的签订和民国政府的声明，使流亡库伦的内蒙古王公贵族喇嘛出现悔罪回归的潮流，连乌泰和拉什敏珠尔也向民国政府呈文，请求赦罪，允许他们回乡。民国政府允其所请，派人接他们回归，对二人的随行人员拨了专款安置，并归还原产业；另派专员护送乌泰和拉什敏珠尔进京觐见。总统袁世凯亲自接见，开复了乌泰的郡王衔和拉什敏珠尔的镇国公衔，留在北京分任总统府顾问和陆军部顾问。

乌泰、拉什敏珠尔的悔过回归和对他们的优待，促进了内蒙古流亡人

洮南府善后

员的回归，也最终较完满地解决了东蒙叛乱事件。

洮南府是东蒙动乱的重灾区。乌泰叛乱时，刻意挑动民族仇恨、驱逐汉民出境，还疯狂屠杀汉人，汉民财产被抢掠一空。据不完全统计：洮南地区汉族商民被杀 2560 人，其中男子 1600 余人，女子 400 余人，儿童 500 余人；区域内房屋被烧毁十分之三，庄稼毁坏十分之四，农、牧、商业均遭受沉重损失（《东方杂志》1912 年 10 月 7 日）。

叛乱中，洮南府知府逃走，击退乌泰叛军后，新知府还没到。阎庭瑞便找朋苏克巴勒珠尔，会同发布汉文和蒙文的告示："凡不助逆者，皆会衔发给护照保护"；又按照民国政府指示，制定了《善后办法》，安定洮南府和札萨克图旗的蒙汉民心。

1912 年 9 月，新知府史纪常到来。战乱时府内旗内人民四散逃难，叛乱平定后，洮南府和札萨克图、图什业图、镇国公旗又会同派出专员，到周边府县盟旗接回逃难的人民：1912 年 12 月，从扎赉特旗召回难民 3000 余人；1913 年初，从大赉县召回难民 7000 余人……洮南府又多方筹款十几万元，大总统袁世凯还赈济给札萨克图旗 18000 元，发放给府内旗内的难民灾民。遭受兵灾的寺庙喇嘛也被普遍予以了赈济，如葛根庙、王爷庙等黄庙的喇嘛八百余人，每人都被赈济两元。

通过这些善后措施，洮南府和札萨克图等旗的人民生活和生产得以较快恢复。

# 第七章 逆鳞射月干戈声：粉碎第二次『满蒙独立』

# 一、日本侵占东三省、内外蒙古和华北的计划

粉平乌泰叛乱后，洮南及内蒙古的形势并没有平静多长时间。参加乌泰叛乱的一支蒙匪——苏鲁克旗（彰武县）的巴布扎布叛军，投奔了外蒙古的哲布尊丹巴政权，经沙俄和外蒙古政权资助和武装，1913 年初又卷土重来，带着一支两千多人的蒙古骑兵，杀回了东蒙，深入到离洮南不远的归流河一带。洮南城极为紧张，阎庭瑞和新来的知府史纪常重新征召刚解散不久的屯垦民团、商团，协助巡防队守卫洮南。

巴布扎布是土默特左旗人，后迁居到苏鲁克旗（彰武县）的大冷营子。日俄战争时受日本招募，参加"东亚义勇军"对俄作战，战后由日本举荐，担任了彰武县警察局大庙区官（分局长）。乌泰发动"东蒙古独立"时，他带着亲族和部下参加了乌泰的"大蒙古国征讨中国第一路军"，失败后流窜到开鲁一带劫掠作乱，被击败后投奔了外蒙古哲布尊丹巴政权。哲布尊丹巴政权及沙俄想乘中国内乱侵占内蒙古，遂封巴布扎布为镇国公、东南境域长官，带领骑兵部队入侵东蒙。

民国政府派北洋米振标统领的"毅军"（甲午战争时张作霖参加的部队）进驻东蒙剿匪。巴布扎布匪军受毅军和洮辽镇守使吴俊升所部夹击，败退到外蒙古和内蒙古交界的乌珠穆沁一带。洮南暂时解除了警报。

民国政府与俄国交涉、谈判《中俄蒙协约》期间，巴布扎布多次上书外蒙古政权，主张"要不畏千辛万苦与袁世凯一决雌雄，统一内蒙古"。

训练蒙古叛军的
日本军官

但当时外蒙古哲布尊丹巴政权迫于民国政府的强大压力，俄国又陷于第一次世界大战，因此谈判结果是"俄国承认外蒙古为中国领土的一部分，外蒙古取消独立实行自治，哲布尊丹巴的呼图克图名号须由中华民国大总统册封"，而内蒙古为中国完全主权根本不予讨论。《中俄蒙协约》签订后，巴布扎布十分不满，仍在锡林郭勒盟地区骚扰不已。民国政府决定清剿在内蒙古地区坚持作乱的叛匪，尤其是巴布扎布匪帮。

克什克腾旗的管旗章京与蒙匪勾通，得知"民国政府密令东北驻军出兵消灭巴布扎布叛匪"，立即派专使密报盘踞在乌珠穆沁游格吉庙的巴布扎布。巴布扎布得报后虽匆忙率部撤退，仍遭到迅速出击的奉军打击，损失了数百人后逃到贝加尔湖东面的哈拉哈庙。

哲布尊丹巴政权这时已发现俄国并非支持其独立，而是要将之侵吞，萌生了归依中国摆脱俄国控制的想法。哲布尊丹巴政权告诫巴布扎布不要再侵掠生事，巴布扎布不听从，哲布尊丹巴便不再给予粮饷和军事援助。

巴布扎布见沙俄和外蒙古政权"靠不住"，便决计转投日本。1915年夏天，巴布扎布派两名亲信去日本联系，见到了川岛浪速和日本政坛大佬、黑龙会创始人内田良平。内田和川岛派骑兵大尉青柳胜敏、步兵大尉木泽畅去贝加尔湖的巴布扎布营地考察，见巴布扎布所部有骑兵1797人（《蒙古国立中央档案馆》XH34，1915年3月5日），非常满意，决定予以大力支持，将其作为分割和侵吞中国满蒙地区的一个工具。

日本统治集团认为："中国人是被五千年来旧文明所腐蚀透了的民族，

日本"关东都督府"

其社会的凝聚力完全消失殆尽。……假如袁世凯的政治手腕得心应手，中国秩序得以恢复，统一大业得到完成，中国或许可能免除列国瓜分之祸。但情况果真如此，则满蒙地方当然成为中国之版图，日本则将更加无法在满蒙扩充其本国利益。……为此，日本先据满蒙，建立起巩固立足点，是当务之急。"

日本统治集团认为："任何人取代袁氏，都比袁氏更有利于帝国。"

为此日本政府除了支持革命党的反袁活动，还主导重建了1912年"第一次满蒙独立运动"失败后已树倒猢狲散的宗社党，还将其总部设在日本东京，支部设在"日本关东州"的大连，主要成员有善耆、恭亲王溥伟和日本的川岛浪速、头山满、山田修等三十余人。重建后的清朝皇族复辟组织宗社党，已完全成为日本操纵下的一个工具。

日本的大限重信政府决定积极支持"满蒙独立运动"。日本军部、浪人集团和宗社党遂计划再次发动"满蒙独立"叛乱。为了筹措经费，善耆拿出他收藏的珍贵文物，在东京拍卖了几十万日元；日本财阀大仓喜八郎给予贷款一百万日元；日本浪人集团也多方筹集资金；而日本军部提供了五千支步枪和八门野炮。

日本军部、浪人集团和宗社党在大连、安东一带组成了约3800人的"勤王军"，在奉天、吉林招募了上万的胡匪。大批日本浪人和预备役军官也直接参加了"满蒙独立"叛乱活动，入江穜矩等一些日本现役军官甚至辞去军职以掩人耳目。他们将大批武器装备偷运给巴布扎布，巴布扎布的军队实力得到增强，人员也扩大到近5000人。

巴布扎布举旗起兵

在日军参谋次长田中义一、关东都督中村觉的指导下，善耆、恭亲王溥伟等宗社党首脑，内田良平、川岛浪速、头山满、上泉德弥海军预备中将等日本军政要人，制订了 "满蒙独立" 叛乱计划（黑龙会编《东亚先觉志士记传》）：

　　第一路，由入江種矩等率领招募的胡匪，在辽阳起事，打出反袁复清大旗，吸引奉军主力；

　　第二路，由青柳胜敏携善耆之子宪奎前往贝加尔湖，指导巴布扎布军越兴安岭，进军东北，煽动蒙民造反；

　　第三路，待奉军被入江军和巴布扎布军牵制，由木泽畅指挥 "勤王军" 和万余胡匪乘机攻占奉天城，血洗全城，杀张作霖祭旗。

　　等攻取东北三省后，三支军队会合，越过长城直捣北京，建立一个囊括东三省、内外蒙古和华北的 "大满蒙国"。

## 二、抗击 "外蒙古大清复辟军"

　　1916年6月27日起，巴布扎布叛军，还有从大连赶来的宪奎、青柳胜敏、若林龙雄等百余名日本预备役军官和浪人，在喀尔喀河畔举行了三天的祭奠仪式，打着"外蒙古大清复辟军"旗号，于7月1日出兵，分三个梯队越过大兴安岭南下。

日本关东军、浪人、宗社党极力宣扬巴布扎布为"成吉思汗再来""蒙古独立的英雄"，四处张贴"反袁复清、恢复社稷"布告，为巴布扎布叛军造势。与此同时，安东、辽阳等地的"勤王军"及上万的土匪、日本浪人纷纷举旗举事，还对掌握奉天军事实权的张作霖实施了三次暗杀。

当时中国在奉天的正规军队只有张作霖的陆军二十七师和冯德麟的陆军二十八师，再加驻守洮辽地区的吴俊升骑兵旅。即便不考虑日本关东军（一个师团和六个独立大队）可能的干涉，中国东北的形势也是万分危急。

民族观念和"东三省是东三省人的东三省"的主体意识，更集中体现在绿林出身的早期奉系集团首脑身上。当时冯德麟和张作霖正闹得水火不容——张作霖升任了督理奉天军务，而资格更老的冯德麟只是帮办，因此不甘居张作霖之下，两人几乎兵戎相见，吴俊升也卷入了冯张之争。但面对外来强敌，却是"兄弟阋于墙，外御其侮"：吴俊升赶赴前线抗击巴布扎布叛军；冯德麟立即率二十八师去帮助吴俊升截击巴布扎布叛军；张作霖一面严守奉天，一面抽调兵力平定各处宗社党、土匪、浪人作乱。

7月22日，巴布扎布军第一梯队进抵洮南的屏障突泉县。吴俊升所部不到一个营的兵力驻守突泉，据守城池与蒙匪军展开激战。

第二天，巴布扎布军的第二梯队从图什业图旗杀进洮南（当时洮南府改为洮昌道）境内。阎庭瑞管辖的屯垦巡防队、朋苏克巴勒珠尔管辖的札萨克图护卫队、业喜海顺亲王管辖的图什业图护卫队等地方武装无力阻击，只能据守城池。巴布扎布的第二梯队遂得以从北面夹击突泉城。

吴俊升率奉天骑兵第二旅主力从郑家屯星夜驰援洮南，7月25日几乎与巴布扎布率领的第三梯队蒙匪主力同时赶到突泉。双方激战了数日，战况非常惨烈，吴俊升竟日督战，用快枪排击，架大炮猛轰，日本指挥官若林龙雄和五百多蒙匪军被击毙。蒙匪军从指挥官到士兵，都混杂有日本军官和日本浪人，战斗力十分强，匪军用多挺机关枪向城上疯狂扫射。奉军也有相当伤亡，吴俊升也身负重伤，被枪弹打折了左臂骨。

巴布扎布叛军在突泉遭受重挫，不得不绕过突泉南下。8月9日进抵郑家屯，攻城没有得手，又遭到赶来的奉军冯德麟二十八师部队的打击，损失惨重，只得逃到南满铁路附属地郭家店，托庇于日本关东军的保护之下。

吴俊升部队随后追击，会同冯德麟的部队，将巴布扎布蒙匪军围困在郭家店。

## 三、郑家屯事件——点燃了中日战争的引信

日本通过日俄战争从沙俄手里得到了南满铁路和铁路沿线左右各10～20公里所谓铁路附属地的管辖权，并强行驻军。巴布扎布叛军败逃到南满铁路附属地郭家店，日本关东军便给予叛军庇护和援助，蛮横地要求奉军停止进攻并撤到距离南满铁路30里以外，又通过南满铁路运来七百多名宗社党武装和日本浪人，给巴布扎布叛军"输血"。

冯德麟、吴俊升对日本关东军的无理要求未予理会，部署部队将郭家店四面包围，巴布扎布叛军成了进退不得的"瓮中之鳖"。日军恼羞成怒，借一个日本商人在郑家屯与一个中国儿童的"瓜籽之争"，挑起了震惊中外的"郑家屯事件"。

8月13日午后，一名中国儿童在郑家屯鱼市街吃瓜，不小心将瓜籽甩在路过的日本商人吉本喜代吉身上，吉本就把中国儿童扭住痛打。冯德麟部的骑兵团追击巴布扎布叛军，8月10日进驻郑家屯。一名骑兵团的士兵经过，见状愤怒地教训了吉本。

吉本的柔道功夫不及这名骑兵团士兵的中国功夫，被打得鼻青脸肿，跑到日军铁路守备队求援。日军中尉井上带着20多名日本兵，以及日本巡查河赖和吉本，跑到二十八师骑兵团团部，想抓捕与吉本冲突的中国士兵。他们先将骑兵团部门口的哨兵制住缴了枪，然后冲进院内。骑兵团士兵出来阻拦，混乱中有人开枪，导致双方枪战。日军寡不敌众而逃，中国军队又追去围攻日本军营，战斗持续了3小时之久。

这次冲突中国军队死5人、伤3人，日军死12人（包括河赖）、伤5

郑家屯二十八
师骑兵团团部

人（当时的东北军真有血性！）。

日军第二天就从四平派来援军，架起大炮，威胁要炸平郑家屯。

双方僵持不下，日本谋划借郑家屯事件使用武力，会同蒙匪和宗社党武装一举侵占满蒙，随即调动关东军9500余人的兵力向奉天及郑家屯进发，并调动朝鲜军团增援（总兵力比发动"九一八"事变时还多）。

中日战争一触即发之际，双方就解决郑家屯事件和巴布扎布叛军问题进行了谈判。谈判首先达成了在郭家店一线停战、奉军后撤、放巴布扎布军返回蒙古的协议。

在日本的战争威胁面前，中国奉张当局似乎不得不做出这一妥协。但其后的情况却仿佛表明，这只是张作霖和民国政府的诱敌之计！

## 四、巴布扎布叛军的覆灭

得到奉张当局让巴布扎布叛军平安返回蒙古的保证后，日本利用南满铁路将大连、安东等地的"勤王军"精锐两千余人，薄益三等土匪武装八百多人运来郭家店，与巴布扎布合兵一处回蒙古，入江穉矩、木泽畅等三十多名日军军官也加入叛军，协同巴布扎布指挥。日本军部还援助给巴布扎布 1200 支步枪、4 门野炮等大批武器弹药，并派一个日本骑兵中队护送巴布扎布叛军回蒙古。

巴布扎布叛军的实力大为增强，人数达到 5800 余人，许多叛军换穿上日军军服。加之有日军护送，叛军胆气又壮起来，出了郭家店包围圈后一路烧杀抢掠，不过害怕奉军追击，又炸毁了东辽河上的铁桥。

冯德麟、吴俊升已将一支精锐部队布置在巴布扎布叛军北返蒙古的要道——东辽河新河口的朝阳坡，就在 1912 年伏击日蒙军火车队的公主岭下。日本策划的"满蒙第一次独立运动"和"满蒙第二次独立运动"，竟都失败在东辽河畔这片不高的山地上！

9 月 3 日，巴布扎布叛军在朝阳坡遭到奉军的坚决阻击——巴布扎布叛军一路为非作歹，更加给奉军提供了予以打击的充分理由。护送的日军打出日本国旗，奉军仍照打不误，叛军死伤累累，连日本旗也被打烂。

由上百日本军官参与指挥的近六千蒙古骑兵、"勤王军"精锐，外加一个日本骑兵中队，在朝阳坡被两千多的奉军打得狼狈不堪，只得折向西南夺路而走，企图夺取热河的林西县。奉军一路追击，叛军又遭受了严重损失。

巴布扎布叛军于 10 月初进抵林西。这时林西城只有林西镇守使米振标率领的三个营、不足一千人的毅军。米振标命令抢修城防工事，用土石将林西的东、南、北城门堵塞，城西面则依托一座不太高的"馒头山"防守。

10 月 7 日晨，巴布扎布叛军向林西城发起猛攻，叛军中的日军还在林西城东面的山上架起野战炮，向城内轰击。但巴布扎布军的连番进攻都被毅军击退。

据参战的日本军官讲述：10 月 7 日上午 9 时多，入江種矩正拿着望远镜观察战况，指挥第一线部队进攻，忽然看见从司令部方位冲出来三四百骑兵，越过第一线的部队，冲向馒头山。入江種矩觉得奇怪，急忙到司令部去问。木泽畅告诉他说，是巴布扎布不听劝阻，带骑兵冲了上去。入江種矩和木泽畅随即去追，想把巴布扎布劝回来，半道碰上川岛浪速的属下跑回来报告"巴布扎布将军死了"。

入江種矩、木泽畅等赶到现场，见巴布扎布左眼被弹片射中，仰卧在沙丘上（黑龙会编《东亚先觉志士纪传》）。据《林西县志》记载，是毅军炮手许克武连开三炮，炸死了巴布扎布和一些叛军。

巴布扎布被击毙，叛军惊惶失措。叛军中的日军军官召集紧急会议（这表明日军掌握着巴布扎布叛军的指挥权），想继续攻城，但叛军已丧失斗志，又听说毅军主力从赤峰赶来，便仓皇向北逃窜。10月9日，叛军在巴林右旗被毅军后追前堵，打得溃不成军，逃向西北方向。民国政府的察哈尔驻军奉命追剿，一直追击到西乌珠穆沁。巴布扎布叛军只剩一千余人，向北逃入了车臣汗部。

# 五、第二次"满蒙独立"的破灭

日本策动"第二次满蒙独立运动"时，内部出现了意见分歧。关东都督中村觉、内田良平、川岛浪速、头山满等人力主利用宗社党来实现"满蒙独立"；以日本的朝鲜总督寺内正毅为首的一派则认为：操纵张作霖推行"满蒙独立"更为可行。

这时，张作霖不但是陆军二十七师师长，还取代段芝贵成了奉天督军、奉天巡阅使，掌握了奉天政权。1915年10月，张作霖赴朝鲜参加日朝合并五周年庆典时（1895年日本通过甲午战争侵占朝鲜，1910年8月22日强迫朝鲜王室签订《日韩合并条约》，正式吞并了朝鲜），以他八面玲珑的手腕，博得了寺内正毅的青睐。

之后，张作霖为了争取日本支持以实现他统管东三省的野心，又派幕僚袁金铠、于冲汉施展"空中画饼"的伎俩，与日方频频联络示好，赢得了日本一些军政要人的好感，以为张作霖是比宗社党和蒙古叛军更有投资前景的"红筹股"。连原本策动"第二次满蒙独立运动"的幕后指挥、参谋次长田中义一和外相石井菊次郎都转变了态度，主张扶植张作霖来实现"满蒙独立"。

日本两派意见尖锐对立，而扶植张作霖的意见在日本统治集团中占了上风。中村觉、川岛浪速等人遂决定铤而走险，按原计划指挥宗社党、巴布扎布蒙匪和浪人集团起事，把生米做成熟饭，迫使日本上层承认；并采

奉天小西门

用暗杀手段，除掉他们实现"满蒙独立"的最大障碍张作霖。

他们指派关东军的土井市之助大佐担任刺杀张作霖行动的现场总指挥。土井市之助大佐在奉天满铁的附属地内，召集日本浪人伊达顺之助、三村丰少佐等组成"满蒙决死团"，执行刺杀任务。

1916年5月27日，日本天皇的弟弟闲院宫载仁亲王从俄国返回日本经过奉天，张作霖到奉天车站去迎送，汤玉麟率一队骑兵随行护卫。他们回来路过小西门时，突然从路边酒楼的窗口飞出一枚炸弹，炸得整条大街都笼罩在滚滚硝烟中。

埋伏在酒楼上的三村丰等人误认骑着高头大马的汤玉麟为张作霖，投出了炸弹。坐在后面马车上的张作霖情知有变，立即跳下马车，飞快地同一名卫兵互换了上衣，跳上卫兵的马，在马队的保护下，从胡同绕道穿过大西门飞奔回督军署。不想，经过奉天交涉署时，遭到第二次炸弹袭击。幸亏张作霖一行马快，炸弹在他们身后爆炸。

张作霖侥幸躲过两次袭击，快到督军府时以为脱离了险境，然而路边一个门洞突然又冲出一个人，持炸弹向他投去。张作霖慌忙勒转马头向一旁疾驰，炸弹在张作霖的身后爆炸，气浪只掀飞了张作霖的帽子。那个刺客却被弹片击中要害，在街上滚了几滚死了。

张作霖回到督军府，在门口架起机关枪警戒，出动卫队在督军府周边实行戒严。一会儿，汤玉麟也回到了督军府，他只受了轻伤，但有六名卫队的士兵被炸身亡。

沈阳汤玉麟官邸

　　卫士报告说，死在督军府附近的那名刺客，从脚形看是日本人。张作霖也猜到这事是日本人和宗社党干的，但他没有声张，故意对众人说"单从脚型判断凶手，证据不足"，又指示不再追究。张作霖转过头和汤玉麟说："妈拉巴子的，以后和小鬼子打交道，可得多长几个心眼。"

　　日本驻奉天总领事矢田在爆炸后的第一时间就赶到了现场，他一看炸弹的弹片就认出是日本特制的，而矢田是支持扶植张作霖的，随即报告了日本外务省。

　　奉张当局镇压各地的宗社党起事、奉军与日军蒙匪军在郑家屯郭家店对峙——中日大战即将爆发时，双方局势的突变却又使之偃旗熄了火。

　　袁世凯猝死，中国组成了亲日的黎元洪—段祺瑞政府；日本主张倒袁和武力侵华的大隈重信下台，寺内正毅上台组阁。

　　日本大隈重信政府于9月2日提出的《郑家屯事件解决案》，将冲突的过错完全归咎于中方，提出了侵犯中国主权和扩大日本在华势力的八项无理要求，意图通过威吓来挽回其"第二次满蒙独立运动"的惨重失败。

　　寺内正毅取代大隈重信后，决定拉拢黎元洪—段祺瑞政府来扩大日本在华势力，扶植张作霖来实施"满蒙独立"。寺内正毅内阁下令解散日本浪人集团、关东军、宗社党和蒙古王公组织的"举事团"。对郑家屯事件，也转而采取通过外交途径解决的方针，在谈判中放弃了一些无理要求。中华民国政府及奉天当局在谈判中也据理力争。

　　奉张集团提出了事件系由日军挑衅引起的证据：第一，冲突地点是在中国骑兵团团部院内，是日军蛮横闯入，肇发了该事件；第二，12具日军尸体的枪伤皆在正面，表明日军是处于进攻位置而奉军是自卫还击。

因此郑家屯事件实际是以日方的妥协退让解决的：日本撤回了在满蒙地区设警察所、派军事教官、派军事顾问等侵犯中国主权的实质性要求；"严惩"冯德麟等二十八师所有军官改成了"申饬"。中方做出的妥协是发布礼遇日人的告示，奉天督军即张作霖出面赔礼道歉和给予"受害者"吉本抚恤金（张作霖依"前打死日军例"给了吉本五百元抚恤金）。

中国及奉天当局以弱国一隅之力，消灭了日本指挥的巴布扎布叛军和宗社党"勤王军"，彻底粉碎了日本策动的"第二次满蒙独立运动"；解决郑家屯事变的谈判结果，由中国担全责变成双方担责，拒绝了侵害中国主权的数项要求，保住了中国满蒙地区的主权直到"九一八"事变。故此"九一八"事变东北沦陷，时人皆称"大帅在，必不至此"！

# 第八章 天河夜转漂回星：失足金融危机与复出办矿

# 一、谋职奉天，操办张学良于凤至的婚礼

阎庭瑞在洮南，前几年干得顺风顺水，升了屯垦总办，很是踌躇满志。但后来奉天动乱不已，洮南垦务少有人过问，他在官场又没有后台，升迁无门，便感觉是被人遗忘在边荒的弃儿。看张作霖离开洮南后混得风生水起，已是能左右奉天政局的实权人物，阎庭瑞就去奉天找张作霖。

张作霖见了他挺高兴，说我这几天还要找你呢，当年还是你当月老，给汉卿和凤至两个孩子定了亲。现在俩孩子也都大了，我寻思选个日子给他们把婚事办了哩。

阎庭瑞也感叹说这一晃就是七八年，于文斗已经仙逝有年，物是人非啊。

张作霖说我虑的就是这一节，于先生仙逝，家道中落，没人操持。当年哥哥我落难时节，人家可是鼎力相助，咱们现在有了点进境，可不能忘了人家当年的好处。所以啊，我就想托老弟，还有弟妹帮我把这事办了。

阎庭瑞拍胸脯说你放心，这件事包在我和雪心身上。

对阎庭瑞想寻个出路的事，张作霖却有点为难，说你不知道，哥哥我眼下处境也有些犯难呢，除了管的这点军队，旁的地方都插不进手。辛亥时我虽然出了大力，这几年却是什么都没捞着。老袁始终信不过我，一直把东三省死死掐在手里。先是派了张锡銮老帅来，人家于咱们有恩，咱也不好怎么着。好容易把金波（张锡銮的字）老帅熬走了，寻思怎么也该把

奉天军政交给我掌管了吧，刚刚传来消息，老袁又派了个亲信段芝贵来做奉天将军，督理东三省军务。唉，这老袁在世一日，我就难以遂愿一日。

奉天将军张锡銮

这样吧，我前两天听民政厅长说金融混乱，需要找个行家去稽查银行。我就推荐你去做银行稽查员，先在奉天立个足，等哥哥我把奉天大权拿到手，那还不什么都咱们兄弟说了算。

阎庭瑞这些年在洮南，消息的确不太灵通，遂问起张作霖和袁世凯的恩怨过节。张作霖倒也不瞒他，说辛亥时跟着赵大帅，杀了许多革命党，给大清立下了汗马功劳，得了个"关外练兵大臣"的空衔。不承想转眼大清退位，变成了民国，袁世凯当了大总统。赵大帅那是真格忠于大清的，当即声明"不承认共和政体，要效忠朝廷，奋起声讨袁世凯"。哥哥我不合跟着赵大帅在声明上签了名，押错了宝，开罪了袁世凯。

袁世凯的手腕那是没得说，借乌泰叛乱，把他的把兄张锡銮张大帅派来东北，名义是东三省西边宣抚使，指挥东三省军队平乌泰，其实是掌握军权，架空赵尔巽。张大帅把我找去谈话，还带来一封袁大总统给我的信，说只要我赞成共和，定委以重任。

阎庭瑞笑了：那你是忠于赵大帅还是张大帅，是忠于宣统皇帝还是袁大总统？

阎庭瑞这一问其实是调侃。张作霖却毫不在乎地说：我忠于谁?!妈拉个巴子的！谁给的好处多，我就忠于谁！张大帅代袁世凯许给我东三省防务督办一职，那当然比赵大帅给的奉天巡防营务处总办强啊！于是我就不跟着反对共和了。德麟、俊升他们也都不跟着闹了，徐总督、张大帅终归都是我们的老上司，提携过我们。这一来，赵大帅只好辞职，张大帅却把奉天将军、镇安上将军、督理东三省军务、统领内蒙古军事等一干要职统统落自己口袋里了。嘿，袁大总统玩了手空手套白狼，把我们弟兄们都给套里了。

阎庭瑞知道张作霖说的被套的弟兄，是敉平陶克陶胡等蒙匪叛乱的主要奉军将领马龙潭、吴俊升、冯德麟、汤玉麟、张景惠、孙烈臣、张作霖、张作相八人。1910 年农历九月初九，这八人按年齿，备了金兰谱，在洮南关帝庙结拜为兄弟，立誓互相扶助，共济大业。他们都是奉军的实力人物，携起手来，想不在奉天呼风唤雨都难，也就是袁世凯位高势大，暂时还镇压得住。

张作霖恨道：熬了这几年，张大帅都七十多了，弟兄们好不容易连哄带挤落，让他老人家请辞了，袁世凯却又派了个段芝贵来。哼，这姓段的可是跟咱们兄弟没有旧交，到时给他点颜色看看。

不过张作霖拿到奉天大权后，对提拔过他的干爹张锡銮还是颇为孝敬，1917 年花了三十万大洋购下苏州名园网师园，又在园内修筑了琳琅馆、道古轩等，送给张锡銮以娱晚年。

张作霖为阎庭瑞安排了个兴业银行稽查员的差使。

清末时为帮助旗人自筹生计、振兴东三省实业，奉天旗务处创办了八旗兴业银行。总行设在奉天省城，为官商合办，股本为库平银 100 万两，分为 1 万股，奉天旗务处认购 5000 股，其余由个人认购。宣统时奉天水灾，奉天府又创办了奉天农业银行，以便劝募和赈济。清帝退位后，兴业银行的经营颇为无序。1913 年，奉天省议会决定将八旗兴业银行和奉天农业银行合并为奉天兴业银行。几经周扩，兴业银行账目愈发杂乱无章，前去稽查，是个劳神费力的差使。

虽然阎庭瑞在奉天有了立足处，但洮南屯垦总办的差使阎庭瑞也没辞。毕竟一时还看不清楚奉天这场龙争虎斗的赢家，两边兼着，总要给自己留条后路。

张作霖将张学良和于凤至的婚事托付给阎庭瑞和秦雪心操办，一来因他当年与于文斗结识，便是阎庭瑞介绍，二来也是看秦雪心料理得大场面。但这门亲事是张作霖一手包办，张学良却很不愿意。父子几番争执之后，

民国时期
奉天太原街

双方做了妥协。张作霖对张学良说："你的正室原配非听我的不可。你如果不同意旧式婚姻，你和于家女儿成亲后，就叫你媳妇跟着你妈（继室卢夫人）好了。你在外面再找女人，我可以不管。"张学良别别扭扭地答应了婚事。

于家是梨树县、郑家屯的富商，于凤至家教严谨，端庄秀丽，有大家闺秀之风。但于文斗去世后，家道中落，于家已不那么宽裕。

阎庭瑞这些年掌管移民屯垦事务，给自己聚敛了不少财产，在奉天置办了豪宅，秦雪心经常带两个女儿住在奉天。她生长于御医之家，见过大世面，甚体面又精明练达，连张作霖都高看一眼，让张学良认她为干娘。

阎庭瑞和秦雪心便认于凤至为干女儿，接到他在奉天的宅邸，备办婚礼诸般物品，婚期定在 1915 年的 8 月 20 日（农历七月初十）。张家迎亲也是到阎宅。

报道讲当时迎娶多么隆重、出嫁多么阔绰、婚礼多么风光，新任奉天将军段芝贵等奉天头面人物扫数出席，等等，便都是阎庭瑞和秦雪心一力操办。通过这件事，阎庭瑞和张作霖干亲上加干亲，关系又近了一层。至于后来有说于家系大富大贵之家，以及张学良去相亲并与于凤至对诗种种，都是演绎附会了。

## 二、袁世凯复辟失败，张作霖"顺时应变"

1915 年底奉天金融危机，又逢袁世凯称帝（1915 年 12 月 12 日），改"中华民国"为"中华帝国"。被袁世凯羁留北京的原云南都督蔡锷，得小凤仙掩护逃出北京，转道日本回到云南，起兵"护国讨袁"，南方的革命党群起响应，天下大乱。

阎庭瑞从洮南回了奉天，既有银行事务，也是想探看局势，回到家没坐住，就先去见张作霖。二人聊了一会，到了晚饭时候，张作霖不似要留他用饭的样子，站起身说我带你去个地方看西洋景。

阎庭瑞随张作霖来到小东门外奉天将军段芝贵的段公府前。袁世凯筹备称帝时，段芝贵摸准了袁世凯的脉，联络了十四个省的将军上劝进表。袁世凯登极后论功行赏，段芝贵是帝制大功臣，封为一等公。段芝贵府邸的匾额就成了"段公府"。

段公府的斜对面，有一间新开的饭店。阎庭瑞看饭店的牌匾上书"酒囊饭袋"四个大字，再定睛一看还是奉天军界老大哥、书法名家马龙潭所题，愈发丈二和尚摸不着头脑。

段芝贵

张作霖拉阎庭瑞进了饭店，"嘿嘿"一笑说，咱们这是既给德麟大哥捧场，又给段公爷站岗。阎庭瑞这才知道饭店是冯德麟开的，弄个"酒囊饭袋"的大牌子对着"段公府"，明摆着是和段芝贵过不去。

段芝贵出身低微，是安徽合肥县衙差役段有恒之子，后来进了天津北洋武备学堂，成了袁世凯的部下。他每天一早必去给袁世凯请安，从不中断。一天袁世凯问他："我闻人子事亲，每晨必赴寝门问安。汝非我子，何必如此？"段芝贵回答："父母生我，公栽培我，两两比较，恩谊相同，如蒙不弃，愿做义儿。"说完就跪倒在地，呼袁世凯为父。袁世凯推辞不得，只好认他做了干儿子。自此段芝贵官运亨通，而同僚们常常以"干殿下"来讽刺段芝贵。

冯德麟

段芝贵在直隶军政司参谋处任职时，给乃父段有恒在新民府谋了个官职。张作霖被招抚时，需要有保人，除了八角台士绅张紫云、刘春烺等外，还要有官府方面的保人。经张紫云、刘春烺恳请，段有恒冒着风险为张作霖做了保人，使张作霖顺利被招抚步入官场。张作霖就此认了段有恒为义父。

袁世凯称帝前，要控制住东三省，考虑到段芝贵既是忠实干将和帝制拥趸，又与奉天实力人物张作霖有这层关系，于是把段芝贵派来了奉天，以奉天将军兼巡按使、镇安上将军的职衔统管东三省。

当初徐世昌主奉政时，张作霖、冯德麟、吴俊升这一干人羽翼未成，徐世昌还带有北洋最精锐的第三镇威慑着，故此无人敢造次。待到张锡銮主奉政，北洋系受南方国民党势力牵制，将嫡系军队调离东北，而奉系军人羽翼渐丰，就有些尾大不掉了。奉系这一帮军政人物遂极力鼓吹"奉人治奉"，明里暗里排挤浙江钱塘人张锡銮。经张作霖劝谏，张锡銮以年老多病为由请辞，去了北京参政院养老。

袁世凯当了大总统后，将奉天巡防营改编为陆军二十七师和二十八师，分别任命张、冯二人为师长。张作霖和冯德麟掌握着奉天两支最强大的军队，早就盯上了奉天将军的职位。张锡銮"病辞"，张作霖、冯德麟都把奉天将军的职位视为己家禁脔，正大力钻营活动，不想袁世凯又派来个段芝贵，二人自是极为不忿。

1915 年袁世凯称帝，封张作霖为子爵，张作霖身穿洪宪朝服

当下张作霖拉阎庭瑞到对着段府的临窗处坐了，把酒叙话。阎庭瑞说冯大哥这是公然和段芝贵宣战啊。张作霖说我毕竟和段家有义父子这层关系，只能由冯三哥唱黑脸，我唱白脸，找机会撵段芝贵出奉天。不过现在是小鬼易办，阎王难缠啊。

袁世凯派段芝贵来奉天，一来要用兵威慑南方，把段芝贵统领的陆军第一军留在了湖北；二来顾及多派兵会惹起奉天人反感，因此要段芝贵以羁縻为主，只带一个卫队营上任。但段芝贵劣迹昭彰名声不好，又没有武力做后盾，光凭袁世凯的虎皮做大旗，如何能摆平关东这些绿林出身的豪强？

不过段芝贵毕竟是袁世凯的"干殿下"，奉天的武夫们尚不敢公然作对，张作霖表面上就对段芝贵毕恭毕敬，还三天两头给"义父"段有恒送礼，让段芝贵"上天言好事"；背地里却怂恿冯德麟挑战段芝贵。直筒子的冯德麟就跳到前台唱了"黑脸"，弯弯绕的张作霖则"唱白脸"，以左右逢源。所以他三天两头来冯德麟的"酒囊饭袋"喝酒，对冯德麟说是给他助威恐吓段芝贵，对段芝贵说是防备冯德麟"犯上作乱"。

阎庭瑞问，你前次见袁大总统，不是说哄得他龙颜大悦，还送了你一块金表和不少珠宝嘛，咋地难缠了？

张作霖叹气说老袁阅人无数，可没那么好哄。就连人称玻璃猴子的阎锡山，都和我说袁世凯那双眼一眯，似乎能钻人肚肠里去，让他腿肚子都发抖。我那次进京觐见，和袁金铠他们再三谋划，进了京先包妓院撒银子，装得个没见过世面的草莽老粗；觐见时进了居仁堂，便畏首畏脚做得像个土包子；见到袁世凯便跪下行三拜九叩的大礼，说"前清那阵，只知有皇上，如今只知有大总统，大总统就好比皇上"，想揭过跟着赵老帅保清讨袁的过节。老袁当时倒是龙颜和蔼，说我忠心可嘉。我赶紧表白自个儿是大总统的驴，咋吆喝咋走，又做出贪羡的模样看他办公室里的古玩金表什么的，

穷途末路的袁世凯

结果就把金表送给了我。嗨，本以为哄过了老袁，其实他压根就没信这套，就是不把奉天大权给我。

阎庭瑞说不管怎么说，你也算哄过了袁大总统，现在要称洪宪皇帝了，他总是升了你的官，称了帝还封你为子爵，在师长里面可是没几个。

张作霖说我不稀罕，上面还有什么公爵、侯爵、伯爵呐，凭嘛我给人做子！

袁世凯要称帝，张作霖也看好这条大船往上跳，几次上书劝进说："我大总统若不俯顺舆情及将士之心，诚恐天下解体，国家之祸更不堪设想矣"，还大表忠心"内省若有反对者，作霖愿率所部以平内乱，虽刀斧加身，亦不稍怯"，表现得比袁世凯的亲信还积极还忠心。所以袁世凯破格封只是师长的张作霖为子爵，按官制已是正一品，但没有增加他的实权。因此张作霖表面谢恩呼万岁，实际心里大不满意。

阎庭瑞问张作霖看袁氏帝制的前景如何。张作霖摇摇头：不好说，现在还不好说。前些年南边那些革命党作乱，都让袁世凯打败了，所以这回我也押宝了袁氏称帝。可近来风头有些不对了，蔡锷的"护国军"连战连胜，响应的省份在增加，而真为袁氏出力平乱的却不多。看来我要顺时应变了。

阎庭瑞在奉天和家人过了年，回洮南一段时间。约三个月后他再到奉天时，袁世凯已宣布取消帝制，恢复民国（1916年3月22日）。

张作霖见到阎庭瑞，开口就说"袁世凯恐命之不久矣"。

阎庭瑞问何以见得。

张作霖说正月里袁皇帝又召我进京，你可知道？

"我听说了。袁皇帝不是还给了你一个旅的军械嘛。"

"我这次见袁世凯，离上次觐见不过一年，他仿佛老了十岁，形容憔悴，额头灰黑，再不复威严凛人的模样。"

阎庭瑞感叹说一代枭雄，为周边小人所误，落得个身败名裂。既是帝制失败，便当归政于民，还乡隐居。现今这样再回去当总统，人心尽失，恐怕下场不会好。

张作霖颔首道诚如所言，孙中山的《讨袁檄文》便说"天下有死灰复燃之皇帝，断无失节再醮之总统"，老袁恋栈不去，帝制之后的又一大错着也。

阎庭瑞说山中无老虎，猴子称大王。老袁之后，就如曹操所言，"设使国家无有孤，不知当几人称帝，几人称王"，那一群骄兵悍将你争我夺，天下恐再无宁日。

张作霖说那也是时势造英雄、英雄造时势之机，我辈正可奋起有一番作为。这次觐见，我便大赚了一票。袁世凯见了我，先夸奖我治军有方，奉军能征善战，又说南方几省忘恩负义，起兵谋反……我不等他说完，就从座上蹦起来，行军礼说：二十七师是国家的，国家有难，就是二十七师之难。作霖愿率二十七师入关讨逆。

袁世凯许我封公封侯。他已众叛亲离，垮台在指顾间，我要那个"五日公猴母猴"作甚？我就说什么公啊侯啊的，作霖不稀罕，就是那帮蒙古叛匪靠日本人给的新玩意，总在奉天周边闹腾。为了对付这帮王八犊子，我扩招了一个旅，兵有了，可——我这一可，引得老袁立马答应给我一个旅的饷械，让我率军南征。

等我把一个旅的饷械弄到了手，回到奉天的第六天，老袁就宣布取消帝制了。就是不取消帝制，我也不会那么傻，替他火中取栗去南征。现在帝制失败，正好把段芝贵驱逐出奉天。

# 三、张作霖夺得奉天政权

袁世凯大厦将倾，段芝贵在奉天也是孤城落日。全国要求惩治帝制祸首的呼声高涨。

袁世凯一宣布取消帝制，冯德麟就约张作霖密谈说："段芝贵是前清败类，秽史劣迹昭彰，今为东三省帝制祸首，仍居奉天人士之上，我辈应同心将之驱逐。"

张作霖早有此心，当即说好，让各方人士知道知道我们奉天人不好惹，不能再派外人来治奉。

张作霖、冯德麟说要惩办帝制祸首是虚，因为他俩也都几次给袁世凯上表劝进表忠心，与段芝贵相较无非是五十步笑百步；但说段芝贵"是前清败类、秽史劣迹昭彰"，却是实在得不能再实在了。

段芝贵先谄事袁世凯当了"干殿下"，官运亨通，做了天津南段警察局总办、天津巡警道。他见庆亲王奕劻任军机大臣，其子载振任御前大臣，权倾朝野，又悉心巴结，听说载振垂涎天津名伶杨翠喜美貌，便利用权力威胁，又出了一万两银子，迫使杨家把杨翠喜献给载振。奕劻遂奏说段芝贵政绩卓著，请慈禧发上谕破格提升段芝贵为黑龙江巡抚。但这件事被御史得知，上折参劾，各大报如《申报》《时报》等也追踪报道，舆论大哗。晚清重臣岑春煊面奏慈禧，慈禧大怒，又追发了一道上谕将段芝贵革职。

段芝贵后来在袁世凯庇护下做了湖北都督，又故伎重施，威逼利诱美貌的湖北坤伶王克琴，要献给"真殿下"袁克定，被报界披露，遭到舆论抨击。其"献妓取幸"的臭名远扬，众所不齿。所以袁世凯还在台上时，冯德麟便敢和段芝贵"叫板"。现在袁世凯大厦将倾，张作霖和冯德麟更无忌惮，决心采取行动驱逐段芝贵了。

二人商定：还是张作霖唱白脸，冯德麟唱黑脸。

张作霖冯德麟鼓动东北人士、授意《东三省公报》等报刊，大造要求惩办东三省帝制祸首段芝贵的舆论，搞得段芝贵坐卧不宁。这天夜里，奉天城外又响起一阵阵枪声。张作霖跑到段公府报告说：冯德麟的二十八师要进城，扬言以武力惩办帝制祸首。

段芝贵急得不知所措，哭丧着脸说："原以为东北物产丰盈，富甲天下，谁知道这里其实是他妈的烂泥塘啊！这可如何是好？"

张作霖用手在桌子上写了一个大大的"走"字。

段芝贵忙不迭地给民国政府拍了个电报，说是"积劳成疾，要去天津养病"，然后不等回电，就从奉天官银号提出二百万官款，又从府库提出一批军火，调了专列前往天津。张作霖亲自到车站送行，赠送许多礼物，再三恳请他早日回任，还派孙烈臣带一营兵护送。段芝贵感激不尽，委托张作霖代行奉天将军、督军职务。

张作霖和冯德麟已然设计好。段芝贵的专列开到沟帮车站冯德麟的防区时，就被二十八师的汲金纯旅长率军拦住。汲金纯登车，声色俱厉地向段芝贵宣读了《奉天军民来电》："卸任上将军段芝贵为帝制祸首，奉天人民正拟处以相应刑罚，竟敢携奉省官款二百万之巨并军火大宗，畏罪潜逃，奉天人民无不发指痛恨，电请汲旅长派兵就近截留，押赴奉天，依法处理。"

段芝贵吓得险些瘫倒，只得向孙烈臣求救。孙烈臣下车就和汲金纯喝酒去了，好半天才回车上报告说：奉天各界舆情汹汹，定要将专列押回沈阳，经张代督宛商，才答应不扣专列，但官款和军火必须留下，并请中央查办。段芝贵此刻但求脱身逃命，急忙一一应允，才逃出关去。

阎庭瑞见张作霖和冯德麟设计驱逐了段芝贵，想袁世凯摇摇欲坠，多半不会再派人来奉天；而奉天的两大巨头，冯德麟被张作霖当枪使做了恶人，段芝贵回京，定然向袁世凯大告其状；张作霖两面做好人，十之八九能如愿夺得奉天督军的宝座，便决定辞去洮南的职位，依靠张作霖，专心在奉天发展。

但他回到洮南未及辞职，就遇上巴布扎布叛匪入侵，又留在那里协助平叛，直到动乱平息，才得以辞职回到奉天。这时张作霖已经被袁世凯任命为督理奉天军务，掌握了奉天军政大权。

## 四、奉天金融危机和挤兑风潮

阎庭瑞回到奉天去稽查银行，不想却铸下大错。

当时奉天的币制十分紊乱。东北市面流通的货币是"奉大洋""奉小洋"和"奉小洋票"。"奉大洋"是以元为单位的大银币；"奉小洋"是以角为单位的小银币；"奉小洋票"是以银为本位的兑换券，光绪三十二年（1906），由东三省官银号、奉天农业银行、奉天兴业银行发行，先后共发行了2290余万元，规定每元比值小银洋10角，可以随时兑换。

由于民国政府实行银本位，使得"金贱银贵"，白银紧缺，乃至银价超出含银量相同的小银洋价格一成以上。于是一些不法钱商用"奉小洋票"兑换出小银洋，然后熔化成银块，再倒卖牟取暴利，每倒兑一万元可获利五六百元。因此挤兑频发，1913年、1914年都曾发生挤兑风潮。为经济侵夺东北，日本商会又乘机兴风作浪，唆使日人蜂拥挤兑。1914年的挤兑风潮，就是日本人成群结队跑到银行强行兑换所引发。结果银元票与现银之间的差价日益明显，挤兑之风屡禁不止。

阎庭瑞出任兴业银行稽查员时，奉天又发生挤兑之风，而且愈演愈烈。据1916年1月4日的《中国银行报》报道，1月3日日本人勾结奸商，在

奉天兴业银行1917年发行的"奉大洋票"

奉天、营口两地掀起挤兑风潮，一天就挤兑二百万元。这之后每天挤兑金额都高达几十万元小银洋，一时挤兑风潮大起，奉票遭遇信任危机，人心浮动，连张作霖的私人钱号庆畲祥都破了产。

这年 4 月 22 日，张作霖被任命为奉天督军兼巡按使，集奉天军政大权于一身。他上任伊始，就面临极为严峻的财政金融形势，甚至威胁到了他在奉天的统治。

阎庭瑞作为张作霖整顿金融、派到银行的稽查大员，在洮南与奉天间首鼠两端。面临金融危机时，他既没有全力以赴地应对，也没有采取有力措施遏制挤兑风潮、制止一些银行高层的倒兑行径，反而私心作祟，参与其中牟取私利。

在平息巴布扎布、宗社党及日本浪人的叛乱后，张作霖立即腾出手来应对奉天的金融危机。1916 年 8 月 4 日，张作霖宣布奉天货币以银大洋为本位，又指派奉天总商会与日本商会达成协议，约定以大银元、日本金票、日本正金银行钞票来兑换回奉天六家银行银号发行的小洋票，每日兑现以 8 万元为限。在这年年底，东三省官银号又发行每元兑换 12 角小洋票的大洋票，让官方发行的可无限制兑换的"奉小洋票"实际贬值了 20%。虽然官民都遭受了不小的损失，但总算缓解了奉天的金融危机。

张作霖决心采取断然措施稳定财政。他派人调查，发现兴业银行副经理刘鸣岐等人同日人勾结，兑换现洋牟利，仅刘鸣岐一人就获利十几万元。

张作霖私人钱号庆畲祥的经理杨玉泉也是奉天总商会的会长，在张作霖严厉讯问下，供出是刘鸣岐盗用了庆畲祥钱号的库款，而且是阎庭瑞允准的。再查下去，涉案倒把兑现的还有瑞昌恒钱庄。阎庭瑞在瑞昌恒钱庄参了五千大洋的股，而这笔钱是他任职蒙荒行局时，接受的蒙古达尔罕王的好处。

案子闹到查到这份地步，张作霖就是想回护阎庭瑞都回护不了了，而且他是真动了肝火，几位奉系老兄弟说情也不行。张作霖最恨的就是背后挖他墙脚的，自己那么信任阎庭瑞，派他去稽查银行，可他却串通作弊倒兑银元。

张作霖和王永江（时任奉天警务处长）、东三省官银号总办刘尚清等人商议此案，说要"治乱世，用重典"。几人一致认为法官拘守律条，恐涉宽纵，决定不经法庭审判，直接军法处置，转天就将阎庭瑞和刘鸣岐等挤兑要犯处以极刑。

1916 年 11 月 10 日凌晨，秦雪心闻讯后直如五雷轰顶，立即带着两个女儿——小的尚在襁褓，赶去大帅府，闯进府跪在张作霖房前，哀求饶阎庭瑞一命。张作霖忆念前情，也有些不忍，见秦雪心母女苦苦哀恳，又生怜悯，可闹得沸沸扬扬、已然决定的事情，又如何更改？

张作霖对引起民愤的事从不容情，连他的小舅子（张作霖的三夫人戴宪玉娘家唯一的男孩）拿街上的灯泡打着玩，都被他下令枪毙了，三夫人苦苦哀恳也不肯容情。

此时，张作霖着实委决不下，在房里兜来转去，不住"妈拉巴子妈拉巴子"地乱骂。秦雪心怀搂幼女长跪不起，六七岁的长女也偎在旁边长跪，直到天光大亮。

前面大堂上有关人等都已到齐，等着张作霖升堂宣判，一次次来催请。张作霖向来遇事剖决如流，这次却一个人在屋里兜着圈踢来骂去，不知这是不是他一生中最难决定的一件事。就这样从早晨一直到午后，张作霖终于吐了口，饶阎庭瑞不死。秦雪心顿时瘫软在地。

张作霖匆匆去了前面大堂。他怒气不消，痛骂倒把挤兑的一干人见利忘义，其实他最要骂的就是阎庭瑞，说："我说这些日子坐在楼上觉得直晃荡，原来是你们在底下挖墙脚，这回就要你们用脑袋堵这窟窿！"

张作霖随即让军法官宣判刘鸣岐和瑞昌恒金店执事黄献廷、吕兴瑞，蓬莱洋行执事齐瑞及管库解中道五人死刑，立即押出奉天西大门外枪决示众；同时将阎庭瑞送交审检厅审判。

张作霖借刘鸣岐等人的脑袋杀一儆百，使挤兑风潮得到控制。但阎庭瑞涉案情节严重，虽然打了个交审检厅审判的幌子，却显是逃了性命。一案两办，仍引出不少物议，当时便有报纸抨击是"有审而不毙，有毙而不审"，是"一案两办"。

阎庭瑞随后被判了九年徒刑，但只是走了个过场，实际没在里面待几天。

秦雪心对阎庭瑞有此救命之恩，从此他俯首帖耳，执礼甚恭。至少在秦雪心耳目所及范围，阎庭瑞不敢再踏足风月场所；秦雪心说什么，绝不回嘴；有事晚归，必先派人告知，回府时便先问门房秦雪心歇了没有，若已安歇，就脱了鞋蹑手蹑脚进屋，以免出大声惊扰。

## 五、奉天矿务局和东北矿业开发

东北矿产蕴藏丰富，煤、铁、金为最，森林资源更是得天独厚，是地方的富强之源，因清朝的封禁政策没有得到开发，也没有进行有效保护。

沙俄很早就盯上了中国东北的宝藏。首先劫掠的是黑龙江松花江流域丰饶的金矿。沙俄从光绪初年（1875）就越界大肆盗采，雇佣盗采者多时达一万五千人。仅 1882 年和 1883 年，就盗采黄金 26.5 万两。1884 年沙俄甚至在中国漠河地区设立政权机构，自订法典和税捐制度，有护卫队和七百多个采金工作组，俨然一个独立王国，人称"热尔图加共和国"（1886年清政府用军队驱逐了这些沙俄金匪）。庚子之乱沙俄侵占东三省，立即强占东北各金矿，进行掠夺式开采。

其次是煤矿。如抚顺煤矿是亚洲最大的露天煤矿，也是中国最大的煤矿。1901 年清廷允准地方官民合作进行开发，日产量很快达到 350 吨～400吨煤。这一切引起沙俄觊觎，1903 年派军队强占了煤矿。

砍伐东北的林木，成为俄国远东的第一支柱产业。沙俄每年在黑龙江、吉林掠夺的木材价值达一亿银元，除自用外还运往关内和世界市场。据统计，1912 年沙俄就在东北采伐木材约 210 万立方米。沙俄十几年的毁灭性采伐，将东三省的森林资源砍毁损大半。

1918 年，张作霖升任东三省巡阅使、成为"东北王"后，保护东北丰富的矿产资源、制止强盗们盗采，便成为一项极其艰难的任务，他自己也把目光盯上了矿产资源。于是张作霖筹划成立奉天矿务局统管东三省矿务，并任命阎庭瑞为第一任督办。

显然张作霖很快就原谅了这位老朋友。不过他此时使用的名字已不是阎庭瑞，而是阎泽溥了。推测其是因奉天挤兑风潮被判刑、不曾服刑又升官出任要职，要改个名字来遮人耳目。但变易名号造成混淆：如溥仪说替张作霖来送钱和来劝驾的是阎泽溥；当北洋政府财政总长又被日本宪兵杀害的是阎庭瑞；一些旧交故识仍称"庭瑞"，也就演成为"字"，或混用。笔者曾见一份北洋政府外交部长王荫泰给财政部的公文，日期为民国十六年十一月二十五日，台头先写了"泽溥总长"，大概觉不够客气又用笔圈去，在旁边另写了"庭瑞仁兄"。

阎庭瑞担任奉天矿务局督办后，发现保护矿产资源不被盗采，比自行开矿还要紧急。他去找张作霖商议，觉得其中的一大关键在于土地的使用或租用权。

俄国、日本在东北盗采矿产、盗伐林木，有一些是中央政府签订的卖国条约给东北造成的巨大灾祸。如许景澄（时任总理各国事务衙门大臣）在 1898 年与沙俄签订《东省铁路公司续订合同》，给予俄国享有铁路经过地的"煤矿开采权""无限期航运营业权""官有林地自行采伐权"，又如袁世凯政府与日本签订《二十一条》的附约《关于南满洲及东部内蒙古之条约》给予日本在满蒙地区"土地商租权""杂居权""合办农业及附随工业权"。如果按约让俄国人和日本人在满蒙随意移民，随意租用土地，随意在这些土地上办农业、工业或开矿，满蒙地区就会被日本逐步蚕食，最后被并吞。

但张作霖及奉天政府又不能不承认中央政府签订的这些条约。于是张作霖、阎庭瑞找法学家们会商，决定采取"总体承认、具体否定"的方法，制定了一系列地方法规，如《东三省租用地亩规则》规定下列土地不得租用："所有权未定者，依法禁止耕种或建筑者，荒地和未经查报登记者，与邻地纠葛未经勘定者，买卖不明或盗典盗押者。若有土地租佃关系发生，中国地方官署有权令其解约。"运用这些地方法规，基本否定或限制了《东省铁路公司续订合同》《关于南满洲及东部内蒙古之条约》等卖国条约给予沙俄、日本的权益。

还有一些沙俄和日本的盗采、滥伐，是逼迫地方官员或商民与之签订的契约，而这些契约的合法性是有问题的。商民和未经中央政府授权或批准的地方官员，是无权出让、出租国有土地的，包括矿山、森林。如 1904 年，沙俄与黑龙江铁路交涉局总办周冕，不经过清廷与东北当局同意就签订了《黑龙江东省铁路公司伐木合同》，允许沙俄沿中东铁路成吉思汗站

张作霖《东三省巡阅使署咨延吉县公民呈请促撤退日本驻军，并要求赔偿华垦人民损害事》，民国十年二月二十二日

起长 600 里、左右宽 35 里的地域伐木；在呼兰河、诺敏河间长 300 里、宽 100 里的地域（共计约 13000 平方公里）伐木。当时黑龙江将军程德全就照会反对，但沙俄置之不理，仍然在这些地区滥伐森林和盗采矿产。

日俄战争善后谈判时允许日本独资开设的"鸭绿江采木公司"，在这时实现了中日合营，1924 年的收入就有 1291 万元之巨。可见之前沙俄与日本掠夺东北木材获得的巨额利益。

于是张作霖呈请中央政府，请国务院向外国声明：国有土地，必须有民国政府的执照方可出租，其他以租照、地册等办理的契约均属不正当契约，一律无效。民国政府十分赞赏，认为是"正本清源之法"。因为国有的土地，包括矿山、森林、草原、湖泊等，私人不可能有执照。而且民国政府成立以来动乱不已，大多数地方包括东北，还没有颁发执照。这一措施就从法律上防止了外国通过非正当手段获取中国土地。

张作霖又几次以秘密形式下达"训令"，严禁将东三省土地私租与外人，否则以盗卖国土论罪。如 1917 年 12 月，他以奉天省长身份下达"秘密训令"：本省长根据奉天省议会决议，训令省内各县转令各地方，自明年 1 月 1 日起，人民商贾等不得将土地私租与外人，不得以地契等证据为抵押，向外人私自借款。否则，上述行为一经发现，将以盗卖国土罪及私借外债罪论处。奉张集团通过这样明、暗两手，废除或禁止了许多日本人和俄国人与东北商民私自签订的使用土地、矿山的契约。

对那些沙俄占领东北期间强迫地方官员签订的开矿、采伐森林等协议，还有日俄战后日本占领南满期间强迫地方官员签订的这类协议，张作霖的东三省政府就以未经中央政府批准，或逾期作废等为由予以废除。

前述的周冕与沙俄所签《黑龙江东省铁路公司伐木合同》，还有增祺与沙俄签的《奉天开采煤斤合同》给予沙俄在奉天全省的勘探采矿权，并独占中东铁路沿线两旁 30 里以内的矿产，另外合同还把奉天的五湖嘴、

黑山八道壕
煤矿今貌

懿路、义胜金、尾明山、天利山 5 个煤矿给了中东铁路公司。这时就都以未经中央政府批准为由予以废除。

奉天政府及矿务局尽力维护和收回矿产资源主权。日本评论说：奉天官宪不论上下都在外表上装扮成亲善的样子，尽管极力取缔那些无益的轻举妄动，但在里面却包藏着强烈的着眼于收回利权的排日用心。

阎庭瑞主持奉天矿务局，先以官资 170 万元开发了黑山八道壕煤矿，很快就日产 250 吨煤；又陆续开发了兴城、营城、复州、尾明山、抚顺金沟等煤矿。张作霖家族成为其中一些矿的股东，很发了些财。阎庭瑞也不会放过给自家发财的机会。他先投资 3 万大洋和 120 亩地，在吉林的营城修了一条由火石岭煤矿到营城车站的轻便铁路，掌握了煤矿的运输；又让弟弟阎泽祥出面，投资 100 万元开发火石岭煤矿。兄弟俩旋又组建裕中煤矿股份有限公司，成了营城煤矿的控股股东。营城煤矿自设发电、照明、排水设备，使用蒸汽机采掘，成为东北规模较大的煤矿。

到 1920 年，奉天矿务局及实业厅颁发执照的矿山，计有煤矿 158 座，铁矿 21 座，金矿 189 座，铅矿 57 座，铜矿 25 座，银矿 16 座（《满蒙经济要览》）。1921 年，矿务局颁发执照、进行开采的矿山，吉林省就有煤矿 41 座、金矿 6 座、银铜等矿 12 座。奉天、黑龙江也各开发了几十座矿山。

这些矿的开发为东北的经济发展起了重要作用。据《剑桥中华民国史》记载，20 世纪 20 年代，东北的工业增长速度年均 4.4%，1927 年矿产品出

日本"满铁"所建鞍山制铁所

口额为六千多万。

令人遗憾的是,当时由于历史原因,并且受技术、资金等限制,占中国铁矿总量约四分之一的鞍山和本溪两大铁矿,开采权被日本所掌握。

日俄战争日本从沙俄手中夺得自长春到大连的中东铁路南段,改称"南满铁路",并仿照英国"东印度公司",成立了"南满洲铁道株式会社"(简称"满铁"),是日本对中国进行经济、政治、文化和军事侵略的最大的"国策代行机关"。

"满铁"成立后就对东北地区的矿藏进行秘密勘探。在探明鞍山、本溪的巨大铁矿后,"满铁"于1915年买通民国政府的农商部,拿到了矿权。据说是张作霖的外交顾问、东三省巡按使署总参议于冲汉,帮"满铁"打通的关节。

"满铁"于1916年开始投资在鞍山建矿和修建高炉,至1918年建成制铁所并开始生产。张作霖掌握奉天政权、阎庭瑞出任矿务局督办后,也只能与日方交涉,通过"中日合办"的方式来解决,将开采铁矿石的鞍山"振兴铁矿公司"转为"中日合办",由于冲汉挂名总办,鞍山制铁所为全日资。本溪铁矿和制铁所附属在本溪煤矿公司,也是形式上将"本溪煤矿公司"转为"中日合办",实际是由日本"满铁"控制。

# 第九章 东风便试新刀尺：统一东北金融

# 一、张作霖成为东北王

1916年3月袁世凯称帝失败，张作霖和冯德麟联手赶走奉天将军兼东三省巡按使段芝贵。张作霖扮白脸，两面卖好；冯德麟扮黑脸，两面得罪，给张作霖当了枪使。结果袁世凯征询段芝贵的意见后，在4月22日任命张作霖接任奉天将军、督办军务（督军），冯德麟为奉天军务帮办。

做"恶人"赶走段芝贵，好处却全落在张作霖头上，冯德麟大为恼怒，拒不就职。张作霖得罪谁也不能得罪这位绿林前辈老大哥，就请"洮南结义八兄弟"的大哥马龙潭、二哥吴俊升去劝说，冯德麟拒而不见。张作霖只得亲自到广宁北镇冯府，赔了笑脸与冯德麟讲交情，说咱们兄弟一个头磕到地上，就如一奶同胞，今天也不能分心眼呀。

冯德麟并不买账，忿忿然提出要在奉天设"帮办公署"，编制、开支、职权都要与督军相同。张作霖无法答应，就发电请示民国政府，被袁世凯以"不合体制"驳回，只同意每月给帮办15万元办公费。

冯德麟拒仍然不接受。张作霖又派孙烈臣携带重礼和30万大洋，到广宁"恭迎"冯德麟来奉天就职。冯德麟5月20日带着五营兵马气势汹汹进了奉天城，在城南风雨坛设了办事处。张作霖前去拜会，又在将军府设宴接风。冯德麟既不回拜，也不赴宴，张作霖只好派人将酒席送到冯德麟在风雨坛的办事处。

张作霖的将军府在奉天城大南门和小南门之间，距风雨坛不远。他为防意外，在将军府的后院修了一座炮台，炮口对着风雨坛。冯德麟听说后暴跳如雷，限令张作霖立刻拆除炮台，否则后果自负。张作霖又请出吴俊升去说合，冯德麟却丝毫不给面子，除了拆炮台，还要求张作霖领着二十七师营以上军官，到二十八师办事处正式道歉，并提出以后奉天用人行政必须征得他同意和奉天军政费用不得超预算等条件。

张作霖听了冯德麟的四大条件，竟然一口答应，随即就领着二十七师的军官们去了风雨坛的二十八师办事处。冯德麟万想不到张作霖会这么做，一时间倒弄了个手忙脚乱，也觉自己做得有些过分，便也招待了张作霖、吴俊升等一番。

但冯德麟终是不甘居张作霖之下，类似的事又闹了不止一起，张作霖的奉天督军始终也没做安稳。因为冯德麟武力与他相当，资格又老，张作霖只能忍气吞声赔笑脸，暗中寻找机会。

过了年，机会来了。

袁世凯死后，副总统黎元洪继任大总统；冯国璋任副总统，仍兼江苏督军，在南京开设副总统府任职；段祺瑞任国务总理，掌握政府实权。北洋系也分裂成段祺瑞为首的皖系和冯国璋为首的直系。

1917 年 5 月，段祺瑞主张参加第一次世界大战，加入英法俄等协约国一方，对德奥等同盟国作战，黎元洪反对，发生"府院之争"。段祺瑞策划使用武力推翻黎元洪并解散国会，而黎元洪在副总统冯国璋、督军团盟主张勋等别有用心的鼓动下，抢先解除了段祺瑞的国务总理职务。段祺瑞避居天津，指使皖系的八省督军通电独立，逼迫黎元洪下台、解散国会。

袁世凯死后，张作霖亲附于段祺瑞，也发通电说："项城逝世，海内属目段公……作霖当率辽奉子弟，直捣京师，惩彼奸人，卫吾社稷。"声言要追随段祺瑞，讨伐总统黎元洪。

黎元洪是个没有武装力量为依靠的弱势总统。他受到皖系各省军阀的威胁，便求助张勋出面调解。

张勋（1854—1923）是江西奉新人，出身贫苦。张勋投军后因作战勇敢，屡得提升为总兵，庚子之乱时调任御前护卫，扈从慈禧太后和光绪帝，清末时任江南提督驻防南京。他勇武愚忠，清亡后仍效忠清室，自己不剪辫子也禁止所部剪辫子，被称为"辫帅""辫子军"。袁世凯死后，他以"长江巡阅使"名义驻扎徐州。黎元洪段祺瑞"府院之争"，张勋召集北

张勋

洋系十三个省的督军在徐州会议，成为督军团的盟主。

张勋的计划是先假黎元洪驱逐段祺瑞，再用督军团驱逐黎元洪，然后拥戴溥仪复辟，恢复清朝。因此在"府院之争"中，张勋向黎元洪的代表表示：如果总统用得着我，我一定替他老人家出力。黎元洪以为有了张勋支持，遂发布命令解除了段祺瑞的职务。遭到皖系军阀威逼后，又求助于张勋。

张勋接到黎元洪请他充当调解人的电报后，就在徐州召开督军团会议。段祺瑞的代表徐树铮、十三个省的督军或督军的代表参加了会议。张作霖和冯德麟也派代表参加了会议。会上张勋提出驱逐黎元洪、拥清废帝溥仪复辟。十三省的督军和督军代表们各怀鬼胎地表示同意，并在决议上签字为证。

日本首相寺内正毅也派参谋次长田中义一来见张勋，鼓动他说："如果中国有力人物认为共和制度不适合国情，因而不得不采取收拾时局的其他途径，日本政府愿意予以善意协助。"

张勋以为有了各省督军和日本的支持，就携了众督军和督军代表签字的"复辟决议"，打着调解"府院之争"的旗号，于6月7日带了约五千"辫子军"开赴北京。临行前，张勋还给表态大力支持复辟的张作霖和冯德麟发去电报，邀请他们到北京，共同实施复辟大计。

张作霖接到张勋的电报后，便与袁金铠商议。袁金铠分析：张勋搞复辟，能否成功尚难预料，不如委派冯德麟为奉天的代表，进京襄助复辟。如果复辟成功，张作霖不失襄赞之功；如果失败，正好拿冯德麟当替罪羊。

张作霖在险恶政争中向来是脚踩两只船，听了袁金铠的建议，立即依计而行，一面与张勋虚与委蛇，一面给冯德麟戴高帽，要他全权代表奉天行事，进京襄助复辟大计。

张勋复辟时进入北京城的辫子军

冯德麟早就和张勋暗中联络，已得到张勋许愿：事成后提升他为东三省总督。冯德麟一心要翻到张作霖之上成为"东北王"，现在又得到张作霖的推戴，正中下怀，就带了二百名卫士去了北京，追随张勋和康有为等保皇党人谋划复辟。

张勋到北京后，利用督军团加辫子军的武力，迫使黎元洪解散了国会。

1917 年 6 月 30 日深夜，张勋穿戴好蓝纱袍、黄马褂、红顶花翎的全副前清官服，带领康有为、京师大学总监督刘廷琛、京津警备总司令王士珍和冯德麟等共五十余人，乘车进宫。

7 月 1 日凌晨，12 岁的溥仪在瑾太妃、瑜太妃、太保世续、师傅陈宝琛等人的护导下，来到养心殿。张勋领着众人匍匐在地，向溥仪行三跪九叩首大礼，奏请复辟。小溥仪按师傅所教表示应允。于是张勋等山呼万岁，随即通告各省：清朝复辟，定年号为宣统九年。

溥仪的几位师傅和保皇党首脑们已经写好一堆诏书，封赏复辟功臣：封张勋为忠勇亲王、首席内阁议政大臣，兼直隶总督；刘廷琛为内阁议政大臣；康有为为弼德院副院长……冯德麟也被封为御前大臣，并赏穿黄马褂、紫禁城骑马。

冯德麟穿上黄马褂得意了没两天，风头就不对了。

段祺瑞得知徐州会议的情况和张勋要复辟的情况后，就与皖系军阀政客们商定：先借张勋赶走黎元洪，再打出捍卫共和的大旗打倒张勋、重夺政府大权。7月1日张勋宣布复辟后，段祺瑞立即组成"讨逆军"讨伐。日本也否认支持复辟，反过来支持段祺瑞"讨逆"，借给他100万元"讨逆"军费，还派青木宣纯中将协助策划军事。"讨逆军"于7月3日在天津马厂誓师，以直隶督军曹锟为西路军司令，段芝贵为东路军司令，出兵讨伐张勋。

黎元洪拒绝向复辟的"清廷"交权，逃到东交民巷日本使馆避难，通电在南京的副总统冯国璋代任总统职务。冯国璋随即宣布就任民国政府代总统，通电讨伐张勋。

段祺瑞、冯国璋摇身一变，变成了共和国的"捍卫者"。张勋这才知道上了这些老奸巨猾家伙的当。他带到北京的辫子军不过五千人，哪禁得起皖系军阀和直系军阀一齐打，7月7日刚一交火就从城外的几处阵地溃败到北京城内。

张作霖见形势陡变，立马转帆使舵，通电讨逆。可他虽与冯德麟闹得水火不容，终归顾念多年结义的情分，给冯德麟发去电报说："永居北京甚为危险，速从陆路沿长城单骑归来。当于适当地点出迎，乘火车归来危险。"冯德麟却认为张作霖别有用心，仍带着卫队换穿便装，于7月10日乘火车回奉天。火车行到天津，一行全被曹锟的部队捕获。

7月12日"讨逆军"攻入北京，张勋逃入荷兰使馆。段祺瑞自行复任总理，冯国璋也北上就任大总统，都以"再造共和"的"英雄"自居，掌握了北京政府大权。

这些军阀政客以反击复辟为幌子，进行了一场围绕政治利益分配展开的博弈。张勋的复辟闹剧仅12天就告失败，但导演复辟的利益集团却在"讨伐复辟"中获得了更大的利益，然后又为利益的再分配大打出手，导致了此后20年的军阀混战。

7月14日冯德麟被押送北京，等候审判。冯国璋到北京就任后，宣布：冯德麟叛变共和，罪迹昭彰，剥夺一切官职和勋位，交付法院依法严惩。

张作霖急忙发电报给段祺瑞请求赦免，又和吴俊升、马龙潭两位镇守使联名，并以二十七师、二十八师全体官兵名义，向民国政府为冯德麟请命。

张作霖 1922 年建成的帅府标志性建筑"大青楼"

张作霖还动员了辽西十六个县的士绅上书，请求政府宽免冯德麟。

段祺瑞、冯国璋有"赞成复辟"的把柄在张勋手里，不敢追究张勋，原想拿冯德麟之类的人物开刀示众。但见张作霖出面，再加奉天军民吁请，也就得饶人处且饶人，改判冯德麟"参加复辟证据不足，因吸鸦片罪罚八百元"，糊里糊涂地了结了冯德麟参与复辟的案子。冯德麟的夫人赵懿仁当时几次到奉天，找张作霖商议解救冯德麟的办法。后来她说：张小个子还是有良心的，要是他撒手不管，德麟落在段祺瑞手上，那还有个好？

冯德麟出狱后，张作霖先帮他活动了一个总统府高级侍从武官的头衔，1920 年又商请大总统徐世昌，任命冯德麟为"三陵承办盛京副都统"，也就是清三陵（清祖陵、清太祖努尔哈赤福陵、清太宗皇太极昭陵）守护大臣。虽没有实权，却是难得的美差，三陵领有广大的土地山林，租税收入极为丰厚。

张作霖出力搭救冯德麟，并非没有私心，他是要赢得二十八师官兵的心。扳倒又搭救冯德麟后，张作霖如愿掌握了二十八师，还乘机扩充了队伍，以吴俊升部为基干扩编为二十九师。这样，张作霖就掌握了称霸东北的三个师的武装力量。

清一代，都是以盛京将军节制东三省。民国初年，也是以奉天将军节制东三省。张作霖成了奉天将军、督军，又掌握了东北最强的一支武装力量，自然对"东北王"不做第二人想。他先利用驻黑龙江省的陆军第一师师长许兰洲与督军毕桂芳的矛盾，假许兰洲之手赶走了毕桂芳，又通过民国段祺瑞政府将许兰洲调离黑龙江。张作霖吞并了许兰洲的军队，推荐他的儿女亲家鲍贵卿出任黑龙江督军。

鲍贵卿（1867—1934）是奉天海城人，与张作霖是少年好友。鲍贵卿毕业于天津北洋武备学堂，任职于北洋新军。他发迹后回籍省亲，与张作霖重逢，张作霖将长女张首芳许配给鲍贵卿的次子鲍英麟为妻，成了儿女亲家。

鲍贵卿当时任北京讲武堂堂长，是段祺瑞的亲信。因此段祺瑞立刻同意了张作霖的推荐，任命鲍贵卿为黑龙江督军兼省长。

张作霖掌握了黑龙江省，下一步开始谋取吉林省。1918年9月，民国政府任命张作霖为东三省巡阅使，成为统辖东三省的"东三省总督"。但吉林省督军孟恩远驻守吉林已有十二年，吉林军政大权把控根深蒂固，不归附也不听命于张作霖。

孟恩远（1856—1933）是天津双桥河镇人，一个流落街头的孤儿，袁世凯小站练兵时投军。1896年慈禧太后到天津检阅北洋新军，掉了一只宝石凤簪。当时孟恩远担任袁世凯的护卫，眼疾手快拾了起来。待慈禧检阅完毕，孟恩远上前跪倒，双手捧簪高声奏说："凤簪落地，重返佛山。"慈禧十分高兴，夸奖袁世凯说："新军一个护兵都如此精干，足见袁大人练兵有方"，还说"这姓孟的可做点大事"。袁世凯见孟恩远给自己挣了面子，当场就提拔他做了标统。

孟恩远自此成为袁世凯的亲信，一路升迁到吉林将军，但他却一直与段祺瑞不合。

张作霖先串通段祺瑞，抓住孟恩远参与张勋复辟的事，说孟恩远"复辟附逆有据"，在吉林煽动"驱孟运动"，要撤换孟恩远，却因孟恩远吉林军队的强烈反对而未成。

张作霖一计不成，就调集军队讨伐孟恩远。正当张作霖的奉军与孟恩远的吉军剑拔弩张、僵持不下之际，日本人无意帮了张作霖的大忙。

1919年7月19日，一个日本满铁的职员要强行通过宽城子（长春）

1919 年 7 月 19 日宽城子事件，吉林驻军为战死的战友出殡

的吉林驻军阵地，与哨兵发生冲突，挨了一顿好打。这个日本职员跑到日本兵营搬援兵，大批日军随即奔赴现场，与吉林军队展开了激烈枪战。

宽城子事件与 1916 年 8 月 13 日奉军与日军冲突的"郑家屯事件"如出一辙。郑家屯事件，奉军死 5 人、伤 3 人；日军死 12 人、伤 5 人。而宽城子事件，吉林军死 15 人，伤 14 人；日军死 18 人，伤 17 人。十余年后的东北军要像这时的吉军、奉军一般敢打敢杀，发动"九一八"事变的那点关东军很可能不堪一击！

冲突过后，日本关东军又调集重兵，摆出要与中国开战的架势。段祺瑞政府既亲日又畏日，严厉斥责孟恩远。孟恩远在北洋政府、日本和张作霖奉军的联合压迫下，不得不含恨下台，将吉林督军的大印交给了张作霖。

张作霖如愿成为了掌握奉天、吉林、黑龙江三省的"东北王"。


# 二、直皖战争和第一次直奉战争


张作霖掌握奉天政权后，任用王永江、刘尚清等整顿财政税收，任用阎庭瑞、彭贤等发展农工实业。短短几年，东三省经济出现腾飞，金融稳定、货币坚挺。奉天省财政从 1916 年的巨额赤字（约 4000 万元），到 1921 年已有盈余 3000 余万元。

在强劲经济的支持下，奉军的装备有了大幅提升，普遍使用闩锁式来复枪或毛瑟枪，还配置有迫击炮、野炮等，为关内其他军阀部队所不及。

张作霖掌握东三省，拥有了精强的军队，并有雄厚的经济支撑，野心超出东北，跃跃然要去争霸中原了。

段祺瑞打倒张勋后，重任国务总理兼陆军总长，皖系军阀掌握了北京政府的主要权力。段祺瑞主张"武力统一"，意欲推翻孙中山"护法军政府"，打击陆荣廷、唐继尧，并谋划用直系军队充当"武力统一"的炮灰，把曹锟的主力部队调派到南方去进攻"护法军政府"。而直系军阀冯国璋、曹锟等不甘被段祺瑞政府削弱利用，主张"和平统一"，与孙中山的"护法军政府"暗中联系，在前线顿兵罢战。

段祺瑞能够指挥得动的部队不够使用，为了推行"武力统一"，就派头号心腹、陆军次长徐树铮到奉天，请张作霖出兵助战。徐树铮给张作霖送上近 3 万支枪械和"副总统"的大礼。

张作霖心花怒放，当即派奉军主力二十七师、二十八师、二十九师三个师进关。1918 年 3 月 12 日，张作霖在天津军粮城组成"关内奉军司令部"，自兼总司令，派心腹智囊、督军署参谋长杨宇霆为参谋长，让徐树铮任副司令代行总司令职权，指挥关内奉军。

张作霖欣欣然回了奉天，不想徐树铮随后就把奉军三个师都调去湖南前线，为段祺瑞政府"武力统一"南方打头阵当炮灰。吴俊升、孙烈臣、汲金纯三个师长很不满意，电告张作霖。张作霖也觉出诡异，命三位师长不再进军；又带着阎庭瑞等人到天津查这几个月的账：徐树铮代领奉军军费 515 万，却只给了奉军 180 万元。同时张作霖又得到张景惠密报：徐树铮和杨宇霆用扣留的军费和军械，私自招收了 4 个旅的军队。

杨宇霆（1885—1929），奉天法库人，日本陆军士官学校毕业，自号"小诸葛"。张作霖闻知他足智多谋，招揽为二十七师参谋长、督军署参谋长。徐树铮（1880—1925），江苏萧县人，先中秀才，又东渡日本求学，与杨宇霆是日本陆军士官学校的同学。两人想乘机搞一支自己的武装力量，遂串通一气瞒过张作霖，招编了两万多人的军队，在洛阳和信阳训练。

张作霖什么时候让人这么瞒哄过！气得差点没跳房顶上去，当即下令免去徐树铮的副司令职务，将杨宇霆逮捕关押，把西南前线的奉军都调了回来。

张作霖表面上没和段祺瑞翻脸，暗地里却转与直系新首领曹锟结盟，联盟要求解散段祺瑞、徐树铮的"边防军"。

段祺瑞、徐树铮用参加第一次世界大战的名义，建立了辖有三个师和四个混成旅的参战军，作为嫡系部队。一战结束后，又将这支军队改称边防军。

吴佩孚

直系和奉系的这一要求触及皖系军阀的根本，是段祺瑞、徐树铮不能让步的。

直系大将吴佩孚就与孙中山的"护国军政府"达成盟约，于 1920 年 5 月率领直军主力第三师及三个混成旅从湖南撤防北上。

张作霖仍是骑墙观风。他 7 月 7 日还到大兴团河去见段祺瑞，把酒言欢，却险遭徐树铮捕杀，幸亏段祺瑞阻止，张作霖才假借上厕所逃走。7 月 8 日，张作霖又在天津与曹锟、吴佩孚会议，商议对皖系军阀作战的计划，决定组成"讨逆军"，以吴佩孚为前敌总司令。

7 月 8 日这天，段祺瑞也在团河成立"定国军"总司令部，自任总司令，以徐树铮为参谋长，以段芝贵、曲同丰、魏宗瀚分任第一、第二、第三路军司令，"讨伐"曹锟、吴佩孚。

7 月 14 日晚，直皖战争爆发。

吴佩孚（1874—1939）是山东蓬莱人，秀才出身，因反吸鸦片、砸鸦片馆被革去功名遭缉捕，逃到北京算卦为生，后入北洋速成学堂又加入北洋军，军事韬略在北洋将领中算得首屈一指。7 月 14 日夜，吴佩孚亲率一旅精兵奔袭段祺瑞的团河总司令部，段祺瑞侥幸逃回北京。

直皖两军在涿州、廊坊、杨村一线激战两日。吴佩孚16日又率一旅精锐，从侧翼迂回到皖军在松林店的前敌指挥部，俘虏了曲同丰及指挥部全体人员。西路皖军失去指挥而溃败。

奉军第二十七师、二十八师于7月17日开抵天津，支援曹锟军击败了东路皖军。19日段祺瑞通电辞职，直皖战争以直军胜利结束。

直皖战争不仅是此后近20年军阀混战的开始，而且就此失去了对外蒙古的控制。1919年徐树铮乘俄国发生革命，率参战军、边防军进入外蒙古，驱逐了沙俄驻军，迫使哲布尊丹巴八世取消外蒙古"自治"，重归中国政府管辖。直皖战争时边防军被调回内战，苏联红军乘虚而入，再次占领了外蒙古。皖系军阀战败后边防军被遣散或改编，北京政府想任命张作霖接替徐树铮为西北筹边使，率军收复外蒙古。但张作霖不愿把力量消耗在外蒙古，拒绝了这一任命，中国就此再没能收回外蒙古。在这一问题上，张作霖要比徐树铮目光短浅。

直奉两系控制北京政权后，马上就因分赃不匀闹得不可开交。奉军在直皖战争中没出什么力，战后抢果子却尽显土匪本色，抢得热河、察哈尔、绥远地盘不算，还大抢战利品，辎重军械财物装了一百多节车皮运回关外，有两个探照灯被直军拿走，张作霖都命令抢回来。气得曹锟直骂："张雨亭真是地地道道的胡子，得那么多东西还不够，连两个破灯都不放过！"

政治主张上直奉两系也分歧严重。吴佩孚主张召开国民会议，实现南北统一，遭到张作霖反对，曹锟也不支持。吴佩孚一气之下声称不再过问政府事，到洛阳去练兵，决心改用武力实现国家统一。张作霖则把亲奉亲日的梁士诒推出来做总理组阁，控制北京政府，转而拉拢段祺瑞、孙中山来排挤直系。

吴佩孚率直系的六省督军要求罢免梁士诒。张作霖便将奉军编组为"镇威军"，共4个师、9个旅12万人大举进关，进攻直系军阀，却仍鬼话连篇说"直奉本属一家，北洋团体万无破裂之理"；还声称"罪在吴氏一人，与曹使无涉"。曹锟则命令直军"不抵抗"，率众放弃天津、德州，逃往保定，声称愿意下台。吴佩孚却调集在洛阳所编练的军队与陕西冯玉祥、湖北萧耀南等直系军队，共7个师、5个旅约10万人，自为总司令，抗击奉军。

两军1922年4月28日在马厂、霸县、长辛店三路开战。战争之初，直军在奉军优势炮火压制和骑兵的冲击下，后退到任邱、河间一线。4月30日吴佩孚用一部分兵力在正面实施钳制，用主力迂回至奉军的侧后发起攻击。西线奉军遭到腹背攻击后溃退。

奉军投入用战略预备队进行反攻。吴佩孚又诱敌深入，待奉军进入伏击圈后发起猛攻，歼灭奉军7000余人，奉军全线溃退。吴佩孚率军一路追击到山海关。12万奉军被歼灭2万余人，逃亡1万余人，被俘虏缴械4万余人，只剩三分之一逃回关外。孙中山与张作霖相约南北夹攻吴佩孚，出兵北伐，却被陈炯明抄了老窝广州，慌忙回师广东。第一次直奉战争以直系大获全胜结束。

# 三、统一东北金融

第一次直奉战争，奉军大败退回关外。张作霖决心整军经武报仇雪耻，既要整编扩军，又要扩充兵工生产，还要外购军火。庞大的军费开支主要由东三省官银号筹集。阎庭瑞被任命为东三省官银号总经理。

当时在奉天省省长兼财政厅长王永江力争下，张作霖同意在保证军费预算的条件下，实行军政与民政分治。

王永江（1871—1927）是奉天金州人，秀才出身，自命卧龙凤雏，但四十六七岁仍混迹小吏。1916年张作霖执掌奉天后急需理政人才，袁金铠举荐王永江说："永江乃天下奇才，将军幕下诸君无出其右者。请将军直释小嫌，以就大业。"

三年前袁金铠也曾向赵尔巽推荐过王永江。赵尔巽想任用其为民政司使，却因遭到张作霖的反对而作罢。张作霖之所以反对，是因为王永江做辽阳警务所长时，一次去求见张作霖，张作霖迟迟不出来接见，他就拂袖而去。一个小小的警务所长，竟敢不买当时已手握奉天大权的张作霖的账，还作诗讽刺张作霖说，"才得荆襄宁志满，英雄通病是轻儒"。二人因此结下芥蒂。

这次张作霖急于招贤纳士，听了袁金铠的话，郑重礼请王永江，先擢

王永江

升为奉天警察厅长，又转任为财政厅长。王永江也确有治国才能，助成了20世纪20年代东三省的经济起飞，被人称为奉系的"财神爷"。

第一次直奉战争后王永江以辞职要挟，迫使张作霖同意军政与民政分治，一定程度上遏制了军事机构和军队任意支配财政的情况。阎庭瑞任东三省官银号总经理期间，1922年军费支出1317万元，占奉天总预算的76.9%；1923年军费支出1394万元，占总预算的80.5%；1924年军费支出1399万元，占总预算的78.8%。虽然军费开支仍占了财政预算的主要部分，但终归控制在了一个波动不大的比例上。

阎庭瑞极有经济头脑，利用官银号掌管东北金融大权的地位操纵汇率，又进行多种投资，其投资的有钱庄、商行、工矿企业等。1920年时，东三省官银号的本金不过260万元，据估算两年后其各种投资已达2000万~3000万元。

官银号运用掌控的这些企业进行连锁式运营。如粮食产业，官银号属下的粮行从各地方用批发价购入大豆、小麦、高粱等，分送到属下的榨油厂、粮食加工厂、酿酒厂，制成的产品再由属下的商行或粮食公司在市场售出，赚取较丰厚的利润。即便在受到第一次直奉战争失败冲击的1922年和1923年，东三省官银号投资得到的纯利润也分别有140万元和138万元。

就财政管理而言，要求只能有一个"中央银行"来发行货币，主导货币信用。而东北的东三省官银号、东三省银行和兴业银行都属官营，都拥有发行可兑换银行券和奉票的权利，这就造成东三省流通流域存在多种体系的货币，不利于银行信用的构建，也是造成奉天通货不稳定、屡屡发生挤兑风潮和金融危机的因素之一。

得到张作霖的支持，王永江、阎庭瑞为了稳定和掌控东北金融，筹划

东三省官银号

统一东三省的金融。

在对各银行进行审计后，王永江和阎庭瑞决定将东三省银行和兴业银行并入东三省官银号。首先，由官银号发行汇兑券4000万元，将奉天兴业银行发行的2000万债券和东三省银行发行的970万大洋券尽数收回；同时将奉天兴业银行和东三省银行的财产归于官银号；此后东三省的货币发行权由官银号行使，其发行的奉票为东北的法定货币，并与中国银行、交通银行协商发行额度。

东三省官银号于1924年正式重组，由此统一了东北币制。重组后东三省官银号当年的利润约315万元，第二年达447万元。其对金融的有力控制，在促进东三省经济发展中发挥了非常重要的作用。

# 四、整军经武

第一次直奉战争奉系战败，直系控制了北京政府，总统徐世昌下令免除了张作霖的一切职衔。张作霖则通过所谓的东三省代表会议，把原来的"东三省巡阅使署""奉天督军署"换了块牌匾为"东三省保安总司令部"，自任总司令，任命孙烈臣、吴俊升为副总司令，宣布奉天、吉林、黑龙江"联

省自治"。

惨败于吴佩孚，张作霖决心卧薪尝胆、整军经武、报仇雪恨，还请人在他的扇子上写了"毋忘吴耻"四个大字。

整军经武的第一步，是设立了"东三省陆军整理处"，以孙烈臣为统监，张作相、姜登选为副统监，张学良为参谋长，作为整军的最高领导机构。张作霖念及杨宇霆足智多谋，和之前帮助整顿奉军的功绩，不计前嫌又把他请回来，仍担任总参议，协助他整顿奉军。

张作霖整军的力度非常大，淘汰了土匪积习的旧军队、旧军官和老弱病劣的士兵，共裁撤了近7万人；又高薪高衔延揽航空、航海、炮兵、工兵、辎重各方面的人才，特别是日本陆军士官学校、北洋武备学堂、保定军官学校等的毕业生；同时积极自己培养军事人才，赵尔巽、徐世昌曾于1906年、1907年办过两期东三省讲武堂，这时重新开办，张作霖自兼堂长，到"九一八"事变时共培训学员8900余人，与保定军官学校、云南讲武堂、黄埔军校并称中国四大军校。这些培养和延揽的人才提升了奉军的军事水平。整编后的东三省陆军为3个师、27个混成旅和5个骑兵旅，约17万人。数量虽减少了四分之一，素质却提高不少。

张作霖吸取直奉战争中奉军遭到直军飞机轰炸和舰船炮击、士气严重受挫的教训，在整顿陆军同时，不惜血本组建空军和海军，从法国、日本、意大利等国购买了上百架飞机；又重用日本海军学校毕业、曾任中国驻欧海军武官的沈鸿烈组建海军，于1923年建成了有两艘2500吨军舰和一些辅助舰艇的东北海军。

东三省兵工厂重炮车间

　　奉系集团还投入巨资，扩建了东三省兵工厂，建立了自己的无线电台。

　　如此整军经武，无一处不需要巨额军费。阎庭瑞掌管东三省官银号，给奉系政权提供了有力经济支持，极得张作霖信任，奉军整军经武中的一些决策，特别是建立无线电台和扩建兵工厂，都是阎庭瑞进言促成。

　　因军用和民用通信，以及发展海空军的需要，奉系集团亟欲摆脱欧美和日本的扼制，建立自己的无线电台。但那时张作霖对于无线电还不了解，张学良和杨宇霆几次提出请求，都被张作霖拒绝。张学良和杨宇霆只得请阎庭瑞进言。

　　阎庭瑞经常陪张作霖打牌。一天晚上，阎庭瑞存心让张作霖赢牌，趁张作霖赢了牌兴高采烈，对他说："大帅这次赢得不少，俺认为不应该像过去那样请客宴会，胡乱花掉，不如购置一些利于保卫东北，便利军民的东西，例如无线电啥的。"

　　张作霖说："这种东西又要请外国人来安装，又要请教小日本，俺实在不愿意干！"

　　阎庭瑞和张作霖讲："咱们已有这种人才，无须请求外国人，详细情况，大帅可问问少帅和杨总参议。"

　　第二天，张作霖便找来杨宇霆问无线电台的事。杨宇霆便将无线电在军事、政治和宣传方面的作用，详细作了介绍，并进一步说："咱们正打算建立空军，建立空军，必须同时设立无线电台，以利于地面和空中的联络；而且，关内的直军已有了飞机，难免会侵入关外滋扰，为预防计，也须有无线电预报敌机行踪,以便咱们截击。关于建台人才方面,陆军整理处已从国内聘来这项技术的专门人才,无须依靠日本人。"

张作霖听了十分兴奋,也大感兴趣,又让杨宇霆、张学良把东三省陆军整理处电信科长吴梯青等人找来,详细询问了关于无线电台的各种情况,同意建立无线电台,还亲自审核了具体计划。最后决定用分期付款的方式购买德国西门子公司的马可尼式无线收发电报机等通信设备,还与德国柏林无线电通讯社、法国巴黎无线电总公司签订了通信合同(吴梯青《有关北洋时期电信事业的几件事》)。

这些资金,自然也是要阎庭瑞去筹备的。

无线电台兴建期间,张作霖曾在杨宇霆、阎庭瑞等陪同下到工地视察,并奖励给电台建设人员一万大洋。无线电台建成后,张作霖又亲自来揭幕,还拍发了第一份电报——发给法国的福煦元帅。原来两年前福煦周游各国,曾在奉天与张作霖会晤。当时正值第一次直奉战争奉军战败、张作霖烦恼之际,福煦加以慰勉,故此张作霖对福煦很有好感,因此无线电台建成,第一份电报就发给了福煦元帅。福煦也立即回电,祝贺奉天电台修建成功。

奉系这一电台开东北无线电报的先河,也是中国与欧美直接通信的开端。当时不仅东北,连北京、天津、上海、汉口等地发往国外的电报也要在这里转发,国际电报业务量占到了全国同类业务量的一半。电台还接收国外新闻电讯,分送各机关参阅。只是奉系军阀荒唐地将电台设在沈阳的清故宫里:马可尼式无线收发电报机架设在礼乐亭里,远程无线收发报机架设在故宫大政殿里……清故宫成了奉系军阀的无线电台,华美的殿堂里拉电缆架天线,对文物的损害可是不小!

第一次直奉战争后,奉系集团投入巨资对原奉天军械厂进行了大规模扩建,更名为"东三省兵工厂",韩麟春任总办,共有炮厂、枪厂、火药厂、轻机枪厂等8个厂,聘用各国工程师、技师1500余名,工人2万余人,年产毛瑟98式步枪3万支,轻重机枪1000余挺,步枪子弹300万发(1923年),还生产多种口径的火炮,成为亚洲首屈一指的兵工厂。

## 五、任职吉黑榷运局，推动东北经济发展

第一次直奉战争，奉系集团失去了热河、察哈尔的地盘，但宣布独立，如果截留东三省上交给中央政府的盐税等，收入反而能够有所增加。

盐务是历朝政权的财税支柱。关外盐务机构先称官运局，后改称吉林黑龙江榷运局，负责东三省的盐务、运输和缉私，是当时最有钱的衙门。

阎庭瑞又被委任为榷运局的局长。他上任后截留了原先要上交中央政府的盐税。1923 年，东三省的税收比上一年增加了近千万元，达到 3000 余万元，盈余 820 万元。

阎庭瑞在榷运局长任内大兴土木，在哈尔滨建造了黑龙江榷运局办公楼；翻修、重建了吉林长春的吉黑榷运总局。黑龙江榷运局办公楼坐落在哈尔滨新马路，是一座中西结合、风格独特的三层建筑，现今被作为保护文物和哈尔滨城市发展史的珍贵见证。

阎庭瑞重建的吉黑榷运局是一规模恢宏的建筑群，分为东、西两个院落。西院是吉黑榷运局的办公楼和盐务稽核所的办公楼，是欧洲爱奥尼亚风格的建筑，共有 7 栋 39 间房屋。东院是储藏食盐的仓库和火车专用线，

黑龙江榷运局建筑铭牌注明：建于 1924 年，监修人阎泽溥；建筑师佛莱勃；承修人王兰亭

吉黑榷运局，伪满洲国处理政务的勤民楼

共有 9 栋 142 间房屋。在院墙四周还设置了 11 座碉堡。

在榷运局办公楼的西侧，有一座始建于 1909 年的中国传统四合院，是榷运局历任局长的公馆。阎庭瑞上任后，将原有房屋拆除，于 1923 年 5 月重建为有双层窗口、四面带廊、有澡堂和厕所的现代四合院，还有一个小花园。

1932 年，吉黑榷运局成了伪满洲国的皇宫。盐务稽核所的办公楼作为伪满皇帝处理政务的办公楼，溥仪以"敬天法祖，勤政爱民"的祖训，命名为"勤民楼"；阎庭瑞的公馆成了满洲国"宫内府"，小花园重新规划设计为御花园；榷运局的办公楼成了溥仪和皇后婉容的寝宫。溥仪根据《诗经·大雅·文王》中期待光明的诗句"穆穆文王，於缉熙敬止"，命名为"缉熙楼"，却在里面过着日本关东军提调下的偶人生活，度过了十四个（1932—1945）黑暗屈辱的春秋。

20 世纪 20 年代末，奉张集团推行的经济政策，刺激了东北农工商业的迅速发展。阎庭瑞自清末先后主管东北的农垦、矿务、金融、盐业和运输，成为东北经济腾飞的重要推手。

自清末开始，奉张集团大力推行的移民垦荒，使东北逐步发展成中国最重要的商品粮基地。东三省开垦耕地面积从晚清的微不足道，到 1929 年已达 1.9 亿亩，共收获各种农产品 1836.4 万吨（日本关东厅，《满洲产业统计》1930 年）。而且生产率不断提高，二十年间提高了约一倍，达到平均亩产约 100 公斤，这在世界上是少有的。据国联调查团的备忘录记载，

20 世纪 20 年代繁华的
奉天城（浪速道）

"东三省之繁荣基于农业，每年农产，价值 20 亿元。"

东北的主要农产品实现了高度商品化，如大豆、小麦的商品化都达到
80% 左右。工业特别是以农产品为原料的加工业高速增长，油产品和大豆
制品稳定占领国际市场，成为世界性的重要输出地。

奉天政府竭力打破沙俄、日本企业对东北农产品加工业的垄断。东北
盛产棉、麻，但棉纺工业基本被日资企业垄断。奉天政府于 1920 年筹资
500 万元兴建东三省纺纱厂，其中政府投资 226 万，274 万民股只准中国
公民购买。纺纱厂 1923 年 6 月正式运营，1927 年收入约 1598 万元，纯利
达 274 万元。

东三省纺纱厂的兴建不仅打破日本棉纺企业的垄断，而且生产率超过
了日本企业：日本最大的"满洲福纺株式会社"有 20604 个纺锤，年产
纱线为 8267 包；而东三省纺纱厂有 2 万个纺锤，年产纱线 123527 包（每
包 400 磅）。这大大增强了东北兴办民族企业的自信心。原本被俄资企业
垄断的大豆、小麦等粮食加工企业，也在 20 世纪 20 年代基本被华资企业
替代。

当时东北的工业化水平超过了长江流域，形成了以钢铁、煤炭为中心
的重工业体系，以粮食加工、纺织、食品工业为中心的轻工业体系，和以
哈尔滨、沈阳、大连、营口等城市为中心的现代城市商贸体系。仅哈尔滨
的各类金融营业机构就有 1280 余家，外国商业机构多达 1809 个，开设分
支机构的外资银行有 34 家，哈尔滨海关跃居中国六大海关之首。

阎庭瑞在推动东北经济发展的同时，也为自己囤积了大量财富，在东

　　阎庭瑞（前排左二）、张作霖（前排左四）、东三省官绅和
日本官商

三省和天津置有豪宅和许多田地房产，还有银行、钱庄、矿山、铁路、粮
行等的许多股份。

# 第十章 长洪斗落生跳波：与溥仪的诡秘交往

# 一、第二次直奉战争

　　奉系军阀整军经武，要报一次直奉战争的"一箭之仇"，同时不遗余力地联络广州的孙中山和退居天津的段祺瑞、皖系的浙江督军卢永祥。

　　广州孙中山的国民党势力要向北发展，不管控制北京政府和中原的是皖系还是直系，都采取"远交近攻"的策略，在直皖战争前就几次派人到奉天见张作霖，积极联络奉系。第一次直奉战争后的一年多时间里，汪精卫就受孙中山委派四到奉天，与张作霖同乡的宁武（辽宁海城人，国民党元老）更是长驻奉天，与张作霖协商结盟反直系军阀。

　　占据浙江和上海的皖系军阀卢永祥，处于江苏、江西、安徽、福建等省的直系军阀包围中，也积极联络张作霖为后援。

　　张作霖也需要孙中山、卢永祥牵制直系力量，因此对孙、卢给予了大量援助。仅1922年底和1923年初两次，就给了孙中山110万银元、3万支步枪和300万发子弹。

　　粤、皖、奉结成了三角反直同盟，军事上形成南北夹攻直系的态势。

　　同时张作霖还大撒银弹，分化直系力量。冯玉祥的武装力量在直系中仅次于吴佩孚，第一次直奉战争中他放弃陕西督军的位置，率军从陕西赶赴河南，稳定了直军后方，战后分到河南地盘，却又被吴佩孚夺走，给了吴的亲信张福来。冯玉祥由此与吴佩孚结仇。张作霖就乘隙而入，暗中给了冯玉祥300万银元，要他在直奉冲突时起兵反曹锟、吴佩孚，还许诺只要冯玉祥反戈一击，奉军可以不入关。

　　然而，直系在一次直奉战争获胜后，反而矛盾丛生，四分五裂。首先就分裂为以保定为大本营的曹锟"保派"，和以洛阳为大本营的吴佩孚"洛派"。

　　直系军阀控制了北京政府，曹锟就想当大总统，遭到南北舆论反对。梁启超警告曹锟说："我公足履白宫之日，即君家一败涂地之时。"国会议员也不愿选曹锟为总统，纷纷逃离北京。

　　吴佩孚想武力统一全国，认为曹锟做总统的时机不到，引起曹锟及保派不满。曹锟和保派政客们利欲熏心，

冯玉祥

以重金诱劝国会议员们回京，又用每票 5000 元的价码，共投入 1356 万元，在 1923 年 10 月 5 日利诱来 593 名国会议员签到，买得 480 张选票，"贿选"曹锟为大总统。这一丑闻遭到多方抨击，让直系政权名声扫地。

　　吴佩孚战胜皖系又打败奉系，骄横不可一世，对直系将领呼来喝去如使家奴，弄得众人怨恨。冯玉祥、直隶督军王承斌、江苏督军齐燮元又结成了直系内部的"三角反吴同盟"。直系将领陕西第一师师长胡景翼、第十五混成旅旅长兼大名镇守使孙岳都是老同盟会会员，都受吴佩孚压制，便和冯玉祥串通反吴佩孚。

　　直系外有奉、粤、皖"三角反直同盟"，内有冯、王、齐"三角反吴同盟"，还分裂为"保""洛"两大阵营，直系政权岌岌可危。

　　直系的江苏督军齐燮元久欲夺取皖系军阀卢永祥的浙江和上海地盘，1924 年 9 月爆发了"江浙战争"。

　　卢永祥随即派儿子卢小嘉到奉天，孙中山也派儿子孙科前往奉天，9 月 23 日与张学良在奉天大帅府举行了著名的"三公子会议"，商定对直系军阀的作战方略。

　　孙中山的广州国民政府抽调湘、粤、滇军 5 万余人，进军江西，支援

卢永祥。

张作霖以援助卢永祥为名，组织"镇威军"，自任总司令，将奉军编为6个军，总兵力约15万人，于9月15日分路向山海关、赤峰、承德进军。

贿选总统曹锟于9月17日发布讨伐张作霖的命令，任命吴佩孚为讨逆军总司令，以王承斌为副总司令，彭寿莘为第一军司令，王怀庆为第二军司令，冯玉祥为第三军司令，总兵力近20万人，反击奉军，第二次直奉战争爆发。

吴佩孚指挥直军在长城一线与奉军激战月余，双方还都出动了海、空军参战。冯玉祥则与担任直系第二路援军的胡景翼、时任北京警备司令的孙岳密谋倒戈，在古北口一线按兵不动。到10月19日，直奉两军伤亡惨重。冯玉祥认为时机已到，星夜率领部队回师北京，发动"北京政变"，囚禁曹锟，将部队改称"中华民国国民军"，通电响应孙中山、张作霖，讨伐曹锟、吴佩孚。

吴佩孚指挥的直军腹背受敌，土崩瓦解。11月3日吴佩孚在天津塘沽率残军两千多人乘军舰逃走。第二次直奉战争以奉军获胜告终。

阎庭瑞虽未带兵打仗，但为奉军筹措军饷、掌管军需，遂由张作霖举荐，1925年8月13日被北洋政府授予了陆军中将军衔。

# 二、孙中山北上共商国是

二次直奉战争后，阎庭瑞跟随张作霖入关到了天津，协助他与战后各方势力周旋。阎庭瑞善于辞令又很能审时度势，这大概也是后来他在北洋政府屡屡插手外交事务的根由。笔者乍见一份民国十七年五月二日阎庭瑞提请胡若愚为北洋政府全权公使出访的文件时，也是颇为诧异，因为那根本不是财政总长的职权范围，后来才了解到他代表张作霖与各方势力诡秘交往由来已久。

阎庭瑞秉承张作霖意旨，将曹家花园辟做张作霖在天津的行馆。曹家花园在天津三岔河口以北的新开河畔，原是买办孙仲英营建。据说那地方

天津曹家花园

风水好，冒出青烟，被曹锟看上，重金买下，又将园内房屋重建为宫廷式建筑。

　　诚如曹丞相自明本志所言，设使当日无有孟德，不知当几人称帝、几人称王；而今日没了项城老袁，猴子们就你方唱罢我登场，称了王又思称帝，就是在家里也要过把帝王瘾。从汉高以天下为私家产业始，连市井无赖、贩夫走卒都妄思荼毒天下以博一家之产业，这些割据一方的军阀当然就"更有资格"觊觎大位了。北洋官场又十分迷信。张作霖也听说新开河畔冒青烟了，要不曹锟怎么能当督军团盟主又贿选上总统呢！因此，虽然曹锟家眷还在花园里住着，张作霖与曹锟还是儿女亲家，他还是把曹家花园辟做了行馆。

　　1924 年 11 月，张作霖与冯玉祥在曹家花园会晤。

　　第二次直奉战争直系虽然战败，但"反直三角同盟"的浙沪军阀卢永祥却被直系军阀、福建的孙传芳和江苏的齐燮元南北夹攻打败，于 10 月 13 日逃亡日本，这时也来到天津，与张作霖、冯玉祥会晤。

　　冯玉祥建议请孙中山北上，主持国家大计。但张作霖与孙中山结盟反曹锟、吴佩孚，只是相互利用，张作霖压根儿就不想让孙中山出任大总统主政，因为他有自己做大总统的野心。当初与孙中山协商结盟时，张作霖虽然恭维"中山先生是开国元勋，谋国有办法"，但一涉及推翻直系政府后的国事安排，他就缄口不言或含糊其辞。当时报纸追踪张作霖、孙中山

1924 年 11 月 17 日，天津段祺瑞宅邸，张作霖、冯玉祥等推举段祺瑞为中华民国执政。左起：梁鸿志、冯玉祥、张作霖、段祺瑞、卢永祥、杨宇霆、张树元，后立者吴光新

特使的来往和谈话，几次报道"张作霖要拥戴孙中山为大总统"，张作霖得知后都勃然大怒，骂报纸和特使胡说八道。与孙中山方面协商南北夹攻直系政权时，张作霖也强调"我们各自发动，分头进行，不必有从属关系"。

张作霖同意请孙中山北上商讨国是，但坚持不能一日无政府，须先成立中华民国执政府，请段祺瑞出来执政。张作霖的目的是借已成了光杆司令的段祺瑞来排挤孙中山，抑制冯玉祥，以达到自己做总统的目的。张作霖的主张得到卢永祥赞同。于是三人商定：共同推举段祺瑞为"中华民国临时执政"，统掌总统与总理之职。

1924 年 11 月 24 日，段祺瑞就任中华民国执政，成立了执政府（1924 年 11 月—1926 年 4 月）。

孙中山接到段祺瑞、张作霖、冯玉祥联名邀请北上共商国是的电报，虽已有病在身，为了国家统一大计，还是勉力在 11 月 3 日偕宋庆龄等乘永丰舰北上。对于北上之行可能遇到的危险，孙中山在心里已有所准备，临别时对蒋介石说："余此次赴京，明知异常危险，将来能否归来尚不一定。然余之北上，是为革命，是为救国而奋斗，又何危险之可言耶？况余年已五十九岁，虽死亦可安心矣。"

孙中山于 1924 年 12 月 4 日上午到达天津法租界美昌码头。张学良和

段祺瑞的代表、冯玉祥的代表及各界人士
到码头欢迎，辟天津日租界宫岛街（今鞍
山道）的"张园"作为孙中山的行馆。张
园是清末湖北提督、陆军副都统张彪的公
馆，园内有一栋西洋古典风格的三层楼房，
有假山水池，植有各种花木。后来溥仪被
冯玉祥赶出紫禁城，1925 年 2 月来到天津，
也在张园居住了长达 6 年之久。

1924 年 12 月 4 日孙中山、宋
庆龄到达天津

　　莅津当天，孙中山就率同汪精卫、孙
科、劢元冲、李烈钧，到曹家花园拜会张
作霖。张作霖却有意冷淡，并在园中布列
军警，荷枪实弹，杀气肃然。张作霖又让
孙中山一行在会客室等了许久，才慢慢踱
步出来，态度倨傲地坐在主座，而且冷漠不语。还是孙中山打破尴尬局面
说："此次直奉之战，赖贵军之力，击破吴佩孚军，实为可贺。"张作霖
却冷冷回道："自家人打自家人，何足为贺。"双方陪同人员尽力周旋，
但张作霖的态度终是令孙中山一行胆战心惊。等告辞出了曹家花园，汪精
卫几人都直揩冷汗，连说好险好险。

　　孙中山旅途受了风寒，又受了些惊吓，回到张园就病倒了。第二天张
作霖到张园回拜，孙中山在病榻上接待了他。张作霖对孙中山的"联俄联共"
政策和反帝主张十分反感，孙中山表示虽与俄国有联系，但对共产主义则
绝对不能赞成；张作霖劝孙中山不要反对西方国家。张作霖告别出来时还
对汪精卫说：北京各国公使，都不赞成孙先生，大概是因为孙先生联俄的
缘故。你可否请孙先生放弃联俄的主张？我张作霖包管叫各国公使都与孙
先生和好。

　　孙中山在津期间病情恶化。12 月 24 日，段祺瑞执政府又公布了《善
后会议条例》，维护北洋军阀的利益，与孙中山召开国民会议解决国是的
主张相对立。这也给孙中山以相当刺激。孙中山坚决拒绝《善后会议条例》，
于 12 月 31 日扶病乘火车到北京。段祺瑞执政府将铁狮子胡同的原恭亲王
府辟为孙中山的行辕。

北京铁狮子胡同的孙中山行辕大
门，1925 年 3 月 12 日孙中山病逝于此

铁狮子胡同之地在明末崇祯时是田贵妃家的园邸，名为天春园。到清时分为三路，西部为恭亲王府（清末降格为承公府）；东部为和亲王府（清末降格为廉公府）；中部为和敬公主府（清末降格为那公府）。当时段祺瑞以铁狮子胡同东部的和亲王府作为执政府所在，故安排西部的恭亲王府为孙中山的行辕。

一些资料讲该府邸当时为顾维钧住宅，有误。该邸时为银行家、收藏家任凤苞（1876—1953）的住宅，因孙中山莅京要辟为行辕，任家仓促搬出，孙中山卧病处即任凤苞长子任嘉震的住房。任凤苞 1928 年离京赴津，府邸才转给顾维钧。

孙中山莅京不久，就病重住进了协和医院，经诊断已是肝癌晚期，治疗无术，2 月 18 日被送回铁狮子胡同行辕。2 月 24 日，孙中山病危，在病榻上艰难地口授了三份遗嘱——《遗嘱》《家事遗嘱》《致苏联遗书》。3 月 12 日，孙中山先生在北京行辕与世长辞。

# 三、与溥仪的诡秘交往

第二次直奉战争后奉系势力席卷华北又跨黄河过长江，把持了北洋政府。张作霖志得意满，便想见见退位皇帝溥仪。张作霖野心极大，攀龙附凤的封建意识也很浓厚，早在溥仪选妃时，他就想把自己的女儿嫁给这位末代逊帝，被清室以"满汉不通婚"为由婉拒。此时他权倾四野，不禁生出拾曹操故智之心：老前辈打磨出的"挟天子令诸侯"戏法，当然要学来要一耍。虽说张作霖格局才具有所不及，又世移物转，但时不时打打清室这张牌，对于张作霖在满蒙地区的统治和与其他军阀攻战，还是很有政治上的好处的。这也是后来日本人挟持溥仪搞伪满洲国的原因之一。

冯玉祥发动北京政变后，于1924年11月5日派兵进宫，将溥仪驱逐出紫禁城。冯玉祥宣称的理由是：清朝皇室毁弃与民国政府签订的优待条约，附和张勋复辟，阴谋颠覆中华民国。但当时很多人指责冯玉祥驱逐逼溥仪出宫的真实目的，是为了抢夺宫中珍宝以作军饷。曹汝霖的回忆录详细记载了冯玉祥派兵进紫禁城时的情况，"劫掠宝物，以军用大卡车，运载而出，万目睽睽，人所共见，无可掩饰"，将之比喻成庚子之乱时的八国联军进北京。

溥仪被冯玉祥赶出紫禁城后，辗转于1925年2月24日来到天津日租界的张园居住。张作霖入住天津曹家花园后，先派奉系大将、直隶督军李景林去拜望致意；又使阎庭瑞居中递话，对溥仪的老丈人、总管内务府大臣荣源说，张作霖希望能在曹家花园和溥仪见面。阎庭瑞还代张作霖奉敬给溥仪十万块银元。

张作霖再手握重兵、权倾一时，当初也是被清廷收编的一个小管带；宣统小皇帝再失势落拓，也曾为九五之尊，怎么肯屈尊去见张作霖？溥仪拒绝了。

张作霖迷信，认为逊帝前来见他，"天子气"就会转到他身上，因此颇为冀望；遭到拒绝，又大感失望。阎庭瑞便拍胸脯让他在曹家花园静待"好事"，自己前去张园劝驾。

阎庭瑞先说通了"国丈"荣源，并送给他一份厚礼，然后一同去见溥仪。阎庭瑞先表了一通张作霖对前清的耿耿忠心和深厚感情，让溥仪感觉要想再登大宝，放眼天下，可依赖者非张作霖莫属；接着阎庭瑞又委婉言说日本人居心叵测，张作霖不便来日租界，只得请溥仪屈尊去一趟。"国丈"荣源跟着一帮腔，溥仪便同意屈尊纡贵去见张作霖了。

此事阎庭瑞虽有"狐假虎威"之处，但也可见他在当时的分量和天生的外交才干。若非笔者知他千真万确是扛大个拉胶皮出身，恐也误认为他

1925 年溥仪在
天津张园

是留学英国而且还是帝国外交学院毕业的了。

溥仪在《我的前半生》中，于他随阎庭瑞去曹家花园见张作霖的经过
有详细记述。时间是 1925 年 6 月，入夏的一天夜里。他刚进曹家花园大门，
张作霖便快步迎了出来。他正不知该用什么礼仪对待，张作霖倒是很给末
代逊帝面子，迎上来跪在砖地上就磕了一个响头："皇上好！"

张作霖、阎庭瑞陪溥仪到客厅坐下。张作霖先指斥冯玉祥"逼宫"无道，
是为了抢劫宫中的宝物，又说自己在奉天，把清祖陵和故宫都保护得很好。
溥仪夸奖感谢后，张作霖又半真半假地对"真龙启飞"事件表示不满，"皇上，
你不该在我带兵到了北京后，还往日本使馆跑，我是有足够力量保护你的"。

当时溥仪被逐出宫后暂住在醇王府。1924 年 11 月 24 日张作霖到了北
京，11 月 26 日就派阎庭瑞，秘密约请溥仪的英国师傅、心腹庄士敦来到
他所在的顺承王府，密谈了好几个小时。张作霖允诺会设法恢复民国政府
对清室的优待条件，让溥仪回到紫禁城。

庄士敦回去报告后，溥仪非常高兴，马上写了一件《赐张作霖诏》：
"奉军入京，人心大定，威望所及，群邪敛迹。昨闻庄士敦述及厚意，备
悉一切。"但只过了两天，11 月 29 日，溥仪就在他的两位中国师傅郑孝胥、
罗振玉和日本公使芳泽谦吉连吓带哄劝下，从醇王府逃到了东交民巷的日
本公使馆，也即轰动一时的"真龙启飞"事件。

张作霖对此大为不满：我已承诺设法恢复对清室的优待条件和让你回紫禁城，你却跑到日本人那里去，这不是看不起我张作霖嘛！溥仪解释说当时还是冯玉祥的军队占着北京城，据说还要对我不利，我迫不得已才去了日本使馆。

当时北京在冯玉祥的控制下，张作霖即便想恢复对清室的优待条件，也须假以时日。而驱逐溥仪出宫的冯玉祥两员大将鹿钟麟、张璧，一个任京师警备总司令，一个任北京警察总监，对溥仪的态度很是"凶狠"，让暂住到醇王府的溥仪仍是提心吊胆，害怕还没等恢复优待条件就先性命不保。故此日本人和郑孝胥、罗振玉一鼓动，他就跟着日本人跑东交民巷去了。

张作霖听溥仪这般说，便恭请道："皇上要是乐意，到咱奉天去，住在故宫里，有我在，怎么都行。"

溥仪似乎动了心，显得很激动，说："上将军真是太好了。"

这次会面，溥仪被张作霖的一个响头磕得神魂颠倒，真真地做了两年的白日梦，以为张作霖有意扶他复辟，遂不断送礼联络。阎庭瑞于中也得了不少好处，乃至女儿的嫁妆中，都有好几件清室的御用物。直到1927年6月18日，张作霖自己登上了国家元首宝座，出任北洋政府陆海军大元帅，溥仪才如梦方醒，明白了张作霖的心机，满心酸楚地写下一段文字："张大元帅作霖祭天于天坛之祈年殿；大元帅行誓师典礼于天安门；大元帅受各将领觐贺大典于太和殿；大元帅移跸宫禁；大元帅升乾清宫御座受外国公使之入贺；大元帅以养心殿为行辕；大元帅受玺于文泰殿。"（溥仪《张作霖记事一件》）

## 四、战后之战

张作霖压根就没拿直奉战前对冯玉祥"奉军不入关"的诺言当真，打败曹锟、吴佩孚后，奉军仍源源入关，与冯玉祥的国民军争抢地盘和战利品。奉军与国民军摩擦冲突不断，段祺瑞出面调停，商定国民军向京汉路方向发展，奉军向津浦路方向发展，双方在京津以杨村为界。

段祺瑞又以执政府名义，委派皖系的吴新田为陕西督军，吴炳湘为安徽督军，郑士琦为山东督军，卢永祥为苏皖宣抚使，企图借机恢复皖系军阀势力；又要求奉军不进攻江浙，冯玉祥军不进攻鄂湘，向江浙和两湖的直系军阀示好，欲收为己用，摆脱受张作霖、冯玉祥挟制的局面。

但军阀从来就贪得无厌和用武力说话。冯玉祥以西北边防督办名义占据了甘肃；派孙岳率军进攻陕西，把吴新田赶到陕南一隅；又要派军进攻山西的阎锡山。张作霖则宣称军援阎锡山。眼看奉军和国民军就要爆发新战争。经过段祺瑞调停，双方才暂时休兵止戈。

张作霖则以帮助卢永祥夺回浙江和上海地盘为名，指挥奉军沿津浦线南进，一直跨过长江，占领了江苏、上海，同时进占山东和安徽，逐走了郑士琦、吴炳湘。卢永祥也发现张作霖只是借他的名义去抢夺江浙地盘，称病辞去了苏皖宣抚使。

段祺瑞恢复皖系军阀势力的企图转眼成空，被迫一一承认奉军、国民军占领这些地方的现实，并按照张作霖、冯玉祥二人的要求，委派张、冯的将领为这些地方的长官。段祺瑞向称刚强，人称"段厉公"，这时却要改称"段哀公"了。

1925 年中，奉系军阀占有了东三省、热河、直隶、山东、安徽、江苏、上海，势力达到最盛。张作霖得意扬扬地说，"三五年内，我不打人，绝没人敢打我。"

进关奉军，主要是整军经武的新军。新军将领李景林、韩麟春、张宗昌、姜登选、郭松龄并称张作霖麾下五虎将。五人中，李景林多才艺而好大话；韩麟春有智谋而不拘小节；张宗昌粗鲁放纵无行；姜登选豪爽重义轻财；郭松龄机敏狡诈、刚愎自用。

分配地盘，奉军第一军军长姜登选得到安徽；第二军军长李景林得到直隶；第二军副军长张宗昌得到山东；参谋长杨宇霆得到最富庶的江苏。张作霖原本计划让姜登选去江苏，第三军副军长郭松龄去安徽，杨宇霆却横插一腿非得要江苏地盘，结果把姜登选挤去了安徽，郭松龄却落了空。

二次直奉战争后孙传芳见奉军和国民军势力大，为了自保，通电拥护段祺瑞执政府。但奉军攻占江苏，逐走孙传芳的盟友齐燮元；又派邢士廉率领有 15000 人的奉军，以一个旅的名义进驻上海，担任"上海戒严司令"，直接侵入他的上海地盘，兵临浙江，孙传芳已无可退让。这时孙传芳发现奉军和国民军面和心不和，于是和冯玉祥联络共同反奉，又秘密纠合苏、皖表面归附奉系的原直系军阀部队，加上他掌控的浙、闽、赣，结为"五省同盟"，于 1925 年 10 月 15 日出兵进攻上海和江苏，爆发了浙奉战争。

不承想奉军还没等孙传芳部队打，就撤出上海、苏州，一路退到南京，又从南京向苏北徐州和安徽蚌埠一线撤退。

张宗昌

杨宇霆 18 日深夜在南京督军府召集军事会议。此时南京驻军有奉军第八师，以及原直系军阀陈调元等的江苏军 3 个师。杨宇霆在会上表示他随时可以让位走人，陈调元早已和孙传芳约定里应外合围剿奉军，站起来冷笑说："我们今天就来替杨督办送行。"

杨宇霆绰号"小诸葛"，见状笑说："好，我洗个澡马上就走。"

不想杨宇霆这个澡洗了足足一个钟头都没出来。陈调元起了疑心，领几位江苏将领闯进去推门一看，杨宇霆已没了踪影。再一追查，原来"小诸葛"已借"水遁"逃出南京城，到江北乘火车逃走了。

陈调元原是直系的徐州镇守使，有部队驻扎在苏北，发狠道"这个鬼灵精休想逃出老子的手心"，立即电令驻花旗营的江苏军队截下杨宇霆的专车。

军事紧急电报照例都是从尾译到头，因为指令都在电报的结尾。不料花旗营的电务员是个刚来的新手，从头往尾译。当电报译完时，杨宇霆的专列正好驶到，但专列前面却有一辆压道车飞驰而过。

花旗营的江苏军截下了杨宇霆的专列，却没找到杨宇霆的人。原来"小诸葛"坐在专列前面那辆压道车里逃之夭夭了。

孙传芳

驻江苏的一些奉军将领逃跑比杨宇霆还狼狈。在南京未及撤离的奉军第八师，19日就被3个师的江苏军包围缴了械。副师长杨毓珣换了便衣侥幸逃脱，在路上抢了农民一头毛驴，骑驴走了一夜，天将亮时到了一座寺庙，自称是老百姓迷路了，想借个地方休息。庙中和尚笑着说："你不必瞒我，昨天也来了一位同样的人物，请你看看，也许认识。"杨毓珣进去一看，原来是驻南京奉军的一个旅长刘翼飞，穿着僧衣，已化装成和尚。此事后来在东北传为笑谈："杨毓珣劫毛驴，刘翼飞当和尚。"

"五省联军"只放了几排冷枪，用五天的时间，就将奉军逐出了东南半壁。孙传芳乘胜挥师北进，苏北、安徽的原直系军队群起而响应之。张作霖任命山东督军张宗昌为江苏善后督办，张宗昌部将施从滨为安徽善后督办，让他们去收复江苏、安徽。张宗昌带着他的白俄军在徐州一线与孙传芳军接战，互有胜负；但施从滨军在蚌埠战败，施从滨还被孙传芳军俘虏。孙传芳残忍地将施从滨斩首示众，还暴尸三日。

在北洋军阀的混战中，处决同门袍泽的情况并不多，如此残暴更是绝无仅有。施从滨的独女施剑翘时年19岁，矢志为父报仇，作诗明志："被俘牺牲无公理，暴尸悬首灭人情。痛亲谁识儿心苦，誓报父仇不顾身。"她做手术放开了缠着的双足，苦练枪法，十年后终得在天津佛教居士林刺杀了孙传芳，被誉为一代女侠。

张宗昌军又撤出了苏北、安徽，回保山东。11月8日"五省联军"占领徐州。

奉军在东南战场不战而退，并非军力和战斗力不如孙传芳拼凑起来的"五省联军"，而是内部和后方出了大问题。

孙传芳发动浙奉战争时，冯玉祥就进军直隶大名、山东西南，威胁到奉军后方。张作霖害怕南下的奉军被国民军和"五省联军"阻截、围歼在黄河以南，所以命令江苏、安徽的奉军紧急北撤。

更严重的是，奉军发生了内乱。

## 五、郭松龄反戈

为应对冯玉祥、孙传芳的联合进攻，张作霖调集奉军精锐，在天津组成第三方面军，以张学良为军团长，实际负责的是副军团长郭松龄，对国民军和"五省联军"作战。但是郭松龄在 11 月 21 日，突然发出讨伐张作霖、杨宇霆的通电，率领 5 个军的精锐部队，倒戈回师奉天。

郭松龄（1883—1925）是奉天人，毕业于奉天陆军速成学堂、中国陆军大学。他 1910 年在四川从军时参加了同盟会，辛亥革命时回到奉天，正赶上张作霖大肆捕杀革命党，郭松龄也被抓到刑场要被处决。就在将要行刑时，他的红颜知己韩淑秀冒死闯法场，向监斩的东三省总督赵尔巽陈诉说：郭松龄是四川总督赵尔丰（赵尔巽的弟弟）部下的军官，不是革命党。这才救下郭松龄的性命。

郭松龄之后又到广东参加孙中山的护法运动，护法运动失败后，1918 年回到奉天，到东三省讲武堂任教官。郭松龄身材高大挺拔，平时穿一套布军装像个白俄兵，得了个绰号"郭鬼子"。一天张作霖到讲武堂，认出了郭松龄："你不是那个同盟会会员吗，怎么到我这儿干啦？"不等回答，又拍拍他肩膀说："我不管你是什么，回来就好。只要你好好干，我不会埋没人才的。"

当时张学良也在讲武堂学习，十分佩服郭松龄的军事造诣，便收罗为己用，极为信任和倚重。张学良藉张作霖步步高升，郭松龄也藉张学良步步高升。而张学良终归是个纨绔子弟，不是个带兵打仗的料，军务的事实际全是郭松龄管。因此张学良带一个旅，这个旅就是郭松龄的；张学良带一个军，这个军就是郭松龄的。张学良乐得擎现成，还总标榜说"我就是

郭松龄

茂宸（郭松龄字茂宸），茂宸就是我"。

张作霖也知道"张学良和郭松龄两个人穿一条裤子都嫌肥"，所以他对没分给郭松龄地盘解释说："将来我的位子就是小六子的，小六子掌了大权，你郭松龄还怕没有位子吗？"

张作霖把郭松龄看作是辅佐儿子张学良的人，寄予厚望，好武器、好装备都紧着张学良的部队，实际上就是都给了郭松龄。

郭松龄其实城府很深，而且野心勃勃，从不甘居人下，又心胸狭隘，与奉系老派的吴俊升、张景惠、张作相等人，新派的杨宇霆、姜登选、韩麟春等人都积不相能。张作霖以为他是和张学良的合体，没有分给他地盘，但也绝没亏待他。可郭松龄怨愤至深，更对抢走他地盘的杨宇霆恨之入骨，就与冯玉祥和直隶督军李景林秘密联络反奉。

1925 年 11 月，孙传芳发动浙奉战争，冯玉祥出兵威胁奉军侧翼，郭松龄藉张学良的信任掌握了集结于直隶的奉军主力。郭松龄认为时机已到，就与冯玉祥、李景林约定结盟反奉：郭松龄回师奉天推翻张作霖，冯玉祥和李景林出兵支持，成功后西北归冯玉祥，直隶和热河归李景林，东三省归郭松龄。

11 月 20 日，郭松龄以军团长张学良的名义下令部队撤退到滦州，21 日在滦州车站召开军事会议。郭的夫人韩淑秀毕业于燕京大学，是位"新女性"，在奉天创办贫儿学校、女子学校，又担任郭松龄的机要秘书，也出席了会议。郭松龄提出：不打内战；讨伐祸国媚日的张作霖、杨宇霆；拥护张学良为首领，改革东三省，要求与会的近百名军官签名表态。

在郭松龄布置好的亲信和荷枪实弹卫兵的威压下，一半多的军官表示赞同。但第五师、第七师、第十师、第十二师的几个师长，还有三十多名军官不表赞成。郭松龄命令将这些人逮捕，押往天津李景林处关押。

第四方面军军团长姜登选回奉天经过滦州。郭松龄将姜登选扣押，要他合作反奉遭到拒绝，就将姜登选处死。一说是郭松龄忌恨姜登选抢了他的安徽地盘，没有见姜登选就直接将他杀害，盛在薄木棺材里置之荒野。

姜登选平日待人宽厚，与士卒共甘苦，甚得军心。郭松龄和

姜登选

大多数同僚不能相容，自己也承认"唯姜登选稍和平，尚可共事"，却还是挟嫌杀害了姜登选，因此很失军心人心。郭松龄失败后，韩麟春将姜登选的遗体送回原籍直隶南宫县厚葬，开棺时，只见姜登选的遗骸绑绳已松，棺内木板上遍布指痕。原来姜登选被枪击并没中要害，而是被闷死在棺中。见者无不垂泪！

郭松龄将所部整编为5个军，共7万余人，回师奉天，于21日发出通电，要张作霖下野、惩办内战祸首杨宇霆。郭松龄这时还用张学良的名义发布命令，以拥戴少帅接替老帅为号召，以削弱内部和奉天方面的反抗情绪。11月28日占领山海关后，郭松龄对取胜信心满满，将部队改称"东北国民军"，就不再盗用张学良的名义而自任总司令，指挥部队向奉天进发。

郭松龄的反戈让张作霖如闻晴天霹雳，惊得好半天说不出话来。他开始以为张学良跟郭松龄一起造反逼宫，公开发电报说："我与张学良今生父子，前世冤仇。"这时奉天精兵尽在郭松龄手，张作霖跟前几乎无兵可用。他无计可施，只好做下台逃跑的准备，整天躺在帅府内小炕上抽大烟，

吉林张作相官邸

抽一会儿烟，又起来在屋里来回转，大骂小六子混蛋，骂一阵子又回到炕上去抽大烟。

张学良赶回奉天见张作霖，连连叩头明誓辩白，张作霖才相信他没跟郭松龄同谋。张作霖毕竟久经风浪，他一面指使杨宇霆辞职退隐大连，以去除郭松龄起兵"清君侧"的口实；一面急调吉林张作相、黑龙江吴俊升的军队来救驾；另外派张学良去秦皇岛，与郭松龄疏通，企望能劝说郭松龄罢兵言和，即便不成，也作为缓兵之计，争取调兵布防的时间。

郭松龄拒绝见张学良。张学良只得写了亲笔信，请他的日本顾问仪峨诚也，送给郭松龄身边的日本医生守田福松转交。

郭松龄提出停战条件：张作霖下野，由他回奉天执政，统掌东北；山东归冯玉祥部的岳维竣；热河归李景林。郭松龄还对守田福松说："此次举兵是经过深思熟虑的，现在再不能中止。我已经42岁，这样的病躯，也许活不了多久了。如果张上将军痛改前非而下台的话，请学良到日本去留学三四年，自己的经纶抱负实现一部分之后，就将位置让给张学良君，自己愿意下野，静度闲云野鹤的余生。"

由此可见，郭松龄反戈是策划已久的，目的是自己来统治东三省。三四年后"将位置让给张学良君"的鬼话，不要说小孩子，连张学良也不信了。张学良随即派飞机在郭松龄驻军上空投撒传单，揭露郭松龄盗用自己名义倒戈反奉，谴责其忘恩负义。

张作霖见求和无望，也在11月30日发布讨伐令，命令张作相、张学

张作霖的美制帕卡德装甲豪华汽车，装有一挺水冷式重机枪，价格当时可购买 10 辆轻型坦克

良在连山一带迎战。这时张作霖能指望依靠的，只有吉林督军、老兄弟张作相的第四方面军，汲金纯的一个步兵师，汤玉麟的一个骑兵师，姜登选部撤到关外整编的两个建制不全的旅。另一位老兄弟、黑龙江督军吴俊升的第五方面军，由于苏联拒绝用中东铁路运送张作霖的军队（苏联支持冯玉祥），无法短时间内赶到奉天。

张作相的第四方面军编制有五万多人，一半驻扎在吉林，另一半（3个师）是热河都统阚朝玺的部队，驻在热河。而阚朝玺、汤玉麟，还有张作相所部的骑兵师师长于琛澄见郭松龄势大，又对张作霖重用新派人物杨宇霆、郭松龄等不满，便都采取观望态度，甚至派人去和郭松龄联络，以便东北易主时自保。因此能为张作霖抗击郭松龄军的部队没有多少。

张学良、汲金纯的部队，以及张作相的部分军队从山海关一路退却，一直退过新民府，在巨流河东岸布设防御阵地。

12 月 7 日郭松龄军占领锦州。张作霖判断大势已去，准备下野，让代省长王永江召集省城各法团负责人开会，转述他的意思。张作霖说虽然还可背城一战，但不忍心使家乡父老遭到兵火蹂躏。他说政治就像演戏，郭鬼子嫌我唱得不好听，让他们上台唱几出，我们到台下去听听，左右是一家人，何苦兵戎相见。烦你们辛苦一趟，专车已经备好，你们沿铁路向西去迎接他，和他说明，我们准备正式移交。

张作霖命令内眷收拾细软财宝，把他那辆美国帕卡德装甲汽车停在帅府大门内，以便随时逃走。他还命令副官购入汽油，置备引火木柴，放置在帅府各处，准备逃跑时将帅府付之一炬。

在那个关键时刻，阎庭瑞还是效忠于张作霖，陪着他说话吸大烟，府里府外帮助张家收拾财物，用汽车、骡车运往南满货栈。

在张作霖已经绝望时，日本人插手了。

# 六、巨流河之战

郭松龄倒戈之初，日本内阁会议决定暂守中立，以便为日本在南满谋求最大利益。

郭松龄军占领锦州后，日本方面见郭松龄势大，考虑拉拢郭松龄。日本关东军司令官白川义则大将派代表去见郭松龄，提出可以支持他，强迫张作霖下野，要求郭给予回报。郭松龄表示承认之前有关东北与日本签订的条约和经济契约，保护日本在东三省的现有权益，但不同意与日本签订新条约或给予新的权益。郭松龄自恃必胜，对日本代表的态度十分强硬，双方会谈不欢而散。

日本关东都督、关东军、满铁等实际都倾向援助张作霖，去联络郭松龄只是一种试探。遭到郭松龄冷遇后，他们判定：郭松龄曾参加同盟会，受南方国民党的影响，和冯玉祥同苏联保持着密切联系，如果他统治满洲，国民党就会随之进入，共产主义蔓延的危险也会出现，对维持日本的权益将造成巨大威胁。

日本军部先派曾任关东军参谋长的滨面又助少将来见张作霖，说是作为老朋友，在危难之际前来帮他。张作霖大为感激，当即聘请为私人顾问。奉天省公署的日本军事顾问町野武马大佐与松井七夫少将（松井石根的弟弟）也向关东军司令官白川义则大将进言说"郭松龄是纯粹的过激派，他如果进入奉天的话，一定会宣布废弃一切条约，从而使日本的特权全部化

1929 年浙江国术大会，李景林、孙禄堂、杜心五、杨澄甫等武术大师合影，前排左起：杨澄甫、孙禄堂、刘百川、李景林、杜心武、郑佐平、田兆麟

为乌有"。松井七夫还把张作霖的家眷接到他在满铁附属地的家中以保安全。事后张作霖赠给他一大笔钱，松井七夫用来在日本镰仓海边盖了一栋大厦。

于是白川义则派参谋长斋藤清到奉天见张作霖。据当时东三省交涉总署的处长罗靖寰回忆，会面时斋藤清对张作霖说：阁下如有需要关东军帮忙的地方，请不客气地提出来。张作霖答道：目前省城空虚，虽已电告吉、黑二省军队前来援助，但恐远水不解近渴。如果郭军进逼省城，我想去旅顺暂避，希望日方予以方便。

斋藤清："阁下想去旅顺暂住，我们非常欢迎，定当保护阁下的安全。不过，即使郭军进逼省城，关东军若是通知他们，根据条约规定，中国军队不得在南满铁路附属地作战，必要时关东军还可以出兵阻止，让他们无法进入省城。"

这时的张作霖就如同快要淹死的人看见了救命稻草，当斋藤提出日军予以援助的四项要求：商租权、移让间岛地区的行政权、允许日本修建吉林—敦化铁路到丹东的延长线、在洮昌道设领事馆时，他几乎想都没想就连声说："行，行。"

张作霖与日本签订密约后，12 月 8 日日本关东军就向张作霖军和郭松龄军发出警告：不得进入满铁 20 里以内的附属地作战。日本关东军的警

"武当剑仙"、直隶督军李景林

告表面上针对张、郭双方，实际是针对郭松龄的，因为只有郭松龄军才需要越过满铁附属地、进攻奉天省城，这等于给了张作霖最后的安全保证。日本满铁还拒绝运送郭松龄的军队，而帮张作霖把张作相在吉林的军队运来奉天。

这时，郭松龄的后方也生了变故。

冯玉祥明里与郭松龄订立密约攻打张作霖，实则想让郭松龄和张作霖两败俱伤。因此在郭松龄起事后，他坐山观虎斗，不出兵支援郭松龄不说，反而在苏联顾问的策划下，乘此机会出兵攻打与之结盟的李景林，来夺占直隶地盘；同时还派军队进攻中立的阚朝玺，抢夺热河地盘。

李景林是直隶枣强人，自幼随父习武，1888 年进入奉天的陆军青年学校就读，期间被武当传人、关东大侠宋唯一收为弟子，武当剑术独步一时，有"武当剑仙"之称。他从北洋陆军武备学堂毕业后投入奉军，第二次直奉战争中任奉军第一军军长，立下战功，分得直隶地盘。

郭松龄谋划倒戈时，极力争取直隶督军李景林，以得到一个稳定的后方；李景林见郭松龄力量占压倒优势，又要避免冯玉祥国民军的进攻，遂同意与郭、冯结盟反张作霖。但郭松龄起兵后，李景林却遭到冯玉祥背信弃义的进攻，只得奋起抗击。李景林又是个孝子，老母居留奉天。张作霖来电话一要挟，他就不再予以郭松龄军队后勤支持，还扣留了郭松龄军队存在天津的 6 万套冬装和在直隶的其他军需。

冯玉祥、李景林的背盟，使郭松龄陷于孤军作战的境地。

郭松龄的部队是张作霖多年培养出来的，大多数军官受胁迫反戈，本非情愿，士兵们更不愿意回奉天打内战。军中流传"吃张家，穿张家，跟着郭鬼子造反真是冤家"。部队原本就军心不稳，这时辽西又遭遇大风雪，官兵们在冰天雪地里还穿着单衣，军需给养又跟不上，不仅造成军事行动的困难，也愈发使军心动摇。

张作相在吉林的军队由日本满铁运送，及时赶到了奉天的巨流河防线。原本汤玉麟、于琛澄摇摆于张作霖、郭松龄之间，但他们去和郭松龄联络遭到冷遇，而张作霖许以既往不咎和升官加禄，遂又投向了张作霖方面。当郭松龄军前进到巨流河西岸时，河东岸张作霖方面集结的部队已有五万多人。

阎庭瑞负责军需，凭借奉天积存的雄厚财力物力，保证了部队粮饷、弹药充足。但张作霖的部队只有一个团的炮兵。阎庭瑞按照张作霖的命令，用汽车、骡车、大车把东三省兵工厂里所有能用的大小口径的炮全赶运到巨流河东岸，设置炮兵阵地。张作霖的日本顾问荒木贞夫招来二百多名日本退役军人，充当炮手，拼凑起一支炮兵。

张作霖能够与郭松龄军一战了。

12月22日，郭松龄命令部队发起总攻。郭军虽略占优势，但将士不肯用命，特别是炮兵——郭松龄军的炮兵本来占很大优势，但炮兵旅旅长邹作华被胁迫参加反奉，还被郭松龄任命为总参谋长，却心向张作霖，他让炮兵旅的炮手将炮弹拆去引信再发射，打到张作霖军队的阵地上都不炸。激战一天，郭松龄军毫无进展。

23日凌晨，吴俊升率黑龙江的两个骑兵师赶到。他部署作战说："我是老粗，不懂得红蓝铅笔在地图上怎么画，可我知道两人打架，我扯谁的后腿，谁就趴下。"随即亲率骑兵，由辽中县间道包抄到郭松龄军阵后，袭击了郭军司令部驻地白旗堡，焚毁了郭军的弹药库和粮秣库。

形势逆转，郭松龄见败局已定，于24日晨携妻子韩淑秀和二百多名卫士和幕僚逃走。

郭松龄出走后，邹作华便以总参谋长的身份，命令部队停止攻击；又分别给张作霖、张学良打电话，报告郭松龄出走和已令全军停战。结束了北洋时期发生在东北的这场最大内战。

郭松龄一行先逃向山海关方向，发现已被奉军骑兵包抄拦截，就又逃向营口方向，半途被吴俊升所部穆春骑兵师捕获。据穆春师参谋处长萧兆麟回忆：他们师的王永清旅奉命追击逃走的郭松龄，该旅的郭宝山团24日下午在小苏家屯发现了郭松龄一行。郭松龄的卫队投降，郭松龄夫妇藏在一个地窖里，被搜捕抓获。旅长王永清、师长穆春先后赶到小苏家屯，把郭松龄夫妇押往辽中县的老达房，在那里打电话报告了吴俊升、张作霖。

张作霖接到穆春电话，还以为没抓到郭松龄，没等报告就说"没抓着就拉倒吧"。当穆春报告已捕获郭松龄夫妇后，张作霖说："我可不要活的呀！好吧，等一会再说。"过了一会张作霖来电话问把郭松龄毙了没有，听穆春说"还没有"后，就吩咐"没有毙就不用毙了，你把他脚腕跟割了，我明天派人去取。你们这次的赏额是二十万，派人来领吧"。

25日一早，张作霖的上校副官高金山带着帅府卫队，乘6辆汽车到老达房，提走郭松龄夫妇，在离老达房四五里的辽河边把郭松龄夫妇枪毙，将尸首带回了奉天城。

张作霖对郭松龄的背叛深恶痛绝。所以不光将郭松龄夫妇处决，还下令在奉天城的小河沿暴尸三日。

张作霖本来还要惩办跟着造反的一批郭松龄的亲信。经张作相劝告，张作霖意识到需要安定人心军心，遂宣布除了郭松龄，其余人一概不追究。事态很快平息下来了。

不过在处理郭松龄反奉的善后会议上，张作霖仍恨恨不休地大骂张学良和郭松龄："我姓张的用人，向来一秉大公，赏罚分明，并不是我自己养出来的都是好的。小六子这个损种上了郭鬼子的贼船……我姓张的向来一秉大公，李景林、张宗昌、许兰洲这些人都是外来的，和我素无瓜葛，还有于学忠是吴佩孚的外甥。谁不知道我和曹吴对头多年，可是我对他外甥是重用的。郭鬼子这个鳖羔子，到沈阳来，打个行李卷，只有两个茶碗，还有一个没把的。小六子说他是个人才，能吃苦耐劳，我一次就给他两千块大洋，给他安家。那时候他感激得把他妈给我当老婆他都愿意。他自以为有功，在座的谁不比他资格老？汤二哥和我穿一条裤子，出生入死，现在和郭鬼子拉平辈。小六子上了贼船，郭鬼子教他学李世民……"

# 第十一章 洪波喷流射东海：华北赈灾

# 一、华北大灾：出任赈务督办

20 世纪 20 年代，华北五省（直隶、山东、山西、河南、察哈尔）出现长期大面积的旱荒。按民国内务部赈务处的估算，灾区面积约 271.27 万平方里，受灾共 340 个县，占五省总数的约五分之三；灾民达 3000 万人，占五省总人口的三分之一以上（《中国经济》，1933 年 8 月）。而按当时《京报》文章《华北救灾问题研究》的数字，灾民要达 5000 万以上，几省中又以山东遭灾最为严重，灾民在 1000 万以上。

奉系势力于 20 年代扩张到华北地区时，正是华北旱灾炽烈之时。阎庭瑞原本担任吉黑榷运局局长和禁烟总局局长这两个最肥的职位，但他主动请缨，出任了山东赈务督办兼奉天赈务局长（1925 年），统管关内关外的赈灾、移民及其安置。这其中不免有随张作霖进关分一杯羹的考量，但他一直有一种挥之不去的难民情结，赈灾济民应是主要出发点，而他领导的赈灾行动也表明了这一点。

阎庭瑞视察直鲁豫灾区，赤地千里、哀鸿遍野的景象让他触目惊心：灾区粮食奇缺，粮价暴涨数十倍，连青草都卖到平常米价的数倍，各村落的树皮被抢食净尽，牲畜也宰杀殆尽。灾民们求生无门又逃生无所，甚至有举家无计图存而满门自尽的。卖妻鬻子的比比皆是，直隶的妇女儿童卖价不到 10 元，5 岁以下的儿童没有人要，很多投弃在河井中。河南安阳竟将年轻姑娘按斤两当肉卖，每斤百文钱，约合五六块大洋一个人。

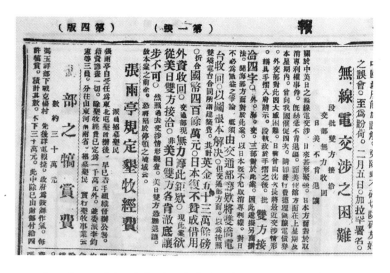

1925 年 2 月 8 日《大公报》关于张作霖拨出 1000 万元垦殖专款的报道

但阎庭瑞却不可能从中央（北洋）政府拿到大笔的赈灾款。北洋政府已连续多年入不敷出，有限的税收大部分还被地方军阀截留。如最大的一笔收入盐税，1926 年各地军阀截留了 3700 万元，中央政府仅收到 900 万元！北洋政府每年是借新债还旧债，但十余年来，平均每年只借到约 2400 万元，却要还约 7100 万元连本带息的债务。政府年年是旧债未偿又添新债，能够支用的款项连正常的行政开支都不够，哪里还拿得出钱款救灾！

1920 年大灾发生时，北洋政府只拿出 8 万元赈灾款，直隶、山东、河南、山西各分 2 万元。政府又向国际求援，用关税为抵押，1921 年向汇丰、汇理、花旗、正金四大银行借到赈灾专款 400 万元。社会各界义赈，如梅兰芳先生进行两场义演，筹得善款 1 万元，自己又捐出 1000 元；留日学生会筹得两千余元；还有基督教青年会等发起成立华北救灾总会，英美日法意五国成立国际救灾会，共筹得几百万元。但这些对于数千万灾民来说，只是杯水车薪，在阎庭瑞出任赈务督办时，也早已用得干干净净。

阎庭瑞首先说通了张作霖，拨出 1000 万元专款，用于赈灾、安置难民和移民垦殖。这笔款即使对经济高速发展的东三省来说，也接近政府年总收入的四分之一，况且直奉战争、郭松龄内乱等给东北财政造成了很大的困难。在这种情况下张作霖能够拿出 1000 万元巨款来赈灾和帮助灾区人

华北接受赈济的灾民

民移民东北，而这笔钱在当时可以购买德国或法国产的新型坦克3000辆（15年后，"坦克战之父"古德里安击败英法、横扫西欧的装甲集群，也不过有1500辆坦克）！仅此一端，就可说是泽及生民，或应该改变张作霖是"土匪军阀"的传统观念。

近代以来华北地少人多，人口密度远高于全国平均水平，而人均占有土地则居末位：1851年为4.46亩，1912年减少到3.66亩，1928年又减少到2.93亩。而捐税之重则居全国前列，严重摧残了社会生产力（章有义，《中国经济史研究》）。

民国以来，尤其是袁世凯之后，大小军阀的混战就不曾停歇，华北是军阀混战的主要战区，加之土匪横行，要找到一个未遭兵匪祸害的村子几不可得。20世纪20年代华北再遭到百年不遇的持续旱灾，灾区人民已难以生存。按国际救灾总会的严格标准，完全要靠赈济为生的灾民就有2000万之多，而单靠赈济又是难以为继的，更重要的是要为他们寻得生计。

与华北天灾人祸频仍不同，这一时期的东北在张作霖统治下相对安定，经济高速发展，又地多人少。两相作用之下，关东就成了华北灾民的出路乃至向往的乐土。但这些饥饿待毙的灾民，是无法自行扶老携幼、千里跋涉逃往关东的。

阎庭瑞用张作霖拨给的专款，再动员社会各界捐助，一方面就地赈济

有阎泽溥签署的北洋政府关于海关进口附加税的公告

灾民，一方面会同奉天当局，在天津设立移民局，派工作人员到直隶、山东、河南各地，招募和帮助华北灾民移民东北，同时在奉天多地设立收容所和救济会，接收和安置难民。

阎庭瑞及赈务局发布告示：移民由专车运送出关，一切旅费及家族赡养费均由移民局负担（《大公报》1925年1月8日）。当时山东赈务办事处制定了《移民简则》，保证了赈济和移民工作的有序进行：

一、本处应山东官绅之请求，以运送粮食空车输送灾民于东三省各县区以营生活，依次列各条办理之。

二、灾民欲赴东三省者，为防止弊害计每户必须有壮丁一名，以能从事工作赡养者为限，凡家族概不移送。

三、移送灾民之姓名、年龄、籍贯须各粥厂制造清册送达本处，以备考核。

四、清册送来后，由本处派人调查灾民之人数，分别发给乘车标识以示区别。灾民乘车后之饮食由本处供给。

阎庭瑞领导赈务局，一方面充分利用铁路系统加开专列运送灾民出关，同时发掘其他运力，如海运。阎庭瑞在1927—1928年兼任了税务总署督办，掌管海关。当时海关统计，该时期移民循铁路到关东的约占总数的三分之一，由海路到关东的约占三分之二。据《近代山东沿海通商口岸贸易统计资料》，1928 年和 1929 年，由烟台、青岛、龙口三港乘船到东北地区的客运量，分别达 61 万人次和 64 万人次。

对于接收和安置难民，阎庭瑞多年掌管招垦事务，已是轻车熟路。他会同奉天当局制定了《难民救济规定》和《新入境难民救济规定》，扶助他们从事垦殖或其他生计。

日本在华最大情报机构——满铁调查课的报告《民国十七年满洲出稼者》讲："在移出地中，对移民最尽力的是山东赈务处。在 1928 年难民如潮的情况下，该处用运输粮食的空车把灾民送到东三省各县区，乘车期间的饮食全部由该处负责。另外，该处还设立了难民招待所，备有席棚、粥厂等，对出关难民提供食宿帮助。"

近代中原地区的几次大灾荒，1877 年—1878 年华北旱灾即光绪时的"丁戊奇荒"，造成 1000 多万人死亡；1928 年—1930 年陕甘饥荒造成 550 万~600 万人死亡；1942 年河南饥荒造成 200 万~300 万人死亡。而始自 1920 年的华北五省旱荒，受灾时间、面积和人口都超过其他，且前灾未平后灾又起，但只灾荒之初造成约 50 万人死亡，而后未再出现大面积死亡。当时《晨报》评论说仅山东灾民就达千万以上，"设无得力之大宗救济，恐饿毙者，不免有二三百万之众"。

阎庭瑞及奉张集团将赈灾与移民、垦殖相结合，取得了赈灾效果的最大化。那些持己饥己溺之心拯民救灾的赈务人员可谓德及苍生。在军阀混战、政治腐败、财政枯竭的状况下，只部分控制北方政府的张作霖集团，能够拨出大笔专款赈灾和移民，不能不说是难能可贵。

## 二、闯关东大潮和移民实边的深远影响

清朝统治者为了给自己留一块"退身地"，对东北施行封禁政策，以致关外人烟稀少。1850 年辽宁和吉林人口约 289 万，黑龙江人口稀少没有统计。阎庭瑞闯关东的 1897 年，150 多万平方公里的东北大地，总人口仅

542 万。这就给沙俄和日本的侵夺大开了方便之门。

徐世昌总督东三省，记载当时东北边疆情形，"黑龙江省自呼伦贝尔至松花江口，三千余里，彼族（俄罗斯）极意经营，沿江一带屯堡相望，密如鳞栉；而我边除瑷珲一城外，余皆荒落无人。"

沙俄于 1581 年侵入西伯利亚，仅 60 年就从乌拉尔山推进到了太平洋西岸。三百多年中，侵吞了黑龙江以北、乌苏里江以东的一百多万平方公里中国领土。兴建西伯利亚大铁路后，沙俄计划向远东和北满移民 60 万，以便把中国东北变成俄罗斯的"黄俄罗斯省"。

日俄战争后，沙俄扩张势头受挫，日本势力大张。日本仿照英国东印度公司的模式，建立了殖民机构——南满洲铁道株式会社，由在台湾建立日本殖民统治的头子后藤新平（1857—1929）到东北担任满铁总裁，筹划将东北变成日本的殖民地。后藤新平规划东北殖民大计指出："尤不得不以移民为其中之要务……倘能依靠目前铁道之经营，于十年之内将 50 万之国民移入满洲，则俄国虽说倔强亦不敢与我乱启战端，和战缓急之主动权必落我手中。"他还说："战争不可期待常胜，永久之决胜乃在于民口之消长。"（伊藤熹家《近代日本与中国》）

后藤新平是残酷屠杀台湾人民的刽子手，此言却是洞察历史发展规律的精辟论断。此后日本加快了向东北移民的步伐。但后藤新平 10 年内移民 50 万即可在东北稳操胜券的判断和计划，主要假想敌是沙俄，没把腐朽的清政府放在眼里，更没有预料到张作霖集团崛起后的移民力度。

张作霖掌握东三省政权后，认识到移民和增加人口是最有效的实边措施，同时也是扩充自身实力的有力途径，因此亲自担任东北边防屯垦督办。

奉系集团首领大多是闯关东的后人，阎庭瑞却本身就是闯关东的流民，深知其中甘苦利害。他先后掌管蒙荒局、屯垦局，协助张作霖制定了一系列推动移民和屯垦的政策。

东三省虽经 20 世纪初叶放垦移民，开垦土地也只有可耕土地的约 6%。民国三年统计，奉天开垦 4084 万亩，荒地 36000 万亩；吉林开垦 3250 万亩，荒地 40500 万亩；黑龙江开垦 2200 万亩，荒地 67500 万亩（《农商公报》1 卷第 2 期，1914）。与中原、江南等地区的田地已不足以养活众多人口又无余地可开垦的情况有天壤之别。

奉张政权将清皇室和满蒙王公占有的大量荒地有偿收回，分配给来关外垦殖的移民。从 1915 年到 1924 年，仅奉天省就收回和发放了原皇室和八旗王公的土地 190 万亩。吉林和黑龙江放荒的规模，还要大于奉天省。

东三省的赋税，也远低于关内。民国初年，直隶、山东、河南的田赋，平均每亩在 120—200 文之间，陕西、湖北在 1000 文以上，而奉天仅为 20 文，吉林、黑龙江则在 10 文以下。以阎庭瑞主持的蒙荒行局放荒为例。洮儿河流域土质肥沃，当年就可耕种。夫妇二人领荒地 100 亩，开垦种植大豆，第一年要支出：盖房二间 60 元，家具 30 元，农具 33 元，牛二头 90 元，种子 36 元，伙食日用约 100 元，偿还全部地价 22 元，赋税 0 元（免租税 6 年），总计支出 381 元。按当时平均生产水平，可收大豆 35 石，收入 700 元，盈余 319 银元。

由于蒙荒行局还给予移民盖房津贴，统一为移民购买耕牛并只收半价，因此移民实际的盈利比上面计算的要高不少。

东三省各地垦务机构对垦荒的移民也都有种种优惠政策。如华北大灾时阎庭瑞主持赈灾和移民，就规定给开垦地的移民发给旅费、农具和种子，免租税三年。

清末时美国驻清国领事馆有一份关于清朝中原地区普通自耕农收入的报告：一对夫妇和两个孩子的四口之家，耕种 15 亩田地，每年能够获得 25 两银子的收入盈余（未计生活费用），必须把每天的开支控制在 55 文钱（1 两银子 ≈ 1200 文钱）以下，才将将能维持生活。如果想做身衣服，就必须从吃上节省，对于灾荒则毫无抵御能力。

这也就是为什么清代和民国时期，一旦有旱涝灾害，便是大批农民破产沦为难民，卖儿卖女，饿殍载道；也就是为什么直鲁豫人民要冒险闯关东。

奉张政府的种种优惠政策，吸引直鲁豫贫苦农民、灾民扶老携幼结群北来。将移民与赈灾相结合，帮助数百万灾民移民东北，更助成了闯关东的大潮。从阎庭瑞任赈务督办这年起（1925），移民特点也从季节性的迁移变为永久性的移植。

阎庭瑞闯关东时，东北总人口为 542 万；开禁移民和大规模屯垦后的 1911 年，移民增长为 1841 万；闯关东大潮后（1930）达到 3000 余万。这里面除人口的自然增长外，大多数是机械增长，即移民所致。据陈翰生

《难民的东北流亡》（中央研究院社会科学研究所集刊），1921年关内向东北移民为20.9万人，1926年增为56.7万人，1927年又增为105万人。日本满铁太平洋问题调查委员会1931年的统计，关内各年移民东北的人数为：1924年，37.7万人；1925年，49.2万人；1926年，57.3万人；1927，102.6万人；1928年，112.9万人；1929年，108.1万人。中研院和满铁的统计主要基于近代交通工具，而"私越""私渡"的则难以统计，因此实际移民人数应较上述为多。

"九一八"事变后移民潮停滞和倒流，东北人民不堪日本侵略军蹂躏纷纷逃亡。"七七"事变后日军共强征和抓捕约500万关内民到东北当劳工，但这与移民有本质不同。

民国政府税务处给内务部有关胶澳租借地（胶州湾、青岛口岸和胶州湾到济南铁路）的咨文《所拟修改胶澳章程草案其第十四条本处经加修请查照由》，阎泽溥，民国十六年九月十四日

因此20世纪20年代中后期，是移民东北的高峰。

移民实边促进了东北的经济发展。1914年东北开垦土地14019.2万亩，1932年增加到30618.6万亩；1912年粮食产量800.2万吨，1930年增加到1886.5万吨（许到夫，《中国近代农业生产及贸易统计资料》）；民族工业也得到快速发展，开矿山，修铁路，建工厂，到1925年东北工商业已占全国30%。更重要的，是抗御了外敌侵占东北领土。

在张作霖集团统治东北的十多年里，共有1000余万关内人民移民关外，远远超过日本的150万移民和俄国的20几万移民。东北成为中国的新兴人口稠密区。人口增长不仅促进了东北的经济文化发展，而且这些闯关东的移民具有明确的国族认同，从而使日本、苏俄和清朝余孽将东北从中国分离出去的企图难以得逞。

# 三、筹济总局和烟毒泛滥

清朝后期烟毒在中国泛滥时，东北尚算得一方净土。

1906年，迫于国际禁毒舆论和中国人民强烈呼吁禁止鸦片，英国被迫放弃向中国输入鸦片。

日本政府却逆世界禁毒大潮而动，成为英国之后鸦片侵华的元凶祸首。它比英帝国主义更邪恶狠毒的是：不仅要通过贩售毒品来掠夺中国的物质财富，而且要用毒品毒化中国人民的灵魂，使中国永远沦为日本的附庸国。甲午战争后，日本政府就制订了用毒品进攻整个中国的计划，在侵占的朝鲜等地生产鸦片、吗啡、海洛因，利用治外法权偷运到中国大陆，首先就是东三省。

从此东北不再是净土。

张作霖自己吸鸦片，奉系集团的首脑们也大都吸鸦片，但他们都知道鸦片的危害，禁止家人和部属吸。张作霖掌握奉天政权后，和帮办冯德麟联名发布了一个大白话的施政告示，表示要禁止"黄、赌、毒"："我们奉天，向来是土壮地肥，人心朴厚，可是这几年中，已经是大不如从前了。就拿这风俗说吧，这几年中，我们奉天的风俗，也渐渐地学坏了，娼妓的数目，一天比一天多，赌博的风气，一天比一天盛，如今鸦片烟，国家刚在那极力禁止，不知道什么缘故，又添上一种打吗啡，真是无奇不有了。吗啡这种东西，本是一种最烈性的毒药，它那害人的力量，比从前那鸦片烟，还要厉害许多，所以各国里头算作一种厉禁。要知道，人的身体，本是万事的根本，不能保身，焉能保家？不能保家，焉能保国？我们奉天，左盘右算，就是这么几个人，要是有一部分都弄成一个半死不活的样子，请问我们这日子，还有一个过法吗？我对于这种事情，实在是万分的痛恨，一定要想出法子来，让它尽绝根株。"

张作霖还颁布了一系列法令，严禁种罂粟、吸鸦片、打吗啡。奉天政府在各地区派驻禁烟专员，在哪一地区发现种植烟苗，就追查专员责任；各地军警要清查种烟户、吸烟户，并查明大烟籽或鸦片的来源，如果有军警包庇种烟户吸烟户，一律按军法处置。

奉天当局也制定了严厉的法令惩办毒贩：有烟具或贩卖三十两以上的，为一等罪；没有烟具、贩卖十两以上的，为二等罪；吸食鸦片成瘾的或者打吗啡的，为三等罪。可能是借鉴古罗马的"什一法"，司法机关预备法签十支，其中一支为从重的签。凡犯一等罪的十人抽签，抽到者处死刑，其余九人判处十年徒刑；凡犯二等罪的十人抽签，抽到者判处二十年徒刑，其余九人判处三年徒刑。如此严禁、严惩和震慑，从辛亥革命到1925年，东三省还算是中国遏制鸦片毒害较成功的地区。

但两场直奉战争打光了多年的积蓄，郭松龄倒戈的一场东北内战，给奉系经济和军事力量造成的损失还要超过两场直奉战争。奉天政权负债累累，仅1925年就发行了5137万元不能兑换的奉票，想重整军备已钱无所出。政府面临严峻的经济财政困局。

一次阎庭瑞和张作霖一起抽着大烟说话，说起财政困难的事，就想实行鸦片专卖来弥补财政亏空和筹集军费。其实这是当时各地军阀的普遍做法，打着"寓禁于征"的幌子来推行鸦片种植和贩卖。本来经过清末民初的禁烟运动，鸦片种植和鸦片输入大减，到1916年中国已有16个省禁绝鸦片，包括江苏、广东等鸦片输入的重灾区，禁烟运动取得了巨大成效。但1916年袁世凯死后，中国陷入军阀割据的四分五裂局面。财源是军阀生存的基本保证，军阀们纷纷把利润丰厚的鸦片作为了重要财源，烟毒愈演愈烈。

贵州军阀刘显世最早弛禁鸦片。四川军阀混战最烈，烟毒也最烈，大小军阀们用军队强迫农民改种鸦片，用军队"屯田"种鸦片，用军队贩运鸦片。为了迫使农民种鸦片，还对不种鸦片的农民课以重税，而种鸦片则只收当年的田赋。弛禁鸦片的地区，又污染、传染相邻的地区。如云南本来禁种鸦片，但四川、贵州的鸦片大量倾销到云南，云南军阀见难以禁止又为了"肥水不流外人田"，遂自家也大种鸦片，鸦片相关收入很快成了云南的财政支柱之一。

到1925年，中国的烟土产量恢复到1905年的水平，达到376000担。

东北的日本拓殖民收鸦片

东北的情况更加特殊。种鸦片的，主要是日本的拓殖民；贩鸦片的，主要是日本人及其雇用的朝鲜人。从安东、本溪、抚顺直到哈尔滨，日本人和朝鲜人开设的鸦片烟馆林立。日本妓院和朝鲜妓院，也都是贩售毒品的处所。日本种毒、制毒、贩毒，是日本政府（兴亚院）会同军部、特务机关，操纵日本浪人、商社、黑社会组织，有组织有计划地进行，藉此从东三省掠夺了巨额财富，同时利用治外法权，让奉天当局难以管制。

张作霖和阎庭瑞觉得，与其让日本人种毒贩毒掠走巨额财富又难以禁止，还不如对其课以重税，也来个"寓禁于征"，把利润截留下来。

不过张作霖、阎庭瑞都知道弛禁鸦片冒天下之大不韪，于是操纵北洋政府，成立了一个禁烟总局，由阎庭瑞任总局长，在管下各省推行，搞了个名为禁烟，实则花大钱买种烟权、贩烟权、吸烟权的花招：禁种大烟，但每亩烟苗交"罚款"三十大洋，就可以保留；须销毁烟土、不准贩运，但以每两烟土两块大洋的价格购买了销毁证，就可以贩运无阻；禁售鸦片，但贩卖鸦片的烟店办了许可证，每月交纳 400 到 600 大洋的许可证费，就可以营业；禁吸鸦片，但缴纳二十大洋领一张戒烟证，就可以吸，一个月一领证……

禁烟总局"寓禁于征"，敛取了上亿的烟税，也造成管下各省毒祸愈发蔓延（禁烟总局一度改名筹济总局，被东北百姓称为"抽筋局"）。只

北洋政府禁烟总局

有吉林督军张作相不同意弛禁鸦片，和张作霖说，七哥你要多少钱我给你，但我不能让吉林种鸦片。张作霖和阎庭瑞只得作罢。"九一八"事变前，吉林和山西是中国仅有的不种鸦片的两个省。而汤玉麟统治下的热河，是种鸦片的重灾区。据满铁调查课《调查时报》，热河历年种烟不下 5000 顷，几年征收烟捐达 1300 万元。

# 第十二章 夕阳影里碎残红：最后的北洋财长

# 一、国奉吴阎战争

第二次直奉战争后，冯玉祥的国民军占据了权力中枢北京，收编了大量直军，从四五万人膨胀到四十万人，之后与郭松龄结盟反奉，又在张作霖和郭松龄关外大战时趁火打劫，攻占了直隶、热河及山东的鲁西地区，成为独霸中原的强大势力。

张作霖意识到冯玉祥的威胁，二次直奉战争后不久，就向刚拼得死去活来的死敌吴佩孚致意说："直奉战争，咱俩是鹬蚌相争，让渔翁（孙中山）得利了。如果咱哥俩联合起来，必将天下无敌。"

吴佩孚战败后逃到湖北，夺了湖北督军萧耀南的权，图谋东山再起。他对直奉战争中冯玉祥的倒戈导致自己惨败深恶痛绝，在郭松龄倒戈讨奉时便给予张作霖声援。二人同病相怜又投桃报李，于1926年1月正式结盟，商定讨伐共同的仇敌冯玉祥。张作霖还允诺将来北京政府交给吴佩孚主导，并让阎庭瑞筹集200万元，资助吴佩孚军饷。

和张作霖吴佩孚联合讨冯的，还有山西的阎锡山。冯玉祥的国民军之前屯驻较为贫瘠的西北，觊觎相对富庶的山西，几次进攻山西。阎锡山为保自家地盘，一再求助于张作霖和吴佩孚。

冯玉祥为避免遭到张作霖、吴佩孚的夹攻，于1926年1月1日宣布辞职下野，想分裂吴张联盟，但张作霖、吴佩孚不予理睬；冯玉祥又想与吴佩孚结盟反奉，遭到拒绝；再派代表去见张作霖，图谋联奉反吴。张作霖采取边打边谈的策略，提出国民军交还直隶、热河为和谈的先决条件，同时命令部队按照原计划进攻。冯玉祥左右投机不成，反弄得军心不稳。

吴、张、阎、直、鲁联军于 2 月发动进攻。吴佩孚军沿京汉线北进，分三路进攻河南；阎锡山则率军出娘子关，夹击国民军。张作霖因郭松龄事件大伤元气，一时无力大动干戈，便让张宗昌、李景林的"直鲁联军"归附在吴佩孚的"讨贼联军"大旗下，反攻鲁西和直隶；奉军只张学良率一部从山海关进攻滦州，牵制国民军。

1926 年 3 月，吴佩孚军攻占河南；张学良所部奉军攻占滦州、唐山，阎锡山军攻占石家庄，俘虏了国民军第二路军司令、河南督军岳维峻；直鲁联军攻占天津，进逼北京。张作霖携吴俊升、汲金纯等于 3 月 29 日出关到秦皇岛，召集军事会议。张宗昌、张学良、李景林都由天津赶来秦皇岛。张作霖记恨李景林参与郭松龄倒戈的事，拒绝见李景林，也不让他参加会议。

阎庭瑞负责华北赈灾时，李景林曾多方予以协助，因此他为李景林向张作霖缓颊，进言要以讨冯大局为重。吴俊升、张宗昌、汲金纯也都为李景林说情。张作霖这才允许李景林参加会议。

李景林与国民军连番激战，兵力损失很大，又与张作霖裂隙已成，主动提出将直隶督军一职让给鲁军将领褚玉璞，自己专负前方军事责任。张作霖也就答应送回他的家属，表示已然释疑释嫌。

开完会转天张作霖就回奉天去了。

3 月 21 日冯玉祥本已下达总退却令，准备退出天津、北京。但驻守北京的国民军将领张之江、鹿钟麟等人与吴佩孚部下的靳云鹗、田维勤等将领联络，提出"旧直系再团结"，同意"将京汉线让给吴佩孚"，以及吴方要求的"释放曹锟，恢复法统"等条件，再一次企图联吴拒奉，得到靳云鹗、田维勤的认同。冯玉祥见张、吴阵线出现裂隙，形势转变，于是又部署守北京。

执政段祺瑞见冯玉祥大势已去，就想逮捕国民军的北京守将鹿钟麟，与奉军里应外合控制北京。但 4 月 10 日鹿钟麟先发制人，派兵去逮捕段祺瑞。段祺瑞在来逮捕他的军队到达前二十分钟，离开住宅逃进了东交民巷。

北京铁狮子胡同的原和亲王府，1924 年后为段祺瑞执政府

鹿钟麟通电宣布推翻段祺瑞执政府，保护大总统曹锟恢复自由，请吴佩孚到北京主持大局；然后又按照与靳云鹏等达成的"旧直系再团结"协议，通电宣布就任吴佩孚"讨贼联军"副司令，并且"唯吴玉帅马首是瞻"。

但吴佩孚得知后，下令拒绝，指鹿钟麟"乞和缓兵，离间待变"，并发电报给张作霖说，"国民军无和平诚意，请按照计划从速进兵扫荡赤巢"。张学良、张宗昌、李景林等也联名通电斥责鹿钟麟好恶无常，"前日拥段，今日驱段；前日捉曹，今日放曹。一年之间，前后大异"。

张作霖为坚定与吴佩孚的同盟，提出与吴互换金兰、结为兄弟。吴佩孚、张作霖都坚持冯玉祥军必须全部缴械，命令部队向北京发起总攻。4月15日，奉军、吴军、直鲁联军攻占通州、西苑。冯玉祥军撤离北京，退往昌平南口。

奉军、吴军、直鲁联军进了北京，立即开始内斗。按照奉吴同盟条约，政治和政府问题都交由吴佩孚负责。国民军退出北京，吴佩孚就按照盟约，要恢复曹锟任总统时的宪法，先让曹锟时的颜惠庆内阁复职，再组织一个以直系为主的政府。但张作霖反对"复宪"，要恢复民国初年的"约法"，召集新国会，由他的亲家靳云鹏来组阁，完全撕去了"不干政"的幌子和"奉吴约定"。

双方争执不下，从4月10日冯玉祥、鹿钟麟推翻段祺瑞的执政府，北京及中国便处于无政府状态，由北洋元老王士珍和前清遗老赵尔巽组成治安维持会，维持局面。5 月 5 日，王士珍和赵尔巽提出折衷方案：先让颜惠庆内阁依据"民国大总统选举法"复职，之后再任命新总理，"复宪"或"复约"问题待军事行动结束后再议。

这时东南"五省联帅"孙传芳表态支持吴佩孚。张作霖见形势不利于己，内部吴俊升、张作相等人又主张"退守关外，先把东北的事干好，关外的事都交给吴佩孚去折腾"，也就顺水推舟同意让颜惠庆内阁复职。颜惠庆内阁遂于 5 月 12 日宣布复职。民国经过空前绝后一个多月的无政府状态，才算名义上有了一个摄政政府。

阎庭瑞随奉军、直鲁联军进驻北京，代表张作霖监督北洋政府的财政，为奉军、直鲁联军筹款和办理军需。他同时给自家敛财置产，在北京置有公馆，又收了三房——一个古董商上赶着巴结，将其妹妹送给了阎庭瑞。这个三房很会哄人，于是故宫的不少珍宝都到了他的三房及三房家里，公馆里的全套家具都是从故宫搬去的。阎庭瑞还在天津购置了北郊的大量田地、南开和南市一带的许多房产，以及豪绰公馆（与天津赤峰道张学良的少帅府一墙之隔，新中国成立后用做文化馆）。

# 二、北洋无复北洋系

国民军退出河南、直隶及京津，损失惨重，四十多万人马只剩十几万。五路大军，岳维峻的第二路土崩瓦解；孙岳的第三路军大部投降吴佩孚，徐永昌部投了阎锡山；魏益三的第四路军先投阎锡山，随即又投了吴佩孚；只冯玉祥的第一路军和方振武的第五路军还保存了基本建制。

冯玉祥于 1926 年 3 月底经库伦去了苏联，会见了鲍罗廷、徐谦、于右任等人，由徐谦介绍加入了国民党，由苏联援助并帮助整顿军队。他原本计划把部队撤到西北陕甘一带以保存实力，但奉军、吴军和直鲁联军进了北京后便开始内斗，又勾心斗角谁也不肯先去攻打国民军伤损实力。因此国民军便据守在北京郊外的昌平南口，"和平相处"了一个多月无战事。

5月初，张宗昌忽然把准备进攻南口的鲁军撤回了山东，张学良也将奉军撤离京津一线退守唐山一带。国民军见状，就调动精锐猛攻山西大同，欲先打垮对方最薄弱的阎锡山，改变三面受敌的不利局面，然后再全力对抗奉吴。阎锡山连连向张作霖、吴佩孚告急，要他们迅速进兵，以缓解晋军的压力。

张作霖和吴佩孚也感到需要采取共同军事行动了，准备在北京举行吴、张、孙、阎四巨头会议，商定军事问题。但孙传芳对"联奉""联冯"问题另有打算，谢绝参加会议。

吴佩孚在张作霖的一再催促下，5月26日才从汉口启程。他从鄂军抽调精兵1600人，另加500名大刀队组成卫队，还携带机枪、迫击炮等武器，杀气腾腾地乘车北上。但吴佩孚却不直接赴京，在洛阳、郑州检阅部队，31日到了石家庄，突然发布一道命令，解除了手下第一大将靳云鹗的"讨贼联军副司令""第一军总司令""河南省长"等职。

几乎同时，5月30日，张宗昌、褚玉璞指挥鲁军，与张学良的奉军突然包围了李景林的部队，同时还派兵将李景林部驻杨村的一个师缴械、解散。

奉军吴军为什么迟迟不进攻冯玉祥军，却突然内讧火并？原来靳云鹗一直主张"联冯讨奉"，此前就曾与冯玉祥达成秘密协议，实行"老直系大联合"讨伐张作霖，这与吴佩孚主张"联奉讨冯"相左，遭到吴佩孚反对而未行。奉、吴军占领北京后，孙传芳不愿奉系坐大，就暗中联络靳云鹗"联冯反奉"。李景林因见疑于张作霖，又是直隶人，在东北军人中总是外来人，因此也与靳云鹗、孙传芳、冯玉祥联络结盟。

孙、冯、靳、李四方共同商定了一个秘密军事计划：先由冯玉祥军进攻晋北，靳云鹗再以援晋名义进兵山西，与冯军两面夹击阎锡山；靳云鹗的田维勤部则与冯玉祥军夹击进攻南口的奉军和鲁军；李景林部截断奉军后路，孙传芳军由津浦线进攻山东。

5月中旬冯玉祥军便向晋北发动了进攻。阎锡山向吴佩孚、张作霖求救，吴佩孚命令靳云鹗前往救援。就在这时，阎锡山截获了靳云鹗与冯玉祥往来的电报，不禁大吃一惊，急忙向吴佩孚举报。而奉系驻北京的张景惠，也在这时发现了李景林与靳云鹗、孙传芳的秘密联系，当即向张作霖告发，又知会了吴佩孚。张宗昌将攻南口的军队调回山东，就是为了防备孙传芳进攻；而张学良的奉军后撤，也是为了避免遭到冯玉祥、靳云鹗和李景林的夹击。

张作霖因形势不明，疑心吴佩孚和靳云鹗串通一气，一直不敢进关。直到吴佩孚将靳云鹗解职，奉、鲁军又监控李景林军后，他才于6月4日进关，驻留天津，先派代表与吴佩孚方面商议合作大纲，坚持反对"复宪"，颜惠庆内阁可以短暂成立，然后自动辞职。

于是6月22日，颜惠庆内阁举行了第一次阁议，也是最后一次阁议，随即颜惠庆辞职，由杜锡珪任代总理，同时还发出两份电报，一是欢迎吴、张两位大帅进京，二是通告辞职。一阵光怪陆离的政治闹剧后，6月24日，杜锡珪临时内阁在北京东车站到张作霖的行馆顺承王府、北京西车站到吴佩孚的行馆王怀庆宅邸，按照迎接皇帝的排场铺了黄土，但二位大帅却没有到来。6月26日，军警、宪兵，以及奉军士兵从东车站到顺承王府紧急戒严，荷枪实弹，还动用了机关枪、迫击炮等武器，让北京市民以为又发生了战事，不想却是张作霖杀气腾腾地来了。

吴佩孚27日才从保定启程，所带的护卫和军队挂了44节列车车厢，竟还出动两架飞机在列车上空掩护，如临大敌般开赴北京。可是，27日北京临时政府的欢迎队伍却空等了一场。原来吴佩孚在车上卜了一卦，"28日入京大吉"，于是一行人等停驻在了长辛店，28日早晨才进北京。

上午张作霖到吴佩孚行馆拜访，中午吴佩孚到张作霖的行馆答拜。二位大帅为此次"北京会"兴师动众折腾了一个多月，见面晤谈却只二十分钟，而且只述友情不谈政务军务，有关事项都是幕僚事先谈好：先维持杜锡珪内阁，待军事结束后再组织正式政府；进攻国民军的军事，由吴佩孚全权主持，参加进攻南口的奉鲁军，统由吴佩孚指挥。

张作霖吴佩孚拜访、答拜如仪后，便同赴杜锡珪内阁在中南海居仁堂举行"庆功宴"。宴后即行告别，吴佩孚当天就回返长辛店，张作霖也在次日回返天津。

张作霖回返天津，京津沿线竟出动三个混成旅进行警戒。到了天津，张作霖便命令将李景林解职，将李景林的军队一部分改编为奉军第十二军，由张学良管辖；一部分缴械解散。

李景林大诉兔死狗烹的愤懑。但他退出军阀混战未尝不是一件好事。此后李景林寓居天津，执教浙江国术馆，创办山东国术馆，倡导"全民国术"，与中国武术的发展大有贡献。近代武术家李星阶评价说，"近日善者，拳术以孙禄堂先生为绝，剑术以李景林将军为绝，枪术以李书文先生为绝。"

两大军阀兴师动众的会面，丝毫没能弥合内部纷争，反而各上演了一出"杀将夺兵"的内讧。北洋至此已是分崩离析，再无复"北洋系"了。

# 三、蔡园会议和安国军

张作霖吴佩孚北京会晤后，按照协定，吴军担任进攻南口的主力，张宗昌的鲁军配合；奉军作为北路从热河进攻多伦；晋军反攻晋北，于1926年7月开始向冯玉祥军发动攻势。

早在年初冯奉吴阎战争爆发时，广州国民政府就筹划北伐，认为冯玉祥的国民军如能守住北方，国民政府乘势北伐，南北夹击，定能造成国民革命胜利的局面。蒋介石在2月24日提议"早定北伐大计，应援国民军"。但由于后方不稳，直到7月9日，于吴佩孚张作霖在南口对冯玉祥军发动攻势同时，广州国民政府才任命蒋介石为国民革命军总司令，组成7个军，由蒋介石、谭延闿、朱培德、李济深、李福林、程潜、李宗仁分任军长，从两广出师北伐。

日本驻华武官本庄繁中将（"九一八"事变时的关东军司令官）曾担任张作霖军事顾问，直奉战争时帮助制订奉军作战计划，并身穿奉军士兵服装亲临战阵，这时做出了北方军阀即将没落的预测，认为奉系军阀沉湎于赌博和放纵，缺乏政治能力，而以国民党为代表的南方派则获得了下层阶级和知识分子的共鸣与支持。

国民北伐军的兵力与北洋军阀几大集团相比处于劣势，但能以弱胜强，除士气人心外，还得利于北洋军阀之间的勾心斗角。孙传芳集团盘踞长江下游，盘算吴佩孚是直系的老首领，不好直接去抢夺吴在长江中游的地盘，待北伐军打败吴佩孚或两败俱伤时，就可"名正言顺"地去夺取长江中游；

张宗昌的直鲁联军图谋让孙传芳与北伐军鹬蚌相争，好渔人得利去夺占新直系的江浙地盘；奉系军阀则计划让这些异己军阀火中取栗与北伐军拼斗，自己磨了刀寻机在背后捅刀子摘果子……各军阀同床异梦，遂被北伐军各个击破，吴佩孚集团和孙传芳集团的主力先后被歼。这些失势的军阀们只得饮鸩止渴，投靠求助于奉系军阀了。

进关收拾残局是张作霖期盼已久的机遇，但其时北伐军气势如虹，席卷长江，兵锋北指，不复是他一向从山海关大门缝里扁了看的南荒蛮子军，又让他意存踌躇。奉系集团内部，吴俊升、张作相等老派一直主张保守关外，先把自家的事做好；张学良、杨宇霆等新派则主张进取中原，成就霸业。

阎庭瑞常日和张作霖一起抽大烟打麻将，最是亲近，也最方便进言，其他人有什么难说难求的事，便都央请他寻机曲说，少有不成，比如前面讲的建立无线电台的事。可这等关乎整个奉系命运的大事，张作霖就不问阎庭瑞而问鬼神了。原来张作霖府里供养着一个姓包的瞎子，精通阴阳五行，号称神算。张作霖极为崇信，每有疑难大事，都要请包瞎子算上一算。因此奉天的大事商量来商量去，最后一多半倒是个瞎子说了算。

包瞎子一算之下，却不大吉利，说张作霖如果进关，只有两年好运。弄得张作霖大是不爽。张作霖的好运与否，也就是奉系的好运与否，于是不管新派旧派，都拣宽心的开说。阎庭瑞也劝张作霖别拿瞎子算命真当回事，哪就算得出未来祸福了。

奉系内部的策略之争，一个个未必是从大局考虑、有什么战略眼光，其实大都是从私心出发。吴俊升、张作相主张保守关外，缘他俩一个是黑龙江督军一个是吉林督军，一心经营好自己的一亩三分地，不愿折损实力去给别人打地盘；但其他尚无地盘的、嫌纱帽小的、觉捞钱少的，哪一个不思进关大掳一票？尤其"小诸葛"杨宇霆，1925年曾掠到江苏地盘，却既不能"出斜谷"，又不会"守街亭"，被孙传芳一个突袭，便"裸奔"三千里逃回关外，一直心有不甘，要去报躲在铁路轧道车里的一逃之仇，当然会宗先贤亮说刘备曰："天下英雄喁喁，冀有所望。若不适时给根骨头喂点肉，这些英雄豪杰还不都跑到别的主子那去，还有谁跟着您干呢！"

把握此中利害及手腕，张作霖自是高于侪辈，否则也不会有"喁喁天下英雄"跟着他了。他又朝思暮想地要称霸，原本就倾向进关图天下，再

张学良和赵四小姐

让喁喁英雄们一喁喁，遂没听包瞎子的，拍板挥师进关。1926 年 11 月 14 日，张作霖在天津蔡家花园召集奉系和直鲁军将领会议，吴佩孚、孙传芳、阎锡山派了代表参加。

蔡园是北洋政府前陆军总长蔡成勋营建的园邸，和曹锟的曹家花园相邻。转年春张学良就是在蔡园的舞会上与赵一荻邂逅，开始了他俩长达 73 年的爱情故事。1929 年孙中山灵柩南运，也曾停灵于此，举行奉安大会。可惜这一重要的历史建筑，今日只有遗迹可寻了。

蔡园会上，张作霖首先讲话，声称自己没有做总统的野心，当前第一要务是团结北洋派，自己决心与吴帅、孙帅、阎帅合作。西北军事当与阎帅合作，至于是否派兵南下应援，须先征求吴、孙两帅意见。

张宗昌说我们援助朋友即所以自救，援吴和援孙应该双管齐下，不可观望自误，我们的朋友到今天不应该再有什么误会和怀疑了。张作霖频频点头称"对、对"。但吴佩孚、孙传芳都知道一切援军都是挂着笑脸的敌人，比明火执仗打来的敌人更可怕，他们的代表都说只要军饷军械的援助而不要援军。因此一连开了几天会，并无实际进展。

19 日继续开会，忽然副官送进一张名片，张作霖接过一看，竟霍地跳了起来："当真是他？快快请进来，快快请进来！"

副官请进来一个长方脸、一只耳朵大一只耳朵小的汉子——竟是烜赫一时的五省联帅孙传芳乔装打扮，乘普通客车秘密前来。张作霖及奉、鲁

1926 年 11 月 19 日孙传芳来见张作霖

将领们万万没想到孙传芳会如此前来，又都不曾见过，好一阵引介寒暄后，才继续开会。

孙传芳因此前曾与南方国民革命军议和，便上来认错，表示说我们吃麦子的北方人和吃大米的南方人永远合不拢，又表示他愿意回到浙江，让出江苏来让奉鲁军接防。张作霖站起来拍着桌子说我们都是光明磊落的大丈夫，岂能乘人之危，抢夺别人的地盘。张宗昌也站起来大声说："你不要把我张宗昌当作是不讲义气的小人，我的军队开到浦口后，换乘轮船开往前方，决不进入南京。"

会议接着讨论军事指挥的问题。奉系将领韩麟春抢先发言，说要统一各省军政领导，也就是统归张作霖领导。孙传芳建议为了统一指挥，应该组织"讨赤军统帅处"，推举张作霖为"讨赤军总司令"，他愿意听从指挥。全体奉鲁军将领交口称赞孙传芳"爽快、漂亮、够朋友"，又建议加推吴佩孚、孙传芳、阎锡山为副司令，发出联名通电，出兵"讨赤"。

张作霖听得心花怒放，随即电邀吴佩孚来天津会谈，满心希望这位盟兄前来推戴一回，他就可以顺顺当当地黄袍加身了。不想吴佩孚倒驴不倒架，不肯前来。阎锡山更是个见风使舵的"琉璃猴子"，见国民革命军和奉军尚未分胜负，就推脱不肯联名"讨赤"。这一来弄得张作霖大为扫兴。蔡园会只定下来援吴由奉军负责，由张宗昌率直鲁军援孙，南下渡江会合孙传芳军，讨伐广州国民政府。

张作霖任安国军总司令后，1926 年 12 月 27 日进驻北京

"小诸葛"杨宇霆 23 日来到天津，向张作霖进言这样进兵太过冒险，要吸取前次浙奉战争战线过长失败的教训，这次应稳扎稳打，由孙传芳军负责苏浙，直鲁军负责防守安徽和长江北岸，奉军作为后援。张作霖便犹豫起来，把已经出发的张宗昌又召了回来。张学良很不高兴，讽刺说："昨天那样一个决定，今天这样一个决定，明天是否还有另外一个决定？"

对"讨赤军"的名义，杨宇霆也认为不妥。张宗昌从济南赶回天津后，29 日接着开"蔡园会"。会上奉系将领纷纷劝进，张宗昌不甘人后，高声道"我也赞成，老将你就做一帝啊！"居然要张作霖称帝。孙传芳也极力拥戴。阎廷瑞掌管关内赈务之后，和直鲁联军一干人走得较近，又想把持中央的财政大权，便附和直鲁诸将、孙传芳和一些奉系将领的劝进意见。

不过张作霖倒还清醒，知道不能让人放在九五之尊的炭火上烤，甚至不宜贸贸然称国家元首，而应该让吴佩孚、孙传芳打前阵抵挡北伐军，以保留亲直系的杜锡珪—顾维钧内阁为好。于是由张宗昌主倡，由孙传芳领衔，以直、鲁、豫、苏、皖、赣、浙、闽、沪、晋、陕、察、绥、热、吉、黑、奉 17 个省区推戴的形式，推举张作霖为"安国军总司令"。

张作霖 12 月 1 日穿了大礼服，在蔡园祭拜天地，宣誓就"安国军总司令"职。

就任词是张作霖的秘书长任毓麟给拟的。此公是清末举人，与阎庭瑞是儿女亲家，是个有些腐儒气的好好先生。拟的就任词十分有趣，实想不出当日张作霖照此宣誓的模样，抄在这里供一笑。词曰："吾人不爱国则已，若爱国非崇信圣道不可；吾人不爱身则已，若爱身非消灭赤化不可。"

张作霖手捧金爵行祭天仪式，洒酒祭天时竟出了意外——他不慎将金爵跌落地下，在场众人无不大惊失色。出此大不祥之兆，张作霖还应变有术，接过重新斟满酒的金爵解嘲说："上天别急，我张作霖有的是酒给诸位神灵喝。"解嘲是解嘲，这一不祥之兆还是让阎庭瑞等人忐忑不安。

张作霖虽然没有贸然称尊，但还是以帝王行幸姿态，黄土铺道进了北京。

# 四、北洋末代统治者袍笏登场

蔡园会拟定了对北伐军的作战计划。可不管如何做表面文章，北洋军阀间的明争暗斗有增无减，背后捅刀子比和北伐军作战还频繁、还热烈，在与北伐军作战的战场上也就接连溃败。1927 年初，吴佩孚、孙传芳、张宗昌集团相继从长江一线败退至河南、山东、直隶一线；冯玉祥率部在西北响应国民北伐军，进军陕西河南；阎锡山见风转舵，于 1927 年 6 月 3 日宣布山西易帜，服从"三民主义"，就任国民军北方总司令。

出任安国军总司令时，张作霖就想自组政府，但为了让吴佩孚、孙传芳给打前阵抵挡北伐军，暂时保留了亲直系的杜锡珪—顾维钧内阁。此时吴佩孚、孙传芳的军队折损殆尽已不如鸡，直鲁联军也伤损小半。张作霖在后台再也耐不住了，决定重组政府、调整军事，以挽回局面。

张作霖于 6 月 11 日在北京顺承王府，召集孙传芳、张宗昌、吴俊升、张作相等人讨论和战问题。张作霖表示愿意与国民军方面对等议和，召开国民会议解决时局；吴俊升、张作相仍主张退守关外，与南方的国民政府分庭抗礼；而孙传芳、张宗昌不甘心放弃黄河以北的地盘，声称要战至最后一人。议了一天也没议出个结果。

6月16日会议继续。杨宇霆提出北方必须团结起来对抗南方，各系军队应统一名称，一律改奉安国军旗帜，服从安国军总司令即张作霖的指挥。众人表示赞同，当即决定将镇威军、直鲁联军、五省联军等名义统统取消，统编为安国军的第一至第七军团，以孙传芳、张宗昌、张学良、韩麟春、张作相、吴俊升、褚玉璞分任军团长。在张作霖的提议下，他与吴俊升、孙传芳、张宗昌、张作相、韩麟春、褚玉璞重新互换兰谱结为七兄弟，以成北方的大团结。

一众都觉得需要赶紧"冲喜"以求鲁戈回日，便接着讨论张作霖登基的"最高问题"。有的主张张作霖称临时大总统，有的主张用执政名义。最后决定仿孙中山先例，称大元帅以为国家元首，用北方军事将领推举的方式产生。

组织政府，众人决议由大元帅任免内阁总理。总理人选，张作霖和几位奉系元老本中意靳云鹏。靳云鹏是皖系四大金刚之首，1919和1920年曾两度组阁，又和张作霖是儿女亲家。但孙传芳和张宗昌推荐与他们关系更密切的政客潘复组阁。

张作霖要用孙传芳和张宗昌打前阵，问孙传芳说"馨帅还有多少兵"，孙传芳自称还有13万人，只要接济军饷弹药，继续作战毫无问题；张作霖又问张宗昌、褚玉璞守不守得住山东、直隶，二人答说"进取不足，退守有余"。张作霖挺高兴，就"你们说咋办就咋办"地同意由潘复组阁，还承诺拨发孙传芳军饷50万元。

1927年6月18日，张作霖在中南海怀仁堂就任"中华民国陆海军大元帅"。当时怀仁堂都没有来得及粉刷装饰，只挂了一条横幅"隆重举行张作霖大元帅就职大典"，放了一百零八响礼炮。典礼邀请外国公使团观礼茶话，列强及其公使们见奉系军阀已只剩下东北和直鲁豫的一点地盘，因此都冷淡对待，无一国元首发贺电祝贺。公使团讨论外交礼仪，认为无致贺必要，因此都着常服而不着礼服来参加典礼。历经七代北洋政府的日本第二代特工头子坂西利八郎评价说，他已经看够了这种令人眼花缭乱的小丑们粉墨登场的闹剧。

安国军政府在新华门
举行升旗仪式

可叹世间枭雄也好，草寇也罢，即便是贩夫走卒，无不把当上"敲剥天下之骨髓、离散天下之子女、以奉一人之淫乐"的皇帝作为生之至谛。三百六十八年前李自成兵败一片石（1644年4月22日），狼狈逃回北京，乘清军和吴三桂军还没追及，在紫禁城一个偏殿匆匆行个礼称了皇帝，又放了把火就出城逃命去了。过了三十年吴三桂起兵反清，战事不利，同盟尚之信、王辅臣、耿精忠、孙延龄相继降清，势穷力蹇之时，也拼死于咽气前在衡州穿上龙袍过了把皇帝瘾。这些猿猴沐冠的情景倒像形销骨立的病痨捯着气披上件红袍或黄袍，娶个媳妇来"冲喜"；若娶不到正经婆娘，便花几两银子买个窑姐来，好好歹歹也穿戴一回十二旒的平天冠、绣五爪的衮龙袍。

张作霖就在这前所未有的冷清的仪式中，就任了中华民国陆海军大元帅。

# 五、最后的北洋政府和最后的北洋财长

张作霖就任大元帅当天，发表了内阁名单。他依照张宗昌和孙传芳的意见，任命潘复为总理，但是他任命阎庭瑞来担任两个最要紧的职位——财政总长和税务署督办，还督管盐务署、烟酒署、公债署……一句话，管

1927年6月19日《大公报》对张作霖就职的报道

所有敛钱的衙门。因为不管谁组阁，这些部门实际都是给奉军筹饷的工具。

军阀就是个两头怪，一个头是军队，一个头是钱。军队都握在大小军阀手里，把持政府的实质就是把持另一个头——财税。当此急欲挥戈返日之时，"财"和"税"可是奉系军阀的命根子，必须得把在自己手里。因之这届政府与其说是潘复内阁，不如说是阎复内阁。从就职程序亦可见端倪：潘复和阎庭瑞是6月21日就职，而外交王荫泰、军事何丰林、内务沈瑞麟、实业张景惠、农工刘尚清五位总长是22日就职，司法总长姚震和教育总长刘哲则是后来才到职。

内战频仍，军阀们怎么会去搞什么实业、农工、教育，不过是设了做个摆设，因要争取列强支持，外交总长一职倒还颇受重视。原本想要顾维钧继续担纲的，但这之前出了个乱子：1927年4月3日，张作霖在驻华公使团的支持下，派兵查抄了苏联大使馆，逮捕了16名苏联工作人员和35名中国人士（其中李大钊、谭祖尧、谢伯俞等20名共产国际党员和中共党员于4月28日被军事特别法庭判处绞刑）。这么重大的事，顾维钧主管的外交部竟未通知驻苏使节。当苏联政府4月10日召见中国驻苏使节提出抗议时，代办郑延禧毫不知情，便想当然地说"中国政府决不会干这

最后一届北洋政府（1927.6—1928.6）

样的事，想必是土匪所为。"

　　这还不捅了马蜂窝！流氓盗匪出身的统治者，若朱元璋见了"光""秃""圆""贼"等许多和早年经历沾点边的字，都疑心讥讽于己而大肆屠杀，张作霖就算肚肠比朱元璋宽一万倍，听了"想必是土匪所为"的话，又怎能不暴跳如雷！于是休了顾维钧，让王荫泰当了外交总长。

　　不过，不得不说阎庭瑞的确是个理财高手，即便是在风雨飘摇的最后一届北洋政府，他仍在财政总长兼税务署督办任上干得有声有色。查阅当年北洋政府有关财政的文件档案：他制定税政新章、与西方列强交涉借款案、重核公债、洽谈新借款、洽购军火、教育拨款、庚子退款用途研究……乃至终止中西条约、拟定对外贸易办法细则、修改胶澳租借地章程，等等，阎财政总长兼税务督办还真办理得头头是道。甚至连外交事务，有些都由阎庭瑞越俎代庖，如代大元帅决定驻外使节人选、发布对外宣言等。无奈军阀统治的大船已千疮百孔，阎庭瑞再有三头六臂也无可如何。

　　阎庭瑞就职时宣称"增收有方"。上任伊始想了个通令各省区将各种税款悉数解京、先从东三省实行的"骗着"（1927 年 6 月 27 日），却没一只鸟蠢得往套里钻。奉系军阀控制着东三省和北京，可以把自己的钱从

1927年6月28日日本末次研究所情报：新任财政总长
阎泽溥（庭瑞）的理财计划

左口袋捯到右口袋，可要让别人把自己口袋里的钱放到你的口袋里来，就得先测测对方的智商再测测自己的智商了。

设法借款吧，西方列强可是再势利不过，见奉系军阀战况不利，不光不借新款，反倒加紧催讨起旧债来，安国军政府还得替历届北洋政府偿旧账，逼的阎庭瑞将原本要用做军饷带政务费的一笔盐税抵了债（《英法借款到期不敷之本金由盐款项下拨付事》，财政部，财政总长阎泽溥，民国十七年三月）。阎庭瑞又找来袁世凯的"财神爷"梁士诒帮助筹款。梁士诒跑到天津要银行界借贷500万元，天津各银行却以闭门停业来应对。

那就增加捐税吧。阎庭瑞刚提出来开征奢侈品捐，就遭到士商一致反对，闹到连奉系将领张学良和韩麟春也电请缩小征收范围。他刚要收证券交易捐，警察总监陈兴亚就带领警宪们请愿先要分羹。捐税还没收来，财政部门前已撕咬得一地鸡狗毛。

阎庭瑞就职时又宣称"节款有握""裁员有度"，先给每个部发了五千元开办费，院属四个局或署各发一到两千元，开了个平安头。可没几天，别说军饷，光中央各部门的政务费、人头费就闹得他焦头烂额，上任才一个多月就渐显憔悴。各大新闻社一再报道他因筹发政费，甚形忙碌，等等。没有增，就只有节和裁。结果款节来节去，整个中央政府——国务院加八部四局署，每个月名义上一共也只剩下八十万元的经费，还只能筹借来二三十万元打打饥荒。人裁来裁去，最有钱最要紧的财政部也裁得只剩下二十名公务员。因而时人公送阎庭瑞尊号"活阎王"。

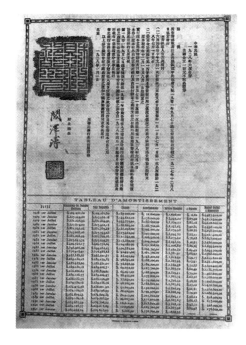

1928 年阎庭瑞签署发行的比利时庚款公债

款可以节，人可以裁，没有军饷军火却打不了仗。吴佩孚、孙传芳的残兵败将已见不得真阵仗，张宗昌的乌合之众也没有几分战斗力，却都以抗击北伐军为名天天要钱要军火，否则就反水就火并。如张宗昌的鲁军大量招募土匪流氓，扩张到号称 40 万，月需军饷 300 万元。而山东在军阀们的多年压榨下已是罗掘俱穷，张作霖也不得不责备张宗昌兵多而不精，虚耗军饷。于是张宗昌又大量裁军，裁得只剩 10 多万。被裁的兵遂又成为土匪，流窜劫掠，或投降冯军蒋军。时称张宗昌扩军是"化匪为兵"，精兵是"化兵为匪"，祸害得山东民不聊生。压阵的奉军不吃饷也督不了战，所需军费之巨远非两次直奉战争可比。可连年内战已打光了奉系政权的老本，财政上已捉襟见肘，难以为继了。

不知当时张作霖和阎庭瑞是不是真有实行鸦片专卖以筹措军费的拟议，但应该不是空穴来风，奉系军阀本就有"种毒筹金"的前例，而且就是阎庭瑞给张作霖出的主意。反正这件事闹得沸沸扬扬，中外哗然，连外交部都紧急质询财政部："比闻外间风传，政府有鸦片专卖之说。初犹疑

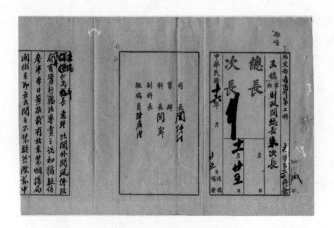

北洋政府外交部于民国十六年十一月二十五日给财政
部总长阎泽溥、次长朱有济质询鸦片专卖的公文

虑参半，本日黄报载有北京禁烟总局开征在即云云，闻之不禁骇然……"
（《外交部就鸦片专卖事递财政部总长阎泽溥、次长朱有济函》，民国
十六年十一月二十五日）面对强大的舆论压力，安国军政府一再"辟谣"，
没有敢实行鸦片专卖。

　　正门打不开，邪道也走不成。阎庭瑞智竭计穷，不到一年时间就几次
请辞，还曾提出转任内政部长（《北平世界日报》1927 年 12 月 11 日；
1928 年 1 月 4 日；1928 年 1 月 14 日；1928 年 1 月 20 日；1928 年 1 月 30 日）。

# 第十三章 天崩地裂谁死生：亲历皇姑屯事变

# 一、北伐后期的军阀混战

1927 年中，北伐军横扫东南打过长江，北方又有冯玉祥、阎锡山响应，张作霖的安国军政府形势日渐不利。

奉系集团内部对是战是和争议不定。而北伐军方面，也是由蒋介石嫡系的黄埔军和粤军、湘军、桂军、滇军、黔军等地方军阀部队拼凑而成，随着北伐的初步成功，内部矛盾也日渐突出。首先国共分裂，国民党的蒋介石集团、汪精卫集团相继在上海、武汉发动"四一二"政变和"七一五"政变，推行"反共清党"。国民党也分裂为汪精卫集团的武汉政府和蒋介石集团的南京政府，粤、湘、桂、滇、黔军各有归附，双方剑拔弩张，要进行火并，无力再对安国军采取攻势。孙传芳、张宗昌的直鲁军乘势反攻，占领徐州，一度攻到长江北岸。

蒋介石遂有意与奉系集团妥协议和；但冯玉祥自进军陕、豫，消灭了逃到河南的吴佩孚残余武装，收编了许多杂牌军，又扩张到 30 万人，为了占有北方地盘，一定要打垮奉系集团。于是便出现了两条路线之争："蒋奉阎三角联盟反冯"，或"蒋冯阎三角联盟反奉"。

阎锡山为提升自身地位，积极充当南北"调人"，提出奉军"易帜"为议和条件，即奉系集团取消"安国军"名义，改奉国民政府旗帜，并要张作霖取消大元帅名义。而张作霖坚持对等议和，南北分治，提出把河南交还吴佩孚，山东让给孙传芳，鲁军撤到直隶。双方距离相差过大，因此"蒋

1927 年 7 月 9 日国民革命军北伐誓师大会

奉阎三角联盟"谋划胎死腹中。阎锡山也在冯玉祥的督促下，于 1927 年 7 月出兵，由正太路占领石家庄，与奉军隔滹沱河对峙。

张作霖在 9 月 15 日召张学良、褚玉璞、孙传芳等人到北京商议军事，决定在长江北岸采取守势，先进攻河南的冯玉祥军和京汉线上的晋军。

张作霖对阎锡山的反反复复切齿痛恨，声称要亲自督师与之决一死战。10 月 7 日奉军发动进攻，到 17 日在京汉线克复正定、石家庄，在京绥线克复宣化、张家口，与晋军又恢复了开战前的态势。直鲁军则在豫北、皖北与冯玉祥军展开了激烈的拉锯战。

国民党的宁、汉政权于 1927 年 8 月在庐山召开会谈，形势有所缓解，随后蒋介石、汪精卫又实现合作，于是国民革命军再渡过长江，继续北伐。到 12 月 16 日，孙传芳、张宗昌军在冯玉祥军和北伐军的夹击下不支北撤。蒋介石的北伐军与冯玉祥的国民军在徐州会师。

作战接连失利，军政形势不断恶化，张作霖整日闷闷不乐，干什么都打不起精神来，连过年（戊辰正月十二）宴请在京将领，都是阎庭瑞代为出面。他和阎庭瑞等老友打牌抽大烟，也难得有笑脸。

一年多前他以帝王行幸姿态、黄土铺路进京时，没把包瞎子两年好运的话放在心上，这会却成了一块心病，唠叨说："包先生说我好运不过两年，真的只有两年？真不得了时，我们只好叫那个姓段（段祺瑞）的出来挡挡。再不得了时，我们只有一走了之，回关外，关起门来过我们的日子。"

可真要让他走，他又贪恋权位不肯走了，而且谁说跟谁急。几位奉系首领，包括当初主张进关的，来劝他退回关外，都挨了臭骂，和吴俊升还闹得不欢而散。

身边人想让张作霖去看个戏解解烦，告诉说梅兰芳上演新戏《凤还巢》，他一听却勃然大怒，忌讳"奉还巢"不吉利，下令禁演。其实张作霖很爱看戏，尤其是梅兰芳的戏，在奉天做五十大寿时专门请来梅兰芳，以贵宾规格接待，每天用帅府的专车接送，还亲自慰问宴请。那次正寿日是梅兰芳和杨小楼演的《霸王别姬》。若一联想，一个争雄天下的霸王，最后兵败乌江自刎，连老婆都保不住，多不吉利啊！那次大寿演戏还有余叔岩，演的是《击鼓骂曹》，曹操大宴群臣，祢衡赤身裸体大骂权奸，若一联想岂不更是给大做寿宴的张作霖好看吗！可张作霖都看得兴高采烈，一点不往歪了想。

不过三年光景，刚五十三的年纪，受了点挫折，张作霖就变得这般疑神疑鬼，不复当年的豪气血性了，而且遇事喜怒无常又游移不定，弄得下面人抱怨颇多。张学良有一次都忍不住顶撞说："昨天一个决定，今天一个决定，是不是明天还有一个决定？"

# 二、奉系"抗日"和日本"东方会议"

张作霖的安国军政府成立后，与日本的关系闹得很僵，已到了剑拔弩张的地步。

起初日本想扶植张作霖作为侵夺东北的工具，1916 年 10 月日本寺内正毅内阁还将此定为国策，每到关键时刻总会扶张作霖一把。张作霖呢，得到日本援助后，每次都给画一张皮相不错的饼，却从不兑现，让日本从寄以厚望到失望直至绝望。

郭松龄倒奉时，张作霖形势绝望，准备逃走，日本提出援助条件：兑现袁世凯所签"二十一条"中答应给日本的满蒙土地商租权、合办农业权和随附工业权。张作霖想都不想就说："行，行。"于是满铁和关东军出手援助，张作霖反败为胜，郭松龄兵败被杀。

但张作霖答应时压根儿就没想过要兑现，事情甫过就找来幕僚们商议怎么否认。张作霖与日本打交道二十多年，基本把握了不出卖国家主权的底线，即便是中央政府所签的卖国条约如"二十一条"所涉东北部分，也决不让在自己手上兑现。可这回他两个"行"字答得太脆生了，幕僚们也无计可施。

还是张作霖自己想了个"办法"：把他在日本正金银行和朝鲜银行的五百万日金全部取出带了，亲自去向日本关东厅长官儿玉秀雄（儿玉源太郎之子）、关东军司令白川义则和满铁社长松岗洋右答谢。酬谢回来，张作霖自以为得计，对阎庭瑞等人说："我张作霖受日本人的好处，只有拿出自己的财物来报答他。我将日本银行的存款，全数赠送，表示我的全心全力。日本人如果另有要求，只要是张作霖个人所有，我决不吝啬。但国家的权利，中国人共有的财产，我不敢随便慷他人之慨。我是东北的当家人，我得替中国人保护这份财产，不负他们的付托！"

张作霖的想法是将公事变私事，你帮的不是东北当局而是我张作霖个人，我以私款酬谢，此事就算了了，不要再提什么承诺了。但日本人可不这么想，日本是要一步步攫夺东北的权利直至将东北从中国分割出去，根本利益冲突岂是拿私款套套交情就可以了结的，仍紧紧催逼张作霖兑现承诺。

让日本难以容忍的，还有张作霖引进英美势力。日本要独霸东北，奉张集团却要利用英美来制约日本，阎庭瑞就是其中的主要推手。安国军政府时期，阎庭瑞直接办理了向英商阿模士庄厂订购船炮、意商安些度厂造舰船、德商克房伯订军火、向英法借款等（《英法借款案抄送本部致交通部函稿》财政部，财政总长阎泽溥，民国十六年十二月），尤其是向英美荷银行团借款两千三百万元，修建葫芦岛港。

日本在中国及远东的两大势力支点，一是旅顺港，一是南满铁路。在旅顺港旁边建港口外加引入英美势力，便动摇了日本的势力根本。奉张集团不顾日本抗议，独立修建打通线（黑山—通辽）和海吉线（海龙—吉林）铁路，也削弱了满铁的垄断地位。

1927 年 6 月 27 日至 7 月 7 日，日本首相田中义一召开有陆海军首脑、外务省首脑和主要驻华使节、关东厅长官、关东军司令官，以及大藏、铁道、

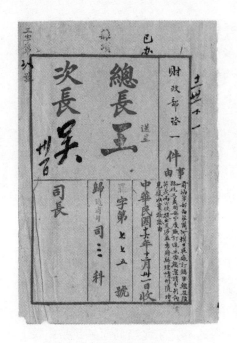

《前海军部向英商阿模士庄厂订购军舰及陆路炮，又意国安些度厂订造鱼雷舰案》，财政部咨，民国十六年十二月三十一日

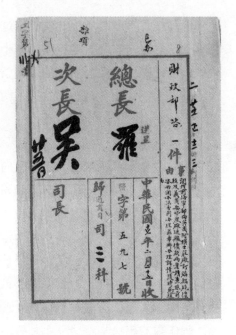

《关于前海军部向英商阿模士庄厂订购军舰及陆路炮，又意国安些度厂订造鱼雷舰案》，财政部咨，民国十七年二月二十五日

通商、内务等内阁大臣参加的"东方会议"。

会议决定：乘中国内战，加快侵华步伐，首先要解决以往条约所涉及满蒙的悬案；由日本铺设吉林—会宁铁路和"满蒙新五路"铁路，中国不得修筑影响日本利益的铁路；由日本派人整顿东北财政；如果张作霖不就范，就使用武力解决，并给了关东军"放手而为"的指令。会议还拟定寻机用武力"分离"满蒙，在决议《对华政策纲领》中使用的公开言辞是"万一动乱波及满蒙……不失时机地采取适当措施"。田中义一上奏天皇说："欲征服支那，必先征服满蒙。如欲征服世界，必先征服支那。"

这就是臭名昭著的"东方会议"和《田中奏折》（即《帝国对满蒙之积极根本政策》）。

8月22日日本公使芳泽谦吉回到北京，第二天就向张作霖递交了类似最后通牒的《满蒙觉书》，还转交了田中给张作霖的手书和"礼物"——

一个日本偶人，意为你只能做日本的傀儡，逼迫张作霖签订《满蒙新五路协约》。

## 三、宁死不签《满蒙新五路协约》

日本企图从张作霖手里拿到修建"满蒙新五路"的权利，是贯穿张作霖主政东北时期最核心的问题之一。所谓"满蒙新五路"，是指吉林—朝鲜会宁、洮南—齐齐哈尔、通辽—热河、延吉—海林、齐齐哈尔—黑河，总长一千余里的五条铁路。1913 年，日本以支持袁世凯统治为筹码，与民国政府订立了《满蒙五路借款修筑预约办法大纲》。但张作霖掌握东北政权后，用各种办法加以抵制，使之不能实施。

日本当然不肯罢休。"东方会议"决定加快侵华步伐，首先就是逼迫张作霖签订《满蒙新五路协约》。芳泽谦吉向张作霖提出：只要同意让日本修筑"满蒙新五路"，日本就帮助张作霖打退北伐军，继续统治中国北方，否则就出兵支持北伐军。

张作霖假装糊涂，对芳泽谦吉说这些事情我都不清楚，回头我安排杨宇霆和你谈。张作霖虽出身草莽，在军阀混战中也是不择手段，但和列强打交道却能坚守不出卖国家主权的底线。他说做马贼、做土匪都无关紧要，成则为王败则贼，混出了名堂就一切都好说，但千万不能做汉奸，那是死后留骂名的。

张作霖拿定主意，绝不能签这份卖国协议。芳泽谦吉走后，他立即召集会议，商议对策，决定先祭出"拖"字诀。

杨宇霆时任安国军总参谋长，第一次与芳泽谦吉会谈，只东拉西扯地讲了些空话。在芳泽谦吉的一再催促下，9 月 9 日又进行了第二次会谈。芳泽谦吉指责奉方所建奉海铁路与南满铁路平行，违反了约定。杨宇霆反驳说南满铁路是日方从沙俄夺取的权利，本以辽东为限，我们在辽西修铁路并不违约，而且中国人在自己的领土上筑路，日本无权反对……双方火药味十足，只谈了十多分钟就不欢而散。

9月19日又举行第三次会谈。芳泽谦吉指责奉方引进英美势力，尤其是向英美荷银行团借款二千三百万元修建葫芦岛港，损害了"日俄战争"后给予日本在南满的权益……杨宇霆对日方的这些指责一一辩解驳回。双方针锋相对，谈判陷入僵局。

芳泽谦吉又转来催逼张作霖。张作霖推诿说战事紧急，修铁路之类的事还是以后再谈。

日本被拖得火冒三丈，首相田中义一训令满铁社长山本条太郎作为特使赶来北京，与张作霖交涉。

山本条太郎威胁张作霖如不合作，就转而支持北伐军。张作霖无奈，在1927年10月15日与山本签订了《山本—张作霖密约》，规定由中国政府委托"满铁"承建"满蒙新五路"。但张作霖用了"骗招"——他签字前就找行家对协议文本进行了研究，知道协约第10条规定"本协约签字后尚须两国政府正式签字，方能生效"，签了字也是没有履行法律程序的无效文件。

山本条太郎得意而归，回去仔细一看却是个无效协议。田中义一大为恼火，斥责山本办事不力，命令他再去谈判。

这回山本条太郎决心不再上张作霖的当，拟好了由日方承建"满蒙新五路"的合同，再到北京找张作霖。张作霖又出新招，说修铁路不能五条并举，要从一两条线逐步着手，而且日方要先支付三百万到五百万大洋的保证金。山本条太郎同意"从一两条线逐步着手"，但不肯再上当先丢了"肉饼"，对款项的事表示"要办完备案手续才能应允"。

中日交涉期间，日本的《满蒙觉书》内容及要求承建"满蒙新五路"的消息被透露出来，东北人民愤怒地举行反日示威，要求当局不惜一战，拒绝《满蒙觉书》。

日本怀疑是张作霖集团暗中煽动，提出抗议，并要求制止反日活动。张作霖虚与委蛇，另外让杨宇霆对外发表谈话，声称与山本条太郎只是口头谈及满蒙铁路问题，并未签订任何协定，否认日方所声称的"满蒙交涉业已就绪"。

日本愈发光火，芳泽谦吉气势汹汹地质问张作霖该谈话内容是否如报道那样，指摘这是破坏日本政府的信誉，要负严重责任。张作霖为安抚日

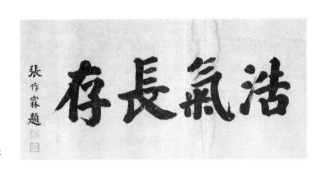

张作霖题字

本，向芳泽谦吉表示：愿意由他本人与田中义一"交换函件"来代替签约。田中义一随即对这一方案表示同意。

1927年12月5日，张作霖致函田中称："日前山本社长来京所谈之事，敝意深愿以诚意商谈各该案详细规定，现拟饬由各该地方官逐项议订。"这其实又是一个骗招，只是同意进行商议，不仅否认与日方已达成协议，还把谈判的事推给了各地方政府。

张作霖先推给奉天省，要日本人去和奉天省政府谈判。日本加派驻奉天总领事吉田茂参加谈判，还出动关东军在辽阳、长春等地进行"野战演习"恫吓奉天当局，急于在奉系集团还能控制局面时拿到"满蒙新五路"等权益。奉天省代省长莫德惠本就是对日强硬派，又秉承张作霖的指示，严守不出卖国家主权的底线，跟日本人谈判寸土不让。双方回回谈得火星四迸，莫德惠后来干脆拒绝见吉田茂。

芳泽谦吉向北洋政府提出抗议。杨宇霆答复：希望芳泽谦吉转告吉田茂，把脾气放好些，吉田茂太盛气凌人，让人难以忍受，所以莫德惠不愿见他。不过张作霖鉴于莫德惠与日本人闹得太僵，让他和农工总长刘尚清对调了职位。

张作霖又把日本人支去吉林省，说新五路主要是属于吉林省的事，指定吉林省督办张作相作为与日方谈判的代表。张作霖暗中指示张作相：拒绝日本的要求，采取拖延手段，但不要刺激日本人。

张作相从1902年张作霖在八角台办大团时，就是张作霖的心腹大将，掌管吉林后多次抵制日本的侵夺意图，这回也是软磨硬泡就是不签字。日方连催带诈说"大元帅已答应由你签字"，张作相却咬定事关重大，要等战争结束后大元帅他们回来，大家商量之后才能签字。

日本人被诳得满地打转，跑了一大圈还是什么也没得到，气急败坏转回来催逼张作霖。张作霖推诿说等打完仗回东北撤换了张作相，再让新长官签。

张作霖争取日本的援助或应对日本的勒索，每次都给画一张皮相好看的饼，却从不兑现。二十年给日本人画饼充饥，就是瘪皮臭虫也饿成吸血恶鬼了。这次日本人又被张作霖用种种花招戏要了九个来月，已到了 1928 年的 5 月，不再容忍被张作霖当猴耍了！这时奉军节节败退，日本人便对张作霖发出了赤裸裸的威胁：若签约，就提供军事援助和贷款，否则就出兵解除战败奉军的武装，让张作霖回不了东北。

张作霖无奈，在协约中的延吉—海林、洮南—索伦两条铁路线的条款上画圈签了字。据阁庭瑞说张作霖在签字的时候浑身都在发抖，转天人都憔悴了许多。

日方拿回去仔细一看，整份文件的落款处没有签名，也没写日期，是日方代表补填的"张大元帅阁下"字样及日期，而且协约里有规定：尚需两国代表正式签字，方能生效。闹了半天还是一份无效协约！

日方再去找张作霖。1928 年 5 月 15 日，张作霖又派赵震在敦化—图们江、长春—大贲两条铁路的修建合同上签了字。赵震是什么人呢？是签字后第二天才发表任命的交通部次长。还没到任，签字怎么会有法律效力！张作霖表面粗鲁满嘴妈拉巴子，装出什么都不懂的样子，其实极为把细，他早就让国际法的专家研究过协约内容及签约的法律问题。

首相田中将办事人员严厉训斥。芳泽谦吉等日方代表气急败坏，一顿恫吓劝诱后张作霖答应签约，转天交给日方的文件却只签了一个"阅"字，连圈和签名都没了。

或许有人不理解：不就是在你这儿修几条支线铁路吗，还是人家掏钱，有什么大不了的，甚至是件好事啊，而且还借给你大笔的钱，还出兵帮你打退北伐军坐天下，这不是很合算的交易么？

问题在于，控制一个地方的铁路，就掌控了那个地方的经济和军事命脉。沙俄和日本侵略中国东北，都是以铁路为开路先锋。沙俄在甲午战争后趁火打劫，攫取了旅顺港和修筑"中东铁路"的权利。日本 1904 发动战争击败沙俄，夺得了旅顺港和中东铁路的南段即"南满铁路"。日本按照英国东印度公司模式设立的南满洲铁道株式会社（简称满铁），成为了日本对中国东北进行政治、经济和军事侵略的力量中心。

从日本的侵华大纲《田中奏折》，就可见"满蒙新五路"的重要作用。如奏折中指出，吉林—会宁铁路是"武装征服中国的路线""使南满、北满、朝鲜和日本成为大循环线、日后对美对苏作战的可靠保障"；又如《奏折》认为日本侵吞内蒙古，完全取决于修筑通辽—热河铁路，不仅可占有内蒙古的全部资源，还可以容纳至少 2000 万日本国民。

张作霖宁可失去政权、宁可不要臭皮囊，也不答应日本再在东北修铁路，进一步控制东北的命脉。

# 四、宁为草寇，不为汉奸

蒋、冯、阎三个集团军于 1928 年 4 月 10 日下达总攻击令。这时张宗昌部只剩约 6 万人，孙传芳部只剩 2 万余人，分别从鲁南、鲁西败退，北伐军逼近济南。

日本阴谋乘中国内战对山东实施军事占领，从本土、朝鲜和关东调集了约两个师团的军队到山东，还将 32 艘军舰集结到青岛。田中义一派陆军大将山梨到济南，和张宗昌密议，以日军两个师团改穿直鲁联军服装参战。

张作霖得知后，叫来张宗昌申斥说："胜败事小，引狼入室，关系太大，我们可以不干，但绝对不能借重日军，留下万世骂名。"

张宗昌在张作霖的训导下拒绝了日军援助，和孙传芳于 4 月 30 日逃离济南。

蒋介石的国民第一集团军和冯玉祥的第二集团军随即进入济南。蒋介石于 5 月 2 日赶到济南，在原山东督军署设立了总司令部。但日本仍借口保护侨民，出兵攻击北伐军，炮轰济南城，进城后肆意焚掠屠杀，制造了济南惨案（1928 年 5 月 3 日—9 日）。中国军民众被焚杀死亡者达一万七千余人，受伤者两千余人。

张作霖（左）会见日本公使芳泽谦吉

蒋介石、冯玉祥一遭日军攻击，就将军队撤出济南，撤退到泰安一线。此时，蒋介石后方又发生动乱——桂系李宗仁、白崇禧抢占了湖南地盘，粤系军人张发奎等又谋划在广东建立政权与他分庭抗礼。蒋介石急欲回去保住自己的江南大本营，于是将黄河以北的军务统统交付给冯玉祥，匆匆回了南京。

张作霖见大势已去，在5月9日下了停战撤军令，准备与南方议和。日本急欲在张作霖政府倒台前解决以往条约所涉及满蒙的悬案。芳泽谦吉来见张作霖，要求张作霖兑现答应给予日本的"满蒙土地商租权""合办农业权""随附工业权"，以及修筑"满蒙新五路"铁路的权益，诱惑说只要大元帅满足了大日本帝国的要求，有什么困难，大日本帝国也不会袖手旁观的。

张作霖忍耐不住心中怒火，转身回到里屋，骂道："日本人真他妈不够朋友，这不是掐着我脖子要好处吗！"

芳泽谦吉耐着性子说："贵国有句古话，君子一言，驷马难追……"张作霖一摆手，打断了芳泽的话："我不是君子，你们背后都骂我是马贼，为什么要跟马贼打交道？"

芳泽谦吉也火了："似大帅这般无信无义，大日本帝国将考虑采取断然措施。"

面对日本的威胁，张作霖不怒反笑："你想吓唬我？老子当年刀头上舔血，死人堆里打滚，什么样的阵仗没见过？你明天宣战都可以。"说完转身就走，将芳泽谦吉晾在了一旁。

晚上，张作霖想想还不解气，让秘书起草了一份通知，要求日本侨民在接到本通知的第二天十二点之前一律撤出东北，过了时限，东北当局将一概不负责其安全。这无疑是向日本开战的信号。芳泽谦吉反而慌了手脚，日本政府可没有授权他以武力相威胁，也没有做好战争的准备，这个乱子他惹大了。第二天一大早他就来到了大帅府，劈头就问："难道你真要战争，准备打多少年，是不是要打个十年八年的？"说这话时，他的声音都打颤。没想到张作霖却是不真不假地回答道："没年头，头天打仗，第二天我死了，也就不管了。"芳泽谦吉这才松了口气，"大帅今后可不能这般将大事作儿戏，会造成大误会的。"

日本仍不死心，在张作霖已声明退出北京回东北的6月2日夜里，芳泽谦吉还到中南海见张作霖，提出只要同意吉会铁路与满铁接轨、打通铁路改线和停筑葫芦岛港，则日本愿意帮助张作霖打退北伐军，中分天下；否则就出兵解除败退奉军的武装，让张作霖回不了东北。张作霖愤怒拒绝说："我不能出卖东北，以免后代骂我张作霖是卖国贼。我什么都不怕，我这个臭皮囊早就不打算要了。"

奉张集团其他首脑张作相、杨宇霆、莫德惠等在和日本交涉时，也是坚决不签"满蒙新五路"等卖国协议。就连"三不知将军""狗肉将军"张宗昌，在张作霖死后避难东京，"九一八"事变后日本极力拉拢他加入伪满政权时，张宗昌都断然拒绝，对记者说："咱家可不会钻烟囱（做汉奸）。"

阎庭瑞多次和家人讲"宁为草寇，不为汉奸"的话。"宁为草寇，不为汉奸"也是他为人做事的原则，听书听戏听故事，知道干什么都行，就是不能当汉奸留骂名。他一直为张作霖想办法，不执行北洋政府所签订的丧权辱国条约中涉及东北的条款，如给予日本的土地承租权、铁路控制权、矿山开采权等，反对让日本新建铁路和停建葫芦岛港，说"中国人共有的财产可不能在我们手里给了小日本，让子孙后代骂我们"。

## 五、亲历皇姑屯事件

1928 年 6 月 1 日，张作霖通电退出北京，表示："本为救国而来，今救国志愿未偿，决不忍穷兵黩武。爰整饬所部退出京师"。声称"政务交国务院，军事归军团长负责，以后国事听国民裁决"。却又恋栈不肯退位，同时让人将大元帅的印、旗、国务院的印信、重要档案等运往奉天，以便在关外继续当大元帅发号施令，继续指挥运作安国军政府。1928 年 6 月 3 日，张作霖撤出北京，安国军政府瓦解。阎庭瑞的北洋政府最后一任财政总长，也就在此日谢幕。

张作霖命张学良、杨宇霆等留守北京善后，请北洋元老王士珍再次出山组成维持会，维持北京秩序。

启程回奉天前，张作霖对日本将有不利于己的阴谋已有耳闻。奉天宪兵司令齐恩铭发现日本守备队在皇姑屯的老道口——三洞桥周围设岗，禁止人行，情况异常，发密电请张作霖严加防范，或绕道回奉天。张作霖却没有重视，觉得乘汽车取道古北口坎坷颠簸，而且从北京到奉天铁路沿线都有奉军守卫，决定还是乘火车。

但张作霖也不是毫无防范。他故布疑阵，宣称 6 月 1 日离京，让一列专车升火待发，却没有出发；到 2 日下午 7 时，专列从北京前门东站启程，但上车的只有张作霖的五姨太寿夫人及仆役人等。他自己则在在 6 月 3 日凌晨 1 时，在正阳门车站登上回奉天的另一专列。随行人员除阎庭瑞外，还有靳云鹏、潘复，总参谋长于国翰，农工总长莫德惠，教育总长刘哲，日本顾问町野武马、仪峨诚也，张作霖的六姨太岳夫人及三公子张学曾等。

专列共二十节，张作霖乘坐的包车是第十节，以前是慈禧太后专用的蓝钢花车，又经过改造，内有客厅、卧房各一，还有打麻将的活动间。阎庭瑞等随行高级官员则乘坐花车前面的两节蓝钢车。在专车前面，还有一列压道车。

6 月 3 日凌晨 1 时 15 分，专车开动，于 6 月 3 日早晨 6 时 30 分到达天津。

前来迎送的有褚玉璞、前两湖巡阅使王占元、热河都统阚朝玺等人。靳云鹏、潘复、町野武马下了车，前交通总长常荫槐上了车。

町野武马参与了日本内部是否刺杀张作霖的讨论，知晓刺杀计划，送一程是计划的一环，为了麻痹张作霖。但町野武马是日本内部的"保张派"，在张作霖掌握奉天政权前就跟在张作霖身边，已有十三年，在1916年日本内部讨论是扶植张作霖还是扶植宗社党时，他就极力维护张作霖。据说町野武马下车前曾嘱咐张作霖"须在日间到达奉天"，可能是向张作霖暗示避过爆炸，但张作霖太过大意，没有理会他话的含义。

靳云鹏和张作霖是儿女亲家，准备陪同回奉天，但他的副官来报告说，日本领事馆派人送信，他的好友板西利八郎来津有要事相商。靳云鹏便下了车，但等到次日板西利八郎也没来，来的是专列在皇姑屯被炸的消息。靳云鹏是有名的亲日派，离京前还在帮日本人劝张作霖签约，日本是要留为后用。

随行的还有张作霖的另一个儿女亲家、前中东铁路督办、军事顾问兼审计院长鲍贵卿，原本要陪张作霖回奉天的，可到了天津听说太太刚产下一子。是年鲍贵卿六十有三，老来得子，欣喜之状可想而知，遂下了车匆匆赶去医院，竟由此逃过一劫。

张作霖心情郁闷。阎庭瑞平日常陪他说话抽大烟，这时更是不离左右，叙旧解烦。莫德惠、常荫槐、刘哲等也来到张作霖的包车，一起打麻将。几人一路上大部分时间在玩麻将。

沿路有不少官员迎送，尤其是黑龙江督军吴俊升，特地赶到山海关迎接张作霖回奉天，令他十分感动，拉了手在一起说话。

4日早晨皇姑屯车站，实业总长张景惠上了车，告诉张作霖说奉天的文武官员都在奉天车站迎接，但他没和张作霖同坐而坐到了前面一节的蓝钢车。这时离终点奉天站只有约3公里的路程了，麻将牌局也散了，莫德惠、常荫槐、刘哲等人都回了各自包厢。

专列从皇姑屯车站缓缓开出，前行不远就是京奉铁路和日本经营的南满铁路的交叉点——三洞桥，一座三孔的钢筋混凝土铁路桥，京奉铁路在下，南满铁路在上，桥两端建有日军的岗楼。

阎庭瑞仍和张作霖、吴俊升坐在一处说话。包车里还有校尉处长温守善、医官杜泽先和一些随侍人员。早晨关外的天气有些凉。阎廷瑞觉得冷，就让侍卫去取一件坎肩，但侍卫在他包厢里没找到。这时专列缓缓驶进了三洞桥。阎庭瑞骂侍卫："你怎么这么笨呢。算了，我自己去拿吧。"他和张作霖、吴俊升说了一声，就起身往自己包厢走。后来阎庭瑞不知多少次和家人讲，这件坎肩救了他的命。

因阎庭瑞去取坎肩，后面吴俊升便问张作霖："天有点冷，要不要加件衣服？"张作霖看了一眼腕表答说："算了，马上要到了。"

张作霖话音刚落，阎庭瑞刚走到张作霖的包车与前面蓝钢车的连接处，突然一声巨响，霎时间天崩地裂，阎庭瑞眼一黑就飞了出去。待阎庭瑞昏沉沉睁开眼，浓重的烟尘呛得他几乎喘不出气，触处全是乱铁碎木，透进隐隐的天光火光。他挣扎着从乱铁碎木堆里爬出来，才意识到发生了爆炸，方才乘坐的蓝钢花车的车厢没有了，只剩残缺变形的车底盘扭翘在同样扭翘的铁轨上，已辨不出的车厢残骸崩落在身前三丈多远处，与花车邻接的几节车厢也残缺歪倒冒着火烟。

抬眼往上看，拧成麻花状的铁轨——三洞桥上的南满铁路的路轨悬在空中震颤，但那一段桥已不见了，只剩几段钢筋铁架和铁轨一样拧曲在半空。下面是被炸开的混凝土桥墩。多么大威力的爆炸啊，眼见的一切都变了形，周围还有豕突狼奔的人群惊慌地尖叫哀号着。

阎庭瑞望见一个浑身血污的人，大概比他早一些从乱铁碎木里爬出来的，匍伏在乱铁碎木和车骸人骸上，还抱着一个血污的人形。他跟跄着爬着向前，认出那个人是侍卫处长温守善，被抱着的正是张作霖。这时几个人赶过来，其中有张学曾，帮着温守善救护张作霖。

张作霖咽喉处有一个很深的伤口，血肉模糊血还在流，温守善不知从哪儿摸着条大手绢堵在伤口上。这时在铁路沿线警戒的宪兵司令齐恩铭领着一些人急急赶到，接着奉天省长刘尚清等带着大队人马也赶到了。还有不少人是在奉天车站准备迎接的仪仗队，在大爆炸后的惨景中格外刺目。不远处，高架的南满铁路上，一些日本军人在观望和照相。温守善和张学曾把张作霖抬到齐恩铭的汽车上，匆匆驰离。

赶来救助的人员随后把受了伤的岳夫人、阎庭瑞、莫德惠、张景惠、刘哲、于国翰等人也一一抬扶上车救走。吴俊升被炸得血肉模糊，一颗道

皇姑屯事件现场

钉穿入脑中，当即身亡。此外还有十八人被炸死，五十余人受伤。

被救回大帅府的张作霖已奄奄一息，被抬进寿夫人所住小楼的西厢房进行急救，无奈伤势太重，他断断续续地对寿夫人说："我受伤太重，怕是不行了。你告诉小六子，以国家为重，好好干。我这个臭皮囊不值什么……"9时左右，张作霖撒手人寰。

这就是震惊中外的皇姑屯事件。爆炸时间是1928年6月4日5时23分。

# 第十四章 万里夕阳垂地大江流：易帜岁月

# 一、渡过东北危局

阎庭瑞和家人讲他为张作霖收尸并料理后事,但这应是泛泛之言。他料理的只是治丧事务。在处理危机中起主导作用的,是张作霖的五姨太寿夫人、奉天留守司令臧式毅、奉天省长刘尚清和奉天警备司令齐恩铭。

寿夫人名寿懿(1898—1966),据说是袁崇焕的后人,庚子抗俄英烈黑龙江将军袁寿山之女,时年三十岁,有胆有识,掌管帅府的日常事务。当时少帅张学良远在北京,而日军已有异动。为防不测,在奉天的几位奉系首脑和寿夫人决定密不发丧,同时做出帅府一切如常的假象。

奉天当局只宣布了吴俊升的死讯,同时发布通电称,"主座由京回奉,路经皇姑屯东南满铁道,桥梁发生爆炸,伤数人,主座亦身受微伤,精神尚好……"

帅府内也是假戏真做:将张作霖尸体头部包扎好,只露眼、鼻、口,躺卧在床上;厨师每天送餐到小青楼,按时开饭;医官每日入府为"大帅医伤",换药开方;水果食物摆放床边;府内众人皆穿常服,照常活动。

当时日本对于张作霖有两种对立的意见:"援张论"和"排张论"。田中义一内阁和军部首脑坚持支持张作霖的方针,仍寄望于从张作霖手中拿到他口头承诺给予日本而不予兑现的那些权益,并"以较温和方式"将满蒙地区从中国分离出来;而日本军队的"中坚将校"则认为张作霖是日本侵吞满蒙地区的最大障碍,应该除掉张作霖,拥立可以替代他并且亲日的有实力者。

日本陆军的"中坚将校"结成了"二叶会""木曜会"等所谓研究小组，探讨满蒙问题的政策。日军的"中国通"、侵华战犯河本大作、矶谷廉介、板垣征四郎、冈村宁次、土肥原贤二、石原莞尔、铃木贞一等都是其中的成员，"排张"成为他们的一致见解。其代表人物河本大作时任关东军高级参谋，认为张作霖历次得到日本援助后都"忘恩负义"，一定要将他杀死，除此之外没有解决满洲问题的办法。他还痛斥主张援张的松井七夫、町野武马等是迎合张作霖的"寄生虫""虱子"。新任关东军司令村冈长太郎也力主除掉张作霖。

奉军要退往关外时，日本田中义一内阁的方针是：如果是溃败的奉军，或国民军欲攻出关外，都将之解除武装或击退；如果奉军和平出关，则不予缴械，以保存奉系势力。为此日本从朝鲜和本土向东北增调兵力，还要求派遣部队的司令官要有"分寸"，同时要有"胆识"。日本关东军随即将司令部由旅顺迁至沈阳，将关东军开赴奉天、锦州、山海关等地，在满铁附属地分设六大警备区，还武装日侨组成义勇队，准备对东北实施军事占领。

日军采取这样的重大军事行动，需要天皇的正式命令（奉敕命令）。但田中义一内阁没有下达天皇的敕令。关东军司令村冈长太郎决定关东军自行行动，刺杀张作霖，打乱东北军的指挥系统，使东北陷入混乱，以便出兵占领。村冈长太郎命令河本大作具体制订谋杀张作霖的计划，奉天特务机关长秦真次、土肥原贤二参与了策划。

河本大作在回忆录《我杀死了张作霖》中自陈，关东军专门从朝鲜调来工兵，工作了6个小时，将120公斤黄色炸药，装置在铁路交叉点桥墩上面的两处地方。驻守三洞桥一带的奉天独立守备队中队长东宫铁男大尉奉命负责炸车的技术工作。他们在桥墩500米外的瞭望台上安设电线按钮控制爆炸。为了保证爆炸成功，设置了两道控制爆炸的装置。

为了准确掌握张作霖返奉的时间，河本大作派竹下和田中两个参谋赴北京监视张作霖的动静。张作霖的专列从北京一出发，竹下就向河本发来密电，报告了专列的预定行程。河本大作随即命令石野芳男大尉到山海关，神田泰之助大尉到新民屯，监测和报告张作霖专列到达和启程的具体时间。

张作霖的专列驶到三洞桥时，列车已减速到时速 10 公里左右。东宫铁男看见张作霖所坐的蓝钢车进入爆炸地点，便按下了按钮。在瞭望台上指挥的河本大作描述："爆炸声响，烟火腾空而起，看这情形，我以为张作霖连骨头都炸没了……"

让日军始料未及的是：爆炸后张作霖当场未死，被救走了！日本人想尽各种办法打探张作霖的伤势情况，除了用望远镜日夜监视大帅府的动静，还让驻奉天领事等人的太太们前去"探视"。寿夫人仍常服梳妆，有说有笑地接待，演了一出"智斗"。张作霖的日本顾问町野武马、仪峨诚也前来探视，刘尚清接待他们，告诉说："大帅精神很好，每天吃流食，喝牛奶……"

为了试探张作霖的生死、造成动乱以军事占领东北，关东军及其雇佣的日本浪人于 6 月 5 日，在山海关和锦州之间的京奉线制造了奉军兵列脱轨倾覆事件；6 月 10 日和 12 日在奉天城制造了近 10 起炸弹爆炸案；6 月 16 日，又出动一万八千余名日军——几乎是关东军全部兵力，在奉天城南的浑河沿岸举行大规模演习，高唱侵吞满洲的"凯歌"《南满是我们家乡》。

对日本的这些试探和挑衅，奉天当局都冷静应对，如明知奉天城的炸弹爆炸案是日本人干的，却佯称是国民军便衣队所为，并以此为借口宣布"奉镇威上将军手谕，加强治安，实行戒严"。

日本人见大帅府及奉天当局一切如常，对奉天当局接连发布的张作霖"精神很好，能进软食""正在康复中"等消息信了七八成。为了掩盖其谋杀罪行，参与谋划刺杀张作霖的日本特务头子土肥原贤二在 6 月 6 日还发表谈话，白日见鬼地说他当天下午亲自探视张作霖，其伤势已有起色。

日军最终未敢采取进一步行动。奉系首脑们机智冷静地处理皇姑屯危机，使日军制造动乱再乱中取事的阴谋未能得逞。

皇姑屯事件发生的 6 月 4 日，张学良和杨宇霆在北京，正与南方的国民政府代表商谈奉军撤离京津的事宜，接到了奉天密电处处长周大文的密电：张作霖在皇姑屯被炸重伤，让他速回奉天。张学良内心极度悲痛，表面却不敢表露半分。当晚他和杨宇霆与殿后的奉军部队一同撤到滦县，住在城北山上的一座寺庙里，在这里部署奉军撤出关外和向国民军交接直隶地方。

从张作霖灵堂出来的日军军官（中），和正进入灵堂的
奉军官兵（左）

6月16日，张作相赶来滦县，告诉张学良：老帅已于6月4日伤重去世。张学良听后昏倒在地，苏醒后把部队指挥权交给杨宇霆，自己准备赶回奉天。张学良听张作相讲了皇姑屯事件后日本人的种种动作，又得到日军在京奉铁路沿线拦截搜查的情报，判断日本人会阻止他回奉天，甚至有可能对他下毒手。因此张学良装扮成一名伙夫，剃去长发，脸上还做了些化装，带着几名心腹卫士，于17日混在卫队旅骑兵连乘坐的闷罐车里，混过了日本关东军在山海关、锦州、新民的几次搜查，在6月18日上午潜回了奉天。

见到张学良归来，刘尚清、臧式毅，还有莫德惠、阎庭瑞等商议由张学良主持奉天大局，并以张作霖的名义拟了一份命令：

奉天省长：

本上将军现在病中，所有督办奉天军务一职不能兼顾，着派张学良代理，仰即知照，并转饬所属一体知照。

刘尚清随即发布奉天省长公署令，通告"奉镇威上将军铣令，由张学良代理奉天督军"。

局势得到掌控后，6月21日，张学良兄弟姐妹十四人才联名发表讣告，宣布张作霖于当日子时逝世。奉天当局也在同一天公布了张作霖的死讯，成立帅府丧礼筹办处，为张作霖治丧。

## 二、东北易帜

日本政府和日本关东军炸死张作霖，是要制造动乱乘机侵占中国东北。张作霖虽形格势禁，不得不与日本虚与委蛇，但在其统治东北的十多年里，日本想要的土地承租权、铁路控制权、矿山开采权以及满蒙独立，一样也没拿到；甚至北洋政府所签订的丧权辱国条约，如二十一条及附约《关于南满洲及东部内蒙古之条约》给予日本的这些权利，张作霖不能不承认，却都以地方法规或秘密训令的方式使之实际废止。

以张作霖为首，吴俊升、张作相、阎庭瑞等一班关外"绿林豪杰"，出身草莽却从未失民族大义，在东北及蒙古地区外遭日本和苏俄两大强权交侵，内有清朝余孽与外部势力勾结搞"满蒙独立"的恶劣局面下，以其特有的血性和狡狯善为应对，面对强敌不稍屈服，该出手时就出手，你杀我两个我就杀你三个，你来挑衅就排枪招待，几次血战殄平了苏俄、日本豢养的蒙古和清廷余孽，又明暗并用使一系列不平等条约不能施行，同时软硬兼施让日本关东军无所逞其技，无论其出发点如何，对于中国保有东北和蒙古，都是可圈可点。

正是认识到张作霖是侵占东北的最大障碍，日本军国主义分子才冒谋杀一国元首的大不韪制造了皇姑屯事件。安国军政府（中华民国军政府）是当时国际社会承认的中国合法政府，张作霖是事实上的国家元首。按照国际法，谋杀一国元首是严重的战争罪行为，1946年远东国际军事法庭就是将此作为日本侵华战争的起点。但因种种历史原因，这一罪行并未得到追究。

日本天皇裕仁在他的《昭和天皇独白录》中，记述了日本政府于处理皇姑屯事件的意见分歧：

这一事件的主谋者是河本大作大佐。最初，田中（义一）总理对我说，此事甚为遗憾，在河本指使下被炸死的张作霖，虽系自封，但毕竟是一个国家的地方当权者，因此，准备处罚河本，以向中国表示憾意。后来我又听说，田中就此事曾对牧野（伸显）内大臣、西园寺（公望）元老、铃木（贯太郎）侍从长说过，他打算召开军法会议，彻底惩处肇事者。

然而田中将惩处问题提交内阁会议讨论时，据说以铁道大臣小川平吉为主的一些人认为，从日本的立场考虑，惩处甚为不妥；这种论调声势很高，因此，内阁会议也就不了了之了。

1928 年 6 月 19 日末次研究所情报：张作霖被炸身亡，阎泽溥（庭瑞）、常荫槐因更衣幸免，但误记实际受伤的莫德惠、何丰林、刘哲死亡

于是田中又一次来到我处，说打算把这一问题大事化小、小事化了，不加深究。此话与他上次所言大相径庭，于是我厉声对田中说：这么说不是有违前言吗？你是否应该提出辞呈！

今天想来，这种言辞说明我当年过于年轻气盛。但毕竟是这么说了，田中因此提出辞呈，田中内阁也总辞职了。事后听说，当时河本曾扬言，如果召开军法会议进行审讯，他就将日本的策谋全部暴露出来。因此军法会议被取消了。

田中义一、西园寺公望等一些日本军政要人认为村冈长太郎、河本大作刺杀张作霖的做法鲁莽愚蠢，使日本多年在中国东北的投入和"和平"侵吞满蒙的图谋付诸东流，曾企图追究相关人员责任。但日军少壮派军人永田铁山、冈村宁次、板垣征四郎、东条英机等坚决袒护河本大作，实质

305

是维护日本关东军及日军的"名誉"，反对以军法或司法程序处置河本大作。这些得到了前关东军司令官、陆军大臣白川义则等人的支持，因此最后不了了之，仅将村冈长太郎、河本大作解职，编入预备役。

因"和平"侵吞满蒙的政策失败，田中义一内阁也不得已总辞职。

关东军刺杀张作霖，等于逼迫其继承人张学良及奉系反日，"和平"侵吞满蒙已无可能。日本想侵占东北，除了使用武力外已无他路可走。

张作霖和奉系二号人物吴俊升同时逝亡，张学良年资尚浅，不敢僭居前辈之上。因此东三省议会联合会先推举张作相为东三省保安总司令，张学良、万福麟分别为奉天省和黑龙江省保安司令。但张作相坚辞不就，一定要"老把俹"继承父业，于是东三省议会联合会又在7月2日改推张学良为东三省保安总司令。

早在安国军政府时，张学良就主张与南方的国民政府停战议和。后期战况不利时，张学良更密令亲信在张作霖周边酝酿停战空气，并暗中策动东北三省法团派代表赴北京，恳请张作霖退回东北，又秘密派代表南下与国民党方面谈判议和。奉系老派的吴俊升、张作相也一直主张退出关外，先把东三省的事干好，吴俊升为此还和张作霖闹得不欢而散。因此当时报纸披露：张作霖退出京津回奉天，实有说不出的苦衷。

张学良未回奉天时就与蒋介石达成了协约：东北易帜，即在奉天设立国民政府政治分会，以张学良为主席，委以统治东三省的全权。张学良就任东三省保安总司令后，即推进东北易帜，即改挂国民政府的"青天白日满地红"旗帜，奉行三民主义。

但奉系集团内部，有不少人反对易帜。新派的杨宇霆认为易帜除了形式上的中国统一，无论南京国民政府还是东北，都没有实际的好处；北洋政府是第一次世界大战战胜国的政府，奉系的安国军政府与之一脉相承，具有独立的外交权，如果易帜，就要服从蒋介石的领导，在应对苏联、日本两强时将失去灵活性，而东北如果发生战乱，蒋介石未必能够援助。杨宇霆认为最佳策略是东北自主发展，等经济军事实力强了，再设法驱逐日本势力。

奉系老派一向主张"闭关自守"，指"易帜"是"投降"，即使要易帜，也应缓行。

张学良急于实现中国统一，也要得到蒋介石为奥援以巩固他对东北的统治，所以坚持要易帜，说："我张学良没有统一中国的能力，但我有诚心服从能统一中国的人。"

张作相原本反对与南京国民政府妥协，还曾镇压过吉林学生要求易帜的请愿活动，但这时为了辅佐少帅接班，便转而支持张学良。

张学良随即拍板决定东北易帜和服从三民主义，派代表告知蒋介石：他初步计划于 7 月 21 日易帜。

1928 年 8 月 14 日末次研究所关于东北三个月后易帜的情报

日本侦知张学良的易帜动向后，驻奉天总领事林久治郎于 7 月 19 日约见张学良，向张学良转交日本首相田中的信件，反对东北"易帜"，并提出：一、南京国民政府含有共产色彩，且地位尚未稳定，东北目前犯不着与之发生联系；二、如果国民政府以武力进攻东北，日本愿意出兵相助；三、如果东北财政发生困难，日本正金银行愿予充分接济。接着关东军司令官村冈长太郎又与张学良会晤，正告张学良不要易帜，否则"关东军是不会坐视不问的"。

日本政府 7 月 28 日又任命前驻华公使林权助为吊丧特使，与参谋次长南次郎中将等人到奉天参加张作霖葬礼，并威胁张学良不要易帜："如果中国东北不听日本劝告，而与暴动的南方达成妥协之类事情，为了维护我国既得权利，则将不得不采取必要的行动。"

张学良则表示："东三省政治以民意为决定。如果人民主张改制，我是难以抗拒的。"张学良还密电蒋介石，建议召开国民会议解决时局问题，用民意来应付日本对易帜的干涉。

蒋介石急于实现统一大业、做全国统一的第一人，同时也需要在北方找到一个同盟者来牵制冯玉祥、阎锡山和桂系，因此对张学良极尽拉拢之

1928 年 12 月 30 日媒体报道东三省易帜

能事。他先派国民政府军委会委员方本仁为代表，随后又派张群、吴铁城、宋大章等人到奉天，向张学良承诺：东北内政仍由现职各员负责，概不更动；重大人事，先由张学良请委，然后由中央任命；中央每月拨军饷一千万元给东北军；为了不使张学良为难，东北外交由中央应付。

张学良遂决心不顾日本威胁，实行东北易帜，下令逮捕了阻碍易帜的陶尚铭等人。1928 年 12 月 29 日，张学良在奉天省府大礼堂举行了东北易帜典礼，通电全国，宣布即日起"东三省服从国民政府，改易旗帜"。

方本仁代表国民政府致辞说："今日为东北边防军正副司令长官及奉、吉、黑、热四省府委员补行宣誓典礼，实为革命成功、全国统一大可纪念之日。"

# 三、杨常事件和中东路事件

张作霖皇姑屯遇难，阎庭瑞既痛失老友，也失去了最大靠山。他深知承继父业的张学良是个性情无定的公子哥，不知什么时候就会捅出个天大

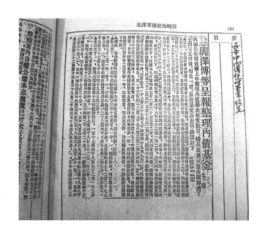

1928年《日本末次研究所情报资料》"阎泽溥等呈报整理内债基金"

的娄子。预见东北来日多灾多祸，因此料理完张作霖治丧事务不久，阎庭瑞就借向国民政府交接财税事务为由离开奉天，随后到天津担任了大中银行（1928年—1934年总部在天津，后迁上海）总经理等职，虽还往来津奉间，但已淡出了东北政坛。

在张学良接掌东三省的过程中，奉系内部已内乱频生。首先是对奉系麾下的直军、鲁军的善后处置欠妥。张学良借口裁军，拒绝直、鲁军退入关外。他一面让张宗昌、褚玉璞自寻出路，一面密电蒋介石，表示听凭其处置，奉方不加过问。直鲁军退缩到天津东的汉沽、开平一带，进退无门。8月25日，张学良又派杨宇霆到滦州，与国民军第四集团军的白崇禧商议，如果直鲁军不听遣散，就由国民第四集团军和奉军共同夹攻，将之解除武装。在直鲁军拒绝缴械后，两军于9月3日向直鲁军发起了进攻。

张宗昌、褚玉璞随后发出班师回奉天的通电，痛斥张学良"卖友求荣"，并带领直、鲁军进攻山海关，一度击败奉军。奉方险些又遭遇一出"郭松龄倒戈回奉天"的大乱。后来直鲁军内乱，才被奉军和国民第四集团军击败，将五万余名直、鲁军缴械遣散。

然后，在东三省宣布易帜后仅12天，1929年1月10日晚，张作霖时代的两位重臣杨宇霆与常荫槐，被张学良秘密处决。

杨宇霆是张作霖的左右手，任总参议并督办军工，将东三省兵工厂发展成有"东方克虏伯"之称的亚洲最大兵工厂。皇姑屯事件后，杨又会同张学良办理与各方面的军政善后事务。常荫槐曾任奉军骑兵集团参谋长、

*1929 年 1 月 10 日，张学良枪杀杨宇霆、常荫槐的大帅府老虎厅*

安国军政府交通部代总长等职，任京奉铁路局长、东三省交通委员会委员长期间，在日本不知不觉中迅速建成与南满铁路平行的打虎山—通辽铁路，成为阻止日本独霸南满交通的喉中之鲠。皇姑屯事件后，常荫槐任黑龙江省省长。

1929 年 1 月 10 日下午，杨宇霆、常荫槐一同来见张学良，提出要成立一个"东北铁路督办公署"，理由是中东铁路是中苏合办，不受东北交通委员会管辖，如果成立铁路督办公署，可将所有铁路纳入管辖范围之内。杨宇霆已将成立公署的文件拟好，要张学良同意由常荫槐出任铁路公署的督办。

据张学良的警卫处长高纪毅回忆：杨宇霆、常荫槐走后，张学良立即把他召来，布置处死杨宇霆、常荫槐。

当晚约 8 时，杨宇霆、常荫槐一同来到大帅府的会客室老虎厅。刚刚落座，警务处长高纪毅和张学良的侍卫副官谭海就率领六名卫士，分别将杨宇霆、常荫槐按住，结束了两人的性命，当夜陈尸老虎厅（高纪毅《杨常事件的前因后果》）。

有一种观点认为张学良杀杨宇霆、常荫槐，是中了日本的离间计。皇姑屯事件后奉天屡次发生炸弹爆炸案，日本就散布流言说是杨宇霆、常荫槐密谋推翻张学良的行动；同时又散布张学良枪毙杨宇霆、逮捕常荫槐的假消息，使奉系内部互相猜疑以引发内乱。张学良接掌东北后，奉天的日本军事顾问土肥原贤二、荒木五郎等出面捧张学良（与日本疏通易帜事，也是张学良委派土肥原去办的）；松井七夫、町野武马等出面捧杨宇霆，其实也是在奉系内部挑拨离间。日本人的阴谋，终于在张作霖死后半年得逞。

协助张学良处理杨常事件善后的东三省外事处长王家桢（《田中奏折》就是王家桢通过在日本的关系搞到的）回忆：他得知此事后的第一个念头就是，"邻国之贤，敌国之仇"，张学良中了日本人的诡计，自毁长城。

王家桢的想法随即得到了证实。他奉张学良之命在 11 日早晨去向日本驻奉天总领事林久治郎通报回来，走进大帅府正厅时，卫士们正把用地毯包裹的杨宇霆、常荫槐的尸首从老虎厅抬出来。待王家桢走进西客厅，在里屋吸鸦片的张学良突然从一张小床上跳下地来，对他说，"我真有点支持不住了。唉，咱们可得真正好好地干啦！若不然那太对不起凌阁（杨宇霆）、翰香（常荫槐）在地下了。"

之后张学良拿出一大堆材料，大都是明信片大小的照片卡片，约有二百张，交代王家桢说："这些东西，我花了不少钱才弄到手的，你要详细地研究一下。"

王家桢回去后用放大镜仔细看，内容全是些似是而非的琐事，如某人到杨公馆密谈了两个小时，杨家的某人或常家的某人到某小饭馆和人密谈，杨宇霆常荫槐为了私组武装让兵工厂加班，等等。王家桢用了几天时间看完这些材料，又了解到这些毫无价值的"情报"都是日本特务机关和日本警察署低价从情报贩子手里买来、故作神秘地拍了照、高价卖给张学良的，就如实报告了张学良。

张学良听后半晌不语，过会儿把那堆材料往旁边一扔说，"事情已经过去了，算了吧！"

张学良杀了杨宇霆、常荫槐后，想再找只"外国鸡"杀杀给自己立威。张学良晚年口述说："那时候，可以说是我大胆的作风。当时我想要树立自己的威权，总要把日本打败，或把俄国打败。那时，我不自量力，很想施展一下子。"

但张学良觉得当时难以战胜日本。张作霖在世时，他就几次进言说不要惹日本，我们打不过。张作霖大怒，训斥他说："我有 30 万东北军，我才不怕日本鬼子！他撑死了在南满有 13000 人，要想收拾他，我把辽宁各县的县长、公安局长召集起来开个会，三天就把他的铁路扒了。东北军先打重镇大连旅顺，他 13000 人怎么跟我打？"

张学良觉得日俄战争日本打败了俄国，我打不过日本，可以打苏联，就把苏联选为杀来立威的"鸡"。他自陈："……那时我看，日本我们自己打不败了，所以我的目标是要跟俄国打……也是对日本一个表示，我敢打。"

张学良后来剖析自己不堪重任说："我的性情：放逸、急躁、疾恶如仇、不能容忍。徒有求治之心志，而乏治理之才能，不适于军政大任。"但那时他却是无知而无畏，在既不知己更不知彼的情况下将目标定在了苏联控制下的"中东铁路"。1929 年 7 月，他派兵逮捕、驱逐了中东铁路的苏联职员，查封了哈尔滨市内的苏联商业机构，引发了中苏两国之间的中东路武装冲突。

当时苏联和日本都远强于中国，更遑论东北当局。1929 年时苏军更强于日军，从之后关东军向苏军挑衅在诺门坎惨败便是明证。张学良以实力最弱的东北一隅之力，同时向俄日两大强权挑衅——武力收回中东路的行为，也触碰了同样依据条约占据南满铁路的日本的"奶酪"。对此，奉张集团内部多不赞成，认为"东联孙吴，北拒曹操，乃策之上也；而今东抗孙权，北拒曹操，是乃走麦城之路也！"

张作相劝张学良说："收回中东路是好事，可是这事非同小可。进兵接收，势必要打仗，我看用全国力量对付苏联，也未必能打胜，只凭东北军去打苏联能行吗？恐怕收不回中东路，反而惹出麻烦，也要防止日本人乘机捣乱。"

但张学良却一意孤行，中东路事件的结果令人扼腕：东北军的两个主力旅和松花江舰队被歼灭，伤亡 2000 多人，被俘 7000 多人（苏军伤亡约 800 人），海拉尔、满洲里、哈尔滨等相继被苏军攻陷，不得不屈辱求和，与苏联签订了《伯力协定》。

中东路事件使唯一有实力制约日本侵略东北的苏联转为敌人，直接后果，就是导致了"九一八"事变。日本关东军从中东路事件中看到了武力夺取东北的可行性。就在中东路战争结束之时，关东军司令官命令作战参

中东路战争中被苏军缴获的东北军军旗

谋石原莞尔起草了《关东军占领满蒙计划》。石原莞尔轻蔑地说："对付张学良，都用不到真剑，只要用竹刀挥舞一下，就能把他击退。"

# 四、"九一八"事变

用渐进方式侵吞东北的阴谋不能得逞，日本关东军遂策划制造事端。1931年9月18日晚10时，关东军在沈阳柳条湖附近将南满铁路的一段路轨炸毁，谎称是中国军队破坏，同时向东北军驻地北大营发起攻击，发动了"九一八"事变。

事变时张学良却不在沈阳。

1930年4月，冯玉祥、阎锡山联合倒蒋的中原大战爆发。两方都极力拉拢手握重兵、雄踞关外的张学良。

奉系内部以张作相为代表的老派力主不参与内战，休养生息，扩充自己的实力，固守东北；张学良接班后即不任奉天省长的刘尚清，还有莫德惠、阎庭瑞等老人也赞成老派的主张。张学良却雄心勃勃想干成其父没能

1931 年 9 月 18 日，日军炮轰东北军北大营

干成的称霸中原大业。他观望局势，见蒋介石方面在中原大战已处上风时，便通电挺蒋，在 1930 年 9 月 18 日——恰好是"九一八"事变前一年，率领十万东北军精锐进关，摘取了中原大战的几乎全部胜利果实：夺得了华北的河北、山西、绥远、察哈尔四省和北平、天津、青岛三市，收编了二十多万的西北军和晋军。蒋介石却因粤系、桂系造反，不得不匆忙南下救保起火的后院，封张学良为"国民政府陆海空军副总司令"，将黄河以北的军政大权完全交付给了张学良。

张学良直到一年后"九一八"事变时还滞留北平，身染毒瘾，又沉迷于酒色。"九一八"事变当晚，张学良正携赵四小姐在北平中和戏院看梅兰芳演出全本的《宇宙锋》。

1931 年 9 月 18 日晚约 10 时 20 分，日本关东军在柳条湖爆破南满铁路，同时用重炮轰击沈阳的东北军驻地北大营。留守奉天的东北边防军参谋长荣臻听见了巨大的爆炸声，随即又得到日军进攻北大营的报告，第一时间用电话报告和请示在北平的张学良。

荣臻回忆，"九一八"事变时他两次电话向张学良请示。第一次电话，约在一个半小时后才联系上张学良，他接到并向部队转达的张学良的命令是："令不抵抗，即使勒令缴械，占入营房，均可听日军自便等因"。当日本关东军大举进攻沈阳、事态扩大后，他第二次电话请示，接到并向部队转达的张学良的命令是："奉谕，仍不抵抗。"

荣臻本身就是铁杆不抵抗主义者，他命令东北军"不准抵抗，不准动，把枪放到库房里，挺着死，大家成仁，为国牺牲"。

在"九一八"事变前，张学良多次指示留守奉天的荣臻和东北政务委员会"不予抵抗，避免冲突"。7月6日张学良给东北政务委员会的电文说："此时如与日本开战，我方必败。败则日方将对我要求割地偿款，东北将万劫不复。"

张学良的机要室主任洪钫回忆说："九一八"当晚张学良接到副官报告，从戏院回到协和医院（当时张住院疗养），凌晨与荣臻通话后，召集在北平的东北军将领开会，主张不予抵抗。顾维钧的回忆录记载：19日清晨张学良召集"东北外交委员会"的委员开会，决定不抵抗，将与日本的争端提交"国际联盟"仲裁。洪钫和顾维钧的回忆都说：张学良19日凌晨和19日早晨召集会议、做出决定后，才向南京国民政府报告。

在"九一八"事变开始到荣臻联系上张学良的约一个半小时，日本关东军驻沈阳第29联队（约1800人的缩编联队）的一个大队和部分铁路守备队共约1000余人对驻沈阳的东北军发动进攻。驻守沈阳的东北军独立第7旅及地方部队1万余人毫无防备，又失去指挥，慌乱地撤出沈阳城，零时过后已撤向城外的东山嘴子。日本关东军司令官本庄繁见发动事变得手，东北军没有抵抗，遂于18日晚12时或19日零时，几乎与张学良从中和戏院回到协和医院与荣臻第一次通电话的同时，发出了让关东军全军出动、全面攻占辽宁和吉林的命令。

"九一八"事变时，驻守东三省的东北军有陆军18个步兵旅、5个骑兵旅、4个炮兵团和工兵辎重部队等，约19万人。另有警察、地方部队和屯垦军（国民政府整军时张学良将一部分军队转为屯垦军）14万多人。还有空军（4个大队）和海军（舰船3万多吨）2万多人。共计35万人。

但日军军力并非像通常所讲只有1万余人。关东军除了第2师团1.04万人（日本齐装满员的主力师团为2.4万—2.8万人，第2师团是作为守备部队的缩编师团），还有6个独立守备大队约4000人，另有警察、开拓团武装等辅助部队2万多人，还有日本在东北最大的一支力量——拥有职

1931 年 9 月 19 日，"九一八"事变的第二天，日军在沈阳外攘门上向中国军队进攻

工约 20 万人，其中准武装人员和情报人员约 4 万人，实质上是日军的运输、情报、辅助部队的满铁（南满洲铁道株式会社）。另外，事变时关东军得到日本驻朝鲜军团的全力支持，派出 1 个混成旅团（约 5000 人）和 2 个飞行中队进入东北，增援关东军作战。

因此"九一八"事变时东北军虽有数量优势，但双方军队数量的对比并不是表面数据上那样相差悬殊。日军的机动优势也抵消了东北军数量上的优势。可以说事变时双方的综合军力对比大致相当，关键是东北军统帅部的无能和缺乏抵抗意志。

在张学良"不抵抗"命令下，辽宁和吉林两省的十几万东北军约有 5 万人撤退到锦州，后来又撤入关内；约 5 万人在熙洽、张海鹏、于芷山等汉奸带领下投敌；其余散落各地。日本关东军发动事变仅仅 3 天，到 9 月 21 日就基本占领了辽宁省（除锦州地区外）和吉林省。

## 五、江桥血战

"九一八"事变后，黑龙江黑河警备司令兼陆军三旅旅长马占山却表示："一息尚存，决不敢使尺寸土地沦于异族。"

马占山（1885—1950）是吉林怀德县人，拉杆子出身的奉军将领，曾在哈拉巴喇山落草为寇，后带手下弟兄投奔吴俊升，多立战功升至黑龙江骑兵总指挥。"九一八"事变后，马占山被张学良任命为黑龙江省代主席兼军事总指挥。

日军占领奉天和吉林后，因为顾忌苏军干涉，便利用汉奸张海鹏的伪军，在10月16日以3个团的兵力向黑龙江的江桥发起挑衅式进攻，被马占山所部徐宝珍指挥的卫队团击溃。日军以此为借口，又得到苏军不会对日本侵占东三省的行动进行干涉的情报，便调集重兵大举进攻。

1932年吉黑救国义勇军军事委员会驻北平办事处铅印《血染白山黑水记》

当时驻黑龙江的东北军有3个步兵旅和2个骑兵旅，共2万多人。马占山率领部队在嫩江一线抗击。

11月3日，日军关东军派先遣部队"嫩江支队"（步兵、炮兵各1个大队和工兵1个中队）和张海鹏伪军1个旅，并出动10余架飞机，进攻马占山部队在嫩江大兴的阵地。马占山亲上前线指挥作战。据日本关东军参谋部的资料，嫩江大兴的马占山部队总兵力约5000人。

双方激战到11月6日，日军"嫩江支队"差一点被中国军队包围歼灭（日本关东军公布的数字：日军死伤144人，不计伪军）。日军急忙派来5个步兵大队和1个炮兵大队救援，马占山所部才从大兴撤退到后一道防线。

日本陆续调集了步兵10个大队和1个骑兵大队、1个重炮大队、2个野炮大队等，近乎关东军能出动的全部兵力，还从日本朝鲜军团调来1个陆军混成旅和3个陆军航空兵中队20多架飞机，总兵力超过3万人，于

江桥抗战

1931 年 11 月 16 日凌晨，向嫩江江桥发动总攻。

马占山率军在江桥抗击综合军力占绝对优势的日军，给予日军重大杀伤，自身也有重大伤亡。江桥上叠尸数层，据日本关东军参谋部统计：日军死伤约 500 人；中国方面记载共击毙日伪军 2000 余人。据马占山《黑龙江省抗日战斗详报》，中国部队军官阵亡 130 人，士兵阵亡 2331 人，官兵受伤 2285 人。

血战到 11 月 19 日凌晨，马占山才率领部队撤退到海伦一线。

黑龙江省虽然沦陷，但江桥之战使日军自侵略中国以来首受重挫，极大地激发了中国人民的抗日热情。

# 第十五章 恨血千年土中碧：殉难和所负使命之谜

## 一、危难之际赴东北惨遭杀害

"九一八"事变次日，日本关东军就派金融特务酒井辉马接收了边业银行。

边业银行是为掌握边疆金融而建立，当时的主要股东为张作霖父子，其他股东多为北洋高官，总经理原是张学良。酒井辉马接收银行后，逼迫银行经理郭尚文、副经理张宝扬继续工作。9 月 24 日，伪满的边业银行就重新营业。

1931 年底，日本人胁迫阎庭瑞担任边业银行的总裁。但日本人不信任他，在 1932 年 3 月初，派了一个叫中川帆三郎的日本人来监督。

"九一八"事变前阎庭瑞已举家迁居天津。张学良的公馆在天津法租界号称"督军一条街"的 32 号路（今赤峰道），与阎庭瑞的公馆紧邻。张作霖的四位夫人在皇姑屯事变后都迁来天津居住，而且都住在英租界的睦南道（当时称香港道）。五夫人寿懿和六夫人马岳清住在睦南道 57 号的一栋白色水泥墙面的小楼（2005 年被拆除）；二夫人卢寿萱住在相距不远睦南道一条胡同里的一栋宅院；四夫人许澍旸住在睦南道 11 号的一栋小洋楼，电影《南京！南京！》的拉贝办公处便取景于斯。张作霖次子张学铭的宅邸在睦南道 50 号。

壬申年正月底，也就是 1932 年 2 月底或 3 月初，阎庭瑞从天津启程前往沈阳。行前，他见过张学良和张作霖的寿夫人。

阎庭瑞到沈阳不几日就失踪了。

张学良在天津法租界 32 号路的公馆，比邻阎庭瑞的公馆

　　阎庭瑞在关外站住脚后，胞弟阎庭梧就去投靠，一直帮着其兄做事，因此和许多奉系人物都有来往。阎庭梧花了不少钱打通关系，才在沈阳一所戒备森严的宅院见了阎庭瑞一面。严格讲算不上见面，"关系人"只是利用每天阎庭瑞出屋放风的机会，让他在院墙外往里看了看。那宅子有个院子，当时是下午，阎庭瑞正在院子里放风，颤颤巍巍摸索着走路，似乎眼睛已瞎了。就让他看了这么一下，关系人便催阎庭梧赶快走，说日本人看管得紧，要被发现就坏了。

　　随后家人得到消息：阎庭瑞被日本人用电椅处死了。

　　阎庭瑞被日本人秘密逮捕，知者甚少，至于为什么，更是谁也说不清。被日本宪兵用电椅处死，只是旧交私下透露而无可证实，也长期不明其罹难原因。

　　多年后溥仪在回忆录《我的前半生》中讲到了阎庭瑞罹难事：是大汉奸赵欣伯向日本宪兵队长三谷清告密，说阎庭瑞来沈阳不光是为张作霖的五姨太寿夫人提款，实际是为张学良侦探日军的秘密。日本宪兵队便把阎庭瑞抓起来拷打折磨，一星期后即惨死。

　　赵欣伯（1890—1951）就是曾在北京唱戏扮旦角的刘笑痴，1913 年诱拐一位清朝王公的爱妾逃到大连，1915 年到日本留学，结识土肥原贤二、板垣征四郎等，做了日本军阀豢养的走狗。赵欣伯回到奉天为日本侵占东北服务，网罗匪徒浪人作乱，两次"满蒙独立运动"都有他摇旗上阵。赵

张作霖四夫人许澍旸在天津英租界睦南道 11 号的旧居

欣伯曾由本庄繁（当时是张作霖的军事顾问）推荐到张作霖处做法律顾问，得到过张氏父子及阎庭瑞的资助。他与关东军特务机关长土肥原贤二的关系最为密切。

"九一八"事变，赵欣伯为日本组织辽宁省地方维持会，发表所谓《独立宣言》。事变时土肥原贤二先充当沈阳市长，觉得太露侵略痕迹，三天后即推出赵欣伯当市长做他的替身。赵欣伯积极推动成立"满洲国"，"满洲国"的国号、"建都"长春和将长春改称"新京"等主意都是他出的，被称为"满洲国产婆"。赵欣伯并出任了伪满洲国首任"立法院长"。溥仪说阎庭瑞为张家提款的事找赵欣伯帮忙，赵索取二十万元未与，遂向日本宪兵队告发。

日本侵占东北，准备将溥仪作为建立傀儡政权的工具，由土肥原贤二出马，制造了"天津事件"：土肥原和日本天津驻屯军司令官香椎浩平在外组织浪人、特务、地痞，制造了"便衣队暴乱"，威吓溥仪；由川岛芳子在内诱劝溥仪和婉容去东北。在 1931 年 11 月 11 日，裹挟溥仪从天津乘日本轮船偷逃到抚顺。

决定成立"满洲国"后，又于 1932 年 3 月将溥仪从汤岗子接到长春。故阎庭瑞出事时溥仪不在沈阳，他也是后来听身边人说的，因此所记的一些情况也不一定准确。

1931 年 11 月 11 日，溥仪及 5 名随员偷乘日船"淡路九"从天津偷逃往旅顺

　　阎家闻讯去奉天寻人，大费周折得以望见阎庭瑞，阎庭瑞又已被折磨得双目失明，期间约略有三四个月。按阎家寻人的经历，日本人关押阎庭瑞极为隐秘森严，外间包括伪满傀偏政府都是不知情的，故而认为他很快就被杀害了。

　　赵欣伯仗恃日本主子淫威，对伪满高官、奉系元老、清朝宗室们多有欺辱勒索，甚至带着警察闯进伪满委员长室，对比他资历更老的大汉奸袁金铠（时任奉天省长，地方维持会委员长）、阚朝玺（原热河都统，杀人不眨眼人称"阚屠户"，地方维持会副委员长）等寻衅示威。溥仪身边的人对其十分痛恨，所述难免有倾向性，谓阎庭瑞实无他事，系赵欣伯勒索不成又诬陷。

　　阎庭瑞被秘密逮捕，距关东军派中川帆三郎去监视审查他仅十天左右。估计其罹难应与关东军有直接关系。日本对外宣称他被迅速处死，用意可能有三：一、震慑不肯投靠和被迫投靠而怀二心的人士；二、免得其他奉系元老说情营救；三、掩盖事件内情。

　　阎庭瑞遭赵欣伯告密罹难固然属实，但从关东军秘密囚禁、长时间严刑逼讯的方式看，不仅仅是他拒绝向日本屈服，而且也不是他帮张家转移钱财和意欲为张学良侦探日军情况这般简单。"九一八"事变后日本一再想借归还张家财产拉拢张学良而不得，若阎庭瑞为此而来，不正是天赐良机么？

日本将溥仪迎到长春以成立"满洲国",图中前左一为赵欣伯,左二为土肥原贤二

事件的主角之一赵欣伯后来竟不可思议地逃脱了对他汉奸之罪的制裁,把国民政府及东京国际法庭中国大法官倪征燠为审判日本战犯要他写的证据材料烧毁进行顽抗,于1951年在北京病死。事件的内情也就更加难以索解。

## 二、所负使命之谜

笔者查找到抗日英雄马占山将军于1932年4月12日发给国际联盟调查团和南京国民政府的一份电文。电文讲述了阎庭瑞被日本人杀害之事:

……现因贵调查团行将东来,日人对于知识阶级分子,均予警告,凡有不利于日本之言论者,即予以断然之处置;凡有反对日本之人,均被日人在黑夜闯入家中,逮捕杀戮,并警告其家。如将消息泄露,同样对付。阎庭瑞、张奎恩悉遭杀戮。……

黑龙江省政府主席马占山

1932年4月12日发自黑河

溥仪未记阎庭瑞被捕的时间。查关东军派中川帆三郎到边业银行监视阎庭瑞是 1932 年 3 月初；马占山 4 月 1 日从齐齐哈尔出奔时，已闻阎庭瑞死讯（亦不知道是被秘密囚禁）；再佐之溥仪的一星期惨死说，则阎庭瑞被捕当在 3 月中旬。当时与之相关联的重要事件，有马占山的再举抗日旗帜、国联调查团来华和成立"满洲国"。

"九一八"事变日本侵占中国东北。在中国政府的强烈要求下，1931 年 12 月 10 日，国际联盟理事会议决定组织调查团到满洲进行调查。1932 年 1 月 21 日，由英、美、法、德、意 5 国代表参加的国联调查团成立。当时中国上下都对国联调查团寄以厚望，乃至不切实际地幻想，希望能通过国际干涉来解决日本侵占中国东北的问题。国联调查团 2 月中旬来到远东，先后会见有关各方了解情况，4 月 9 日到北平与张学良等会面，又于 4 月 21 日抵达奉天。中国政府和各界团体纷纷控告日本侵略罪行，并积极提供证据。马占山再举义旗后，给国联调查团发出了前述电报。

就在国联调查团到远东还没到满洲的间隙，日本匆忙"剖腹产"了一个怪胎——"满洲国"。1932 年 2 月 16 日，关东军司令官本庄繁召集张景惠、熙洽、马占山、臧式毅、谢介石、于冲汉、赵欣伯、袁金铠等在奉天大和旅馆开了一个所谓的"东北政务会议"，决定将东北从中国分割出去，成立一个"满洲国"，迎溥仪为"执政"。会上马占山表示反对，被奉天特务机关长板垣征四郎厉声训斥。

关东军随即任命板垣征四郎为"满洲国"军政部最高顾问，去抚顺通知溥仪这一决定。日本赶在国联调查团到东北之前，匆忙在 3 月 1 日宣布成立"满洲国"，又急匆匆地在 3 月 8 日将溥仪接到"新京"长春，就任"满洲国执政"。然后胁迫满洲居民营造和平共荣气氛，给钱让参加集会，组织写信给国联调查团，表达支持"满洲国"独立。

就是在这样一个时刻，作为要拉拢利用对象的奉系元老阎庭瑞被日本逮捕、秘密囚禁和刑讯逼供，而后用电椅处死。那么，他做了什么反对日本的事，日本人要逼问出什么秘密？

阎庭瑞当时往来津奉之间。在张学良和大多数原东北军政人员企望和努力通过国联调查团及国际调停使东北回复"九一八"事变以前的状态时，阎庭瑞是否为张学良和东北旧部暗通消息，特别是在奉天和马占山的碰面，

1932年国联调查团在东北大学进行调查

是否与马占山随即出奔再举义旗有关？在天津见张学良和寿夫人，是否透露或提供了不利于日本的机密和证据？

马占山、张学良等人没有述及。笔者查阅了一些伪满文档，也没有找到答案。但可以确定的是：阎庭瑞是因进行反对日本的活动、泄露了不利于日本的消息而被杀害的。

## 三、余音：40比1的国联决议——满洲主权属于中国

不管日本军国主义集团怎么狡诈凶残，事实俱在不容伪造。国联调查团依据调查情况签署了报告书。1933年2月24日，国际联盟以40票对1票（日本）通过了基于调查团报告的声明。声明指出：满洲主权属于中华民国；日本违反国际联盟盟约占取中国领土并使之"独立"；"九一八"事件中的日军行动并非自卫；"满洲国"是日本参谋本部指导组织的，其存在是因为日本军队的存在，"满洲国"不是出自民族自决的运动。声明认为日本应退出中国满洲。

虽然国际联盟没有能力制止日本的侵略，但这一结果仍然是中国道义上的巨大胜利，也为日后中国收回东北主权奠立了国际法理基础。得道多

助，失道寡助，40：1，连法西斯德国和意大利都不认同日本的侵略行径！我们有理由对包括阎庭瑞在内，为取得这一道义成果作出牺牲和努力的人们表示敬意！

# 阎泽溥（庭瑞）年谱

1879　生于直隶天津。父母早亡，辍学，十五六岁就在天津丁字沽、
　　　西汉扛活为生。

1897　打伤把头，逃亡关东。

1899　与张作霖在广宁大虎山结交。

1900—1901　加入张作霖在广宁赵家庙的大团。

1902　除夕夜，遭到土匪金寿山部和沙俄骑兵队袭击，被打散。随后
　　　到新民府八角台找张作霖。八角台民团被清新民府收编为"新
　　　民府巡防马步游击队"。为张作霖管军需。

1903—1906　随张作霖先后剿除辽西杜立三、金寿山、侯占山等匪帮。

1907　张作霖部升格为奉天前路巡防营，被派往洮南剿蒙匪。

1908—1916　出任洮南屯垦总办，后兼任蒙荒局副局长、局长，在洮南、
　　　　　　东蒙屯垦。放垦蒙地一百多万垧。

1912　日本军部、浪人、宗社党和一些蒙古王公阴谋发动武装叛乱。协助镇守洮辽的吴俊升部在公主岭歼灭运送叛乱军械的车队，"第一次满蒙独立运动"胎死腹中。

1916　夏，日本军部策划"第二次满蒙独立运动"，武装蒙古巴布扎布5000余叛军进犯。率屯垦民团协助吴俊升部在洮南突泉阻击。任兴业银行稽查员。操办了干子干女张学良和于凤至的婚礼。牵涉奉天挤兑案，移送司法被判处9年徒刑。

1919　任奉天矿务局首任督办，先后开发黑山八道壕、兴城、营城等煤矿。

1922　任东三省官银号总经理。统一东北财政，将奉天兴业银行和东三省银行并入东三省官银号，行使东三省货币发行权。

1924—1925　任吉黑榷运局局长。

1925　兼禁烟总局局长。

1926　华北大灾，任奉天赈务局长、山东赈务督办，推动移民大潮。

1927—1928　任北洋政府财政总长，兼税务署督办、盐务署督办。

1928　皇姑屯事件中，与张作霖同车同坐，侥幸未死。任大中银行总经理。

1931　年底出任东北边业银行总裁。

1932　于国联调查团将到东北、日本炮制"满洲国"之际，遭大汉奸赵欣伯告密，被日军逮捕杀害。

# 参考文献

## 第一章　嗟尔远道之人胡为乎来哉：闯关东肇始

1. 孙郁，最后的北洋财长，当代，2014年1期。
2. 满洲移民的历史和现在，东方杂志，25卷12号，1928年6月。
3. 曹廷杰，《东三省地理图说录》，清光绪二十三年。
4. 曹廷杰，《东北边防辑要》，清光绪十一年。
5. 陈翰生，难民的东北流亡，中央研究院社会科学研究所集刊，第1册。
6. 叶恭绰，中俄密约与李莲英，《文史资料选辑　第八辑》，中国文史出版社，1961。
7. 宁武，清末东三省绿林各帮之产生、分化及其结局，《文史资料选辑　第六辑》，中国文史出版社，1960。
8. 高乐才，《近代中国东北移民研究》，商务印书馆，2010。
9. 路遇，《清代和民国山东移民东北史略》，上海社会科学院出版社，2016。
10. 张士尊，《清代东北移民与社会变迁1644—1911》，吉林人民出版社，2003。

11. 吴希庸，近代东北移民史略，东北集刊第二期，1941。

12. 杨宾，《柳边纪略》，辽海丛书，台北艺文印书馆，1970。

# 第二章　千岩烽火连沧海：关东绿林生涯

1. 田志和、高乐才，《关东马贼》，吉林文史出版社，1992。

2. 《辛亥革命前十年间民变档案史料·上》，中华书局，1985。

3. 驻俄公使胡惟德往来电报 1902—1904，《近代史资料　总第 37 号》，中华书局，1978。

4. 柏森，1903 年沙俄侵占东三省文件辑录，《近代史资料　总第 37 号》，录自《日本外交文书》，中华书局，1978。

5. 复旦大学历史系，《沙俄侵华史》，上海人民出版社，1986。

6. 岳超，庚子—辛丑随銮纪实，《文史资料选辑　第三十四辑》，中国文史出版社，1963。

7. 北京天津文史委员会，《京津蒙难记》，中国文史出版社，1990。

8. 宁武，清末东三省绿林各帮之产生、分化及其结局，《文史资料选辑　第六辑》，中国文史出版社，1960。

9. 张学良、唐德刚，《张学良口述历史》，中国档案出版社，2007。

10. 张学良口述：我的父亲母亲. 帅府苑，2012 年 2 期。

11. 赵菊梅、曲香昆，从奉系军阀档案解读张作霖被清政府招抚之相关问题，历史档案，2015 年 3 期。

# 第三章　饥不从猛虎食：两强交攻中图存

1. 曹廷杰，《东三省地理图说录》，清光绪二十三年。

2. 徐世昌,《退耕堂政书》, 台北文海出版社, 1968。

3.《办理札萨克图蒙荒案卷》, 1902.2—1904.4, 内蒙古档案馆藏。

4.《内蒙古东部区垦务档案汇集》, 内蒙古档案馆藏。

5.《赵尔巽为西丰县被俄军抢掠枪械挟带官员事给奉天善后总局札》, 光绪三十一年八月十二日。

6. 黄定天, 论日本大陆政策与俄国远东政策, 东北亚论坛, 2005 年 4 期。

7. 穆丹萍, 俄国远东政策的主体系统研究, 社会科学战线, 2012 年 4 期。

8. 王晓菊, 沙俄远东移民运动史略, 西伯利亚研究, 2002 年 1 期。

9. 朱昭华, 论日俄战争时期的袁世凯, 历史教学, 2011 年 6 期。

10. 喻大华, 日俄战争期间清政府"中立"问题研究, 文史哲, 2005 年 2 期。

11. 谷寿夫(日),《机密日俄战史》, 东京原书房, 1966。

12.《日本外交文书》卷 36, 日本外务省, 1903。

13.《日本军国主义侵华资料长编》, 日本防卫厅战史室, 天津市政协编译委员会译, 1987。

14.《日露战役特别任务班行动纪要》, 日本防卫厅战史室, 1939。

15. 爱德华·德瑞(美),《日本陆军兴亡史》, 新华出版社, 2015。

# 第四章　沧溟朝旭射燕甸：拓荒实边

1. 徐世昌,《东三省政略》, 吉林文史出版社, 1989。

2. 马汝珩、成崇德,《清代边疆开发》, 山西人民出版社, 1998。

3. 内蒙古图书馆编, 哲里木盟十旗调查报告书,《内蒙古文史资料　第 40 辑》, 1979。

4. 溥雪斋, 晚清见闻琐记,《文史资料选辑　第三十四辑》, 中国文史出版社，1963。

5．李鹏年，冯麟阁与东亚义勇军及其被收抚，历史档案，1984 年 2 期。

6．渡边龙策（日），《马贼——日本侵华战争侧面史》，中央公论社，1974。

7．辽宁省档案馆，《日俄战争档案史料》，辽宁古籍出版社，1995。

8．关捷，《日俄战争灾难纪实》，社会科学文献出版社，2015。

9．徐中约（美），晚清的对外关系，《剑桥中华晚清史》，中国社会科学出版社，1985。

# 第五章　东风剪水天下坛：洮南剿匪

1．沙皇攫取蒙古——俄国外交文件选译，译自苏联《帝国主义时代国际关系》1938，《近代史资料　总第 37 号》，中华书局，1978。

2．沙皇攫取蒙古文件补 1911，《近代史资料　总第 37 号》，中华书局，1978。

3．徐世昌，《东三省政略》，吉林文史出版社，1989。

4．王芸生，日俄协定及第四次密约，《六十年来中国与日本　第 7 卷》，三联书店，2005。

5．曲香昆，《张作霖故事与传说》，辽宁教育出版社，2015。

6．赵菊梅，张作霖追剿蒙匪史实考辨，关东学刊，2017 年 11 期。

7．徐世昌，《纪陆防各军防剿成绩—附奏报剿办奉境西北蒙边悍匪折》，1908。

8．《徐世昌、唐绍仪为已飞饬张作霖冯德麟等部进山搜剿陶克陶胡给洮南府札》，1908 年 4 月 20 日。

9．席莲花，清末札萨克图蒙荒行局及洮南府的设立，内蒙古社会科学，2015 年 3 期。

10．路履仁，外蒙古见闻纪略，《文史资料选辑　第六十三辑》，中国文史出版社，1979。

## 第六章 烛火炎天随风灭：挫败东蒙古独立

1. 王芸生，二十一条交涉，《六十年来中国与日本 第6卷》，三联书店，2005。

2. 林增平等编，《辛亥革命史研究备要》，湖南出版社，1991。

3. 郎元智，辛亥革命中张作霖带兵进驻奉天城史事考辨，《民国档案》，2011年3期。

4. 熊克武等，《辛亥革命回忆录》，中华书局，1962。

5. 王忍之，《辛亥革命前十年间时论选集》，三联书店，1959。

6. 冯自由，《革命逸史》，新星出版社，2009。

7. 沙皇攫取蒙古——俄国外交文件选译，译自苏联《帝国主义时代国际关系》1938，《近代史资料 总第37号》，中华书局，1978。

8. 冯学忠，乌泰独立事件始末，文史月刊，2003年1期。

9. 刘华明、赤真，1911—1921年的外蒙古问题，民国档案，1994年1期。

10. 陈崇祖，《外蒙古近世史》，商务印书馆，1926。

11. 景东升、苏全有，袁世凯与俄国，《袁世凯与北洋军阀》，上海人民出版社，2006。

12. 俄罗斯有关外蒙古独立问题未刊档案选译，《近代史资料 总第105号》，中华书局，1978。

## 第七章 逆鳞射月干戈声：粉碎第二次"满蒙独立"

1. 会田勉（日），川岛浪速与满蒙独立运动，1936，《近代史资料 总第48号》，中华书局，1982。

2. 宗方小太郎（日），宗社党的复辟活动，1912—1915，《近代史资料 总第 48 号》，中华书局，1982。

3. 山座圆次郎（日），中国要人会见录，1912，《近代史资料 总第 48 号》，中华书局，1982。

4. 日置益（日），关于对中国提出要求之拙见，1914，《近代史资料 总第 48 号》，中华书局，1982。

5. 王芸生，郑家屯事件，《六十年来中国与日本 第 7 卷》，三联书店，2005。

6. 《奉系军阀档案史料汇编》，江苏古籍 / 香港地平线出版社，1990。

7. 正珠尔札布（巴布扎布之子），《巴布扎布史略》，《内蒙古文史资料 第 14 辑》。

8. 黑龙会（日）编，《东亚先觉志士纪传》，原书房，1981。

9. 栗原健（日），《对满蒙政策史的一面——从日俄战争到大正时期》，原书房，1981。

10. 关东都督府致田中参谋次长，关于解散满蒙举事团的经过报告，日本外务省档案 P23。

11. 欧文·华莱士（美），《日本侵华史调查》，人民出版社，2015。

# 第八章 天河夜转漂回星：失足金融危机与复出办矿

1. 薛龙（Ronald Suleski 美），《北洋军阀时代的奉天政府》，中央编译出版社，2012。

2. 陶菊隐，《北洋军阀统治时期史话 第二册》，三联书店，1959。

3. 王芸生，帝制之干涉，《六十年来中国与日本 第 7 卷》，三联书店，2005。

4. 欧内斯特·扬（美），革命后的政治风云：袁世凯时期，《剑桥中华民国史》，中国社会科学出版社，1998。

5. 袁伟时，辛亥革命后袁世凯的建树和失败，《袁世凯与北洋军阀》，上海人民出版社，2006。

6. 马震东，《袁氏当国史》，团结出版社，2008。

7. 周大文，张作霖集团的形成，《吉林文史资料选辑　第四辑　张作霖等奉系军阀人物资料专辑》，1983。

8. 陶尚铭、关根勤，张作霖和他的日本顾问，《文史资料选辑　第五十一辑》，中国文史出版社，1964。

9. 焦润明，日系银行与20世纪初的东北金融，《近代东北社会诸问题研究》，中国社会科学出版社，2004。

10. 李国平，战前东北地区矿业开发与结构变迁研究，中国经济史研究，1998年4期。

11. 费惟恺（美），经济趋势1912—1949，《剑桥中华民国史》，中国社会科学出版社，1998。

# 第九章　东风便试新刀尺：统一东北金融

1. 陶菊隐，《北洋军阀统治时期史话　第五册》，三联书店，1959。

2. 陈文运，复辟之役马厂誓师亲历记，《文史资料选辑　第四十一辑》，中国文史出版社，1963。

3. 叶恭绰，我参加讨伐张勋复辟之回忆，《文史资料选辑　第四十一辑》，中国文史出版社，1963。

4. 溥仪，复辟的形形色色，《文史资料选辑　第二十六辑》，中国文史出版社，1962。

5. 刘骥，南行使命，《文史资料选辑　第四辑》，中国文史出版社，1960。

6. 韩世儒，参战军与直皖战争概述，《文史资料选辑　第四十一辑》，中国文史出版社，1963。

7. 来新夏，北洋时期的三次军阀战争，社会科学战线，2008 年 9 期。

8. 康艳华，张作霖抵制日本控制的举措与东北近代化，沈阳师范大学学报，2010 年 5 期。

9. 薛龙（Ronald Suleski 美），《北洋军阀时代的奉天政府》，中央编译出版社，2012。

10. 吴梯青，有关北洋时期电信事业的几件事，《文史资料选辑 第六十六辑》，中国文史出版社，1979。

11. 毕万闻，张作霖张学良主政期间东北近代化进程新探，东北史地，2012 年 6 期。

12. 陶菊隐，《北洋军阀统治时期史话 第六册》，三联书店，1959。

# 第十章　　长洪斗落生跳波：与溥仪的诡秘交往

1. 陶菊隐，《北洋军阀统治时期史话 第七册》，三联书店，1959。

2. 邓汉祥，江浙战争的前因后果，《文史资料选辑 第三十五辑》，中国文史出版社，1963。

3. 傅兴沛，第二次直奉战争纪实，《文史资料选辑 第四辑》，中国文史出版社，1960。

4. 宁武，孙中山与张作霖联合反直纪要，《文史资料选辑 第四十一辑》，中国文史出版社，1963。

5. 何柱国，孙、段、张联合推倒曹、吴的经过，《文史资料选辑 第五十一辑》，中国文史出版社，1964。

6. 齐植璐，孙中山先生的三次天津之行，《天津文史资料选辑 第37 辑》，天津人民出版社，1986。

7. 刘星楠，孙中山先生逝世侧记，《天津文史资料选辑 第37 辑》，天津人民出版社，1986。

8. 溥仪，《我的前半生》，群众出版社，1964。

9. 溥仪，《溥仪日记》，天津人民出版社，2009。

10. 鹿钟麟等，冯玉祥北京政变，《文史资料选辑 第四辑》，中国文史出版社，1960。

11. 韩玉辰，关于李景林与国民军，《文史资料选辑 第五十一辑》，中国文史出版社，1964。

12. 李藻麟，二次直奉战争中山海关战役亲历记，《文史资料选辑 第四辑》，中国文史出版社，1960。

13. 马炳南，二次直奉战前张作霖与冯玉祥的拉拢，《文史资料选辑 第四辑》，中国文史出版社，1960。

14. 周玳，二次直奉战时阎锡山与直奉皖军阀的勾心斗角，《文史资料选辑 第四十一辑》，中国文史出版社，1963。

15. 谢宗陶，第二次直奉战争随军见闻，《文史资料选辑 第四十一辑》，中国文史出版社，1963。

16. 潘承禄，吴佩孚败退天津琐记，《文史资料选辑 第四十一辑》，中国文史出版社，1963。

17. 刘翼飞，杨宇霆督苏被逐记，《文史资料选辑 第三十五辑》，中国文史出版社，1963。

18. 邢赞亭，姜登选之死，《文史资料选辑 第八辑》，中国文史出版社，1961。

19. 魏益三，郭松龄反奉亲历记，《文史资料选辑 第三十五辑》，中国文史出版社，1963。

20. 吴锡祺，冯玉祥、郭松龄联合反对张作霖的经过，《文史资料选辑 第三十五辑》，中国文史出版社，1963。

## 第十一章 洪波喷流射东海：华北赈灾

1. 陈翰生，《难民的东北流亡》，中央研究院社会科学研究所集刊，第1册。

2．交通部烟台港务局，《近代山东沿海通商口岸贸易统计资料》，对外贸易教育出版社，1986。

3．梁仲方，《中国历代户口、田地、田赋统计》，中华书局，1980。

4．许到夫，《中国近代农业生产及贸易统计资料》，上海人民出版社，1988。

5．冯和法，《中国农村经济资料》，台湾华世出版社，1978。

6．《满洲移民的历史和现在》，东方杂志，25 卷 12 号，1928 年 6 月。

7．章有义，《中国近代农业史资料》，三联书店，1957。

8．高乐才，《近代中国东北移民研究》，商务印书馆，2010。

9．满铁庶务部调查课，《民国十七年之满洲出稼者》，1929。

10．王清彬，《中国劳动年鉴》，北平社会调查部，1928。

11．国民政府主计处统计局，《中国土地问题之统计分析》，重庆正中书局，1941。

12．赵中孚，一九二〇——一九三〇年代的东三省移民，台湾近代史研究所集刊，第 2 期。

13．路遇，《清代和民国山东移民东北史略》，上海社会科学院出版社，1987。

14．葛剑雄，《中国移民史》，福建人民出版社，1993。

15．稻叶岩吉（日），《东北开发史》，养成能译，辛未编译社，1935。

16．松村高夫（日），《满铁与中国劳工》，中国社会科学出版社，2003。

17．张士尊，《清代东北移民与社会变迁 1644—1911》，吉林人民出版社，2003。

18．《农商公报》1 卷第 2 期，1914。

19．中国银行总管理处，《东三省经济调查录》，1919 年印。

20．李理，《近代日本国家在东亚的国家贩毒研究》，中国社会科学出版社，2015。

21．德·珀金斯（美），《中国农业的发展》，上海译文出版社，1984。

## 第十二章　夕阳影里碎残红：最后的北洋财长

1. 《奉系军阀档案史料汇编》，江苏古籍 / 香港地平线出版社，1990。

2. 陶菊隐，《北洋军阀统治时期史话　第八册》，三联书店，1959。

3. 张氏帅府博物馆编，问鼎中原就任陆海军大元帅，《走进大帅府，走近张作霖》，辽宁教育出版社，2009。

4. 习五一，论安国军政府的成立，北京社会科学，1988 年 12 期。

5. 张作霖就职记，《大公报》，1927 年 6 月 19 日。

6. 马平安、楚双志，张作霖时期东北与俄苏关系述略，沈阳师范学院学报（社会科学版），1996 年 1 期。

7. 杨文恺，孙传芳反奉联奉始末，《文史资料选辑　第三十五辑》，中国文史出版社，1963。

8. 沈阳文史资料研究会编，《沈阳文史资料·第十二辑·张作霖专辑》，1986。

9. 郭希鹏，我随奉军参加南口战役之回忆，《文史资料选辑　第五十一辑》，中国文史出版社，1964。

10. 大元帅对外宣言出自财政部而非外交部，《大公报》，1927 年 7 月 5 日。

11. 刘尚清在奉天筹军饷，阎泽溥等亦特别筹划，《世界日报》，1927 年 10 月 13 日。

12. 财长阎泽溥会同公债局呈文"1927 年内债收付状况"，《日本末次研究所情报资料》，1928。

## 第十三章 天崩地裂谁死生：亲历皇姑屯事变

1．陶菊隐，《北洋军阀统治时期史话　第八册》，三联书店，1959。

2．岳超，奉晋两军涿州之战，《文史资料选辑　第五十一辑》，中国文史出版社，1964。

3．孙喦，最后的北洋财长，当代，2014 年 1 期。

4．王海晨，从"满蒙交涉"看张作霖对日谋略，史学月刊，2004 年 8 期。

5．《关于稳定满蒙政局和解决悬案问题》，东方会议第 5 号文件，日本外务省档案 P57。

6．苏全有、张亚楠，新史料的发现与张作霖日俄外交思维研究的深化，大连大学学报，2016 年 1 期。

7．罗靖寰，张作霖的对日外交，《天津文史资料选辑　第 2 辑》，天津人民出版社，1979。

8．王翰鸣，张宗昌兴败记略，《文史资料选辑　第四十一辑》，中国文史出版社，1963。

9．贺贵严，一九二八年日军侵占济南的回忆，《文史资料选辑　第二十二辑》，中国文史出版社，1962。

10．周大文，张作霖皇姑屯被炸事件亲历记，《文史资料选辑　第五辑》，中国文史出版社，1961。

11．张氏帅府博物馆编，生命中的最后旅程，《走进大帅府，走近张作霖》，辽宁教育出版社，2009。

12．赫伯特·比克斯，《真相——裕仁天皇与侵华战争》，新华出版社，2004。

## 第十四章　万里夕阳垂地大江流：易帜岁月

1. 崔成义，张学良奔丧见闻，《文史资料选辑　第五十二辑》，中国文史出版社，1964。

2. 王家祯，张学良枪毙杨宇霆、常荫槐内幕，《文史资料选辑　第三辑》，中国文史出版社，1960。

3. 王家祯，日本鼓动张学良搞独立王国的一段阴谋，《文史资料选辑　第六辑》，中国文史出版社，1960。

4. 张国忱，张氏父子对苏关系和中东铁路内幕，《天津文史资料选辑　第2辑》，天津人民出版社，1979。

5. 阎泽溥等呈报整理内债基金，《日本末次研究所情报资料》，1928。

6. 洪钫，"九一八"事变当时的张学良，《文史资料选辑　第六辑》，中国文史出版社，1960。

7. 关光治、岛田俊彦（日），《满洲事变》，上海译文出版社，1983。

8. 花谷正（日），满洲事变是这样策划的，《理性》增刊（日），1956年12月号。

9. 谢珂，江桥抗战和马占山降日经过，《文史资料选辑　第六辑》，中国文史出版社，1960。

10. 赵毅，双城阻击战和哈尔滨的沦陷，《文史资料选辑　第六辑》，中国文史出版社，1960。

11. 黑龙江文史资料研究委员会，《马占山将军》，中国文史出版社，1987。

12. 王化一，东北义勇军的兴起和失败，《文史资料选辑　第九辑》，中国文史出版社，1961。

13. 沈予，《日本大陆政策史》，社会科学文献出版社，2005。

## 第十五章　恨血千年土中碧：殉难和所负使命之谜

1. 孙郁，最后的北洋财长，当代，2014 年 1 期。

2. 李铭新，马占山反正经过，《文史资料选辑　第六辑》，中国文史出版社，1960。

3. 刘仲明、张韵冷，东北爱国人士向国联调查团揭露日寇侵略罪行经过，《文史资料选辑　第六辑》，中国文史出版社，1960。

4. 孙铭九，回忆天津事变，《天津文史资料选辑　第 37 辑》，天津人民出版社，1986。

5. 谢学诗，《满洲国史》，人民出版社，2008。

6. 满蒙自由国建立方案大纲，1931 年 11 月，《日本帝国主义侵华档案资料选编》第一卷，中华书局，1990。

7. 李顿，"国联调查团"报告书，《中国现代史资料选编　3》，黑龙江人民出版社，1981。

8. 金光耀，李顿文件所见之李顿中国之行，《中华民国史 1912—1949》，2002。